U0573774

诺贝尔文学奖作家文集·聂鲁达卷

诗歌总集

[智利] 巴勃罗·聂鲁达 / 著

王央乐 / 译

CANTO GENERAL

漓江出版社

·桂林·

"诺贝尔"与漓江血脉相连

——"诺贝尔文学奖作家文集"序

张　谦

"诺贝尔文学奖作家文集"从 2015 年 10 月问世，迄今已囊括 29 位诺奖作家作品，出版平装本 4 种、精装本 42 种，在制及储备选题 30 余种，成了读书界一个愈加引发关注的存在，被读者区别于漓江[①] 之前的"老诺""红诺"，亲切地称为"黑诺"[②]。所以，确实到了一个梳陈、小结我社"诺贝尔文学奖作家文集"出版情况，向大家汇报的时间点。

"诺贝尔"是漓江的基因和脉动，是时光深处的牧歌，是漓江人为之集结的号角。中间我们有过十来年的停顿和涣散，"诺贝尔"不知道去哪儿了，历史的演进回环往复，背阴面的不可理喻，本身就是存在的冰冷逻辑。2012 年我回到社里，开始几年做不了什么事，

---

① 无特殊说明，此文中均指漓江出版社。
② "老诺""红诺""黑诺"，不同阶段漓江版"诺贝尔"系列丛书。"老诺""红诺"均指"获诺贝尔文学奖作家丛书"。"老诺"（精、平装）的装帧设计者是翁文希，奠定了读者心中最早的漓江版"诺贝尔"品牌形象；"红诺"（精、平装）是上海装帧设计家陶雪华的设计，启用烫金元素，与微呈橘红色的封面相映生辉，彰显气派；"黑诺"（主推精装）指"诺贝尔文学奖作家文集"，是我社主力美编、装帧设计家石绍康的设计，内敛雅致，独具匠心，以黑色为主体衬色，烘托出作家肖像的大师气场。

当时的社领导提醒说："不要搞什么套书，一本一本地做！"所以2015 年 4 月最早出来的加缪《鼠疫》平装本，上面没打丛书名。也是 2015 年 4 月，我被接纳为社班子成员，担任副总编辑。2015 年10 月，第一本落有"诺贝尔文学奖作家文集"（以下简称"作家文集"或"文集"）丛书名的图书诞生了，它是加缪《西绪福斯神话——论荒诞》（平装本）。当年年底，刘迪才社长到任，带着上级管理部门"把漓江做大做强"的精神，旗帜鲜明抓主业，抓核心板块和漓江传统优势外国文学品牌。"作家文集"在 2016 年接续做了两本"加缪卷"平装本《局外人》和《第一人》以后，开足马力做精装。记得问世的第一个精装本，是美国作家辛克莱·路易斯的《大街》，拿到样书的那一刻，直觉告诉我：路子对了。

然而并不是找对了路子就没有繁难，是的，时代变了，市场变了。在对诺贝尔文学奖新晋得主的追捧几成赌局的当下，文学出版即便携资本入场也不够了，成了资本加运气的博弈。此时回过头来再看上个世纪八十年代的漓江，那出版江湖中的一抹清流，乘着改革开放的春风，在中国图书市场所开创的"诺贝尔"蓝海，抓住了稍纵即逝的"窗口期"，成就了不可复制的"漓江现象"[1]。

"书荒"时代进场，带领漓江同仁做"获诺贝尔文学奖作家丛书"的刘硕良前辈，"使得建社不久又偏居一隅的漓江出版社，以有计划和成规模地推出外国文学优秀作品，很快成为全国外国文学方面的出版重镇。这是一段值得人们津津乐道的出版佳话，也是一个

---

[1] 见李频《改革开放出版史中的"漓江现象"》，我社即将出版的《围观记》序一。

值得大书一笔的出版传奇"①。改革开放伊始，解放思想，实事求是，读者重新经历了思想启蒙，无异于继十九世纪末严复翻译《天演论》以后国人再次"睁眼看世界"，"我们没有失去记忆，我们去寻找生命的湖"②。漓江当时提供给读书界的诺贝尔文学奖读物，重在一人一卷的快捷出场，速成阵容，从小对史、地感兴趣的刘硕良，围绕题中之义，于无形中给读者提供了第一印象的新鲜概念和地图式导览。从1983年年中开始推出诺奖丛书头四种——《爱的荒漠》《蒂博一家》《特雷庇姑娘》和《饥饿的石头》③，到二十世纪末，总共出了八十余种。"让中国读者了解到世界上除了巴尔扎克、托尔斯泰、高尔基，还有很多优秀的作家，诺奖作家就是其中很重要的一个组成部分。" ④

那是一个百废待兴，连常识都需要重新建构的时代。彼时，压力来自外部，更多以阻力形式呈现。"漓江的开拓并非一帆风顺，诺贝尔丛书的上马就遭到一些大义凛然却并不甚明了真相或为偏见所左右的人士的非议"⑤，但形势比人强，改革开放的大潮激浊扬清，建设的主流压倒了破坏，给各行各业满怀豪情的建设者提供了施展才华的空间。漓江因此而实现了勇立潮头满足读者的需要（而且读

---

① 见白烨《"围观"与"回望"的意义》，我社即将出版的《围观记》序二。
② 见北岛诗作《走吧》。
③ 其中《爱的荒漠》和稍后出版的《我弥留之际》《玉米人》一起，荣获新闻出版署主办的首届全国优秀外国文学图书奖一等奖。
④ 见《一个闪亮的名字联系一个时代的文学记忆——刘硕良：把诺贝尔介绍给中国》，《新京报》记者张弘采写，2005年4月5日《新京报·追寻80年代》。
⑤ 见刘硕良《改革开放带来的突破和飞跃——漓江出版社诞生前后》，《广西文史》2008年第4期。

者面很广，工农兵学商①），并与未来将要实现影响力的成长中的各界精英达成了精神源头的水乳交融和灵魂共振——很多后来成名成家人士，皆谈及上世纪八十年代受过漓江版外国文学图书滋养，有的几度搬家，甚至远涉重洋，至今书架上仍小心珍藏着漓江的老版书。

就这样，我们前有光荣的家史，前辈的激励，后有加入世贸组织后对于头部资源的白热化市场竞夺，有业界同行在经典名优赛道的竞相追逐，想要在其中脱颖而出，确非易事。当初外在的压力，变成了现在内在自我提升的动力：你敢不敢自己跟自己比，有没有勇气和能力对标漓江光辉岁月，提振传统并发扬光大？种种繁难之下，依然得努力往前走，这也便是人生的挑战和乐趣所在。

今年是做"诺贝尔文学奖作家文集"的第八个年头，也是我正式就任漓江总编辑的第一年。九十高龄的刘硕良老师从年初就开始屡屡打电话给我，让我挂名该文集的主编。我一直坚辞不受。"诺贝尔"差不多是漓江的图腾级存在，我只是站在前人的肩膀上继续仰望星空，尽本分做点添砖加瓦的事情，岂敢妄自掠美。即便是当年主编"获诺贝尔文学奖作家丛书"的刘老师，退休以后也就功成身退，不再在漓江版"诺贝尔"上挂主编名。这几乎是中国当下通行的国情。也就是说，"作家文集"出版八年，眼看渐成气候，却没有任何人挂主编名，只是在翻开每本书的卷首，有一页"出版说明"——

---

① 见《"获诺贝尔文学奖作家丛书"读者反映》，刘硕良著《三栖路上云和月——为新闻出版的一生》，漓江出版社，2012年9月1版1次。

"诺贝尔文学奖作家文集"系我社近年长销经典品种，是对二十世纪八九十年代我社品牌图书、刘硕良主编的"获诺贝尔文学奖作家丛书"的继承与发扬，变之前一人一书阵容为每位作家多卷本。如果说老版"诺贝尔"是启蒙版，那么新版就是深入版，既深入作者的内心，也满足读者的深度需求，看上去是小众趣味，影响的是大众阅读倾向。这就是引领的意义，也是漓江版图书一贯的追求。

　　然而吊诡的是，如果用因退休机制的作用被动不在场的刘老师，来为正在进行时的"作家文集"的无主编状态背书的话，我忽然发现，并不能自圆其说。同时，自己在班子任上八年，如果不依规依制给该文集一个担当和交代，那所有参与这套丛书出版的漓江人，就会变成一个失语的群体，八年来大家的辛苦鏖战，也会失去应有的分量和表达，转瞬消失于历史的虚空当中。于是和刘社长达成共识：丛书是本届班子主持做的，主编由我来挂，即便过些年轮到我也解甲归田，在岗一天就要担当一天，就由我这个亲历者来理一理来龙去脉吧。

　　加缪是一切的开始。无论从作品的分量还是作家的魅力，尤其是在年轻人里的观众缘来考量，作为撬动一套书的支点，加缪都是不二选择。更何况，2015 年我们推出《鼠疫》时，加缪作品刚刚进入公版期没几个年头，真乃天无绝人之路！

我试图通过加缪获得一种视角，这个视角能穿透我所生活的海量信息时代貌似超级强大的无限时空，定位非中心城市的个人存在意义。①

这里的"个人"，也喻指在时代的洪流中需要敲破坚冰重新出发的漓江。加缪卷我们出了五种，论品种数是文集中比较丰满的——《鼠疫》《西绪福斯神话——论荒诞》《局外人》《第一人》《卡利古拉》，除了前四种既做了平装，也做了精装，后面品种一心一意只做精装——因为相信在优质精品道路上的勠力追求，一定可以加持图书的可收藏性。《鼠疫》《局外人》《第一人》是存在主义文学大师加缪的小说代表作，而 2018 年 10 月推出的《卡利古拉》，则是文集中比较少见的戏剧品种，它和哲学随笔《西绪福斯神话——论荒诞》一起，使加缪卷作为诺奖作家的小文集，实现了文体多样化方面的鲜明追求。这个追求在福克纳卷上继续得到体现，福克纳卷截至目前一样出了五种，除了国内读者熟知的经典——李文俊译《喧哗与骚动》《我弥留之际》，还补充了国内首译《士兵的报酬》《水泽女神之歌——福克纳早期散文、诗歌与插图》和《寓言》。其他品种数达到四五种体量的，还有路易斯卷、纪德卷、斯坦贝克卷、丘吉尔卷、泰戈尔卷、显克维奇卷。两三种的有黛莱达卷、米斯特拉尔卷、聂鲁达卷、吉勒鲁普卷、梅特林克卷、拉格奎斯特卷、蒲宁卷。由于受限于作家本身的创作规模以及我们发掘的速度，目前尚有普吕多

---

① 见沙地黑米（本名张谦）新浪博客读书笔记《在隆冬知道》，2015 年 6 月 5 日。

姆、吉卜林、艾略特、保尔·海泽、塞弗尔特、叶芝、拉格洛夫、皮兰德娄、夸西莫多、蒙塔莱等卷只是单一品种的体量。当然，每位作家小文集的规模（品种数）依然是活性的，现状的陈述并不能规定未来的变化，我们的核心思路，是每位作家做三至五种。

由于漓江推出的诺贝尔文学奖获奖作家都是外国作者，所以出版"作家文集"有一个不可避免的环节，就是要找到合适的译者。唯有如此，才能将诺贝尔文学奖作家作品尽量以"信、达、雅"的方式介绍给国内读者。

在译者的选择上，我们注重新老搭配。托前辈的福，漓江拥有的传统译者资源称得上是国内"顶配"。老一辈翻译家令人肃然起敬，他们往往具有很深厚的文学素养和优雅的个人修养，译文水准很高，经得起岁月的沉淀和时间的考验，我们非常珍视与他们的合作。而年轻一辈的翻译家也有优势，他们的语言和思维都能贴合当下读者的习惯，亦多全球化背景下的旅居、旅行，能较多接收并释放当下外国文学和文化的辐射，在对原著文化背景、思想内涵的传达体现上，能有推陈出新的理解。

"作家文集"最先启动的加缪卷，用的就是漓江译者老班底里的李玉民译本。其他像潘庆舲、姚祖培合译辛克莱·路易斯《巴比特》，李文俊译福克纳《我弥留之际》，黄文捷译黛莱达《邪恶之路》，赵振江译米斯特拉尔《柔情》，王逢振译赛珍珠《大地》，杨武能译保尔·海泽《特雷庇姑娘》，都是"老诺"阵容里的保留节目。在"黑诺"里，漓江与这批王牌译家译作再续前缘。此外，"作家文集"还见证了一代翻译家的成长——胡小跃译普吕多姆《枉然的柔情》，裘小龙译叶芝《第二次来临——叶芝诗选编》，分别是"老诺"里普吕多姆《孤独与沉思》和叶芝《丽达与天鹅》的升级版，当年漓江看好的青年翻译家，已然成为译界翘楚，译本也得到更丰富的增补和更成熟的修订。也有老朋友新加入的译本，比如倪培耕原译泰戈尔《饥饿的石头》是"老诺"阵容里的，到了"黑诺"更名为《泡影》，都是泰戈尔短篇小说选；同时"黑诺"再添倪译泰戈尔长篇小说《纠缠》。福克纳卷除了收入李文俊之前在"老诺"就有的代表译作《我弥留之际》，"黑诺"还增加了李译《喧哗与骚动》《押沙龙，押沙龙！》。青年译者的新作有一熙译福克纳《士兵的报酬》，王国平译福克纳《寓言》，远洋译福克纳《水泽女神之歌——福克纳早期散文、诗歌与插图》，顾奎译辛克莱·路易斯《大街》，等等。

也有一部分老译家，其译作的版权流转到其他出版机构去，与"黑诺"失之交臂，或者年深日久几近失联，或者凋零如秋叶片片——时光总有理由分开我们，才显出在一起的机缘实在是难能可贵。

现在年轻人外语好，除了做文学翻译，还有很多更实惠的选择，所以真正像老一辈翻译家那样，把译事当成毕生的事业追求，在这个领域安于寂寞悉心耕耘的并不多，或者说，漓江还没有迎来与这个群体的高频次、大规模相遇。我们现有的中青年译者队伍，一来人数远不够多，二来除了翻译本身，想法会比老一辈多一点——漓江很惭愧，至今没能把这份文化事业做成生财有道、惠及万方的大产业。好在文学哪怕历来就与眼前利益没太大关系，这个世界热爱文学的人也一直层出不穷。之所以在这里把家底摆一摆，也是为了方便下一步遇上有缘人。

译本体例上，"黑诺"尽量做到向"老诺"学习，"每卷均有译序和授奖词、答词、生平年表、著作目录，力求给读者提供一个能真实地反映诺贝尔文学奖及其每一得主风貌的较好版本"①。老漓江的优秀传统要保持，有章可循是一种福分。

一个素朴有力的团队，会带来别样高效的支撑感。我们的青年编辑队伍正在老编辑的带领下茁壮成长，他们是漓江的秘密花园，正在蓄能无限，漓江的未来，有他们书写，靠他们传扬。

在这里，必须致敬一下给漓江"老诺"担任过策划编辑和责任编辑的主力核心团队，他们是当年的译文室成员：宋安群、吴裕康、莫雅平、金龙格、沈东子、汪正球。

1995 年，沈东子策划过一套泰戈尔"大师文集"6 卷本，除了后续加入"黑诺"的倪培耕几种译作，亮点是直接去信季羡林先生，取得了授权，收入季译《炉火情》一种。丛书虽然没打"诺贝尔"标签，却开启了做诺奖作家小文集的思路。

1998 年，漓江出了三套诺奖作家小文集。时任总编辑宋安群策划了《赛珍珠作品选集》，向美国哈罗德·奥柏联合会购买了版权，出版了五部小说、一部传记和一本文论。本人担任过其中《东风·西风》和《赛珍珠传》两种图书的责任编辑，还为赛珍珠母亲的故事写过责编手札——

---

① 见刘硕良《新时期有数的宏伟工程——"获诺贝尔文学奖作家丛书"序》。

美好的人和事，因为人们的珍爱而获得自己的历史，在这个意义上说，历史，就是人们对于美的牵挂和担心。时乖命蹇，说变就变，我们珍爱的事物能够留存多久？一旦大限到来，让碎片有了碎片的安息，人心也就有了人心的解脱吗？[①]

吴裕康策划了君特·格拉斯"但泽三部曲"（《铁皮鼓》《猫与鼠》《狗年月》），经德国 Steidl 出版社授权出版。有意思的事情就此发生了：我社在 1998 年 1 月至 1999 年 4 月出完这三种书，1999 年 9 月 30 日，瑞典文学院将诺贝尔文学奖颁给了君特·格拉斯。所谓猜题和押宝都很准的名编辑、大编辑，漓江早年就有现实榜样。

汪正球策划的"川端康成作品"，洋洋大观出了十卷。

以上四种诺奖作家文集，都没打"诺贝尔"标签，装帧设计也各有套路，却都绕不开内在承袭的同一种思路。所以说，在漓江做"诺贝尔"，是有传统的，可追溯的，漓江人血脉里的遗传密码，在不同时期阐发着基因的显隐性。

从 2023 年算起，诺奖作家未进入公版期的尚有 60 多人，这是一片资本角逐的热土，对这个领域作家作品的竞夺，不是漓江的强项。众人还没睡醒的时候，漓江前辈就已经外出狩猎了；现在的漓江人，专注于在家种田——我们无富可炫，有技在身，到手的都不是战利品，而是作品本身，值得像农人看待种子那样，悉心培育，精

---

① 见《我们珍爱的事物能够留存多久》，作者米子（本名张谦），《读书》1998 年第 10 期。

耕细作，用时间打磨，为每一部好作品寻找好译者、好编辑、好制作，直至它找到那个两情相悦的读者。

犹如观潮，漓江现在挤不进前排，索性站远一步，不追刚刚出炉的"当红炸子鸡"——新科获奖者。同时代的读者本来很想读到同时代优秀外国作家的作品，但这有个前提，就是译本要好。而"当红炸子鸡"的临时译本，前有市场期待，后有合同追魂，难得沉下心来从容打磨，多半是急就章似的翻译，反正搭配的也是快餐面似的阅读，说白了就是一场对诺奖新科得主生吞活剥的消费——真正的赢家，既不是作者、译者和读者，也不是编辑，而是商业。当然，在这个领域深耕多年，早有准备的同行是个例外。漓江与所有认真的同行惺惺相惜。

公版书是退潮后海滩上的贝壳，经历过海浪的洗礼、时间的检验，哪些受人欢迎，比较容易感知，可以从容选择。而同时代的作家作品，一时被潮头卷得高高，抛得远远，过了当红的这个时间节点，就被读者抛诸脑后，这样的例子不胜枚举。事实证明，由于作品本身或是翻译的质量问题，有的新科获奖作家作品，确实不如早年诺奖作家作品那么富有感染力。

说到这里，很有必要广为派发一下英雄帖：如果有诺奖作家、优质译者、原著出版社，以及权威版权代理机构听到漓江的声音，认可我们的理念，那么，您好，欢迎加入我们共同的事业！

"作家文集"精装本批量问世以后，我们分别在 2018 年和 2019 年年初的北京图书订货会上，以"执子之手——漓江与'诺贝尔'的不了情"和"'诺贝尔'与漓江血脉相连"两个专题向公众亮相，后者还荣膺该届订货会评出的"优秀文化活动奖"。2018 年 9 月，百道网特为这套书，对我本人进行了专访报道①。

成立于 1980 年的漓江出版社，在改革开放的春风里应运而生。建社不久就做"诺贝尔"，诺贝尔文学奖系列丛书，记录着一代又一代漓江人在向我国读者推介世界文学宝藏方面前赴后继、坚忍不拔的努力。"诺贝尔"和漓江人的职场生涯、美好年华紧密生长在一起，是漓江集体记忆中不可分割的一部分；漓江边的中国小城桂林，因为文学，因为诺贝尔，和斯堪的纳维亚半岛上的北欧古国瑞典就此牵连在一起——世间缘分，多么热烈美好，也足够千奇万妙。

金秋十月，在给此文收官之际，传来了法国作家安妮·埃尔诺获奖的消息。看来诺贝尔文学奖依旧不改我行我素之风——有多少百炼成钢的陪跑，就有多少新莺出谷的未料。谨以此文向充满无限可能的未来致意！漓江胸怀天下，初心不改，要以海纳百川的宽阔胸襟努力借鉴、吸收并呈现人类一切优秀文明成果。

2022 年 10 月 5 日　桂林

2024 年 9 月 12 日　修订

---

① 《曾经强悍的"诺贝尔旋风"影响过莫言、余华等，新一代出版人如何再创阅读高潮？》，百道网，2018 年 9 月 10 日。

〔智利〕巴勃罗 · 聂鲁达
(Pablo Neruda, 1904.7—1973.9)

青年聂鲁达

聂鲁达在演讲

聂鲁达和他的第三任妻子马蒂尔德·乌鲁蒂亚

聂鲁达在为自己的诗集签名

1971 年，聂鲁达被授予诺贝尔文学奖

作家·作品

　　我认为他是 20 世纪世界最伟大的诗人……他的诗质量总是很高。我说过好几次，聂鲁达简直是弥达斯王，他能把所有的东西都变成诗。

　　　　　　——加西亚·马尔克斯（哥伦比亚作家，1982 年诺贝尔文学奖获得者）

　　你们将见识一位真正的诗人，他把自己的感觉变成与我们不同、鲜有人能了解的世界。……聂鲁达的诗以一种拉美无人能及的充满激情、柔情、真情的音调横空出世。

　　　　　　——加西亚·洛尔迦（西班牙诗人、剧作家）

　　聂鲁达为我们打开了通向那种有朝一日称为诗歌自由的意识的最宽敞的大门。……所以，我恳请那些最容易遗忘的人重读《诗歌总集》。……他的人民将从那道门进去，将在每块石头、每片树叶上和每一声海鸟的叫声中看到自己所热爱的那位诗人的总是充满生命力的诗。

　　　　　　——胡利奥·科塔萨尔（阿根廷作家）

　　聂鲁达对许多诗人都有很大的影响。毫无疑问，对于我和我的朋友们，也是如此。当人们谈论聂鲁达时，总是谈论现实主义和超现实主义。但这并非那么准确，更确切地说他以一种奇异的、幻想的和日常的方式看待现实。聂鲁达同时拥有睁开的和闭上的眼睛——梦游人的眼睛，他用这双眼睛洞察现实。

　　　　　　——奥克塔维奥·帕斯（墨西哥诗人，1990 年诺贝尔文学奖获得者）

他的诗歌世界在以热情洋溢的意象扩充着。这种扩充越来越大，越来越多样化，越来越丰富。……整个世界不过是一行诗。《诗歌总集》就是盘点世界的这行诗，这首诗。

——路易斯·罗萨雷斯（西班牙诗人，西班牙皇家学院院士）

毕加索之于绘画，聂鲁达之于诗歌究竟意味着什么呢？一位完全依靠作品获得动力的创新多产的艺术家，并且将他自己的发展能量奉献给社会……

——《耶鲁评论》（1972年冬季号，耶鲁大学出版社）

目 录 / Contents

三　征服者

五　背叛的沙子

七　智利的诗歌总集

八　名叫胡安的土地

九　伐木者醒来吧

十二　歌的河流

十三　新年大合唱献给我黑暗中的祖国

十四　大　洋

十五 我 是

附　录

译　序

《诗歌总集》的这个译本与读者见面的时候，聂鲁达去世已经十周年了。[1]

聂鲁达生前三次来过中国，他是中国人民的朋友。但是除了1951年出版的一本《聂鲁达诗文集》，还没有出版过一本他的完整的诗集的中文译本。《诗歌总集》是第一本，也希望不是最后的一本。

聂鲁达是中国人民最熟悉的一位拉丁美洲作家，也是全世界人民最熟悉的一位拉丁美洲作家，因为他的战斗的一生和他的战斗的诗歌，代表了一个时代，也反映了一个时代。

聂鲁达开始诗歌创作的时候，还是智利南方小城里的一个青年，他为生活、为爱情、为未来而痛苦，写出了充满孤独，充满彷徨，充满渴望的诗。但是他对祖国和人民的热爱，他对真理和现实的追求，促使他不断地奋斗，不断地前进，经过了漫长曲折的艰苦道路，终于成为一个时代的诗人，以他的诗歌为智利人民的解放，为拉丁美洲人民的解放，为全世界人民的解放，战斗了一生，也为西班牙语的诗歌艺术，作出了伟大的贡献。

《诗歌总集》是聂鲁达的代表作，出版于1950年。这是一部具有

---

[1] 这是译者1982年写作此序言时，预计此译本初次与中国读者见面的时间。但实际首次出版时间为1984年12月，比译者预计时间晚了一年，出版社为上海文艺出版社。

完整结构的诗集，从中南美洲大自然的描绘，到拉丁美洲人民四百多年来争取解放的斗争，直至诗人自己诗歌创作的道路，各种题材无不包括在内。其中也包括了他的两首最著名的长诗：《马克丘·毕克丘之巅》和《伐木者醒来吧》。大概就是由于这个原因，这部诗集才叫作《诗歌总集》。

聂鲁达在长期诗歌创作的实践中，形成了他自己的风格。他是一个现实主义的诗人，同时也是一个不限于现实主义的诗人。就像他自己所说："一个诗人若不是一个现实主义者，就是一个死的诗人。一个诗人若仅仅是一个现实主义者，也是一个死的诗人。一个诗人仅仅不合情理，就只有他自己和他所爱的人看得懂，那十分可悲。一个诗人完全合情合理，甚至笨如牡蛎也看得懂，那也非常可悲。"[1]

聂鲁达的诗充满着丰富的想象，独特的比喻，形成了他具有独创性的诗歌语言：有时候清澈如流水，有时候汹涌如海潮，有时候瑰丽如宝石。要用适当的话来形容，实在困难，也许只有万花筒中看见的幻景，可以比拟。

1951年和1957年聂鲁达来到北京的时候，我曾有机会两次见到他。他对中国人民的爱好之情，溢于言表。1957年那一次，他得到了一只大海螺，非常高兴，不断地说，他的贝壳收藏品中，增加了一只中国海的珍品。但是不料后来聂鲁达也蒙上了不白之冤，他的作品再也没有介绍到中国来过。直到最近几年，我们的文学刊物上才重新出现他的名字。但是我总觉得，零星几首短诗的选译，不能与我们所熟悉的名字相适应，因此我才鼓起了勇气，动手翻译他的这本最大的诗集。

---

[1] 见《我承认我生活过：回忆录》，第十一章。

《诗歌总集》是一本难读的诗集，更是一本难译的诗集。但是如果能够从这个译本中了解到聂鲁达诗歌的十分之一甚至百分之一，我的愿望就算已经实现了。

王央乐

1982 年 2 月

一

大地上的灯

亚美利加洲的爱（1400）

在礼服和假发①来到这里之前，
只有大河，滔滔滚滚的大河；
只有山岭，其突兀的起伏之中，
飞鹰或积雪仿佛一动不动：
只有湿气和密林，尚未有名字的
雷鸣，以及星空下的邦巴斯草原。

人就是大地，就是颤动的泥浆的
容器和眼皮，黏土的形体；
就是加勒比的歌，奇布却②的石头，
帝国的杯子，或者阿劳加③的硅土。
他柔软而多血，然而
在他那潮润的水晶的
武器的柄上，却铭刻着
大地的缩影。
          后来
谁也不记得它们了：风
把它们遗忘，水的说话
被埋葬，密言暗语已经消失
或者沉没在寂静和血泊之中。

---

① 指穿礼服戴假发的欧洲人。
② 奇布却在现在的墨西哥。
③ 帝国，指印第安人建立的国家。阿劳加在现在的智利。

牧人兄弟们，生命不能失去，

而是要像一朵野玫瑰那样

在密林里落下一点红；

失去就是熄灭大地上的一盏灯。

我来到这里，是为了歌唱历史。

从野牛的宁静，直到

大地尽头被冲击的沙滩，

在南极光下积聚的泡沫里，

从委内瑞拉阴凉安详的

峭壁的洞窟，

我寻找你，我的父亲，

混沌的青铜的年轻武士；

就是你，婚姻的植物，不驯的鬈发，

鳄鱼的母亲，金属的鸽子。

我，泥土的印加的后裔，

敲着石头，说：

是谁

在期待着我？我把手握紧

一柄透明的水晶的匕首。

可是走在萨波特卡①的花丛里，

亮光却甜蜜得像小鹿，

---

① 萨波特卡，墨西哥的古代印第安民族。

阴影仿佛墨绿的眼睑。

我的没有名字的不叫亚美利加的大地，
划分昼夜的经线，紫贝的长矛，^①
你的香气渗入我的根子，
直至我喝的杯子；直至
我嘴里尚未诞生的最精美的语言。

I

植　物

来自其他领域的风，
降到这没有名字没有边际的大地，^②
带来天上的雨丝，
于是丰饶的祭坛上的神，
送回了花朵和生命。

岁月在富庶中成长。

哈拉坎达^③高高举起
越海而来的光彩形成的泡沫；

---

① 亚美利加洲是从南到北的一长条，形状如矛头。
② 欧洲人未未到之前，没有亚美利加这个名字。
③ 即玫瑰母树。

阿劳卡里亚①像竖立的标枪，

庄严地指向高山积雪；

原始的红木树，从它树身的

杯子里蒸馏出红血；

到南方，那落叶松，

雷鸣的树，赤红的树，

长刺的树，母亲的树，

那朱砂木棉树，那橡胶树，

都是著名的大地的内涵，

都是本土的存在。

一股新的弥漫的香气

充满了大地的隙缝，

把呼吸变成了芬芳的烟：

原来是野生的烟草，抬起了

它那梦幻气氛的花朵。

仿佛一支火焰为尖的矛，

玉米出现了，它的身体

脱下米粒又重新诞生，

散布玉米粉向四方，

把死者收到它根下，

然后，在它的摇篮里，

看着植物之神生长。

胚胎与乳汁的沉重的光

---

① 智利生长的一种树木。

把风的种子播撒在

延绵的起伏的

崇山峻岭的羽毛上；

这是黎明还没有睁开眼睛的曙光，

对雨水绵绵的纬线，

对哺乳的沉沉黑夜，

对清晨那样莹洁的湖泊，

这些土地的膏腴。

还有在辽阔的

星球的平板那样的平原上，

一群新鲜的繁星下面，

翁布①傲然挺立，拦住了

来自四处的风，喧闹的飞鸟；

它骑跨在草原上，用根子和缰绳的网，

把草原紧紧勒住。

树木茂密的亚美利加，

大洋之间，野生的丛林，

遍布南极到北极，

你的森林啊，是翠绿的宝藏。

在圣洁的树皮的城市里，

在声音嘹亮的木材上，

广大的叶簇，

萌生了夜晚，遮掩着

---

① 翁布，邦巴斯草原上的大树。

胚胎的石头，那孕育

绿色的子宫，亚美利加的

种子的原野，丰盈的宝库，

一根树枝抽伸，仿佛一座岛屿，

一片树叶，就是宝剑的形状，

一个花朵，就是闪电和水母，

一串果实，包容了它的全貌，

一支树根，深入到幽冥之中。

II

一些兽类

这是大蜥蜴的黄昏。

在虹彩的双颚之间，

那舌头仿佛利箭，

食蚁兽深藏进绿荫，

以旋律的脚步

在树丛中踩过。

细毛的羊驼好似氧气，

在宽阔的黑色山岩之巅，

穿着金靴徘徊；

而骆马则睁开天真的大眼，

瞧着这满是露珠的

世界的纤细柔弱。

猕猴在曙光的边沿，

结成一条无穷的

爱情的长线，

冲破了花粉的墙，

惊散了摩索①枝头

蝴蝶的紫色蹁跹。

这是鳄鱼的夜晚，

洁净的发芽生长的夜晚，

它从淤泥中伸出嘴巴，

梦幻的沼泽发出一声

骨殖回到土地根源里时

模模糊糊的响声。

美洲豹以它失去的磷光

轻擦着叶簇；

美洲虎在枝叶之间奔跑，

仿佛吞没一切的火，

同时在它身上，树丛的

沉醉的眼睛在燃烧。

浣熊搔着河流的脚，

嗅着巢穴里跳动的美味，

用红色的利齿进击。

---

① 摩索树，巴西生产的一种树木。

宽广水面的底下，
犹如一团泥土，
潜伏着巨大的水蛇；
祭祀的淤泥覆盖着它，
嗜杀而又虔诚。

III

鸟儿来了

我们的大地上，一切都在飞翔。
从阿纳瓦克①的黎明，
红雀取得了鲜血，
红得仿佛羽毛和血滴。
巨嘴鸟是一只可敬的
油漆过的水果盒子。
蜂鸟则守卫着
闪电的原始的火花；
它那细微的窝，
在宁静的空气里燃烧。

著名的鹦鹉，充满在
茂密叶簇的深处，
仿佛一块块镶绿的金锭，

---

① 阿纳瓦克，墨西哥中部的高地。

刚从淹没在沼泽里的金块上绽出；

它们浑圆的眼珠，

从周围的一个黄圈里张望，

与矿藏同样的古老。

天空里所有的鹰隼，

都在空旷的蓝天中

充填它们血腥的肚肠。

兀鹰，杀伐之王，

空中孤独的僧侣，

雪中黑色的符咒，

鹰群中的疾风，

扑张起食肉的羽翼，

翱翔于世界之上。

面包师鸟的精巧，

能把芳香的黏土

做成小小的响亮的舞台，

在那里出现引颈高唱。

断路鸟跳跃在

水泉的边沿，

喊出湿润的尖叫。

阿劳加的野鸽，

结成灌木丛中粗糙的巢，

在里面留下真正的礼物，

那发着蓝色的卵。

南方的椋鸟，是秋季

芳香甜蜜的木工，

露出了它那殷红的

星座中星星似的胸脯；

而南边的钦古洛①则吹起

刚刚取自流水的

永恒中的笛子。

但是，那火鹳

却湿润得像睡莲，

展开它火红教堂的两扇大门，

翱翔着，仿佛曙光，

远离闷热的森林；

在那里，悬挂着宝石般的

克莎尔②，它立即惊醒，

活动着，滑行着，闪耀着，

让它初生的烈焰飞舞。

一大群的海鸟飞向海岛，

一轮满月似的飞禽，

航向南方，

飞越秘鲁的激荡中的

---

① 钦古洛鸟，智利南部的一种小鸣禽。
② 克莎尔鸟，中美洲一种珍贵的小鸟。

岛屿。

这是一条黑影活跃的河流，

这是一颗不计其数的

小小的心组成的彗星，

它遮掩了世界上的太阳，

仿佛拖着沉重尾巴的一座行星，

蜿蜒地向着群岛飞去。

在怒潮奔腾的大海尽头，

在海洋的雨中，

升起了信天翁的翅膀，

好似两堆白盐，

在阵阵的浪潮之间，

以它宽阔的等级，

建立起孤寂的秩序。

IV

大河来参加

我爱大河，为了蓝色的水

晶莹的水滴而战斗；

你那咬苹果的黑女神的幻象，

仿佛一株满是脉络的大树。

那时候你赤裸裸地醒来，

被河流画满了身子；

你的潮湿的脑袋伸向高处，

向世界遍洒新的露珠。

流水在腰间使你颤动。

你是泉源所构成，

湖泊在你的额头闪亮。

从你的丛林母亲，你收集

你收集水流，犹如活生生的泪，

拖着河道走向沙滩，

在星象满布的夜晚，

穿过遍地粗砺的石砾，

一路冲破地质形成的盐堆，

割断密墙似的林莽，

分开石英岩的肌体。

奥里诺科河

奥里诺科，让我留在你

那个没有钟点的钟点的河边：

让我留在赤裸裸地来往的那个时光，

进入你受洗命名前的蒙昧。

水色殷红的奥里诺科，

让我把回家来的双手，

沉进你的慈怀，你的流程；

你是民族的大河，根子的祖国；

你那漫长的汩汩，蛮荒的滔滔，

来自我所来自的地方，来自

贫穷和高傲的孤独，来自

如血的秘密，来自

沉默的黏土母亲

亚马孙河

亚马孙啊，

水的音节的首府，

水的老祖宗；

你是丰产富饶的

永恒的秘密。

无数河流，如飞鸟来归，给你

铺上一层火色的肉汁。

死去的巨大树干，使你充满香气，

月亮也无法看守你，衡量你。

你满盈着绿色的精液，

仿佛一株婚姻的大树。

你被蛮荒的春天镀上银，

你被木头染成红，

在岩石的月光之下发着蓝，

穿上铁的蒸气的服装，

徐缓得犹如一条行星的道路。

特昆达马河

特昆达马，你记得吗，
你在高原上孤独的脚步，
没有痕迹，只是一条
孤零零的线，微弱的愿望，
天上的游丝，白金的飞箭；
你记得吗，一步接着一步，
你冲开黄金的墙，
直至从天空落到
空荡荡的石头的可怖剧场？

比奥比奥河

可是，对我说吧，比奥比奥，
在我的嘴里滑动的，就是你的话；
你对我说的这种语言，
是夜晚的歌，
掺和着雨点和叶簇。
是你，在谁也不看一眼这孩子的时候，
讲给我听这大地的黎明，
你的王国的强大和平，
跟一支折断的箭杆
埋葬在一起的战斧；
那是肉桂的树叶

在千年之间对你所讲述，

然后看着你投身入海，

分成无数的嘴巴和乳房，

浩浩荡荡，绚丽多姿，

还在喃喃地说着这个带血色的故事。

V

矿　藏

金属的母亲啊，他们把你烧炙，

把你咬碎，把你折磨，

把你浸蚀，到最后，

让你腐烂；那时候，

偶像已经无法把你保护。

爬上丛林之夜的

头发上的藤萝，

红木制成的

羽箭的箭杆，

聚集在花的阁楼的铁器，

我大地上兀鹰指挥者

高翔的利爪，

陌生的流水，邪恶的太阳，

凶暴的泡沫浪潮，

潜伏的鲨鱼，

极地崇岭的尖齿，
披着羽毛的蛇神，
带着稀罕的蓝色毒汁，
飞鸟和蚁群
迁徙时带来的古老热病，
连片的沼泽，
酸刺的蝴蝶，
近似金属的木头，
你们这气势汹汹的一群，
为什么不把宝藏护卫？

你那睫毛上染血的
暗黑岩石的
母亲！
你石阶上的松绿岩，
是祭司的太阳宝石里
刚刚产生的光亮的蛹，
里面沉睡着
硫化状态下的铜。
而锑，则一层一层地往下，
深入到我们这星球的深处。
煤闪烁着乌黑的光辉，
仿佛白雪的完整的反面，
仿佛包藏在大地一动不动的
隐隐作痛的脓包里的黑冰。

这时候，黄鸟的一阵闪光，
降落到冰山脚下的
硫黄之流上面。
而钒，则穿着雨
走进黄金的宫廷，
砥砺钨的宝刀。
而铋，还正在编结
药物的发辫。

磷被错认为萤火虫，
仍然继续在高处
撒下点点的磷火，
落在含铁的峰巅，
落进深渊和沟壑。

那是大气的葡萄，
青玉的地下宝库：
高原上一个小小士兵，
穿着锡的长袍酣睡。

铜装满着青绿的物质，
在没有埋葬的黑暗里
造成了它的罪恶，
那破坏一切的木乃伊
则沉睡在越加深沉的沉默中。

在温柔的奇布却，

黄金从昏暗的庙堂里出来，

慢慢地向武士们走去，

变成了红色的花蕊，

变成了薄薄的心，

变成了大地的磷光，

变成了神奇的牙齿。

那时候，我还睡眠在

一颗种子，一个虫蛹的梦中，

跟着你一起，走下

克雷塔罗①的石级。

                等着我的

是徘徊的月亮的石块，

那渔家的宝饰：乳白石，

一株在教堂里

被紫水晶凝冻的枯树。

多金的哥伦比亚，

你怎么能够知道，

你那赤脚的石块中隐藏着

一场黄金的狂烈的风暴？

翡翠的祖国，

你怎么会得看见，

死亡和大海的珍宝，

那火焰的亮光，

① 克雷塔罗，在墨西哥。

跳跃地爬上了

入侵者首领们的喉咙？①

你是石块的单纯观念，

盐所培育的玫瑰，

埋在泥土里的邪恶眼泪，

尚未施展狡计的海妖，

有毒的颠茄，黑色的蛇。

（同时，棕榈把它的队伍

散开成为高耸的梳齿，

盐取代了崇山峻岭的光辉，

把树叶上的雨滴

变成了石英的衣服，

把枞树变成了

煤的大路。）

我乘着旋风奔向险境，

我下降进入翡翠的光明，

我上升攀住红玉的枝头，

但是在伸展于荒漠的

硝石的身上，我永远沉默。

我看见锡

如何从高原骨殖的

灰烬中爬起来，

---

① 印第安人曾把熔化的黄金灌入前来掠夺黄金的殖民者的喉咙。

它那珊瑚样的有毒的枝条，

在昼夜的迷雾中甚至扩展成丛林，

甚至覆掩了

我们谷物王国的纹章。①

VI

人　类

如同矿物的种族就是

黏土的杯子一样，人类

是用石块和空气做成，

犹如大坛子那么洁净，那么发响。

月亮揉捏着加勒比人，

挤出了圣洁的氧气，

揉碎了花朵和根。

岛上的人来来往往，

编织着硫黄气味的

五颜六色的花枝和花环，

而海神则吹着风，

在泡沫的边沿。

塔拉乌马拉②还披着荆棘，

---

① 智利产硝石，玻利维亚产锡，都是帝国主义者的掠夺物。
② 塔拉乌马拉，墨西哥中部的山。

西北方的平原

就以血和燧石创造了火，

同时，宇宙又一次

从塔拉斯科人①的黏土里诞生。

充满爱情的大地的神话，

就是雨露的丰沛，在其中，

性爱的软泥和热情的果实，

将要成为神祇的行动

或者器皿的淡白的壁。②

祭司们走下

阿兹特克③的台阶，

仿佛色彩绚丽的雉鸡。

三角形的石级，

衬托着祭服的

无数缤纷缭乱的颜色。

巍峨的金字塔，

石块叠石块，痛苦又高昂，

在它君临一切的结构中

藏着一颗牺牲的心，

仿佛果核一样。

发一声喊，犹如嗥叫，

---

① 塔拉斯科人，墨西哥的印第安民族。
② 这几句比较费解，大意为：大地受到雨露滋养，神的意志使万物繁殖生长。
③ 阿兹特克，墨西哥的古印第安民族，有高度文化。

鲜血滴下

神圣的台阶。①

然而村落里的黎民，

却正在编织纤维，

用来保藏收获的未来；

正在编结羽毛的光辉，

胜过天然的蓝宝石，

在图案复杂的织物里，

显示世界的华彩。

玛雅人②，你已经

砍伐了知识之树。

你是种植谷物的种族；

你以这样的气概，建立起

观察和死亡的建筑；③

你在源泉里探索，

投进黄金的新娘，④

向着胚芽居留的地方。

契钦人⑤，你的喧嚣

在丛林的黎明中增长。

勤奋的劳动，

---

① 阿兹特克人以活剖人心作为祭神的牺牲。
② 玛雅人，墨西哥的古印第安民族，有高度文化。
③ 指气象台和坟墓。
④ 玛雅人能炼金。
⑤ 契钦人，墨西哥的古印第安民族。

把你小小的黄色城市

建成蜂房般的对称；

头脑的思想

威胁着祭坛上的血；

在阴暗里拆掉了天，

传授医学，

书写在石板上。①

南方是一个黄金的奇景。

巍峨独立的马克丘·毕克丘②

是在天的门口，

充满着油和歌；

人们拆毁了

山巅大鸟的巢；

在群山之间的新领地，

劳动者用被雪冻伤的指头，

触摸着种子。

库斯科③的天亮了，

仿佛高塔和谷仓的宝座；

这个脸色浅黑的种族，

它是世界思想的花朵；

---

① 契钦人不再以活人作牺牲祭天，医学比较发达。
② 秘鲁印第安民族的古城，在 2400 米的高山上，现存遗址，是美洲古代文化的象征。
③ 秘鲁古印加帝国的首都。

在它摊开的手掌上，

跳动着紫晶石帝国的冠冕。

高地上的玉米，

在田畦中萌芽，

人群和神祇，

在火山的小径上来往。

农业，使厨房的王国

弥漫着香味，

在家家户户的屋顶

披上一件脱粒的阳光外衣。

（甜蜜的种族，山岭的子女，

高塔和绿松石的世家，

现在，在我们走向大海之前，

闭上我的眼睛，

因为痛苦就来自海上。[1] ）

那个蓝色的丛林是洞穴，

在树木和幽静的神秘中，

瓜拉尼人[2]唱着歌，

好似傍晚升起的雾霭，

好似叶簇上的露珠，

好似相爱的那天的细雨，

---

[1] 欧洲殖民者来自海上。
[2] 瓜拉尼人，巴拉圭的印第安民族。

好似在河畔感到的忧郁。

在这没有名字的亚美利加的深处，
是在令人头昏目眩的
大水之间的阿劳科人①，
他们远离这个星球的一切寒冷。

瞧那孤寂的广大南方吧。
高原上不见炊烟，
只见山巅的白雪皑皑，
以及被粗大的阿劳加树
挡住的强劲南风。
你别在它浓重的绿荫之下
寻找陶工的低吟。

只是水和风的一片寂静。

然而，武士正在树叶之间窥望。
松林之中一声吼叫。
几只老虎的眼睛
正在雪山之巅的中间。

瞧那从不停歇的长矛。
听那羽箭飞驰空中

---

① 阿劳科人，智利的印第安民族。

响起的呼哨。
瞧那胸脯和大腿，
还有黑色的头发，
在月亮的光芒中闪亮。

瞧那武士们的虚空。

什么也没有。听那迪乌卡①
发出颤鸣，犹如净夜的清泉。

兀鹰在邪恶的飞翔中穿过。

什么也没有。你听见了？那是
美洲豹在大气和树叶之间的脚步。

什么也没有。你听着。听那树，
听那阿劳科的树。

什么也没有。瞧那石块。

瞧那阿劳科的石块。

什么也没有，只有树。

只有石块，只有阿劳科。

---

① 智利的一种灰色小鸟。

二

马克丘·毕克丘之巅

I

从空间到空间，好像在一张空洞的网里，
我在街道和环境中间行走，来了又离开。
秋天来临，树叶舒展似钱币，
在春天和麦穗之间，是那最伟大的爱，
仿佛在落下的一只手套里面，
赐予我们，犹如一轮巨大的明月。

（那些动荡的岁月，
我是在身体的风暴中过去的；
钢铁变成了酸性的沉默，
夜晚被拆散，直到最后一点细屑，
那是新婚的祖国受到侵犯的纤维。）

一个在提琴之间等待着我的人，
逢到一个世界如同一座埋葬的塔，
塔尖埋得那么深，
比所有的嘶哑的硫黄色的树叶还要深；
还要深，在地质的黄金里，
好像被多变的气象所包裹的剑。
我把混沌而甜蜜的手
深入到大地最能繁殖的地方。

我把额头置于深沉的波浪之间，

像一个水滴，降到硫黄的宁静里；

像一个盲人，回归于

人类的消耗殆尽的春天的素馨。

II

如果花还在把长高的幼芽交给另一朵花，

石块还在它钻石和沙砾的

破碎外衣上保留着零落的花朵，

而人则揉皱了从海洋汹涌源头

收集来的光明的花瓣，

钻凿着在他手里搏动的金属。

突然，在衣服和烟雾中，在倾圮的桌子上，

仿佛一堆杂乱的东西，留下了那灵魂：

是石英，是嫉妒，是海上之泪，

仿佛寒冷的池沼：然而他还是

用纸，用恨，杀死它，折磨它，

把它压倒在每天踩踏的地毯上，

在铁丝网的邪恶衣服里把它撕碎。

不：在走廊上，空地上，海上或者路上，

谁不带着匕首（犹如肉色的罂粟）

保卫自己的血？虎列拉①已经使

出卖生灵的悲惨市场气息奄奄，

---

① 虎列拉，即霍乱。

于是，从梅树的高处，

千年的露水，在期待着它的树枝上

留下了透明晶莹的信息，啊，心哟，

啊，在秋季的空虚里磨得光秃了的额头。

有多少次，在一个城市冬天寒冷的街上，

公共汽车上，黄昏的船上，

或者最沉重的孤独里，节日的夜晚，

钟声和阴影，人们欢乐地相聚在一起，

我想停下来，寻找那深奥的永恒的脉络，

那是从前铭刻在石块上或者亲吻所分离的闪光里的。

（谷物里面，是像怀孕的小小乳房似的

一个金黄故事，无穷无尽地重复着一个数字；

那胚芽的外皮，那么柔嫩，而且

总是一模一样，脱壳而出如象牙；

流水之中，就是莹洁的祖国，

从孤寂的白雪直至血红的波浪的原野。）

我什么也没有抓住，除了掉落下来的

一串脸或者假脸，仿佛中空的金指环，

仿佛暴怒的秋天的衣衫凌乱的女儿，

她们使庄严的种族的可悲之树难免战栗。

我没有地方可以让我的手歇息，

它像套着锁链的泉水那样流动，

或者像大块的煤或水晶那样坚定，

我伸出的手应该得到恢复的热力或者寒意。

人是什么？在他说话的哪个部分，

在仓廪和嘘声之间，展开了生命？

在他金属的运动的哪个地方，

活跃着那不朽不灭的生命？

III

生灵就像玉米，从过去的事情的无穷谷仓中

脱粒而出；从悲惨的遭遇，

从一到七，到八，

从不止一个死亡，而是无数死亡，来到每个人身上。

每天，只是一个小小的死亡，只是尘土，只是蛆虫，

是郊外泥泞里熄灭了的灯，一个翅膀粗壮的小小死亡，

刺入每一个人，仿佛一支短矛。

那是被面包，被匕首所困扰的人，

是牧人，是海港的儿子，或者扶犁的黑苍苍领袖，

或者拥挤街道上的啮齿动物。

一切的一切都在昏迷中等待他的死亡，他的短促的每天的死亡。

他的日日夜夜的倒霉的苦难，

仿佛一只颤栗地捧起来喝着的黑杯。

IV

强暴有力的死亡，多次邀请我；
它好似海浪里看不见的盐，
扩散着它看不见的滋味；
它好似下沉与升高各占一半；
它好似风和冰河的巨大结构。

我来到铁的边缘；来到
空气的峡谷，农业和石块的尸布；
来到穷途末路的空虚星座；
来到昏眩的盘旋的道路；但是，
啊，死亡，无垠的海，你不是一浪接一浪地
前来，而是仿佛明净的夜的奔驰，
仿佛夜的全部数字。

你从不来到了在口袋里翻搅；
你的来访，不可能没有红的祭服，
没有沉默所包围的曙光的地毯，
没有高飞的或者埋葬的眼泪的遗产。

我不能爱一个生命像爱一株树，
树冠（千万树叶的死亡）上一个小小的秋天，
全是虚伪的死，以及
没有土地没有深渊的复活。

我要在更加广阔的生命中游泳，

在更加宽畅的河口，

等到人们逐渐地拒绝了我，

关上了能关上的门，让我泉源的手

不再触摸那不存在的伤口，

于是我要，一条一条街，一道一道河，

一座一座城，一只一只床，

让我的发咸的骨殖穿过荒漠，

在最后的贫穷的屋子里，没有灯，没有火，

没有面包，没有石块，没有沉默，

孤零零地，踯躅在我自己的死亡里死去。

V

庄严的死亡，你不是铁羽毛的鸟，

不是那个贫穷住所的继承者，

在匆忙的饮食中，松弛的皮肤下所带来；

而是别的，是停息的弦的花瓣，

是不迎向战斗的胸脯的原子，

是落到额头上的粗大的露珠。

这一块小小的死亡，它不能再生，

没有和平也没有土地，

只是一副髑髅，一只钟，人们在它之中去死。

我掀开碘的绷带，把双手伸向

杀死死亡的无穷痛苦；

在创伤里，我只逢到一阵寒风，
从心灵的模糊的隙缝里吹进。①

VI

于是，我在茂密纠结的灌木林莽中，
攀登大地的梯级，
向你，马克丘·毕克丘，走去。

你是层层石块垒成的高城，
最后，为大地所没有掩藏于
沉睡祭服之下的东西所居住。
在你这里，仿佛两条平行的线，
闪电的摇篮和人类的摇篮，
在多刺的风中绞缠一起。

石块的母亲，兀鹰的泡沫。

人类曙光的崇高堤防。

遗忘于第一批沙土里的大铲。

这就是住所，这就是地点；

---

① 以上五节，是诗人在登上马克丘·毕克丘之前，抒发对人民的苦
难、暴力和贫困所造成的死亡，以及自己的不幸遭遇的悲愤之情。

在这里，饱满的玉米粒，

升起又落下，仿佛红色的雹子。

在这里，骆马的金黄色纤维

给爱人，给坟墓，给母亲，给国王，

给祈祷，给武士，织成了衣服。

在这里，人的脚和鹰的脚

在一起歇息于险恶的高山洞穴，

以雷鸣的步子在黎明踩着稀薄的雾霭，

触摸着土地和石块，

直到在黑暗中或者死亡中把它们认识。

我瞧着衣服和手；

瞧着鸣响的洞穴里水的痕迹；

瞧着那被一张脸的接触所软化的墙，

它以我的眼睛望着大地上的灯，

它以我的手给消失的木材上油，

因为一切的一切：衣服，皮肤，杯子，

语言，美酒，面包，

都没有了，落进了泥土。

空气进来，以柠檬花的指头，

降到所有沉睡的人身上；

千年的空气，无数个月无数个周的空气，

蓝的风，铁的山岭的空气，

犹如一步步柔软的疾风，

磨亮了岩石孤寂的四周。

VII

独一的深渊里的死者，沉沦中的阴影，

那深沉的程度，

就如你们的庄严肃穆一样。

那真实的，那最炽烈的死亡来到了，

于是从千疮百孔的岩石，

从殷红色的柱头，

从逐级递升的水管，

你们倒下，好像在秋天，

好像只有死路一条。

如今，空旷的空气已经不再哭泣，

已经不再熟悉你们陶土的脚，

已经忘掉你们的那些大坛子，

过滤天空，让光的匕首刺穿；

壮实的大树被云朵吞没，

被疾风砍倒。

它顶住了一只突然压下的手，

来自高空，直至时间的终结。

你们不再是，蜘蛛的手，

脆弱的线，纠缠的织物；

你们失落的有多少：风俗和习惯，

古老的音节，光彩绚丽的面具。

但是，石块和语言坚定不变，

城市好像所有的人手里举起的杯子；

活人，死人，沉默的人，忍受着

那么多的死，就是一垛墙；那么多的生命

一下子成为石头的花瓣，永恒的紫色玫瑰，

就是这道冰冷殖民地的安第斯山大堤。

等到黏土色的手变成了黏土，

等到小小的眼睑闭拢，

充满了粗砺的围墙，塞满了堡垒，

等到所有的人都陷进他们的洞穴，

于是就只剩下这高耸的精确的建筑，

这人类曙光的崇高位置，

这充盈着静寂的最高的容器，

如此众多生命之后的一个石头的生命。①

VIII

跟我一起爬上去吧，亚美利加的爱。

---

① 马克丘·毕克丘曾经有过光辉灿烂的文化，怎么会突然消灭，成为一座废墟，至今
无法解释。

跟我一起吻那秘密的石块。

乌罗邦巴①奔流的白银，
扬起花粉，飞进它黄色的杯子；
飞在藤蔓纠结的空隙里，
飞在石头的植物，坚硬的花环间，
飞在山间峡谷的静寂上。
来吧，微小的生命，来到泥土的
两翼之间，同时——晶莹而凛冽，
冲击着空气，劈开了顽强的绿玉，
狂暴的水啊，来自白雪的水。

爱情，爱情，即使在险恶的黑夜，
从安第斯敲响的燧石，
直至红色膝头的黎明，
都总在凝望这个白雪的盲目的儿子。

啊，白练轰响的维尔卡马约②，
在你雷鸣的水流破碎成为
白色的泡沫，仿佛受创的雪之时，
在你强劲的南风疾驰而下，
唱着闹着，吵醒了天空之时，

---

① 乌罗邦巴，秘鲁的一条河流。
② 维尔卡马约，秘鲁的一条河流。

你这是带来的什么语言，
给予几乎刚从你安第斯泡沫脱出的耳朵？

是谁抓着寒冷的闪光，
锁住了留在高处，
在冰凌的泪珠中分割，
在飞快的剑光上鞭挞；
猛击坚强的花蕊，
引向武士的床头，
使岩石的终极大为惊慌？

你那被逐的火花说的是什么？
你那秘密的背叛的闪光
曾经带着语言到处旅行？
是谁，在打碎冰冻的音节，
黑色的语言，金黄的旗帜，
深沉的嘴巴，压抑的呼喊，
在你的纤弱的水的脉管里？

是谁，在割开那从大地上来看望的
花的眼皮？
是谁，抛下一串串的死者，
从你衰老的手里下降，
到地质的煤层中
收取他们已经得到的黑夜？

是谁，扔掉了纠结的树枝？

是谁，重新埋葬了告别的言辞？

爱情，爱情啊，别走到边沿，

别崇拜埋没的头颅；

让时间在泉源枯竭的大厅完成自己的塑像，

然后，在飞速的流水和高墙之间，

收集隘道中间的空气，

风的并列的平板，

山岭的乱冲横撞的河道，

露水的粗野的敬礼，

于是，向上攀登，在丛莽中，一朵花一朵花地，

踏着那条从高处盘旋而下的长蛇。

在山坡地带，石块和树丛，

绿色星星的粉末，明亮的森林，

曼图①在沸腾，仿佛一片活跃的湖，

仿佛默不作声的新的地层。

到我自己的生命中，到我的曙光中来吧，

直至崇高的孤独。

这个死的王国依然生存活跃。

① 曼图，山谷名。

这只大钟的钟面上，兀鹰的血影

像艘黑船那样划过。①

IX

星座的鹰，浓雾的葡萄。

丢失的棱堡，盲目的弯刀。

断裂的腰带，庄严的面包。

激流般的梯级，无边无际的眼睑。

三角形的短袄，石头的花粉。

花岗岩的灯，石头的面包。

矿石的蛇，石头的玫瑰。

埋葬的船，石头的泉。

月亮的马，石头的光。

平分昼夜的尺，石头的书。

阵阵风暴之中的鼓。

沉没时间的珊瑚。

把指头磨光的围墙。

使羽毛战斗的屋顶。

镜子的枝条，痛苦的基础。

乱草所倾覆的宝座。

凶残的利爪的制度。

依着斜坡的强劲南风。

---

① 诗人怀着对美洲的爱，向上攀登，俯视两条湍急的河流、一个深谷。

绿松石的一动不动的瀑布。

沉睡者的祖传的钟。

被统治的雪的颈枷。

躺在自己塑像上的铁。

无可接近的封闭的风暴。

美洲豹的手，血腥的岩石。

帽样的塔，雪样的辩论。

在指头和树根上升起的黑夜。

雾霭的窗户，坚强的鸽子。

凄凉的植物，雷鸣的塑像。

基本的群山，海洋的屋顶。

迷途的老鹰的建筑。

天庭的弦，高空的蜜蜂。

血的水平线，构造的星星。

矿石的泡沫，石英的月亮。

安第斯的蛇，三叶草的额头。

寂静的圆顶，纯洁的祖国。

大海的新娘，教堂的树木。

盐的枝条，黑翅膀的樱桃。

雪的牙齿，寒冷的雷声。

爪一样的月亮，威胁的石块。

冰凉的发髻，空气的行动。

手的火山，阴暗的瀑布。

银的波浪，时间的方向。①

---

① 以上以示马克丘·毕克丘的雄伟。

X

石块垒着石块；人啊，你在哪里？

空气接着空气；人啊，你在哪里？

时间连着时间；人啊，你在哪里？

难道你也是那没有结果的人的

破碎小块，是今天

街道上石级上那空虚的鹰，

是灵魂走向墓穴时

踩烂了的死去的秋天落叶？

那可怜的手和脚，那可怜的生命……

难道光明的日子在你身上

消散，仿佛雨

落到节日的旗帜上，

把它阴暗的食粮一瓣一瓣地

投进空洞的嘴巴？

       饥饿，你是

人的合唱，你是秘密的植物，伐木者的根；

饥饿，你要把你这一带暗礁升高，

直至成为林立的巍峨的高塔？

我讯问你，道路上的盐，

把匙子显示给我看；建筑，

让我用一根小棍啃石块的蕊，

让我爬上所有的石级直至无所有，

让我抓着脏腑直至接触到人。

马克丘·毕克丘，是你把石块垒上石块，

而基础，却是破衣烂衫？

把煤层堆上煤层，而以眼泪填底？

把火烧上黄金，那上面还

颤动着大滴大滴鲜红的血？

把你埋葬下的奴隶还我！

从泥土里挖出穷人的硬面包，

给我看奴隶的衣服

以及他的窗户。

告诉我，他活着的时候怎么睡觉。

告诉我，他在梦中是否

打鼾，半张着嘴，仿佛由于疲劳

在墙壁上挖的一个黑坑。

墙啊，墙！他的梦是否被每一层石块

压着，是否与梦一起落到它下面，

如同落在月亮下面一样！

古老的亚美利加，沉没了的新娘，

你的手指，也从林莽中伸出，

指向神祇所在的虚无高空，

在光彩华丽的婚礼旌旗之下，

掺杂在鼓与矛的雷鸣声中。

你的指头，也是，也是

玫瑰所抽发，寒流的线条，

是新谷的血红胸脯，

转变成为材料鲜艳的织物，坚硬的器皿；

被埋葬的亚美利加，你也是，也是在最底下，

在痛苦的脏腑，像鹰那样，仍然在饥饿？①

XI

让我的手伸进五光十色的光辉，

伸进石块的黑夜；

让遗忘了的古老的心，

像只千年被囚的鸟，在我身上搏动！

让我现在忘掉这幸福，它比海还宽，

因为人就是比海及其岛屿更宽；

应该落入其中如同下井，再从底层脱出，

借助于秘密的水和埋没的真理的枝条。

让我忘掉吧，宽阔的石板，强大的体积，

普遍的尺度，蜂房的基石；

让我的手现在从曲尺滑到

粗糙的血和粗糙的衣服的斜边上。

愤怒的兀鹰，在飞行中，

仿佛红鞘翅甲虫的蹄铁，猛撞我的额头。

那杀气的羽毛的疾风，扫起

---

① 马克丘·毕克丘的古老人民，也是被剥削者、受压迫者。

倾斜的石级上乌沉的尘土。

我看不见这只疾飞的飞禽，看不见它利爪的钩，

我只看见古老的人，被奴役的人，在田野里睡着
　　的人。

我看见一个身体，一千个身体，一个男人，一千
　　个女人，

在雨和夜的昏沉乌黑的疾风之中，

与雕像的沉重石块在一起：

石匠的胡安，维拉柯却的儿子，^①

受寒的胡安，碧绿星辰的儿子，

赤脚的胡安，绿松石岩的孙子，

兄弟，跟我一起攀登而诞生吧。

XII

兄弟，跟我一起攀登而诞生。

给我手，从你那

痛苦遍地的深沉区域。

别回到岩石的底层，

别回到地下的时光，

别再发出你痛苦的声音，

别回转你穿了孔的眼睛。

---

① 胡安，代表普通的人。维拉柯却，秘鲁的第八世印加，1379—
1430 年在位。

从大地的深处瞧着我：

沉默的农夫，织工，牧人，

护佑你骆马的驯马师，

危险的脚手架上的泥瓦匠，

安第斯泪滴的运水夫，

灵敏手指的首饰工，

在种子上颤栗的小田农，

在充盈黏土里的陶器工，

把你们埋葬了的古老的痛苦，

带到这个新生活的杯子里来吧；

把你们的血，你们的伤，向我显示。

对我说：这里就是受到的惩罚，

因为首饰做得不耀眼，或者

大地不及时贡献石料或谷粒。

指给我看，那把你砸死的石块，

那把你处磔刑的木头。

给我点燃起，古老的燧石，

古老的灯，看看多少世纪以来

落下创伤的沉重鞭子

血迹斑斑的光亮斧钺。

我来，是为你们死去的嘴巴说话；

在大地上集合起

所有沉默的肿胀的嘴唇。

从底层，对我说，这整个漫漫长夜，

仿佛我就是跟你们囚禁在一起；

把一切都说给我听吧，铁链并着铁链，

枷锁并着枷锁，脚步并着脚步；

磨利你藏着的匕首，

佩在我的胸前，放在我的手中，

仿佛一条黄色光芒的河，

一条埋在泥土底下的老虎的河；

让我哭泣吧，钟点，日子，年代，

盲目的时代，星辰的世纪。

给我沉默，给我水，给我希望。

给我斗争，给我铁，给我火山。

支持我的血脉，支持我的嘴。

为我的语言，为我的血，说话。

三

征服者

崇高的帕却库特克神啊！请看
他们把我祖先的血流洒了多少！

图帕克·阿马鲁一世

I

他们来到岛上[①]（1493）

食人者使岛屿一片荒芜。

在这殉难的历史中，

瓜纳亚尼[②]首先遭殃。

黏土的儿女们瞧着它

麋鹿那样纤细的身材

受到打击，破碎了笑容，

临死还不明白是怎么回事。

他们被绑，他们受伤，

他们被焚，他们受灼，

他们受折磨，他们被埋葬。

等到时间在华尔兹中打转，

在棕榈树上跳舞，

这座翠绿的大厅已经空空荡荡。

只剩下一根根的白骨，

直僵僵地架在一起，

形成了十字架，赞颂

上帝和人类的光荣。[③]

---

① 西班牙征服者在哥伦布率领下，于 1492 年 10 月 12 日发现新大陆。
② 瓜纳亚尼，巴哈马群岛的一个小岛，西班牙征服者首先在此登陆，哥伦布将其命名为圣萨尔瓦多岛。
③ 到 1493 年，岛上已是一片荒凉，印第安人遭到屠杀。

从祖传的泥土，

从索塔文托①的树枝，

直至积聚的珊瑚，

纳瓦埃斯②的匕首到处乱斫。

这里是十字架，这里是念珠，

这里是受枷刑的圣母。

哥伦布的宝贝，那磷光闪闪的古巴，

在湿润的沙滩上

接受了他的旗帜和下跪。③

II

现在是古巴

然后就是鲜血和灰烬。

后来就只剩下了孤零零的棕榈。

古巴，我的爱，他们把你绑上刑架，

他们割掉你的脸，

他们砍下你淡金的腿，

---

① 索塔文托，小安的列斯群岛的一个岛屿。
② 潘菲洛·德·纳瓦埃斯（1470？—1528），西班牙征服者之一。
③ 然后，西班牙征服者到了圣多明各和古巴。因为诗人没有到过圣多明各（现在的多米尼加共和国和海地），所以这里只提了古巴。

他们敲碎你生殖的器官，

用匕首把你刺得七孔八穿，

把你宰割，把你焚烧。

那些灭绝一切的人，

从糖一般甜的山谷走下，

而你的儿女们的头饰

却在高丘顶上的浓雾中消失。

然而他们就是在那里，

一个个地被追逼，直至死去。

他们那温馨的土地，

花草之间藏着花朵的土地，

失掉了痛苦，把他们裂成碎片。

古巴，我的爱，什么样的震惊

使你出了一阵泡沫又一阵泡沫，

直至让你变得

单纯，孤单，邋遢，沉默，

而你的儿女们的骨殖，

则正在被螃蟹争夺。

III

他们到了墨西哥海（1519）

杀人的腥风刮到维拉克鲁斯。

马匹在维拉克鲁斯上了岸。

卡斯蒂利亚①的红胡子和爪子，

驱使着行驶的大船。

他们是无依无靠的卡斯蒂利亚人的儿子，

无非是阿里亚斯，雷耶斯，罗哈斯和马尔多纳多。②

他们了解冬天饥饿的滋味，

他们认识客店里的虱子。

他们靠着船舷在看什么？

有多少事要来临，有多少事来自消失的过去，

来自受鞭挞的祖国上空

徘徊着的封建的风？

他们出了南方的港口，③

不是来把人民的手

伸进掠夺和死亡：

他们的眼前是碧绿的土地，

是自由，是砸碎的锁链，是建设；

但是从船上，他们看见的

却只是在密密神秘的海岸上消失的波浪。

他们去到棕榈林的后面，

是去死还是去复生；那燃烧的大地

---

① 西班牙中部名卡斯蒂利亚，即代表西班牙。
② 普通的西班牙人的名字。
③ 指西班牙的港口摩古埃尔和加迪斯。往新大陆的船从这里出发。

仿佛一只奇特的炉子，

在炎热的空气里向他们一阵子涌来？

他们是人民；是蒙蒂埃尔的头发蓬松的脑袋，

是奥加涅和彼埃德拉伊塔的[①]

粗糙皲裂的手，钢铁的胳膊，

孩子那样的眼睛，

呆呆地在瞧着可怕的太阳和棕榈林。

欧洲自古以来的饥饿，那饥饿

仿佛垂死的星球的尾巴，充塞着船舶；

饥饿就在那里，在光秃秃的船上；

船向着寒冷漂浮，船是人群的后母；

而饥饿就在航行中

插进了指头，吹着船帆，说：

"再远一点，不然我就吃了你；

再远一点，不然你就要回到

你的母亲兄弟身边，回到法官和神父，

回到宗教裁判所，回到地狱和瘟疫那里。

再远一点，再远一点，远远地离开

虱子，封建的鞭子，监狱，

以及满是粪便的苦役船。"

于是努涅斯和贝尔纳尔的眼睛，

---

① 蒙蒂埃尔、奥加涅、彼埃德拉伊塔，均为西班牙城镇。

眺望无边无际的

光明的宁静，眺望

生活，世界上穷苦人的

不计其数的受折磨的家庭的

另一种生活。①

IV

科尔特斯②

科尔特斯没有老百姓；他是冰冷的光；

他是甲胄里一颗死去的心。

"我的王上，那里都是肥沃的土地，

还有庙宇，印第安人的手

给它装饰以黄金。"③

于是他用匕首刺着向前进，

冲击着低地，冲击着

到处飘香的崇山峻岭，

在兰草和松树的树冠之间

驻屯他的军队，

任意践踏素馨，

---

① 西班牙征服者率领的兵士中，有许多受苦的老百姓，他们想望在新大陆建立新的
生活。
② 埃尔南·科尔特斯（1485—1547），西班牙征服者，1519 年征服墨西哥阿兹特克人
的国家。
③ 科尔特斯给西班牙国王奏章中语。

直至特拉赫卡拉①的大门。

（埋葬了的兄弟啊，你不要把

玫瑰色的兀鹰当作朋友；

我从青苔上向你说话，

从我们王国的根子向你说话。

明天你就要哭出血来，

眼泪能够

形成迷雾，水汽，河流，

一直到把眼睛溶化。）

科尔特斯接受了一只鸽子，

收到了一只雉鸡，留下

君主的乐师的一架弦琴；

但是他喜欢的是黄金的屋子，

爱好的是另一种的步子，

一切都落进了贪得无厌的箱子。

君主在廊子上露脸，

说道："他是我的兄弟。"

人民的石块飞来向他答复。

于是科尔特斯在

背叛的亲吻上磨利他的匕首。②

---

① 墨西哥地名。特拉赫卡拉人起初与西班牙征服者联盟，反对阿
兹特克人。
② 阿兹特克人的君主以礼接待科尔特斯，被科尔特斯以狡计劫持。

他回到特拉赫卡拉；

风带来了一阵沉闷的痛苦呻吟。

V

乔卢拉①

在乔卢拉，年轻人穿上了

最好的衣饰、金饰、羽饰，

穿上了鞋，参加

接见入侵者的仪式。

回答他们的却是死亡。

那里死了几千个人。

被谋杀者的心，在那里

一排排地搏动。

在他们挖开的潮湿的深坑里，

保存着那一天的线索。

（他们骑着马冲进来杀伐，

砍断了奉献

黄金和花束以致敬的手；

包围了广场，挥动胳膊，

累得几乎喘不过气，

---

① 阿兹特克人的宗教中心，有许多神庙。

残杀王国的花朵；

在我吃惊的兄弟们的血泊里，

伸手直浸到胳膊肘。）

VI

阿尔瓦拉多[①]

阿尔瓦拉多，用爪子和刀子

扑进茅屋，摧毁了

银匠的祖业，

劫掠了部落婚姻的玫瑰，

袭击了氏族，财产，宗教。

他是盗匪收藏赃物的箱柜；

他是死亡的不露面的猎鹰。

后来，他的旌旗满是血污，

向着碧绿的大河，蝴蝶的大河，

那条帕帕洛亚班[②]而去。

庄严的大河看见它的子孙

死去，或者活着成了奴隶；

看见水边的村落里，燃烧着

种族和理性，年轻的头颅。

---

① 佩德罗·德·阿尔瓦拉多（1485—1541），西班牙征服者，1520
年与科尔特斯联合，征服墨西哥。
② 帕帕洛亚班河，墨西哥的河流。

但是痛苦并没有结束，

因为它那顽强的脚步

正在走向新的都督府。①

VII

危地马拉

甜蜜的危地马拉，

你的大厦的每一块石板

都留着一滴

老虎嘴巴吞食后剩下的血。

阿尔瓦拉多捣毁了你的家世，

打碎了你的星象的石碑，

在你的殉难者身上践踏。

在尤卡坦，一个主教②

跟在白皮肤的老虎后面进来了。

他收集了世界开创之日

在空中听到的

最深刻的学问；

那时候，最初的玛雅人③

已经书写，记载下

---

① 阿尔瓦拉多率军南下，建立危地马拉城，成立都督府。
② 尤卡坦，墨西哥地名。主教，指巴托洛梅·德·拉斯·卡萨斯（1484—1566），后任奇亚帕主教。
③ 尤卡坦和危地马拉一带的古印第安民族，曾创立了美洲最古老的文化。

河流的震颤，

花粉的科学，

包裹一切之神的愤怒，

通过初创宇宙的迁徙，

蜂房的规律，

绿鸟的秘密，

星辰的语言，

在大地演变的边沿，

收集到的

白昼与黑夜的奥秘！

VIII

一个主教

主教举起了手，

凭着他那小小的上帝的名义，

在广场上焚烧这些书籍，

把无穷的时日

所磨损的篇页，化成了轻烟。

烟升上天空，无踪无迹。①

---

① 卡萨斯主教把收集到的玛雅人的书籍全部烧光，于是玛雅文化
从此湮灭。

IX

杆子上的头颅

巴尔博亚①，你把

死亡和利爪带到了

甜蜜的中央大地的角落；②

在一切猎犬之中，

你的猎犬就是你的灵魂。

嘴巴血淋淋的莱翁西科③，

抓回了潜逃的奴隶，

把西班牙的犬牙

咬进还在呻吟的喉咙；

狗的爪子下

撕裂着牺牲者的血肉，

而宝石则落进了腰包。

该诅咒的狗和人，

在原始丛林里

无耻地嗥叫，踏着

钢铁和盗贼的窥探脚步。

该诅咒的野生荆棘，

---

① 瓦斯科·努涅斯·德·巴尔博亚（1475—1519），西班牙征服者，1513年从大西洋到达太平洋，后被巴拿马达里安的总督佩德拉里亚斯·达维拉所斩首，首级被插在杆顶示众。
② 指中亚美利加洲。
③ 巴尔博亚的猎犬名。

它那尖刺丛生的刺冠，
没有像刺猬那样竖起刺来
保卫这只被侵犯的摇篮。

可是在凶猛残暴的统领们之中
暗暗地升起了
匕首的正义，
嫉妒的酸枝。

返回的时候，在你的半路，
佩德拉里亚斯的名字，
就像一根绞索。
在残杀印第安人的犬吠声中
他们把你审判。
现在你死了，你听得见
被你唆使的猎犬
所打破的纯洁的寂静了吗？
现在你死在
激怒的总督们的手里了，
你感觉到那被毁的甜蜜王国的
黄金的芳香了吗？

巴尔博亚的脑袋
砍下之后，串在一根矛杆上。
他的死掉的眼睛，

腐烂了它们的闪光，

从矛杆上落下，

成为一堆垃圾，

消失在泥土里。

X

纪念巴尔博亚

发现者啊，那辽阔的海洋，

我的泡沫，月亮的纬线，水的帝国，

多少世纪之后，在用我的嘴巴对你说话。

你的功劳，在死去之前就已达到。①

疲乏把你从树林的漫长黑夜，

高举向宽广的天空；

汗水引导着你，直到

海的总汇，那大洋的边沿。

在你的眼睛里，

无限的光明与人的小小的心，

结成了婚姻，

注满了一只从未举起过的杯子；

一颗闪电的种子跟你一起来到，

一阵连续的雷鸣传遍大地。

巴尔博亚，统领啊，你放在

---

① 巴尔博亚虽然贪心残暴，但是他有从美洲发现太平洋的功劳。

盔头面甲上的手多么渺小，
你是发现者的盐的神秘玩偶，
糖一般甜蜜的大洋的新郎，
世界的一个崭新子宫里的胎儿。

在你的眼睛里，
犹如一阵狂暴的花雨，
进入了被剥夺的海洋尊严的阴暗气息；
在你的血液里，落进了骄傲的曙光，
直至充满了你的灵魂，把你占有！
等你回到孤寂的土地，
你还在梦游大海，绿色的统领，
你只是一具尸体，土地正等着
接受你的骨殖。

死了的新郎啊，阴谋得逞了。

历史并非徒劳，写进了
蹂躏的罪行，贪心的兀鹰，
以及它的巢，以及聚在一起
互相用黄金舌头攻击的蛇。

你进入狂暴的黄昏；
你走着的迷失的脚步，
仍然踩在深处而湿濡，

披着微光的婚礼的服装，

随着更多的泡沫，把你带到

另一个大海的海岸：死亡。

XI

一个兵士在睡觉

在错综的地界中迷失道路，

兵士来到了。他累得要死，

在藤萝和树叶之间倒下，

倒在长满羽毛的伟大神祇脚边

神祇

孤零零的，跟它

刚从林莽中升起的世界在一起。

它望着兵士，

大海里出生的奇怪东西。

望着他的眼睛，他的血污的胡子，

他的剑，他的甲胄的

乌亮光芒；疲劳仿佛浓雾

降落到这个孩子一样的

屠夫的脑袋上。

多少昏暗的区域，

要让这个羽毛的神祇诞生，

把它巨大的身躯蟠曲在

树林上，血红的石板上；
还有多少疯狂的流水，
野蛮的黑夜所制造的混乱，
泛滥出河道的没有出生的光明，
生活的激怒的酵母，
毁灭，丰饶的面粉，然后是秩序，
植物的以及其他各种各样的秩序，
凿开的高大的岩石，
祭祀的灯盏的烟雾，
对人过于坚硬的地面，
部落氏族的建立，
大地神祇的殿堂。
它的每一片石头的鳞都在颤动，
感觉到恐惧来临，
犹如昆虫的袭击；
它敛聚起全部威力，
让雨水下到根部，
跟大地上的流水说话，
它的不能动的宇宙的石头外衣
黯然发黑；
它不能动爪子，也不能动牙齿，
不能动河流，不能动身躯，
也不能动在这个王国的苍穹
嘘嘘发响的气象。

于是它在那里待着，这一动不动的沉默的石像。①

这时候，科尔多巴来的贝尔特兰正在睡觉。②

XII

希梅内斯·德·克萨达③（1536）

已经在走，已经在走，已经来到，

我的心啊，瞧那些大船，

大船向马格达莱纳④而来，

贡萨洛·希梅内斯的大船

已经来到，大船已经来到。

大河啊，拦住他们，

闭上你那张开大口的河岸，

在你的脉搏里沉没他们，

剥夺他们的野心，

把他们变成你的火的号角，

你的嗜血的脊椎动物，

你的啄食眼睛的鹰。

笨重的鳄鱼，带着它

土色的利齿，原始的坚甲，

① 神祇的石像，指阿兹特克人的羽蛇神，一条披羽毛有鳞片的蛇。
② 科尔多巴，西班牙一省。贝尔特兰，普通西班牙人的名字。
③ 贡萨洛·希梅内斯·德·克萨达（1500—1579），西班牙征服者，1536年到哥伦比亚，建波哥大城。
④ 马格达莱纳，哥伦比亚的河流。

仿佛一座桥，

横着身子，

架在你含沙的水面上。

从你的树丛里，

豹子射出火焰，

那是你的种子所产生。

大河母亲啊，把吸血蝇向他们扔去，

用乌黑的腐土迷住他们的眼睛，

把他们淹没在你的范围里，

在你眠床的黑暗中，

把他们在根子内缠住，

烂掉他们所有的血，

让你的螃蟹

啮食他们的肺脏和嘴唇。

他们已经进入森林，

已经在劫掠，咬啮，杀戮。

啊，哥伦比亚！保卫

你的神秘的红色丛林的面纱吧！

他们已经举起匕首，

对着伊拉卡①的圣庙；

现在他们抓住了西帕②，

---

① 伊拉卡，哥伦比亚地名。
② 西帕，波哥大的酋长。

现在他们捆起了他。

"把古老神祇的宝石交出来。"

那些在哥伦比亚

黎明的晨露里

开花放光的宝石。

现在他们在折磨主公。

他们砍下了他的头颅，

头颅用谁也无法闭上的眼睛瞧我，

那是我青翠赤裸的祖国的痛苦的眼睛。

现在他们在焚烧庄严的屋宇，

现在随着来的是那匹马，

那酷刑，那利剑。

现在他们留下一堆堆的焦炭，

以及灰烬之中

主公的那双没有闭上的眼睛。

XIII

乌鸦的约会

魔鬼们在巴拿马集会。

那里订的是黄鼠狼的联盟。

一支蜡烛刚刚点亮，

三个人一个接一个地来到。

首先到的是年老独眼的阿尔马格罗^①，

然后是皮萨罗^②，牧猪奴，

以及卢克^③教士，在愚昧中

自以为有学问的神父。

每一个都为了联合的剑

而把匕首藏在背后；

每一个都用龌龊的眼光

瞧着乌黑的墙壁，梦想着血，

以及吸引着他们远方帝国的黄金，

仿佛月亮之于该死的石头。

结盟的时候，卢克举起了

做圣餐的牺牲，

三个强盗一阵狂笑，

揉扯着圣饼，

"哥儿们，上帝会在我们之间分派。"

神父坚持着说。

于是，牙齿咀嚼着的

残忍的食肉者齐声说："阿门。"

他们吐唾沫，捶桌子，

由于不懂得写字，

桌子上，纸张上，长凳上，

墙壁上，都画满了十字。

---

① 迪埃戈·德·阿尔马格罗（1475—1538），西班牙征服者。
② 弗朗西斯科·皮萨罗（1478—1541），西班牙征服者。
③ 埃尔南多·德·卢克（？—1532），西班牙教士，后任第一任秘鲁主教。

在阴暗中的沉没的秘鲁，^①

被打上了记号；那些十字，

小小的，乌黑乌黑的十字，

出发了，航行向南方：

那是带来痛苦的十字，

毛发蓬松的锐利的十字，

带着爬虫钩牙的十字，

充满脓疱毒汁的十字，

犹如蜘蛛细腿的十字，

猎手阴谋诡计的十字。

XIV

痛　苦

在卡哈马尔卡^②，开始了痛苦。

年轻的阿塔瓦尔帕^③，蓝色的花蕊，

著名的大树，正在细听

带来钢铁响声的风。

这是一阵混乱，

---

① 三个西班牙征服者联合计划入侵秘鲁的印加国。
② 卡哈马尔卡，秘鲁地名。印加国的重要城镇。
③ 阿塔瓦尔帕（？—1533），印加国第十四世印加，被皮萨罗所杀害。

响亮而震动，来自海岸边，

一阵难以相信的奔驰

——振振地，有力地——

钢铁连着钢铁，走在草丛中。

统领们来到了。

音乐声中印加走出来，

长老们簇拥着。

客人来自另一个世界，

汗水淋淋，胡须蓬松，

前来致以崇高的敬意。

神父巴尔维德①，

奸诈的心，癞皮的豺，

把一件古怪的东西送上前，

一小块皮甲，也许是

马匹所来的那个世界的

一种果子。

阿塔瓦尔帕接过来，

不知道该怎么办：它不发亮，不发响，

就微笑着让它落到地下。

"死吧，

报仇吧，杀人吧，我给你们告解。"

---

① 维森特·德·巴尔维德（？—1542），西班牙教士，后任库斯科主教。

这个杀人十字架的豺狼嗥叫。

雷声向着强盗迎去。

我们的血在摇篮里就已流出。

王子们围护住印加，

在这痛苦的时刻，

仿佛齐声呐喊。

一万名秘鲁人，

在十字架和利剑之下死去，

鲜血染湿了阿塔瓦尔帕的锦袍。

皮萨罗，埃斯特雷马杜拉①的残忍的猪，

缚住了印加纤弱的胳膊，

暗夜犹如一块乌黑的火炭，

已经降临到秘鲁。

XV

红色的线

后来，君主举起了无力的手，

举得比强徒的额角还高，

触到了墙头。
                    强徒们在那里

画了一条红线。

————————

① 埃斯特雷马杜拉，西班牙的一省。皮萨罗原是该地的牧猪奴。

三间屋子

得要堆满金子银子，
直堆到用他的血画的这条线。
金子的轮子在旋转，夜以继日，
殉难的轮子在旋转，日日夜夜。

人们刮着地皮：人们摘下
以爱情和泡沫做成的宝饰；
人们捋下新娘的手镯臂钏；
人们舍弃他们的神像。
农夫交出了他的奖牌；
渔翁交出了他的黄金水滴；
犁头在颤栗地应答，
那黄金的轮子在转动，
高处传来了命令和声音。
于是，一只只的老虎聚在一起，
瓜分着鲜血和眼泪。

阿塔瓦尔帕轻信地期待着，
在安第斯山料峭的日子里满怀忧愁。
他们不来开门放他。
兀鹰们瓜分了
直到最后的一件饰物。
祭祀的绿松石，
还沾着屠杀牺牲的血污，

以及缀着银片的祭服。

强盗们伸出指甲量着，

君主则悲痛地听着

刽子手中间

那神父的哈哈狂笑。

他的心是一只杯子，

注满了痛苦的忧伤，

犹如金鸡纳的苦汁。

他想着他的领土，高地的库斯科；

想着他的公主，他自己的年龄；

想着国土所受到的惊恐。

他内心已经成熟；

他绝望的镇定多么悲壮。

他想到瓦斯卡[①]。异乡人是来自他那儿？

一切是个谜，一切是把刀，

一切是孤寂，唯有那条红线

还在活生生地搏跳，

吞下了这个垂死而沉默的国家的

黄金腑脏。

这时候，巴尔维德和死亡一起进来，

"你赐名为胡安。"对他说，

同时准备着火刑的柴堆。

---

① 瓦斯卡，阿塔瓦尔帕的兄弟，两人因争夺印加位，进行了战争；阿塔瓦尔帕获胜。

他庄严地答复："胡安，

我叫胡安，是为了去死。"

连死亡也对他不了解。

他们套住了他的脖子，

一只铁钩钩进了秘鲁的灵魂。

XVI

挽　歌

唯有，唯有在孤独之时，

我要哭泣，哭得像河流；

我要阴暗，我要睡眠，

仿佛你的古老矿山的黑夜。

为什么那发光的钥匙，

到了强盗的手里？

奥埃约①母亲，起来，把你的秘密

安放在这个夜晚的漫长苦恼上，

使你的忠告进入我的脉管中。

然而我不向你要求玉潘基②们的太阳。

我在睡梦中对你说话，

在大地上到处呼唤你，

---

① 奥埃约，印加神话中的大地之母。
② 玉潘基，印加国全盛时期几世印加的名字。

秘鲁的妈妈，山岭的子宫。
那雪崩似的匕首，
怎么会进入你沙砾的领域？

我在你的手里一动不动，
感到了各种金属
在地底下的河床里伸展。

我是你的根所造成，
但是我不明白，
大地没有把它的智慧给我，
我看见的只是黑夜连着黑夜，
在星星普照的大地底下。
那条爬向红线的蛇，
做的是什么没有感觉的梦？
凄怆的眼睛，昏沉的植物。
你怎么来到这怨气冲天的风里，
怎么进入愤怒的巨大山岩，
而卡帕克①却没有举起
他的光彩四射的黏土冠冕？

让我就留在华盖之下，
忍受煎熬，深埋自己，
犹如不再发光的死去的根。

_____

① 卡帕克，阿塔瓦尔帕的父亲，上一世印加。

在浓重的夜，夜的浓重

深入大地，直至

到达黄金的嘴巴。

我要伸展在夜晚的山石上。

我要和贫困一起到达那里。

XVII

战　争①

后来，一道熊熊的火舌

扑上了花岗岩的时钟。

阿尔马格罗们，皮萨罗们，巴尔维德们，

卡斯蒂略们，乌里亚斯们，贝尔特兰们，

互相砍刺，互相

指控对方背叛；

他们抢夺女人和黄金，

竞争这个朝廷。

他们在畜栏前绞死，

他们在广场上肢解，

他们在议会里吊起。

劫掠的树

———————

① 征服者之间发生了争权夺利的内战。

在刀伤剑伤化脓溃烂中倒下。

从皮萨罗这一次
在领土线内的奔驰，
产生了目瞪口呆的沉默。

到处都充满着死亡；
在它那不幸的子女的
无穷痛苦之外，
领土之上（被老鼠
啃得见了骨头），
在被杀和互杀之前，
已经扔遍了五脏六腑。

霍乱与绞架的屠夫，
摔倒在贪欲身旁的骑士，
被黄金的光芒
砸碎的偶像，
消灭你们自己的
血淋淋的爪子的家世吧；
在巍峨的王城库斯科
石砌的高墙旁边，
面对着最崇高的谷穗的太阳，
你们在印加金色的尘埃里，
这个帝国地狱的剧场，表演吧：

绿色嘴巴的掠夺，

血流如油的淫欲，

金色爪子的贪心，

弯钩牙齿的背叛，

贪吃的爬虫似的十字架，

树立在雪地上的绞刑柱。

还有精美如空气的死亡

在它的甲胄里一动不动。

XVIII

智利的发现者

从北方，阿尔马格罗带来了他弯曲的火器。[①]

在这片领土上，在爆炸和日没之间，

他夜以继日地弯着腰，仿佛在看地图。

荆棘的影子，蓟草与蜜蜡的影子，

这西班牙人用干瘦的脸把它们收集，

瞧着土地的阴暗的兵法。

黑夜，白雪和黄沙，

构成了我的瘦长的祖国的形状。

它的漫长的海岸线上都是寂静，

它的须发蓬松的大海中出来的都是泡沫，

---

① 阿尔马格罗约于 1535—1536 年间首先到达智利。

它的神秘的亲吻里充满的都是煤炭。
它的忧郁的行星的坚硬形体，
仿佛有黄金的火炭在它指头燃烧，
有白银耀眼犹如一轮绿色的月亮。
有一天这个西班牙人坐在玫瑰旁边，
坐在油的旁边，酒的旁边，古老天空的旁边，
没有想到这愤怒的岩石的一角，
是诞生在海鹰的粪堆之下。

XIX

战斗的大地

大地首先进行抵抗。

阿劳加①的雪，燃烧在
入侵者的路上，
仿佛白炽的野火。
阿尔马格罗的指头，
双手和双脚，都冻得掉下；
还有那双爪子，
并吞了毁灭了几个王国的爪子，
成了雪地上的一堆冻肉，
默不作声。

---

① 即阿劳加尼亚，那里的印第安人是阿劳科人。

他陷入了崇山峻岭的海洋。

智利的空气，
冲击着指向的星星，
压倒了贪婪和骑兵。

然后，饥饿尾随着
阿尔马格罗走，仿佛
一副看不见的腭骨在咬嚼。
在这场冰天雪地的宴会上，
马匹被吃得精光。
南方的死亡，阻碍了
阿尔马格罗们的进程；
他不得不圈转马头，走回秘鲁，
在那里等待着
这个遭到拒绝的发现者的
是北方的死亡。它
手执斧子，正坐在大路上。①

XX

大地和人联合起来

阿劳加尼亚，流水般的橡树的枝条，

---

① 阿尔马格罗回秘鲁后，被皮萨罗所杀。

啊，冷漠的祖国，沉沉的爱情，
孤独地在你雨丝涟涟的王国里。
你仅仅是矿山的咽喉，
寒冷的手，以及
习惯于切割岩石的拳头。
你是，祖国啊，坚强的和平；
你的人民爱热闹，
外貌粗犷，如强劲的风。

我的阿劳科人祖先，
没有华丽的羽饰，
不在婚礼的花床歇息，
不为祭司织金丝：
他们是石块和树木，
荆棘丛生的山岩中的根，
矛枪形状的叶子，
金属武士的脑袋。
祖先们啊，听见马匹的奔驰，
你们刚刚起来，
刚刚来到山巅，
闪电就划过了阿劳加尼亚。
它使石头的祖先成为阴影，
它使树林枯萎，它使
天然的蒙昧成为冰冻的光明，
粗糙的多刺的土地。

在不能驯服的孤寂的深处，

他们就这样等待着：

一个是一株红树，在观望，

另一个是一片金属，在倾听，

又一个是一阵钻子似的风，

再一个是小路上泥土的颜色。

祖国啊，雪的大船，

坚强的叶簇：

你的人民向大地要求旗帜时，

大地，空气，石块和雨水，

树叶，根子，香气和呼号，

就像一条披风，遮住了子女，

给他们武装，助他们抵抗。

于是就诞生了团结一致的祖国：

在战斗之前的紧密团结。

XXI

巴尔迪维亚①（1544）

可是，他们回转来了。

                        （他名叫佩德罗）

巴尔迪维亚，入侵的统领，

----

① 佩德罗·德·巴尔迪维亚（1500—1553），西班牙征服者，1541
年开始侵入智利。

在强盗们中间，用剑

切开我的土地："这一块给你，

这一块给你，巴尔德斯，蒙特罗，

这一块给你，伊内斯，^①

这一个地点，是议会。"

他们瓜分了我的祖国，

仿佛它是头死了的驴子。

"拿走这一片

月光和树林，

吞下这一条河流连同黎明。"

这时候，那巍巍的崇岭，

像青铜白雪那样，依然屹立。

阿劳科在观察。

砖瓦，高塔，街道，

屋子的沉默的主人微笑着起来，

湿漉漉的手操作起水和泥；

他带来了黏土，倾进了安第斯的水：

但是他决不能做奴隶。

于是，巴尔迪维亚，这个刽子手，

用火和死进攻。

就这样流血开始了，

三个世纪的血，深如大海的血，

空气那样的血，流遍了我的土地，

---

① 巴尔德斯、蒙特罗、伊内斯，均为巴尔迪维亚手下将领。

流遍了漫长的时间，哪次战争也不这样。

这只狂暴的兀鹰，

从服丧的甲胄里飞出，

咬啮着普罗毛加人①，

撕破了在安第斯大气里

于乌埃伦沉默中签下的条约。②

阿劳科的那盘热血和石块，

开始沸腾起来。

七位酋长

前来谈判，

都被拘禁。

就在阿劳加尼亚的眼前，

砍下了酋长们的脑袋。

刽子手们手舞足蹈。那个士兵，

伊内斯·德·苏亚雷斯，

肚子里塞得饱饱，一声声嗥叫，

用地狱里哈比③的膝头，

压住了这些高贵的颈项。

又把这些脑袋扔上木栅，

满浴着淋漓的尊贵鲜血，

覆盖着殷红的泥沙。

他们以为这样就吓服了阿劳科人。

然而在这里，树木和石块，

---

① 普罗毛加人，智利南部的印第安民族。
② 乌埃伦，智利地名，印第安人和西班牙人曾在该地签约互不侵犯。
③ 地狱里人首鸟身的妖怪。

长矛和脸容，结成的暗暗的联盟，

把罪行化成了一阵清风。

边界上的树木知道了，

渔夫，国王，巫师，

还有极地的劳动者，都知道了，

比奥比奥，这条大河母亲，

也知道了。

        于是开始了祖国的战斗。

巴尔迪维亚把滴着血的矛

刺进阿劳科多石的内脏，

把手探进脉搏，

把手指抓住阿劳科人的心，

流尽农夫朴质的

脉管的血，

       熄灭

牧场上的黎明，

        命令

把森林的王国作牺牲，

烧掉森林的主人的房屋，

砍断卡西克①的手，

把割下的耳朵和鼻子

交还给俘虏，

把托基②挑上矛杆，

杀死打游击的姑娘，

---

①② 卡西克和托基，均是酋长的称号。

用沾满血污的手套

在祖国的岩石上划记号，

使它充满了死尸

寂静和创伤。

XXII

埃尔西利亚①

阿劳科的石头，河川的

绽开的玫瑰，根子的领域，

与这个来自西班牙的人相会。

它们以巨大的苔藓侵入他的甲胄，

以羊齿叶的浓荫压住他的剑。

原生的藤萝，以湛蓝的手

给刚来到的人放上星宿的沉寂。

这个人，就是声音嘹亮的埃尔西利亚。

我听到了你的初升黎明的水的搏动，

听到了鸟的欢跃，叶丛中的雷鸣。

留卜吧，留卜你那金黄色的鹰的足迹，

在野生的玉米丛中，

撞伤你的面颊，

一切都是在这片被吞食的土地上。

---

① 阿隆索·德·埃尔西利亚（1533—1594），西班牙诗人，随巴尔维迪亚的侵略军来到智利，目睹阿劳科人反抗西班牙征服者的斗争，写成长诗《拉·阿劳加纳》，颂扬印第安人。

声音嘹亮的人啊，只有你

没有喝那只血杯；声音嘹亮的人，

那时间的秘密的嘴巴，

只是对你生身的迅速闪光，

徒然地来到要跟你说话，徒然地。

徒然地，徒然地，

鲜血洒上晶莹发亮的树枝，

徒然地，在那豹子出没的黑夜，

兵士挑衅的脚步，

以及命令，

还有伤者的

蹒跚。

一切复归于静寂，笼罩着一层羽毛，

一个遥远地方的国王，在那里吞食着乱草。

XXIII

长矛埋入地下

祖业就这样被瓜分。

鲜血划开了整个祖国。

（我要用其他的诗句

讲述我人民的斗争。）

可是土地

已被侵略的匕首切割。

后来，来了欧斯卡迪①的高利贷者，

洛约拉②的后裔，

来移植财产权；

从崇山到大洋，

用树林和尸体，

分派这座行星的倾斜的影子。

战栗的、伤残的、燃烧的土地上

建立起委任统治权；③

丛林和流水被分配，

装进了口袋；埃拉苏里斯④们

来到了，带着他们的族徽：

一根鞭子和一只凉鞋。

XXIV

麦哲伦的心（1519）

我是何处来的，有时我自问，真见鬼，

我来自哪里，今天是什么日子，有什么事，

嘎着嗓子，在睡梦里，在树木上，在夜晚，

一阵波浪升起，仿佛眼皮，一个日子

从此诞生，一道带着老虎嘴巴的闪电。

---

① 欧斯卡迪，即西班牙的巴斯克地区。
② 伊格纳西奥·德·洛约拉（1491—1556），西班牙教士，创建耶稣会。
③ 西班牙人掠夺印第安人土地的一种法律形式。
④ 埃拉苏里斯，智利大家族，几个世纪来多人任政界重要职务。

晚上突然醒来想到遥远的南方

日子来了，对我说：

"你听见那徐缓的水吗，

那水，

在巴塔戈尼亚①？"

我回答说："是的，先生，我听见。"

日子来了，又对我说：

"一头远方的野母羊，到了那个地区，

舔着一块石头的冰冻颜色。

你没有听见那咩叫，你没有认出

那蓝色的南风，在它手里，月亮是只杯子；

你没有看见那军队，风的愤怒的指头

戴着空虚的指环，触摸波浪和生命？"

回忆海峡的孤独

漫长的黑夜和松树，来自我去的那地方。

它们倒翻了叫人耳聋的酸；那疲劳，

那酒桶的盖，不管我生活中有多少。

一滴雪在我门口哭啊哭啊，

显示出它明净的服装，损坏了

我寻求和啜泣的小小纸鸢。

没有人看着草原的疾风，

---

① 南亚美利加洲的最南端。

草原的广漠，呼号的空气。

我走近了，说：我们去吧。

我到了南方，来到沙滩上；

我看见干枯乌黑的植物，都是根子和石砾；

岛屿被海水和天空所抓挠；

饥饿的河，死灰的心，

丧葬之海的庭院，

那里，孤零零的一条蛇在嘶叫，

那里，穴居着最后一头受伤的狐狸，

藏着它血淋淋的财宝。

我逢到了风暴，以及它勃怒的声音，

它古旧书本的声音，它千万条嘴唇的嘴巴，

对我说了些话，说了些空气每天吞吃什么的话。

探险者出现了，他们什么也没有留下

海水记得，大船来了之后发生了多少事。

坚实的奇异的土地保留着他们的骸骨，

他们在南方的惊恐中发出声响犹如号角，

人的眼睛，牛的眼睛，把它的空穴，它的圆坯，

以及无情的空洞的声音，给了白天。

古老的天空在寻找船帆，

                              什么也

没有留下：大船已经活活地毁坏，

连同痛苦的海员的骨灰，

黄金的房屋，皮革的帐篷，

传染病毒的麦子，

航行用的冰冷的火焰，

［在黑夜（岩石和船只）里的多少次冲击，直到深处］

只剩下燃烧过的火场，而不见尸体，

不间断的恶劣的天气，

刚刚把熄灭的火

变成乌黑的一片。

只有悲痛依然

缓慢地破坏了黑夜、海水、冰块的地区，

为了时间，为了终极而斗争的广漠，

以其紫色的标记，以及

野蛮的彩虹的蓝色末端，

在你的影子里淹没了我祖国的脚，

那破碎的玫瑰在号叫和受苦。

老探险家的回忆

冰冻的谷子，战斗的胡子，

冰雪的秋天，创伤的行程，

重新在河道里航行。

与他，与老人，与死者，

与被咆哮的水所剥夺的他，

与苦难中的他，与他的额头在一起。
然而，那信天翁以及吃掉的皮索，
依然跟随着他，眼睛无法看见；
盲目地乱吞乱吃的老鼠
在朽坏的柱子之间瞧着他愤怒的目光；
卷发和骨头从空虚中落下，
在海牛的身上滑过。

麦哲伦

是什么神祇经过？瞧他满生蛆虫的胡子，
还有他的裤子，被浓重的空气压着，
仍然像只落水的狗那样在咬啮。
他的身材，沉重得像只该死的铁锚，
海洋和北风的呼哨
直吹到他潮湿的脚。
     时间的
乌黑阴影的贝壳，
    磨损的马刺，
穿着海的丧服的老绅士，
没有家世的鹰，玷染污点的泉源，
你所统治的海峡的粪便。
你的胸前没有十字架，只有海的一声呼叫，
海的一声光芒雪白的呼叫，
钳子似的，阵阵海潮的磨秃的针的呼叫。

到了太平洋

因为海上邪恶的天气结束了一个日子，
黑夜的手一个接一个地割下了他的手指，
直至什么都没有；直至像人刚刚诞生，
船长发现自己身体里面是钢铁，
亚美利加升起水泡，
海岸举起白色的暗礁，
曙光的污秽，源泉的困扰；
直至这条大船，发出一声喊叫，
沉溺了，又喊叫，泡沫里诞生了黎明。

全都死了

海水和虱子的兄弟们，食肉行星的兄弟们，
你们看见没有，船桅终于在风暴之中
倾斜？看见没有，石块
在疾风粗厉的疯狂雪片下被压碎？
终于，你们得到了你们失去的天堂，
终于，你们得到了你们该诅咒的堡垒，
终于，你们空气中的邪恶的幽灵
在吻着沙滩上海豹的足迹。
终于，在你们没有指环的指头上
来了旷野的小小太阳，死亡的日子，

正在战栗，正在它波浪和石块的医院里。①

XXV

尽管愤怒

破烂的头盔，死掉的马掌！

可是从火中，从马掌中，
从仿佛被紫黑的血
以深埋在痛苦中的金属
染亮的源泉，
流出一道光明，布洒大地：
数目，名字，线条和结构。

水似的篇页，喧闹的语言的
清晰力量，甜蜜的墨滴
精致得像葡萄串；
白金的音节，依偎在
珍珠般明净的胸怀的温存里；
一张钻石的古典嘴巴，
向这个地区喷吐雪白的光华。
那里远处，雕像脱下了

———————

① 麦哲伦于 1519 年到达巴塔戈尼亚，通过后来以他名字命名的
海峡，进入太平洋。至此，中亚美利加洲和南亚美利加洲完全落入
欧洲人之手。

它死去的大理石；

在世界的春天，
机械得到了黎明。

技术建立起统治，
光明快速如流水，
疾风吹上商人们的旗帜。

地理的月亮
发现了植物；这个行星
在它发展的运行中
扩大了地貌的美丽。
亚细亚献出了处女的芬芳。
智慧以一根冰冻的线
追随于那一天的血迹之后。
纸张分派着
保藏在愚昧中的裸露的蜜糖。

从霞红和海蓝的图画里，
一群鸽子飞出
翱翔。

人们的舌头，在唱歌之前，
就在起初勃发的愤怒中互相联结，
于是，与血淋淋的

石头的巨人一起，

与食肉的鹰隼一起，

不仅来了血，而且来了麦。

尽管有刀枪，光明还是来到了。①

---

① 中亚美利加洲和南亚美利加洲虽然在流血和痛苦中被征服，但是从此开始了历史上一个新的时期。

四

解放者

解放者们

这里来了大树，
风暴的大树，人民的大树。
从泥土中升起了它的英雄，
犹如树叶得到汁液，
劲风摇动
喧哗人群的叶簇，
直至面包的种子
重又落进泥土之中。

这里来了大树，
赤裸裸的死者所滋养的大树；
被鞭打受创伤的死者，
脸容极端痛苦的死者，
他们被挑起在矛尖上，
被肢解在火刑的柴堆里，
被砍掉脑袋在利斧下，
被马匹拉着四马分尸，
被拖进教堂钉上十字架。
这里来了大树，
根子多么活跃的大树；
它从殉难者吸取硝石，
它的根子吮饮鲜血，

从土地上搜集眼泪，
把它们举升上它的枝头，
分布到它构造的全身。
它们是看不见的花朵，
有时候是，埋在土里的花朵，
有时候是，花瓣明亮的花朵，
仿佛天际的行星。

人们从枝头
采集刚硬的花朵，
从一只手传递到另一只手，
仿佛玉兰或者石榴，
突然，它们冲开大地，
一直生长，向着星星。

这是自由者的大树，
土地的大树，云彩的大树，
面包的大树，飞箭的大树，
拳头的大树，火焰的大树。
我们的黑暗时代的
狂风暴雨的浊水，把它淹没，
然而它的桅樯般的树梢，
依然在它权力范围之内摆动。

有的时候，被狂暴摧毁的枝条

重新落下，

一阵可怕的死灰

掩盖了它古老的尊严：

就这样，它经历了许多别的时代，

就这样，它从痛苦中脱身而出，

直至人民的一只秘密的手，

人民的不计其数的胳膊，

把断枝碎片保存，

把永恒不变的树干隐藏。

它们的嘴唇，就是

分散了的大树的叶片，

播撒向所有的地方，

从它的根子不胫而走。

这就是大树，

人民的大树，

一切自由的斗争的人民的大树。

瞧瞧它的长发，

摸摸它的新生的光芒，

把手深深地伸进那座建筑；

它的搏动的果实，

在那里每天放射光明。

用你的手，举起这片大地，

分享这个灿烂的光辉，

取得你的面包，你的苹果，

你的心，你的马；

在前线守卫，

在它的叶簇的边缘守卫。

保卫它那花朵的前哨，

承担那充满敌意的黑夜，

监视那曙光的圆周，

呼吸那星斗满天的高空，

护卫大树吧，这株

生长在大地中心的大树。

I

夸特莫克[①]（1520）

年轻的兄弟，你已经有许多许多时候

从来不睡觉，从来没安慰；

年轻人，你在墨西哥金属的蒙昧中

颤栗；你的手里

接受了你赤裸的祖国的才智。

在它这里，诞生和成长了你的笑容，

犹如一条线，穿过在光明和黄金之间。

---

① 夸特莫克（1495？—1525），阿兹特克人最后的君主，1520 年接位，1521 年领导
人民起义反抗西班牙征服者，被俘后被绞死。

你的被死亡接触的嘴唇，

是隐匿中最纯净的宁静。

深埋的泉泥

是在大地的一切嘴巴之下。

听吧，听吧，也许是，

向着远方的阿纳华克，

有一道壮观的水，

有一阵残春的风?

大概是雪杉在说话。

大概是阿卡布尔科①的白浪。

可是到了晚上，

你的心像麋鹿，

逃奔向着边境，慌慌张张，

在血污的碑石之间，

在西沉的月亮之下。

所有的阴影都带来阴影。

大地是一间乌黑的厨房，

石块和大锅，黑色的蒸气，

无名的墙壁，沉重的语言；

它从你祖国金属的黑夜

---

① 阿卡布尔科在太平洋之滨。

把你召唤。

但是，你的旗帜上没有阴影。

指定的时辰已经到了；
你的人民中间，
有着面包和根子，长矛和星星。
侵略者已经停住脚步。
去世的莫克特苏马①，
并不像一只死掉的杯子，
他是闪电，他的甲胄，
克莎尔鸟的羽毛，是人民之花，
是在大船之间燃烧的盔顶羽饰。

但是，一只坚硬的手，
仿佛几世纪的石头，
扼住了你的喉咙。
它没有窒息你的笑容，
没有使得秘密的玉米掉粒；
它拖着你，被俘的胜利者，
拖过你国土的距离，
在瀑布和锁链之中，
在沙地和溪流之上，
仿佛一根无穷尽的立柱，

---

① 莫克特苏马（1466—1520），阿兹特克人的君主，1502 年接位，1520 年为科尔特斯执为人质，被起义的人民投石受伤而死。

仿佛一个痛心的见证，

直至一只绳圈

套上纯洁的柱子，

把身体悬挂起来，

吊在不幸的大地上。

II

巴托洛梅·德·拉斯·卡萨斯教士

有一个人，晚上疲劳地回到家，

在五月的寒雾中，想着

工会的门口（每天每天

繁忙的斗争，檐边滴水的

雨中的车站，

经常的苦难的震耳搏动）

锁人的人拿着锁链，

狡猾，卑鄙，

戴着假面复活，

等到跟你一起进去的时候，

昏迷升上了大锁。

于是出现了一道古老的光芒，

温存而坚定，犹如金属，

犹如一颗埋在地下的星星。

巴托洛梅神父，感谢你，

为了残暴午夜中的这件礼品。

感谢你，因为你的线是不可征服的，

它可以被压死，

可以被嗓门着急的狗吞吃，

可以留在熊熊烈火

烧尽的屋子的灰烬里，

可以被无数的谋杀

或者带着笑脸的可厌的管理

用冰凉的刀锋切割，

（下一次十字军的反叛）

像谎话扔到了窗户上。

这根水晶的线可以死去，

然而无可割裂的透明

却变成了行动，变成了斗争，

变成了瀑布飞泻的钢。

很少有人献出生命犹如你的生命，

很少有树的树荫犹如你的树荫，

让大陆上所有活跃的热力聚集在它之下；

所有令人痛心的情景，

割开的创伤，

夷平的村庄，

都在你的树荫下复生，

自痛苦的极限建立起希望。

神父啊，你来到了种植园，

真是人类及其种族的幸福；

你咬着罪恶的黑色谷粒，

你每天喝着暴行的杯子。

是谁把你，赤裸的凡人，

放进狂暴的牙齿中间？

你出世之时，别的金属，

别的眼睛，怎么显现？

在人类隐秘的面粉里，

为了使你永恒不变的颗粒

揉进世界的面包，

酵母怎么交叉掺和？

你是凶残的鬼怪之中的

现实；你是

刑罚的疾风之上的

永恒的抚慰。

一场接一场的斗争，

使你的希望变成宝贵的利器：

单独的战斗是树枝，

无力的呼号会集结成为党。

怜悯没有用处。在你的队伍，

你所庇护的船，

你的用来祝福的手和披风，都出现的时候，

敌人却在践踏眼泪，

折断白莲的色彩。

高调空洞的怜悯，如同

废弃的大教堂，一无用处。

你坚无不摧的决定，

不折不挠的行动，就是武装了的心。

你的巨人的物质，就是理性。

你的机构，就是精心组织的花朵。

征服者们（从他们的高处）

想从上面注视你，

仿佛石头的影子那样

倚着他们的剑，

以他们讥讽的唾沫，

蹂躏你所创始的土地，

说什么："这是一个煽动分子。"

诬蔑说："外国人

给他钱。"

"出卖祖国，简直是背叛。"

然而你的布道并不是脆弱的一分钟，

并不是朝圣者的尺子，

也不是旅客们的钟。

你的木材是战斗的丛林，

是在自然状态中的铁，

被鲜花盛开的土地掩藏在一切光线之外，

而且尤其是，更加深沉：

在时间的一致中，在生命的过程中，

是你的向前伸出的手，

是黄道的星座，人民的标志。

今天，向着这座房子，神父，跟我一起进去；

我向你显示信件，显示我的人民的

痛苦，他们是受迫害的人。

我向你显示古老的苦难。

为了不跌倒，为了在大地上

牢牢地站立，继续战斗，

让流浪的酒，以及你的柔情的

不折不挠的面包，留在我的心中。①

III

在智利的土地上挺进

西班牙进来了，直至世界的南方。

高个子的西班牙人弯下腰，探索雪地。

比奥比奥，庄严的大河，

---

① 卡萨斯神父目睹印第安人遭到的苦难，大声疾呼，要求保护印第安人，还写有专门著作，因而受到征服者们的诬蔑打击。诗人对此评价甚高，认为他是为印第安人呼吁的第一人。但卡萨斯为了传教，烧了印第安人的古籍，甚至主张运进黑人奴隶，以解脱印第安人奴隶。

对西班牙说:"站住。"

黎明的树林,悬挂着

碧绿的线,仿佛雨丝的颤栗,

也对西班牙说:"别再往前。"

松树,寂静的边境上的巨人,

也用它雷鸣般的语言说话。

然而,侵略者还是来了,拳头和匕首,

直向着我祖国的内心深处。

风暴在早晨刮进来,

刮向因佩里亚河;

在它的岸边,我的心

在三叶草丛中得到启蒙。

苍鹭栖居的宽阔河道,

从星罗棋布的岛屿通向汹涌的海洋,

在浓荫的晶明的两岸之间

丰沛充盈,犹如一只没有尽头的杯子。

它的沿岸,飘起花粉,

一片纷繁的花蕊的毯子;

从海面来的空气,

激起了春季的全部音节。

阿劳加尼亚的榛树,

燃起了篝火,连成一串,

直到雨水滑溜的地方,

泻成清澈明净的洪流。

一切都为芬芳缭绕,

为翠绿雨意的光芒滋润。
每一片带有苦味的荒地，
都是冬季一根深深的枝条，
或者仍然布满着海的露珠的
一片错综的海的状貌。

从河岸的陡壁，
竖立起飞鸟和羽毛的塔，
还有一阵呼号的孤独的大风；
而在湿润的亲密中，
在巨大羊齿植物的乱发之间，
则是鲜花盛开的托帕－托帕，①
一串金黄亲吻的念珠。

IV

人们站了起来

在那里，孕育着托基们。
从那个黝黑的潮湿中，
从那个丰饶的雨水中，
从火山山口的杯子中，
出来了威风凛凛的胸膛，
草木的明亮的箭，
粗野的石头的牙，

---

① 智利生长的一种悬花植物。

难以推倒的木桩的脚，
众水汇合的凝冻的团结。

阿劳科是一个寒冷的子宫，
创伤的果实，被凌辱所压碎，
在尖利的荆棘之间孕育，
在狂暴的风雪之中扒抓，
被蛇蝎所护佑。

大地就这样选拔出了一个人。
他像堡垒那样成长。
他诞生于侵略的血。
他的头发暴怒，
仿佛一只血红的小豹；
坚硬石头的双眼，
从物质之中闪光，
犹如毫不容情的火焰，
出自围猎的围场。

V

托基考波利坎①

考波利坎，躯干和痛苦，

---

① 托基，意即酋长，战争时期军事指挥官的称号。考波利坎（？—1558），阿劳科人
反抗西班牙征服者入侵时的托基，被曼多萨打败，被俘牺牲。

生长在劳利树秘密的根系上；
当他的人民
向着侵略者的武器冲去时，
这株大树行走了，
祖国的这株坚挺的大树行走了。
侵略者看见树冠
在浓绿的迷雾中移动；
粗大的树枝，披的衣服是
不计其数的树叶和威势；
人世间的树干变成人民，
根子从土地里走了出来。

他们知道，时刻已经符合
生命和死亡的钟表。

其他的大树跟着他一起来到。

还有所有的红色树枝的种族，
所有的蛮荒痛苦的发辫，
所有的木材上的仇恨的木疖。
考波利坎，面对落魄的侵略者，
掀起了他藤梗的面具：
这不是帝王彩色的羽毛，
这不是气味芬芳的植物的宝座，
这不是祭司灿烂的项圈，

这不是手套，也不是金碧辉煌的王孙公子；

这是一张森林的面孔，

一副流泪的槐树的假脸，

一尊被雨水损毁的塑像，

一颗藤萝纠结的脑袋。

托基考波利坎射出的眼光，

那么深沉，是崇山峻岭的宇宙的眼光，

来自大地的仇深如海的眼睛；

这位巨人的面颊是高墙，

为光芒和根子所攀登。

VI

祖国的战争

阿劳加尼亚窒息了

花坛上玫瑰花的歌唱，

割断了

白银新娘织机上的线。

著名的马奇①从他的台阶上下来；

在四散的河流上，在黏土上，

在尚武的阿劳加尼亚的

须发蓬松的杯子下，

诞生了埋在地下的钟的召唤。

---

① 马奇，阿劳科人的祭司、巫医。

战争的母亲跳过

溪涧的发甜的石块，

聚集渔夫的家庭；

新婚的农夫吻着石子，

在它飞向敌人的伤口之前。

在托基的森林般的容貌后面，

阿劳科集合了它的抵抗力量：

眼睛和长矛，沉默而威风的

密集的人群，不会劳损的腰，

高傲的乌黑的手，

集结起来的拳头。

高大的托基后面，是大山，

大山之上，是不计其数的阿劳科。

阿劳科是流水的汹涌声。

阿劳科是隐秘的寂静。

信使在他割开的手上

伴着阿劳科的血滴一起走。

阿劳科是战争的激浪，

阿劳科是黑夜的火光。

一切在庄严的托基后面沸腾；
他向前行进的时候，都是
浓黑，沙子，树林，泥土，
团结一致的篝火，疾风，
豹子闪发磷光的幽魂。

VII

刺　刑

但是考波利坎遭到了痛苦。

他被酷刑的矛刺穿，
像树木那样慢慢地走进死亡。

阿劳科从绿色的攻击中撤退，
在阴暗里感到恐惧，
把脑袋贴在地上，
带着他的痛楚躲藏。

托基已在死亡中睡去，
营地传来钢铁的响声，
以及一阵外国佬的
哈哈大笑，

传向悲痛欲绝的森林，
传向只有颤栗的黑夜。

这并不是痛楚，并不是
喷发的火山在内脏里的咬啮；
这仅仅是树林中的一个梦，
一株正在流血的大树。

在我祖国的内脏，
刺进了杀人的利器，
损伤了神圣的土地。
燃烧的鲜血滴下，
默默地默默地滴下，
滴向期待着春天的
种子所在的地方。

这鲜血滴得还要深。

滴到根子。

滴向死者。

滴上将要诞生的一切。

VIII

劳塔罗①（1550）

鲜血触到一道石英的门廊。

岩石在血滴落下的地方成长。

劳塔罗就这样从大地中诞生。

IX

卡西克的教育

劳塔罗是一支细长的箭。

我们的这位祖先是蓝色的，而且有弹性。

他的早年不过是默默无闻。

他的少年就是统治。

他的青年成为带路的风。

他锻炼如同一支长矛。

他使脚习惯于飞瀑。

他让头脑在荆棘中学习。

他经历骆马那样的考验。

他居住在积雪的洞窟。

他伺猎鹰隼的食物。

---

① 劳塔罗（？—1557），阿劳科人的领袖，打败瓦尔迪维亚的侵略军，将其处死。后被比列亚格拉打败，被俘牺牲。

他掌握岩壁的秘密。

他抚慰火焰的花瓣。

他是以寒冷的春天所哺育。

他是在地狱的喉咙被火烤。

他是猛禽中的猎手。

他的手用胜利染上颜色。

他熟知黑夜的侵袭。

他顶住硫黄的崩裂。

他速度极快，像突现的闪光。

他也采取秋季的缓慢。

他在看不见的山洞里劳动。

他躺在风雪的草原上睡眠。

他的动作与箭相同。

他在路上喝野生动物的血。

他夺取海浪中的财富。

他像一位阴沉的神那样威风。

他在老百姓每一家的厨房里吃饭。

他学会闪电的字母。

他嗅察四散的灰烬。

他用黑色的皮毛包裹住心。

他解释烟缕的盘旋。

他编结沉默的纤维。

他抹油如同橄榄的灵魂。

他制造水晶坚硬而透明。

他为了吹起疾风而学习。

他斗争直至制止了流血。

唯有此时，他才值得人民的爱戴。

X

劳塔罗在侵略者中间

他走进瓦尔迪维亚的房子。

他在这个人身旁，仿佛光明。

这个人正在匕首的保护之下睡觉。

他看见自己的血汩汩地流出，

自己的眼睛被压碎，

躺在畜栏之中，

积聚自己的权力，

他的头发一动不动，

观察着那些刑罚：

他向空中看得更远，

直看到他的凋零的种族。

他守候在瓦尔迪维亚的脚下。

他听见这个人嗜杀的梦，

在乌沉沉的黑夜里增长，

犹如一支毫不容情的队伍。

他猜度着这些梦。

他能够扯起

这个沉睡着的统领的金黄胡子，

在喉咙里割断他的梦；

但是他学会了——在阴影的包围中，

时间的夜晚的规律。

白天他行军，抚摸着

皮毛汗湿的马匹，

它们正在深入他的祖国。

他捉摸着这些马。

他随着封闭起来的白神行军。

他研究这些封闭他们的甲胄。

正在一步一步地进入

阿劳加尼亚的烈火之中的时候，

他是战争的目击者。①

---

① 劳塔罗少年时被西班牙征服者所劫；他在西班牙军中注意研究他们的特点，因而后来能够一举把他们击败。

XI

劳塔罗对抗森滔罗^①（1554）

于是，劳塔罗一浪接一浪地进攻。
在卡斯蒂利亚的刀子还未刺入
红皮肤老百姓的整个胸膛之前，
他就训练了阿劳科人的影子。
今天，他在所有的森林羽翼下面，
一块块的石头，一个个的浅滩，
都播下了游击战的种子，
从高悬的藤萝上瞭望，
从岩石的底下侦察。

瓦尔迪维亚想撤退。

          已经晚了。
劳塔罗穿着闪电的服装来到。
他追赶惊慌失措的征服者。
他在南方黎明湿漉漉的林莽里
冲开一条路。

          劳塔罗来到了，
在一阵疯狂的马蹄声中。

疲劳和死亡，引着

---

① 森滔罗，希腊罗马神话中半人半马的怪物，指骑马的西班牙征服者。

瓦尔迪维亚的军队，走进叶丛。

他们离劳塔罗的矛越来越近。

佩德罗·瓦尔迪维亚行进在
死亡和树叶之间，仿佛在一条隧道里。

劳塔罗在昏暗里来到了。

他想着石砾的埃斯特雷马杜拉，
想着金黄色的油，想着厨房，
以及留在海外的素馨。

他听出了劳塔罗的呼号。

还有羊群，牢固的农舍，
粉白的墙壁，家乡的黄昏。

劳塔罗的夜晚接着来到。

他的统领们蹒跚地一路退却，
被鲜血、黑夜和雨水所迷醉。

劳塔罗的飞箭在震颤。

都督府流着血在撤退，

一个接一个地摔着筋斗。

已经碰上了劳塔罗的胸膛，

瓦尔迪维亚看见来了亮光、黎明，

也许还有生命、大海。

那就是劳塔罗。

XII

佩德罗·德·瓦尔迪维亚的心

我们把瓦尔迪维亚抬到树下。

这是一个雨中的蓝天，一个

带着拆散的太阳的细微寒冷的早晨。

所有的荣耀，一切的轰响，

一团的混乱，在那里躺着，

成了一堆伤痕累累的废钢。

肉桂树举起了它的语言，

而萤火虫的光芒

湿润了它全部豪华的王国。

我们带来坛子和布匹，

织得粗糙，好似夫妇的发辫；

还有宝石，如同月亮的核仁，

以及大鼓，以其皮张的光芒，

充满遍布阿劳加尼亚。

我们把杯盘装满甜食，

我们跳起舞蹈，蹬着

我们自己蒙昧家世造成的土地。

然后，我们就敲打敌人的脸面。

然后，我们就割断莽汉的项颈。

刽子手的血是多么好看啊，

趁它仍然温热新鲜，

我们把它分了，就像分一只石榴。

然后，我们把一支长矛刺进胸膛，

那颗心，长着翅膀，像只鸟，

我们献给了阿劳加的大树。

一阵血的喃喃声升向它的杯子。

于是，用我们身体组成的大地，

诞生了战争，太阳，收获的歌，

歌唱火山的宏伟。

于是，我们把流血的心分了。

我把牙咬进这片心瓣，

做起土地的祭祀：

"给我，你的寒冷，可恶的外国佬。

给我，你那大老虎的胆量。

给我，你的泡在血里的狂暴。

给我，你的死亡，让它随着我，

把恐惧带给你的人马。

给我，你惹起的战争。

给我，你的马和你的眼睛。

给我，那曲折的愚昧。

给我，那玉米的母亲。

给我，那马匹的舌头。

给我，那没有荆棘的祖国。

给我，那争取来的和平。

给我，那肉桂在里面呼吸的空气，

温文尔雅的先生。"

XIII

延长了的战争

后来，大地和海洋，还有城市，

船只和书籍，你们都知道这段历史；

它来自荒僻的地区，

仿佛一块抛弃的石头，

以蓝色的花瓣，

充满了时间的深沉。

整整三个世纪，这个

橡树的勇武的种族在斗争；

整整三百年来，

阿劳科的火花仍然

遍布帝国腹腔里的灰烬。

三个世纪，在统领的衬衫上

落满伤痕；

三百年来，把犁头和蜂房

变成一片荒芜。

三百年来，不断鞭挞

侵略者的每一个名字；

三个世纪，撕裂了

劫掠的鹰隼的皮。

三百年来，仿佛大海张口，

埋葬了屋顶和骨头，

盔甲和高塔和金字的爵位。

向着暴跳的马刺，

向着华饰的吉他，

来了一阵马匹的奔驰，

一阵灰烬的风暴。

大船返回坚实的土地，

诞生了谷穗，

西班牙的眼睛，

在雨露的控制下增长，

但是阿劳科扔下瓦片，

磨碎石块，摧毁

墙壁和藤萝，

意志和服装。

瞧吧，仇恨的粗野的子孙，

如何倒在地下：

比利亚格拉们，曼多萨们，雷诺索们，

雷耶斯们，莫拉莱斯们，阿尔德雷特们，[①]

滚着，滚着，滚向

冰冻的亚美利加的洁白深渊。

在庄严的时代的夜晚，

帝国沉沦了，圣地亚哥[②]沉沦了，

比利亚里卡[③]沉沦了，沉沦在雪中；

瓦尔迪维亚在河上打滚，

直到比奥比奥的水流，

在几个世纪的鲜血之上停住，

在流着血的沙滩上

建立起自由。

---

① 西班牙征服者的名字。
② 圣地亚哥，智利首都。
③ 比利亚里卡，智利的火山。

XIV

（间奏曲）

殖民地遍布于我们的大地（1）

等到剑已经歇息，
残暴的西班牙的儿子们，
仿佛鬼怪，从王国和森林，
爬向宝座，山堆样的纸张，
带着号叫，送向君王。
后来，在托莱多的街上，
或者瓜达基维尔河转弯的地方，
全部的故事从一只手传到另一只手。
海港的港口，走着
一群光怪陆离的
征服者的褴褛衣衫。
新近死去的人，装进棺材，
抬着走出用血建成的教堂。
法律及到大河遍布的世界，
商人提着他的钱袋接踵而至。

广袤的黎明变得阴暗，
居室里的衣服和细小的事物
都被阴影，邪恶

以及魔鬼的火所笼罩。
只有一支蜡烛照亮辽阔的亚美利加，
这满是风雪和蜂房的大地。
几个世纪，它低声向人们说话，
在小街上咳嗽着快步而走，
匆匆忙忙地追逐几个小钱。

克里奥约人①来到世界的街道，
瘦骨嶙峋，在小溪里洗着手，
在十字架之间窃议爱情，
在圣器室的桌子底下
探寻人生的
隐蔽的小径。
城市被黑布覆盖，
在蜜蜡的精汁中骚动；
以蜜蜡的碎屑，
精制地狱的苹果。

亚美利加，桃花心木的杯子，
那时候是灾祸的黄昏，
一个淹没在黑暗中的拉撒路②。
在一片清新的亘古区域内，
增长着对蛆虫的尊敬。

① 殖民地的土生白人。
② 《圣经》里的乞丐。

在脓疱，花坛，沉默的常春藤，
以及淹没在阴影里的建筑物之上，
黄金站了起来。

一个女人收集起脓汁，
而物质的杯子
则每天为了尊敬上天而狂饮，
这时候，饥饿却在
遍地黄金的墨西哥矿山里舞蹈；
秘鲁安第斯山的心房，
正为破衣烂衫下的寒冷
幽幽地哭泣。

在阴沉的日子的阴暗处，
商人建起了他的王国，
只有篝火微微的火光，
那上面，邪教徒扭曲着身子，
化成焦炭，接受他
基督赏赐的那一匙羹汤。

第二天，太太们整理着裙衫，
想起了那个被火焰
鞭打吞噬的疯狂身体；
这时候，警官正在察看
这个烧焦的微不足道的斑点，

油腻，灰烬，血痕，
野狗正在舔。

XV

地产（2）

土地在继承人之间来往，
多布隆①加上多布隆，不理会
鬼魂和寺院的那一大堆，
直到全部蔚蓝的地理，
被分割成地产和委任统治地。
混血种的灾祸
从死亡的空间经过，以及
刚到的白人和黑奴贩子的鞭子。
克里奥约是个流干了血的鬼怪，
他收罗面包的残屑，
直到把它们堆起来，
挣得一个小小的
金字描成的头衔。

到狂欢节的晚上，
穿了伯爵的服饰出场，
拿着一根银柄的手杖，

---

① 多布隆，古代西班牙金币。

在其他乞儿面前趾高气昂。

XVI

新地主（3）

时间就这样在水池里停止流动。

人控制了交叉的空间，
城堡的石块，
法院的墨水，让亚美利加
封闭的城市住满了嘴巴。

等到一切都是安定而和谐，都是
医院和总督；等到阿雷利亚诺，
罗哈斯，塔比亚，卡斯蒂略，努涅斯，
佩雷斯，罗萨莱斯，洛佩斯，霍克拉，贝穆德斯，^①
这些卡斯蒂利亚的最后一批士兵，
在殖民地会议后面老去，
老死了倒在登记簿之下，
带着自己的虱子进坟墓，
在那里编织
帝国的酒栈的梦。
等到这血腥的土地上，

---

① 普通西班牙人的名字。

老鼠成为唯一的危险的时候，

出现了带着袋子的巴斯克人，

脚穿凉鞋的埃拉苏里斯①，

出售蜡烛的费尔南德斯·拉拉因②，

穿着粗呢大衣的阿尔杜纳特③，

以及袜子大王埃依萨基雷④。

所有的人都像饿鬼一样涌进，

逃避打击，逃避宪兵。

立刻一件衬衣接一件衬衣，

他们驱赶征服者，

建立了对海外来的商店的征服。

那时候，他们得到了

从黑市买来的骄傲。

他们霸占了

地产，鞭子，奴隶，

教义问答，警察巡官，

募捐箱，大杂院，销金窟，

以及西方神圣的文化

所命名的这一切的一切。⑤

---

① 埃拉苏里斯家属是巴斯克人后裔。
② 费尔南德斯·拉拉因，十八世纪时智利的大商人。
③ 何塞·圣地亚哥·阿尔杜纳特（1796—1864），智利军人。
④ 多明戈·埃依萨基雷（1775—1854），智利实业家。
⑤ 经过血腥的征服之后，中亚美利加洲、南亚美利加洲建立了殖民地统治，同时克里奥约人的地主阶级和商人也开始兴起，印第安人、黑人和混血种人则处在被压迫的最底层。

XVII

索科罗公社（1781）

那是马努埃拉·贝尔特兰[1]（她冲破
压迫者的束缚时高呼：打倒专制暴君！）
是她，把新的谷物
布撒在我们的土地上，
那是在新格拉纳达，[2]
索科罗村。公社的社员们
在一次日蚀的预兆中
动摇了总督府的统治。

他们集合起来，反对专卖权，
反对肮脏的特权；
他们举起了
要求权利的请愿书。
他们集合起来，带着武器和石块，
民兵，妇女，人民，
井井有条，义愤填膺，
向着波哥大及其继承者进军。

这时候，大主教下来了：

---

[1] 马努埃拉·贝尔特兰，十八世纪时哥伦比亚民族女英雄，起义反对殖民统治。
[2] 殖民统治时期，哥伦比亚属于新格拉纳达总督府。

"你们大家都会得到权利，
凭着上帝的名义我答应你们。"

人民在广场上集会。

大主教做了一堂弥撒，
立下了誓言。

他就是主持正义的和平。

"把武器收起来，你们
每一个人，都回家。"他宣布。

公社的社员们交出了武器。
在波哥大，人们祝贺大主教，
庆贺他在骗人的弥撒上
说假话，立伪誓，
根本拒绝给面包，给权利。
领头的人都被枪毙，
把他们刚刚割下的脑袋，
分派到各个村落示众，
带着教廷专使的祝福，
总督府舞会上的热闹。

第一批沉重的种子，

在各个地区抛下；

盲目的塑像，你们将要留下，

在四面仇敌的夜晚，

孵化出新穗的起义。

XVIII

图帕克·阿马鲁①（1781）

孔多尔坎基·图帕克·阿马鲁，

英明的主公，正直的父亲，

你看见重叠的安第斯山

荒凉的春天在顿加苏卡②升起，

随之而来的是困难和贫苦，

不义和痛楚。

主公印加，卡西克父亲，

所有的一切都在你的眼睛里藏着，

仿佛在一只被爱被愁

燃烧着的箱子里。

印第安人把脊背向你显示，

那上面，新的创伤

又在从前受过的刑罚的

---

① 孔多尔坎基·图帕克·阿马鲁（1742—1781），秘鲁民族英雄，
印加后裔，1781 年领导人民起义，失败被杀。
② 顿加苏卡，图帕克·阿马鲁的诞生地。

斑斑伤疤上发亮。
这个脊背是这样，那个脊背也这样，
所有的高原，
都被哭泣的瀑布所震撼。

这里在哭泣，那里在哭泣，
直至你，把泥土色的村落的
劳动日子予以武装，
把哀号收集进你的杯子，
把条条小路踩得结实。
山岭的父亲来到了，
道路上扬起尘土；
战斗的父亲来到了，
走向贫寒的村庄。
人们在尘头中挥舞头巾，
人们集中起古老的刀剑；
那海螺，正在召唤
四散在各处的土地，
反对血淋淋的石头，
反对一成不变的苦难，
反对锁链上的金属。
但是，你的人民分裂了，
兄弟派去对付兄弟，
终于使你的坚固堡垒
塌下了一方方的石块，

他们把你疲乏了的四肢，

系上四匹驽马，

把毫不动摇的清晨的北明，

四马分裂而死。

图帕克·阿马鲁，失败的太阳，

从你的破碎的荣耀，

升起永不熄灭的光华，

犹如旭日升起在海上。

黏土的深沉的村庄，

祭祀用的织机，

沙地上潮湿的房屋，

都在默默地叨念："图帕克。"

图帕克就是一颗种子。

都在默默地叨念："图帕克。"

图帕克就藏在犁沟之中。

都在默默地叨念："图帕克。"

图帕克就在大地上萌芽。

XIX

亚美利加起义了①（1800）

我们的大地，辽阔的大地，寂寥的大地，

---

① 1800 年前后，中南亚美利加洲各地普遍爆发了独立革命运动。

住满着喃喃的语声，住满着胳膊和嘴巴。
一个悄悄的音节燃烧起来，
集合起地下的玫瑰，
直至草原震动，
遍地金属和马蹄的声响。

真理所向披靡，犹如犁头。

它破开土地，建立愿望；
深入幼芽的宣传
在秘密的春天里诞生。
它开的花朵悄然无声，
它光明的集结得到反映，
集体的酵母正在斗争，
那是隐藏的旗帜的亲吻。
但是，它出现了，冲破墙壁，
劈开地下的监狱。

默默无闻的人民是它的杯子；
它接受了反应的养料，
散布到大海的边沿，
在不可驯服的臼里捣碎。
它出来，带着抨击的篇章，
带着道路上的春天。
往昔的时刻，正午的时刻，今天的时刻，

方死的一分钟和新生的一分钟之间
在撒谎欺骗的僵死的时代
期望着的时刻。

祖国啊，你诞生于伐木者之中，
诞生于木工们的没有受洗的儿子；
诞生于那些像怪鸟那样
献出一滴飞翔的血的人们之中；
今天你又将重新坚强地诞生，
诞生在叛徒和狱卒以为
你永远沉沦的地方。

今天你将诞生于往昔同样的人民之中。

今天你将从煤炭和露水里脱颖而出。
今天你将来到，摇撼那些门户，
以受尽虐待的手，
以幸存的灵魂的碎片，
以无法消灭死亡的一串眼光，
以破烂衣衫下面
武装着的阴郁的工具。

XX

贝纳尔多·奥希金斯·里克尔梅①（1810）

奥希金斯，为了在光明之中
祝贺你，需要把大厅照亮。
在南方秋季的光明里，
白杨树无休无止地在摆动。

你就是智利；在家长和同乡当中，
你就是一件外省的邦乔②，
一个仍然不知道自己名字的孩子，
一个学校里固执而羞怯的学生，
一个居住于外省的青年。
在圣地亚哥，你感到不自在，
人们瞧着你那过于宽大的黑衣服，
把肩带③，那养育我们的祖国的旗帜，
挂上你村野的粗壮胸脯的时候，
还散发出清晨野草的香气。

年轻人，你的严冬教授
教你习惯了雨水；
在伦敦街道上的大学里，

---

① 贝纳尔多·奥希金斯·里克尔梅（1766—1842），智利独立革命领袖，原籍爱尔兰。
② 邦乔，兼作斗篷用的毯子。
③ 绣有国徽的宽带，总统职位的表征。

浓雾和贫穷把它们的学位授给你。

争取我们自由的

高尚的贫穷，热诚的流浪，

给你谨慎的鹰的忠告，

让你登上历史的航船。

"请教尊姓大名？"

圣地亚哥的"绅士们"笑着问。

你是一个寒冬夜晚爱情的儿子，

你的被抛弃的遭遇，

使你最终成为村野的胶泥，

房屋的严肃，或者

南方砍伐的木材的方正所构成。

时间改变了一切，除了你的脸容。

你是，奥希金斯啊，一只永恒的钟，

你的坦率的钟面上，只有一个钟点：

智利的钟点，停留在

战斗的尊严上的

红色钟点的唯一的一分钟。

就这样，你在番石榴木的家具

和圣地亚哥的女儿们中间，一模一样，

都在兰卡瓜①被死亡和火药所围困。

———————————

① 兰卡瓜，智利地名，1814年奥希金斯在此抗击西班牙王军。

你就是那种没有父亲只有祖国，

那种没有新娘只有柠檬花土地的人的

一幅惟妙惟肖的画像；

就是那片土地用大炮把你征服。

我看见你，在秘鲁写信。

没有哪种放逐可与这么重大的放逐相比。

这是整整一个省都被放逐。①

你不在的时候，

智利像一间客厅那样灯火明亮。

挥霍浪费，一场富翁的里戈东②

代替了你刻苦的军人纪律；

以你的热血争取到的祖国，

没有你，仿佛被舞会所统治，

挨饿的人民只能站在外面看。

你已经不能带着兰卡瓜的

汗水、热血、火药，参加庆典。

这对于首都的绅士，

会是不好的情调。

一种汗水和马匹的气味，

会跟你一起上路，然而

---

① 由于独立政府内部的纷争，奥希金斯被赶下台，流亡到秘鲁。
② 智利的一种舞蹈。

这却是正在春天里的祖国的气味啊！

你不能参加这场舞会。
你的庆典是爆炸的堡垒，
你的热闹的舞会就是战斗。
你的庆典的结局是
溃败的震撼，是抱着祖国
走向曼多萨的凄惨的前途。[①]

现在你俯身看着地图，
看着智利狭长的腰身，
在雪地里布置士兵，
在沙滩上部署思考的青年，
以及发亮又熄灭的坑道工。

闭上眼睛，睡吧，做一会儿梦，
你唯一的梦，回到你心里来的
唯一的梦：南方的一面三色旗，[②]
连绵的雨，乡下的太阳照着你的土地，
起义的人民的枪声，
以及你的三言两语，
在绝对必要的时候。
要是你做梦，今天你的梦实现了。

---

① 奥希金斯死于曼多萨。
② 智利的国旗。

至少，你在坟墓里梦着它吧。

你不会知道别的了，因为，和从前一样，

战斗胜利结束之后，

先生们在宫廷里开舞会，

同样的那些饥饿的脸，

站在街旁的暗影里看。

可是我们已经继承了你的坚定，

你的沉默的不可变更的决心，

你的无法摧毁的父亲的地位，

在往昔轻骑兵的盲目的

雪崩似的冲锋之中的你，

在穿着绣金蓝色军服的兀鹰之中的你，

如今已跟我们在一起，是我们的了，

人民的父亲，不朽的军人啊！

XXI

圣马丁①（1810）

我走着，圣马丁，从一个地方到另一个地方：

我抛弃了你的服装，你的马刺；

我知道，也许会有那么一次，走在

回程的路上，走到山岭的尽头，

---

① 何塞·德·圣马丁（1778—1850），阿根廷独立革命英雄。

在我们从你那里继承到的
风云变幻的纯净之中，
有那么一天，我们互相见面。

要花力气，在木棉的疖结里，
根子里，小径上，指认你的脸容，
在飞鸟群里，辨明你的目光，
在空气里，逢到你的存在。

你就是，你给予我们的大地，
一支香气袭人的雪松的枝条；
我们不知道它在哪里，
它那祖国的香味从哪里来到草原。
我们向你奔去，圣马丁；天刚亮，
我们出来，跑遍你的身体，
我们呼吸，你的万顷的影子，
我们在你的躯干上燃起火焰。

你是所有的英雄中最广阔的。

其他的不过是从这张桌子到那张桌子，
在旋风里萍水相逢；
而你却是四周的疆界所构成，
我们开始看到了你的地理，
你的平原的尽头，你的区域。

时间像永恒的水那样，

把仇恨的土，篝火的锐利的发现，

散布得更多，更广，

你就了解更多的地方，

你的宁静的种子，更多地布满山岗，

也给春天更多辽阔的空间。

创建的人，后来就是

他所创建的东西的烟，

谁也不会从自己烧化的灰里再生：

他的存在缩小，

等到只剩下灰的时候就倒下。

你在死亡中拥抱更多的空间。

你的死，是谷仓的沉默。

你的生命过去了，还有别的生命，

门都打开了，墙都升起来，

于是新穗萌生，向四方传布。

圣马丁，别的将领比你

更加辉煌，制服上绣着

他们发磷光的盐的葡萄枝；

还有一些，说起话来仍然滔滔如瀑布，

但是没有一个像你这样，

穿的是泥土和孤独，三叶草和白雪。

我们逢到你从河畔归来；

我们向你致敬，用的是

鲜花盛开的土库曼①的土地的方式。

在大路上，骑着马，奔驰着

我们与你交臂而过，

风尘仆仆的父亲，你衣袂飞扬。

今天，太阳，月亮，大风，

使你的后代成熟，你的纯朴的全体。

你的真理是土地的真理，

是含着沙子的生面团，像面包一样稳定，

是石灰和谷物新刻下的印记，

是纯净清洁的大草原。

直到现在，你还是这样，

月亮和奔马，兵士的模样，风云在变幻，

从我们来的地方，又一次在打仗，

走在村镇和平原之间，

建立你的土地的真理，

播撒你的广阔的种子，

扇动小麦的叶子。

就是这样，和平不会伴随我们，

除非直到战斗之后，我们进入你的身体，

---

① 土库曼，阿根廷地名。

让我们所使用的措施
在你萌芽的广袤的和平上安睡。

XXII

米纳① （1817）

米纳啊，从山岭的源泉那里，
你像一股强劲的水，来到了。
干净的西班牙，透明的西班牙，
在痛楚中诞生了你，桀骜不驯，
有着山间激流的
那种光彩明亮的倔强劲头。

长久以来，无数世纪无数土地，
光明和黑暗在你的摇篮里斗争，
痉挛的指甲掐去了
人民的光明的脑袋；
古代的猎鹰手
在他们的教会的雉堞上，
窥伺着面包，不让它
进入穷苦人们的河流。

---

① 弗朗西斯科·哈维尔·米纳（1789—1817），西班牙军人，在抗法战争中立功，后到墨西哥，参加独立革命战争，对抗西班牙王军，失败被杀。

但是，西班牙啊，你总是

在残暴的塔上留下一个缺口，

给叛逆的钻石，给它的

死去而又复活的后代。

卡斯蒂利亚的旌旗

不是白白地有着公社的风的色泽；

你的花岗岩的山谷

不是徒然地扫过伽西拉索①的蓝光；

在科尔多巴的教会蜘蛛中间，

贡戈拉②不是无益地留下了

他的冰冻凝聚的

珍珠宝石的托盘。

西班牙啊，在你古代残暴的爪子下，

你的纯洁的人民，

震撼着痛苦的根子，

抛洒不可战胜的热血，

对付封建压迫者。

在你身上，光明，如同黑暗，那么古老，

被贪欲的创伤所耗尽。

跟被橡树的呼吸所掺杂的

瓦工的和平一起，

---

① 伽西拉索·德·拉·维伽（1503—1536），西班牙诗人。
② 路易斯·德·贡戈拉（1561—1627），西班牙诗人，生于科尔多巴。

跟条条点点闪光发亮的

晨星依然的黎明一起，

那只巨鹰在它的石阶上生活，

笼罩着你的年龄，仿佛一阵阴沉的震动。

饥饿和痛苦，是你的

祖传的沙土里的硅质；

一阵震耳欲聋的喧嚣，

直缠到你的人民的根柢，

给全世界的自由

以歌唱，以游击队员的

永恒的电光。①

纳瓦拉②的深谷，

还保留着新近出现的光芒。

米纳从悬崖峭壁，

从被侵略的村落，

从黑夜星星的城镇，

拉出他的游击战士的队伍；

他引燃熊熊的火焰，

他滋养炽烈的反抗，

他跨过积雪的泉源，

他进攻迅速而迂回，

---

① 米纳在抗击拿破仑侵略军时，运用了游击战术。
② 纳瓦拉，西班牙地名。

他升起于峡谷之间，
他迸发自面包的烤炉之中。

人家把他埋葬在牢狱里，
他那不屈不挠的源头，
向着山岭间的高风
返回，盘旋作响。

他把西班牙的自由的风。
带到了亚美利加；
他的永不枯竭的心，
重新穿越森林，
丰盛草原。

在我们的斗争中，在我们的土地上，
流出了他的晶莹的热血，
为了不能分割的
被放逐的自由而战斗。

在墨西哥，捆住了
这支西班牙泉源的水流。
它那丰沛洁莹，
默然无声，不再流动。

XXIII

米兰达死于浓雾中①（1816）

如果你们戴着大礼帽很晚走进欧罗巴

在不止一个秋天装饰起来的花园里

来到大理石的喷泉旁边

这时候破烂的金叶子正在帝国飘落

如果大门在圣彼得堡的夜晚

映出一个人影而雪橇的铃铛还在颤响

有一个人在孤寂的白雪里

有一个人走着同样的脚步问着同一的问题

如果你从欧罗巴盛开鲜花的大门出来

看见一个深色衣服的骑士

智慧的标志和金色的肩带

自由平等瞧着他的脸

在轰隆作响的炮队中间

如果在这些岛上地毯都认识他

那么大海当然会接纳着他说请您进来

多少条船啊而浓雾

继续一步一步地跟着他的行程

如果在共济会书店的店堂里面

---

① 弗朗西斯科·米兰达（1750—1816），委内瑞拉独立革命英雄，曾在西班牙王军中服役，1790年参加法国革命，在革命军中服役，得元帅军衔，后在欧洲各国游历，为拉丁美洲的独立运动寻求支持，1806年回委内瑞拉领导起义，1812年失败被捕，1816年死于西班牙卡迪斯狱中。

有一个人戴着手套佩着剑拿着一幅地图

长芽的地毯上布满了

空中飞船的居民

如果在特里尼达直到海边

升起了战争的烽烟之后海上又升起

一次海湾街的楼梯那种气氛

接待他浓重得无法穿透

仿佛一只苹果压紧的内部

又一次这只贵族的手在前厅等候

戴着发蓝的战士的手套

走过漫长的战争的路花园的路

在他的嘴唇上打败了另一种盐

另一种盐另一种热醋

如果在卡迪斯他的思想

被粗铁链锁在墙头

只感到被囚禁的时间那剑一样的森寒

如果你钻到地下的老鼠中间

那麻风病的石屋加上又一道闩

衰老的脸在一只吊起的囚笼里

那里面憋死了一句话

一句我们的话用来命名那大地

他的脚步多么想向那里走

给他流浪的火以自由

然而却带着绳索走下了

这潮湿的敌意的土地没人理睬

筑了个冷冰冰的冰冰冷的欧罗巴的坟墓①

XXIV

何塞·米格尔·卡雷拉②（1810）

插　曲

你谈论自由比谁都早。

那时候窃窃私议从石块到石块，

隐藏在庭院里，心惊胆战。

你谈论自由比谁都早。

你解开了奴隶的绳索。

商贩们像黑影那样去了，

出卖海外的人血。

你解开了奴隶的绳索。

你建立了第一家印刷所。

字母来到黑暗中的人民之间，

秘密的消息开启了他们的嘴唇。

你建立了第一家印刷所。

你在修道院里开设学校。

肥胖的黑蜘蛛向后退避，

---

① 米兰达为拉丁美洲的独立在欧洲各国的政府、宫廷奔走呼吁多年，得不到支持，终于失败而死在西班牙的狱中。这首诗没有完整的句子，也没有标点，犹如长长的叹息。
② 何塞·米格尔·卡雷拉（1785—1821），智利独立革命领袖，曾任智利第一任总统。

还有那窒死人的什一税的角落。
你在修道院里开设学校。

合　唱

认一认你的崇高地位，
闪发光芒的久经战斗的师尊。
认一认从你的飞速中
光彩地降落于祖国的一切。
迅猛的飞翔，紫色的心。

认一认你的缺口的钥匙，
它打开了黑夜的锁栓。
绿色的骑士，风暴的闪电。
认一认你对充盈的手的爱，
你的光芒炫目的灯。
一连串盘桓出界的根系。
认一认你的瞬息的光辉，
你的流浪的心，白日的火。

愤怒的钢铁，贵族的花瓣。
认一认你的威势的光芒
摧毁了那些胆怯的圆顶。
风暴里的塔，槐树的树枝。
认一认你那惊觉的剑，
你的力量和风云的基础。

认一认你的迅速的威名，

认一认你的不可屈服的仪态。

插　曲

漂洋过海而去，在各种语言

各种服饰，异国的禽鸟之间，

带着解放者之舟，

写下火焰，使唤风云，

控制太阳和兵士，

穿过浓雾在巴尔的摩，①

精疲力竭地从一个门口到另一个门口，

荣誉和人们蜂拥向他，

所有的波浪伴随着他。

在蒙得维的亚的海边，

在他逃亡中的寓所，

开了一家印刷所，印刷子弹。

他的起义的指明方向的箭，

活跃地径直指向智利，

燃烧起晶明的怒火，

引导着，指挥着

拯救的骑兵；他们骑的是

他的突发的痛苦，

那旋风一样的鬃毛。

他的被消灭的兄弟们

---

① 巴尔的摩，美国地名。卡雷拉曾流亡到美国和乌拉圭。

从复仇的刑场上喊他；

他的血，在曼多萨的砖地，

他的可悲的空虚的宝座，

染成了一把大火的颜色。①

他动摇了邦巴斯草原星空般的平静，

仿佛地狱里萤火虫的环绕飞行。

他以原始部落的嗥叫

鞭挞城寨，

把斩获的脑袋

串在狂风般的长矛上。

他的邦乔飞舞，

在雾霭中，在马匹的

死亡中，闪电那样地放光。

年轻的普伊雷东②，你不要讲

他结局的悲惨而引起的寒战，

不要以遗弃的黑夜把我折磨；

人们把他带到曼多萨的时候，

他那象牙似的颜面上

显现出痛苦的孤独。

合　唱

祖国啊，在你的外衣上保存着它吧，

---

① 卡雷拉于 1821 年在曼多萨被政敌枪杀。
② 胡安·马丁·德·普伊雷东（1776—1850），阿根廷独立革命
时的将军。

收拾起这个流亡的爱情：

别让它在

阴暗不幸的深处打滚；

让这光芒升上你的前额，

这盏使人难忘的灯。

弯折这根疯狂的缰绳，

召唤这双星星的眼皮，

保藏这股热血的线团，

纺织你的骄傲的布匹。

祖国，收容下这个历程，

这个光芒，这个重创的水滴，

这个垂死的晶体，

这个火山口似的指环；

祖国啊，奔驰吧，保护它，

奔驰，跑吧，跑吧，跑吧。

逃　亡

人们把他带到曼多萨的墙前，

带到残忍的树前，带到

开始流淌的血泉，带到

孤独的痛苦，带到星星寒冷的终点。

他在无穷无尽的道路上行走，

到处是荆棘和缺牙似的土垣，

白杨向他抛来死去的黄金，

被他无用的骄傲所包围，

仿佛一件褴褛的外衣，

扑满了死亡的尘土。

他想着他的流血的朝代，

想着童年时候

挂在断裂的橡树梢头的新月，

想着卡斯蒂利亚的学校，

西班牙民兵勇武的红盾，

想着他横遭杀戮的民族，

在流亡的柠檬花之间婚姻的甜蜜，

想着为了世界的斗争，

想着奥希金斯这个谜似的旗手，

想着在远方圣地亚哥的花园里

还一无所知的哈维埃拉①。

曼多萨侮辱他的黑色血统，

打击他的征服的领地，

在抛掷而来的石块中，他升起来

向着死亡。

　　　从来没有哪个人

得到更加准确的结局。

在狂暴的进攻中，在风与兽之中，

甚至这条小巷，也都洒遍了

他的鲜血。

　　　行刑台的

————————————

① 哈维埃拉，卡雷拉的妻子。

每一级，都在整顿他的命运。

谁也已经无法继续愤怒。

恨和爱关上了它们的大门。

条条道路拖住了流浪的人。

人们向他开枪的时候，

从他的人民领袖的衣服上

透出了鲜血；这是熟悉

这无耻土地的鲜血；这是从应该来到的地方

来到的鲜血，来到

长久干涸的土地，它正等待着

他的死亡的被摧残的葡萄。

他察看了祖国的积雪。

在矗立的高原之上是一片雾霭。

他看着那些枪；钢铁的枪口，

使他产生了逐渐消亡的爱情；

他觉得失去了根子；在孤独的战斗里，

是一个过眼烟云中的旅客。

他被裹在尘土和鲜血中倒下，

仿佛倒进了旗帜伸出的一双胳膊。

合　　唱

不幸的骠骑兵，炽烈的宝石，

祖国积雪原野上燃烧的荆棘。

为他而哭泣吧，哭吧，女人啊，

直至你们的眼泪溅湿了大地；

他所热爱的大地，崇拜的大地。

哭吧，智利的朴素的武士，

你们熟悉山岭和波涛；

这辽阔的空间仿佛一阵暴风雪，

这死亡就是冲击我们的海洋。

你不要问为什么，谁也不会说出

被火药所摧毁的真理。

你不要问是谁，

谁也不会夺走春天的成长，

谁也不会杀害兄弟的玫瑰。

我们保留着愤怒、痛苦和眼泪，

我们把荒凉的空间充满，

让夜晚的篝火记住

陨落的星星的光芒。

姊妹啊，保留住你的神圣的仇恨吧。

人民的胜利需要你的

细碎的温顺柔和的声音。

在他不在的时候，铺开斗篷，

让他——在寒冷的地下——能够

以他的沉默支持我们的祖国。

他的生命不仅仅是一个生命。

像一团火，他探寻他的完整。

死亡对于他，不过是使他

永远完美而憔悴。

重　唱

让痛苦的桂冠保存下它那寒冬终端的实质。

我们把发亮的沙子送上他的刺冠，

阿劳加的世世代代守卫着死去的月亮，

波尔多①树叶的芳香销熔了他墓上的宁静，

积雪滋养着智利辽阔而阴沉的水域，

他热爱的植物，田野黏土盆里栽的香水薄荷，

黄衣服的森滔罗所喜欢的野花异草，

雷电的秋季在大地上布满的一串串黑色葡萄，

仿佛在他泥土气的亲吻下燃烧起来的乌亮眼睛。

祖国升起它的鸟，以不义的双翼，血红的眼皮，

飞向负伤的骠骑兵，声音就像水面上的克尔特鸟，②

鲜血就像洛伊卡③，它以鲜红芳香的斑点

贡献给那个人；他的飞翔铺开了祖国新婚之夜。

兀鹰一动不动，悬在高空，以它血污的羽毛，

给沉睡的胸脯加冕；那是躺在重重山岭里的篝火；

兵士破坏了仇恨的玫瑰，把它按在墙头压碎；

老农跳上黑鞍的满嘴唾沫的骏马的背脊；

----

① 波尔多，智利所产的树木，叶有芳香。
② 克尔特鸟，智利的一种长腿水鸟。
③ 洛伊卡，智利的惊鸟。

田野里的奴隶又恢复了他根子里的宁静，他的悲
　　惨标记；
机械工人竖起了他用黑夜的锡织成的惨白高塔：
诞生在英雄用双手和柳条编成的歪扭摇篮里的
　　人民，
升起在矿山黑暗的镣铐和硫磺的嘴巴里的人民，
以及举起了殉难者骨灰瓮的人民，
他们以宏伟的铁道，以石头建筑的永恒平衡，
以创伤，把赤裸裸的回忆包裹起来，
直至芳香的土地颁发出湿润的金钟花和打开的书，
给不屈不挠的孩童，给著名的狂风，给可怕的柔
　　嫩和冷酷的兵士。
在战斗中的人民的坚强领地，保留住他的名字，
仿佛在进行着海战的船只的名字那样：
祖国铭刻上自己的船首，让闪电亲吻，
因为他的自由、机智和炽热的物质就是这样。

XXV

奎　卡[①]

马努埃尔·罗德里格斯[②]

太太，人家说在那里，

---

① 奎卡，智利的一种民间舞曲。
② 胡安·马努埃尔·罗德里格斯（1786—1818），智利独立革命
领袖。

人家说，我的妈妈，人家说了，
人家说，风里水里，
人家看到了游击战士。

生　活

他能当个主教，
他能，他不能，
他能变成孤独的风，
吹过积雪：
吹过积雪，是的，
妈妈，你别瞧，
马努埃尔·罗德里格斯
骑马奔驰来了，
游击战士
已从小河边上来了。

奎　卡

激　情

从梅利皮亚出来，
跑过塔拉甘特，
横贯圣费尔南多，
天亮了到达博迈雷。

经过了兰卡瓜，

经过了圣罗森多，

经过了考克纳斯，切纳，

经过了纳西米恩托；

纳西米恩托，是的，

从奇尼格，

从所有的地方，来了

马努埃尔·罗德里格斯。

把这朵石竹花给他。

我们跟他一起走。①

奎　卡

让吉他停下不要弹，

祖国正在哀悼。

我们的大地一片昏暗，

人家杀害了游击战士。

以及死亡

谋杀者把他

杀害在蒂尔－蒂尔。

他的背脊鲜血淋淋，

―――――――――

① 罗德里格斯的游击队经过了许多智利的城镇。

躺在大路上；

在大路上，是的。

谁在那里说，

我们流的血，

就是我们的快乐。

大地在哭泣。

我们默默地走了。

XXVI

瓜亚基尔^①（1822）

有一天晚上，道路难行，

黑沉沉，光秃秃，圣马丁来了，

走进大厅。

　　　　博利瓦尔^②正在等着。

博利瓦尔嗅嗅来到的人。

他轻捷，迅速，像金属，

一切都占光，飞行的科学；

他的内涵在这里受到震动，

在这间房间，在这间

---

① 厄瓜多尔城市，1822 年 7 月 26—27 日，圣马丁和博利瓦尔在此地举行了历史性的
会谈。会谈后，圣马丁退出了拉丁美洲的独立革命运动。
② 西蒙·博利瓦尔（1783—1830），拉丁美洲独立革命英雄，被称为"解放者"，曾任
哥伦比亚总统。

停滞在历史黑暗中的房间。①

他来自无法描摹的高原，

来自充满星星的天气；

他的军队向前挺进，

冲破黑夜和遥远的距离；

他是一群看不见的人，

是追随着他的白雪的领袖。

灯火在颤动，圣马丁背后的门外，

外面仍然是黑夜，

黑夜里的狗叫，以及

四处传来的懒洋洋的喧嚣。

语言开辟了一条小径，

在它们相互之间有去有回。

这两个人物正在谈话；

他们反驳，他们掩饰，

他们分离，他们回避。

圣马丁从南方带来

一袋灰色的数字，

不知疲劳地骑马的孤独；

马匹顿着土地，

增强了沙土的力量。

---

① 瓜亚基尔会谈究竟谈了些什么，为什么圣马丁从此引退，至今是历史上的一个谜。

跟他一起，进来了一群
智利的粗野的赶牲口师傅，
一支缓慢的铁的队伍，
一段准备着的空隙，
一些在邦巴斯草原上
衰老了名称的旗帜。

他们谈着话，一个接一个
陷入了静默，陷入了深深的隙缝。
这不是语言，这是对立的土地的
深刻根源：这是人类的石头
触到了另一种难以接近的金属。
语言又回到了它原来的地方。

他们每一个，在他们的眼前
看到了他们的旗帜。
一个，是鲜花艳丽的时代，
另一个，是苦恼的过去，
军队的分裂。

博利瓦尔身边有一只白净的手，
等待着他，又把他送走，
积聚他的热情的刺激，
铺下亚麻布的床单。①

---

① 指博利瓦尔的情妇玛努埃拉·萨因斯。

圣马丁则忠实于他的草原；

他的梦想就是纵马驰骋，

编无数的皮带，冒无数的险。

他的自由就是平整的邦巴斯。

谷物的生产就是他的胜利。

博利瓦尔构筑了一个梦，

一个不知道究竟的体积，

一把速度持续的火，

如此难以理解，以致成了

它的俘虏，屈服于它的物质之下。[①]

话音刚落，沉默满屋。

大门重又打开，门外又是

亚美利加的一团黑夜，那条

无数嘴唇的宽阔大河颤抖了一秒钟。

圣马丁回进那个黑夜，

走向孤独，走向小麦。

博利瓦尔则仍然形单影只。

---

① 博利瓦尔的政治理想是建立一个南亚美利加洲的大联邦。

XXVII

苏克雷[①]

苏克雷在高原，超出了

群山黄色的轮廓；

伊达尔哥倒下了，莫雷洛斯[②]

收集了声响，一座大钟的颤栗，

散布在大地上，在鲜血中。

帕埃斯[③]奔波于道路，

分派征服的气氛，

露水于昆迪纳马卡[④]降落，

落上受伤者的友情；

人民在动荡之中起义，

从四面八方直到秘密的细胞，

显现出一个别离和奔波的世界，

每一分钟产生一面旗帜，

仿佛一朵盼望着的花：

用染血的手帕做的旗帜，

用自由的书本做的旗帜，

在道路的尘土中拖曳

[①] 安托尼奥·何塞·德·苏克雷（1795—1830），委内瑞拉独立革命领袖，1826年任玻利维亚总统。

[②] 米格尔·伊达尔哥（1753—1811），何塞·马里亚·莫雷洛斯（1765—1815），均系墨西哥独立革命英雄，领导起义，失败被杀。

[③] 何塞·安托尼奥·帕埃斯（1790—1873），委内瑞拉独立革命领袖，曾任委内瑞拉总统。

[④] 昆迪纳马卡，哥伦比亚地名。

被骑兵的马蹄所践踏

受雷电风暴的冲击的旗帜。

旗　帜

在那个芬芳的时代，

我们的旗帜刚刚绣成，

刚刚诞生，那么秘密，

犹如深刻的爱情，

在可爱的火药的蓝风中

忽然变得凶猛。

亚美利加，宽阔的摇篮，

星辰的空间，成熟的石榴，

你的地理上，很快住满了蜜蜂，

在土坯和石块之间，

从一只手到另一只手，嗡嗡地响；

街上都是衣服，

仿佛一座目瞪口呆的蜂房。

在枪声四起的夜晚，

舞蹈在眼睛里闪光，

柑橘花就仿佛一只橘子，

升上了衬衣；

告别的亲吻，面粉的亲吻，

爱情系住了的亲吻，

而战争则弹着它的吉他

在一路上歌唱。

XXVIII

杜桑·卢维多尔①

海地，从它缠绕的甜蜜里

引出伤感的花瓣，

方正的花园，

宏伟的建筑；大海喃喃低语，

犹如一位黑脸的老祖父，

年龄肤色古稀而庄严。

杜桑·卢维多尔联结了

统治一切的植物，

镣铐中的主权，

大鼓的震耳响声，

向前进攻，挡住去路，攀登上升，

命令，抗拒，挑战，

仿佛一个天然的君主，

直至他落进阴暗的网罗，

被人拖着，踩着，

带过大海远洋，

---

① 杜桑·卢维多尔（1743—1803），海地独立革命领袖，起义反抗法国殖民统治，失败被囚送往法国，死于狱中。

好像他的种族回来了一样，

被扔进沟壑和地窖的

秘密的死亡。

然而，在这个岛上，苦难在燃烧，

隐藏的树枝在说话，

希望在传布，

城堡的围墙在显现。

自由就是你的大船，

黑皮肤的兄弟，保存着

你的苦难的记忆；

让过去的英雄，

守卫你的魔术般的泡沫。

XXIX

莫拉桑[①]（1842）

夜已深了，莫拉桑还在守望。

是今天，昨天，明天？这你知道。

中间的细腰，狭长的亚美利加，

两边大洋的蓝色波涛把你形成，

山岭披着翡翠的羽毛，拔地而起，

[①] 弗朗西斯科·莫拉桑（1792—1842），洪都拉斯独立革命领袖，
1830—1840 年任总统。

各个疆域，各个国家，

一个身材纤细的女神，

诞生于泡沫的激荡。

你的子女和蛆虫把你损坏，

野兽遍布你的周身，

一只夹子拔掉了你的好梦，

一把匕首让你鲜血飞溅，

同时把你的旗帜割碎。

夜已深了，莫拉桑还在守望。

老虎举起斧头已经来了。

它们来了，吞吃你的肝脏。

它们来了，瓜分那颗明星。
      他们来了，

芬芳的小小的亚美利加，

来把你钉上十字架，把你剥皮，

把你金属的旗帜推倒。

夜已深了，莫拉桑还在守望。

侵略者挤满了你的住房，

把你像死掉的果子那样分割；

另外一些，把世代血淋淋的牙印

压上你的脊梁；

还有一些，在港口把你掠夺，

把腥血盖上你的苦楚。

是今天，昨天，明天？这你知道。

弟兄们，醒醒吧。（莫拉桑还在守望。）

XXX

华雷斯①在晚上旅行

华雷斯，如果我们深入到内层，

深入到深沉的物质，

如果我们挖掘着触到了

共和国最深的金属，

这个统一体就是你的建筑，

你的冷静的慈祥，你的顽强的手。

谁看了你的礼服，

你的有节制的礼仪，你的沉默，

你的亚美利加泥土做的脸，

如果不是这里的人，如果不是

诞生在这些草原上的，在我们

----

① 贝尼托·华雷斯（1806—1872），墨西哥民族英雄，领导人民
抗击法国侵略，1858 年任墨西哥总统。

荒凉山岭泥土上的人，就不会理解。①
人们对你说话，看出了一个天才。
人们经过你，仿佛经过一条河流。
人们伸手向着一株树，一丛葡萄，
向着大地上一条阴暗的路。

对于我们，你是面包和石头，
你是炉灶和无名家世的产物。
你的脸诞生在我们的泥土里。
你的威严是我的积雪的地区，
你的眼睛是埋在地下的陶器。

别的人有原子，有点点滴滴的
电火花，活跃的炭火；
而你，却是用我们的血筑成的墙；
你的不可揣测的正直
出自我们坚强的地理。

你不是没有什么可讲，对空气，
对远方来的黄金的风；
石灰，矿石，酵母，
静默的大地，都这么说。

_____

① 华雷斯是印第安人。

我访问了克雷塔罗①的墙，

摸了摸山岗上的每一块岩石，

以及那遥远的时光，那创伤，那深坑，

那枝丫参差的多刺的仙人掌。

谁也没有在那里坚持；那是个幻影；

谁也没有躺在硬地上睡觉：

只有光亮，只有荒原上的刺，

只有纯净的现状，依然存在，

华雷斯，那就是你的星斗满天的

正义的明确的坚定的夜晚的和平。

XXXI

吹过林肯的风

南方的风②有时候

吹过林肯的墓

带来城市和树木的声音及碎片

没有东西经过他的墓那些字就不动

大理石在缓慢的世纪里软化

这位年老的绅士已经没有了生命

他破旧的衬衫上不存在窟窿

---

① 克雷塔罗，墨西哥城市，1867 年 6 月 19 日，华雷斯领导下的
墨西哥人民在此地枪决了法国拿破仑第三侵略军所扶持的墨西哥傀
儡皇帝马克西米连。
② 指南亚美利加来的风；诗人自况之辞。

时间的纤维和人间的尘土掺杂在一起

维吉尼亚的一位哆嗦的太太说

这么完美的是什么样的一辈子

一所学校唱歌还不止一所学校

想的却是其他别的事情

然而南方来的风发自大地

一路上时不时在墓前停留

它的透明就是一份现代的报纸

传来了像这样的震耳的怨恨和悲啼

胜利者的梦躺在溅满泥泞的脚下一动不动

他们唱着歌带着那么多的疲劳和血汗走过

于是这天早晨仇恨又回到了大理石的墓

南方的白人对长眠的老人的仇恨

黑人们在教堂里孤零零地和上帝在一起

他们在广场上仍然相信上帝还在一起

世界上的火车有着某些标记

区分开天上的水中的和空气的东西

袤娜的小姐说多么完美啊生活

而在乔治亚每一个星期

要在木柱上吊死一个年轻的黑人

这时候保尔·罗伯逊[①]在歌唱大地

歌唱大海和生命如何开始

歌唱身受的暴行和可口可乐的威胁

歌唱为了世界各地苦难中的弟兄

----

① 保尔·罗伯逊（1898—1976），美国进步黑人歌唱家。

歌唱为了新诞生的儿子

歌唱为了让那些人听见放下手里的鞭子

这些残酷的手林肯所打倒的手

这些手像白色的毒蛇重新复活

一阵风接着一阵风在墓上吹过

带来了什么誓言的片断语声

正在大理石墓上哭泣犹如细雨

古老的被遗忘的没有埋葬的痛苦

三 K 党追逐着杀死了一个野蛮人

把这个可怜的号叫的黑人吊起来活活烧死

开枪把他的身体打成筛子

这些有钱的富翁套着三 K 党的头巾

不知道这样看来仍旧还是个刽子手

怯懦的凶手和金钱的碎片

他们举着该隐的十字架回来

洗干净了手礼拜天去祈祷

打电话给议院报告他们的功劳

这些事情伊利诺的死者①一点都不知道

因为今天的风说的是一种

在铁链下暴怒的奴隶制度的语言

而且进了墓穴这个人已经不再存在

那是剁成了粉末的胜利

是在死亡得逞之后破毁的胜利

---

① 林肯是伊利诺州人。

不只是这个人的衬衫已经破旧

不只是死亡的洞穴把我们杀害

而且那春天还要重复这过程

它以胆战心惊的歌折磨这个胜利者

昨天的英勇已经死去

恶棍的狂暴旗帜重新逞凶

有人在墓碑旁边唱歌

那是一群学校小女孩的尖声合唱

歌声升起没有触及外面的尘埃

歌声飞扬没有落向长眠的伐木者

向着死去的胜利致以敬礼

这时候嘲世者和旅人南方的风不禁面露笑容①

XXXII

马蒂②（1890）

古巴啊，泡沫的花朵，

激动的艳红莲花，还有茉莉，

在盛开的茂密花朵下面

却总能发现痛苦的炭黑的阴影，

死亡所留下的古老皱纹，

---

① 诗人在歌颂拉丁美洲的解放者时，想到美国的黑人仍处在种族歧视的压迫之下，林肯的精神已经不复存在。全诗没有标点，恰如愤怒的谴责。
② 何塞·马蒂（1853—1895），古巴独立革命英雄。

泡沫所掩饰着的创伤。

然而在你的身体里面
仿佛雪中萌发的明净地理，
那里绽开了你最后的一层皮，
躺着马蒂，犹如一颗纯洁的杏仁。

他是在空气盘旋的底层，
他是在大地蔚蓝的中心，
晶莹得仿佛一滴净水
他的种子那样地清净安眠。

遮掩着他的黑夜是水晶。

突然，血腥的血滴，号哭着痛苦着
穿过泥土直落进了
长眠的永恒的光明的范围之内。
人民有时候把他们的根子
穿透黑夜，直至触到
他隐埋的斗篷的净水。
愤怒的仇恨有时候经过，
践踏着播了种子的地面，
于是一个死者落进人民的杯子。
被埋葬的鞭子有时候回来，
在拱顶的空气里嘘嘘抽响，

一点鲜血像一片花瓣，

滴在地下，降入沉寂。

一切都来到了纯净的光华之中。

微细的颤栗敲击着

隐埋者的水晶的门户。

所有的泪水都流进了他的激流。

所有的火焰震动着他的结构。

就这样，从长眠地下的力量中，

从大量的隐藏的胚胎中，

出现了这个岛屿的战士。

他们来自一个决断的泉源。

他们出自一道晶莹的水流。

XXXIII

智利的巴尔马塞达[①]（1891）

密斯脱诺尔斯[②]从伦敦来了。

---

① 何塞·马努埃尔·巴尔马塞达（1838—1891），智利政治家，1886年任总统。
② 即诺尔斯先生，英国资本家。

他是一个硝石大王。

从前在草原上干活，

当个小工，过了一阵，

后来算清账，就走了。

现在他回来，浑身是英镑。

他带来两匹阿拉伯小马，

一个小小的火车头，

用纯金打成。这是礼物，

专赠总统；总统名叫

何塞·马努埃尔·巴尔马塞达。

"你真机灵，密斯脱诺尔斯。"

"You are very clever, Mr. North." [1]

鲁文·达里奥[2]走进这座房子，

走进这座总统府，随心所欲。

一瓶科涅克酒在等待着他。

这个年轻的米诺托[3]围在河上的雾中，

穿过嘈杂的声响，走上宽大的楼梯，

而密斯脱诺尔斯却实在难爬。

不一会儿，总统从

荒凉的生产硝石的北方回来。

---

① 英语，意义同上句。
② 鲁文·达里奥（1867—1916），尼加拉瓜诗人。年轻时，是巴尔马塞达的朋友。
③ 米诺托，神话中克里地岛迷宫里的怪牛。这里指达里奥。

他在那里说："这些土地，这些资源，

都是智利的；这些白色的物质，

会给我的人民变成学校，

变成公路，变成面包。"

现在，在总统府里，在文件纸张中间，

他的优美的身材，他的强烈的目光，

瞧着盛产硝石的荒原。

他的高贵的脸上没有一丝笑意。

那脑袋，苍白的神态，

有着一个死者的古老品质，

一位祖国的先辈的品质。

他的浑身都在经受庄严的考验。

他的宁静，他的思考的动作，

仿佛一阵寒风，有些不安。

他拒绝了密斯脱诺尔斯的马，

还有那架金制机器，远远地避开，

对它们的主人，那有权有势的格林哥[①]，不看一眼。

高傲的手几乎一动没有动。

"现在，密斯脱诺尔斯，我不能

把这些土地租给您；我不能

---

① 拉丁美洲人对英、美人的蔑称。

把我的祖国绑到

您那个大都会的神秘上。"

密斯脱诺尔斯在俱乐部住下，

一百瓶威士忌酒来到他的餐桌，

一百道菜宴请律师，

宴请议院，还有香槟，

招待那些传统主义派①。

经纪人跑向北方；

电话线去了，又回来，又去了。

温顺的金镑好像金蜘蛛，

给我的人民织成了

一块合法的英国的布，

一件用鲜血，用火药，用贫困

剪裁缝制的衣服。

"You are very clever，Mr. North."

让黑暗包围巴尔马塞达。

日子一到，那些贵族老爷们，

侮辱他，讥诮他，

在议院里对他大喊大叫，

辱骂他，诽谤他。

他们发动攻势，得到胜利。

① 指保守党成员。

然而还不够，必须改写历史。
美好的葡萄"牺牲"了，
酒精流遍苦难的黑夜。
漂亮的小伙子在门上做记号，
一群流氓就袭击家宅，
把钢琴从阳台上扔下。
这是贵族化的野餐，
沟里尸首纵横，
俱乐部里有法兰西香槟。

"You are very clever, Mr. North."

阿根廷大使馆
为总统打开了大门。

这天下午，他纤细的手
以同样的坚定进行写作；
深沉的疲劳的阴影，
进入了他的大眼睛，
仿佛一只黑色的蝴蝶。

他的前额的宏伟，
出自孤独的世界，
出自小小的房间，
照亮了深沉的黑夜。

他写下自己干净清白的名字，
写下他的被出卖的学说的
一个个长长的字母。
他的手里拿着转轮手枪。

他从窗户里看见
祖国后面的一块土地，
想起了智利的瘦长的身躯，
黑沉沉的，仿佛晚上的一张纸。
他走了，眼前不再看见
火车的窗口那样掠过的
飞速的田野，房舍，
高塔，淹没的河岸，
穷困，痛苦，褴褛。
他真是做了一场大梦，
他想改变破碎的景象，
他想改变人们憔悴的身体，
他想保护他们。

已经为时太晚，只听得
断续的枪声，胜利者的叫喊，
野蛮的突然袭击，"贵族老爷"的咆哮；
只听得最后的几声喧嚣。
伟大的静默，跟他一起，
弯下身子，进入了死亡。[1]

---

① 巴尔马塞达被颠覆下台后，流亡国外，自杀而死。

XXXIV

献给埃米利亚诺·萨帕塔①
伴以塔塔·纳乔②的音乐

大地上的痛苦加剧的时候，
荒芜的荆棘就是农民的产业的时候，
那时候，跟往昔一样，出现了
掠夺的大胡子的仪式和鞭子，
奔驰的花朵和火焰……

　　　　喝得醉醺醺的
　　　　我向首都而去

被刀子所惊吓的土地，
在变换的曙光中腾跳而起，
住在苦难的洞窟里的雇工，
仿佛掰下的一支玉米，
摔倒在头昏目眩的孤独里。

　　　　去向老板请求
　　　　让他答应叫我

---

① 埃米利亚诺·萨帕塔（1879—1919），墨西哥农民革命领袖，率领农民起义军参加
1911 年开始的民主革命，提出"土地和自由"的口号，后被反动派所暗杀。
② 塔塔·纳乔，墨西哥印第安民间歌手。

那时候，萨帕塔就是土地和黎明。
整条地平线上出现了
他的武装的种子，不计其数。
在一次进攻流水和边境
进攻柯亚乌拉的铁的源泉
进攻索诺拉石头的沼泽的时候，
所有的人都来跟随他前进的脚步，
走向铁蹄下土地的灾难。

　　　　如果他离开了茅屋
　　　　他很快就会得回来

分面包，分土地：
　　　　　　　我就跟随你。
我抛弃了我的天蓝色的眼皮。
我，萨帕塔，我走了，
跟着早晨的骑兵的露水走了，
在从仙人掌到红墙房屋的
一声枪响中走了。

　　　　……盘起你的头发
　　　　别为你的潘乔①哭泣……

月亮在群山之上睡眠。

———————————

① 潘乔，即弗朗西斯科，普通人的名字。

死亡爬了上来分散开，
跟萨帕塔的兵士们躺在一起。
美梦把他的命运
在浓重夜晚的堡墙之下掩藏，
那就是他的阴暗的孵育的床单。
篝火集合了没有入睡的空气：
油腻，汗水，以及黑夜的火药。

　　……醉醺醺地我走了
　　为了把你忘记……

我们为了穷人祈求祖国。
你的刀子切开了祖传的产业，
枪声和战马威吓着惩罚，
威吓着刽子手的胡子。
土地用一支来福枪来分配。
满身泥巴的农民，你别等着
流尽汗水之后会全是光明，
天空会在你的膝头分成小块。
起来吧，跟着萨帕塔驰骋。

　　……我想带着她走
　　她却说不行……

墨西哥啊，孤僻的农业，

阴影遍布之下的可爱土地：

从玉米的剑中，你的百人队伍

汗水淋淋地跳出来向着太阳。

从南方的雪原我来向你歌唱。

让我在你的命运之上奔驰，

充满我以火药和犁头。

……如果你要哭泣

何不回家来呢……

XXXV

桑地诺① （1926）

我们的土地上正在

埋葬十字架；

那些破烂的职业的十字架，

都已消耗殆尽。

这时候，牙齿尖利的金元来了，

在亚美利加牧人的喉咙口

啃啮着领土。

它用强硬的下巴抓住巴拿马，

---

① 奥古斯托·塞萨·桑地诺（1893—1934），尼加拉瓜民族解放
英雄，反抗美帝国主义侵略，后被暗杀。

在柔嫩的土地上刺下它的尖牙，

在烂泥里，威士忌酒里，鲜血里咂嘴咋舌，

而那个穿着大礼服的总统①却说：

"贿赂一天天地来到了

我们的手里。"

后来，来了钢铁的机器，

一条运河把居住区分成两半，

这儿住主子，那儿住奴才。②

然后，他们蜂拥奔向尼加拉瓜。

他们身穿白衣服，顺路而下，

抛着金元，射着枪弹。

可是在那里崛起了一位统领，

他说："这里不准你

设立租界，放下酒瓶。"

他们答应他当一幅

总统的相片，戴着手套，

三色的绶带；

漆皮的鞋刚刚到手。

桑地诺却脱掉靴子，

深入颤抖的沼泽，

在丛林里挂起

---

① 指巴拿马的第一任总统马努埃尔·阿马多尔·格雷罗（1904—1908在任）。
② 美国制造了巴拿马的独立，获得土地租借权，开凿了巴拿马运河，建立运河区，成为巴拿马的"国中之国"。

自由的绶带，

一枪接着一枪，

答复那些"文明的人"。

北亚美利加洲人的愤怒

自然是没法说的了：

大使馆的文件发到全世界，

说他们爱的是尼加拉瓜，

总有一天，

秩序应该来到

它那昏昏沉沉的肚子里。

桑地诺把侵略者吊起。

华尔街的英雄们

被沼泽所吞没；

一道闪电把他们杀死，

不止一把砍刀追逐他们；

一根套索像黑夜里的一条蛇

把他们吓醒，

吊起在一株大树上，

慢慢地爬满了

蓝色的甲虫，

贪吃的藤萝。

桑地诺是在寂静之中，

是在人民的广场之上；

桑地诺无所不在，

在杀死敌人美国佬，

在审判敌人侵略者。

飞机飞来的时候，

装甲部队冲来的时候，

强大的势力压顶的时候，

桑地诺，跟他的游击队在一起，

犹如丛林里的幽灵，

他是一株蟠曲的大树，

或者是一只冬眠的乌龟，

或者是一条滑溜的河流。

然而，树木，乌龟，流水，

都是生死的仇恨，

都是丛林的制度，

是蜘蛛的致命的征象。

（一九四八年，

一位希腊的游击战士，

属于斯巴达纵队，

被金元的雇佣军袭击，

成了光明的尸灰瓮。

他从山区燃起了火，

烧向芝加哥的章鱼，

就像勇敢的尼加拉瓜人

桑地诺一样，被叫作

"山里的匪帮"。）①

但是，因为血与火加上金元，

都摧毁不了

桑地诺的高塔，

华尔街的武士们

只好和平谈判，

邀请游击战士赴宴。

于是，一个新雇佣的叛徒，

向他开了卡宾枪。

这个人名叫索摩查。直到

今天他仍然统治着尼加拉瓜；

三十块银币在他的肚子里

生长着，增加着。②

这就是桑地诺的故事。

他是尼加拉瓜的领袖，

是我们被出卖的，

---

① 指希腊共产党领袖马科斯·瓦菲亚德斯。
② 阿纳斯塔西奥·索摩查（1896—1956），尼加拉瓜军人，暗杀
桑地诺后，1937年当总统。他的家属后来继任总统，对尼加拉瓜
实行专制统治。

被分割的，被袭击的沙场的

令人心碎的化身。

XXXVI

向着雷卡巴伦①

土地，土地里的金属，

紧密的美丽，铁质的宁静，

它可以是长矛、提灯，或者指环，

它是纯净的物质，

时间的活动，

光秃的土地的敬意。

矿藏就像是

深藏深埋的恒星。

在行星的撞击下，一克一克地

光亮隐藏了起来。

粗砺的树根，黏土，沙子，

掩盖了你的半球。

可是我爱你的盐②，你的表层，

你的水滴，你的眼皮，你的身材。

---

① 路易斯·埃米利奥·雷卡巴伦（1876—1924），智利工人领袖，智利共产党的创建人。
② 盐，指硝石。

我的手，在你一克拉
坚硬的晶莹上歌唱：
在绿玉的婚礼的赞歌上吟咏，
有一天把我的脸放进铁的空洞，
直至它扩展成深渊，
挣扎着，增大着。

但是我什么也不知道。

只有铁、铜、盐知道。

每一瓣黄金都以血的代价夺取。
每一种金属都需要一名兵士守卫。

铜

我来到铜这里，来到丘基卡马塔①。

群山之间已是黄昏。
空气仿佛一只寒冷的杯子，
干燥而透明。
从前我在许多船上生活过，
然而在荒凉的夜间，
广漠的矿山闪发着光芒，

———————

① 智利著名铜矿所在地。

却犹如一艘艨艟巨舰，

沐浴在这高原黑夜的

色彩缤纷的露珠之中。

我闭上眼睛：梦幻和阴影，

仿佛巨大的鸟，

在我上面展开宽阔的羽毛。

就在汽车跳着舞蹈

摇摇晃晃向前行驶的时候，

那颗斜落的星球，

穿透所有的行星，像一支长矛，

向我射来一道寒冷的火的

冰冻的可怕的光芒。

丘基卡马塔之夜

夜已深，夜已沉，

仿佛钟的空洞的内部。

我的眼前，只见无情的高墙，

金字塔上破毁的铜。

这些土地上的沙子都是绿的。

这黑夜和绿色的体积，

高矗直达饱和的星空。

一滴一滴绿松石的乳汁，

就像岩石的曙光，

正在由人所建造；

在广漠之中，

在向一切砂砾之夜

开放着的星星点点土地上熊熊燃烧。

于是，一步一步地，阴影

                     拉着我的手

带我走向工会。

               这是智利的

七月，在寒冷的车站上。

跟我的脚步一起，无数的日子里

（或者世纪），（或者仅仅是月份，

铜的，石头的石头的石头的月份，

就是说，时间的地狱：

被一只硫磺的手支撑着的永恒），

走着其他的脚和脚步，

只有铜才认识。

这是一群油腻肮脏的人，

饿着肚子，衣衫褴褛，孤苦伶仃，

一群挖掘坑道的人。

那天晚上，我没有看见

他们摆开在矿山折磨下

造成的不计其数的伤痕。

然而我与他们的痛苦息息相通。

铜的脊椎骨是潮湿的，
在安第斯山空气的永恒光明中
在汗水的冲击之下显露。
为了挖掘无数世纪
埋在地下的雕像的金属骨骼，
人们建造了
一座宽敞剧场的许多走廊。
但是那坚硬的元素，
它身材上的石头，
那胜利的铜，却逃之夭夭，
留下了一个整齐的火山喷口，
仿佛这座绿色的星星的雕像
是从一个铁的神祇的胸前拔掉，
只剩下挖空的半身高的一个苍白洞窟。

智利人

这一切都是你的手。
你的手，是矿山同胞的指甲，
是正在斗争的"贱民"的指甲，
是被蹂躏的人的材料的指甲，

是破衣烂衫的人们的指甲。
你的手就如同地理：
挖掘这个暗绿的喷口，
建立一个海洋般的石头的星球。

他在矿坑里行走，
使用破旧的铁镐，
在所有的地方安放炸药，
仿佛吵闹的母鸡下的蛋。

这是一个深邃的火山口，
甚至从满月之上，
也看得见它的底部；
一个叫罗德里格斯或者卡拉斯科，
叫迪亚斯·伊图里埃塔，
叫阿巴卡或者古梅辛多的
或者叫米尔的一个智利人，①
他们手连着手所造成。

这个广阔的地方，这个
撕裂的智利人，是指甲并着指甲，
一天连着一天，一冬又是一冬，
迅速地，持续地
在高原缓慢的气流里，

---

① 都是普通的智利人的名字。

堆集起泥土，

在各个地区中间所建立。

英　雄

不仅仅是许许多多的

坚决的喧闹的指头，

不仅仅是镐头，

不仅仅是胳膊和大腿，

以及人的整个重量和他的力量：

而且还有痛苦、怀疑和愤怒，

一起在挖掘石灰岩的高山，

一厘米一厘米地，寻找

星星的绿色矿脉，

那些埋入地下的彗星的

磷光闪烁的终极。

在这深渊里消耗殆尽的人的身上

诞生了鲜血染红的盐。

因为就是那个着急的雷纳尔多

在寻找石块，还有你的儿子

那永恒的塞布尔维达，你的姑妈

埃杜维赫斯·罗哈斯的侄子，^①

一个火热的英雄，

———————————

① 指普通的矿工。

他破坏了矿藏的群山。

就这样，如所周知，
仿佛进入了内脏，进入了
子宫的根源，进入了大地和生命，
我终于完全信服：
我甚至是淹没在人群之中，
淹没在钟乳石般的泪水中，
淹没在涌流的可怜的热血中，
淹没在滴落于尘土的汗珠中。

工　作

还有几次，和拉费尔特一起，
我走得更远，进入塔拉帕卡，
从苦役的蓝色的伊基克①
直到沙滩的尽头。

埃利亚斯②，给我看
碎矿工的镐头，
木柄上深印着
人们的每一个指印：已经
被每一个指尖所磨损。

_____

① 塔拉帕卡、伊基克，均智利的硝石生产地。
② 拉费尔特、埃利亚斯，两位陪同诗人的矿工的名字。

这些手的压力，
都把铁镐的硬尖刃损耗，
就这样挖开泥土和石块
金属和酸类的坑道。
这些痛苦的指甲，
这些抓紧的乌黑的手，
它们凿破星球，
把盐挖起向着天空，
如同故事里讲的，
如同天上的历史讲的：
"这是大地的第一天。"

就这样，从前谁也没有见过的
（在那个起源的日子之前）
铁镐的原型，
在地狱的外壳上高举，
以它的发热的粗糙的手
控制住它，剖开了地层，
于是出现了穿着蓝衬衫的
白牙齿的首领，
那硝石的征服者。

荒　野

广漠的沙原的严酷正午

已经来到：

世界是一片赤裸，

广阔，荒芜，光秃，直至

沙土的最后的边缘：

请听，在盐场上孤零零的

那盐的活跃清脆的声音：

太阳在广阔的空间打破了它的晶体，

以干旱折磨大地，

窒息了盐的喧闹，使它呻吟。

夜　曲

人们望着荒野的周围，

望着草原夜晚高爽的天空，

夜的流转，空旷，星辰满天，

那里塔马罗伽①生长的地区，

积聚了随着时间而流逝的全部沉默。

千年的沉默，在一只石灰蓝的

遥远的月亮的杯子里，

在夜间赤裸的地理上耕耘。

我爱你，纯洁的土地，就如同

我爱那么多矛盾的事物一样：

花朵，街道，富饶，祭典。

———————

① 塔马罗伽，智利的一种树木。

我爱你，海洋的纯洁的姊妹，
这个空落落的学校我难以进去，
那里没有人，没有墙，没有树
可以让我有所依靠。

它孤独。
它就是原野和生命的寂寞。

它就是世界的男子汉的胸怀。

而我就是爱你的形状笔直的体系，

你的空间的准确范围。

漠　原

旷野上，人们在生活，
咬啮着，消耗着土地。
我直接住进洞穴，
把手伸进虱子中间，
沿着铁路行走，
直到孤寂的黎明。
傍晚劳动下来，
睡在硬木板上，

潮气和碘味熏着我，

我伸手与人们相握，

我跟妇女交谈，

一片贫困充塞在母鸡中间，

充塞在破衣烂衫中间，

烧灼的穷苦气息中间。

那么多的苦楚，那么多的血液，

凝聚在心灵的空穴里的时候，

我看见有一个人

从邦巴斯包围的纯洁空地

走来；他是用他自己的沙子做成，

一副脸庞拉长了一动不动，

一身衣服裹着个肥胖身躯，

一双眼睛半开半闭，

仿佛难以驯服的灯。

他的名字就叫雷卡巴伦。

XXXVII

雷卡巴伦（1921）

他的名字就叫雷卡巴伦。

他忠厚，肥硕，胖大，
目光明净，额头坚定：
他的宽阔无边的稳重，
仿佛无数的沙子
覆盖着元素的矿层。

从亚美利加草原上
（分支的河流，洁白的雪，
铁矿的断裂层）瞧瞧智利，
它那破碎的生物，
仿佛一根被折下的树枝，
仿佛一条胳膊，它的手指骨
分散地传布着痛楚。

在金属和硝石的
肌肉丰富的区域之上，
在新近挖出的铜的
魁伟躯体之上，
一些小小的居民在生活：
他们慌慌忙忙签了个合同，
就乱七八糟地聚居在一起，
满身破烂衣服的孩子，
遍布于表层盐化了的
广阔的荒原。

这是个被失业或者死亡
中断了生活的智利人。

这是个最顽强的智利人，
是在劳累之下活过来的人，
是被硝盐折磨得死去活来的人。

这位人民的领袖，
带着他的小册子来到这里。
这个孤独的受欺凌的人，
正用破旧的斗篷，
裹着挨饿的孩子，
忍受着折磨肉体的怨屈。
他拉住这个人，对他说：
"把你的声音跟别人的声音联合。"
"把你的手跟别人的手拉紧。"
他以慈父般的关怀，充满草原；
从硝石的致人死命的角落，
从无法看见的潜藏之处，
整个矿区，都眼望着他。

每一个受打击的男子汉都来，
每一个悲叹哀号的人都到；
他们好像幽灵那样进去，
说话苍白悲伤；

出来的时候，手里却

捧着一种新的尊严。

草原上谁都知道他。

整个祖国建立成为人民，

扶植起那些

破碎分裂的心。

他的刚刚印好的报纸，

走进了煤矿的坑道，

爬上了铜矿；

人民亲吻着一支支的队伍，

他们第一次发出了

被压迫者的呼声。

他组织起孤独者。

他把书籍和歌唱

带到恐怖的墙壁前；

他联合起一个个的怨恨，

以及不会说话又没有嘴巴的奴隶，

还有遍地的痛苦。

他给了它一个名字，叫作

人民，无产者，工会；

它成了人，有了仪态。

这个居民发生了变化，

它是在战斗中建立；

这个富有价值的组织，

这个一往直前的意志，

这个不屈不挠的金属，

这个受苦受难的整体，

这座人类的堡垒，

这条通往明天的道路，

这带无垠的群山，

这颗春天的蓓蕾，

这所穷人的武库，

它从祖国的最最深处，

从最困苦最受压的

从最崇高的最永恒的地方产生，

它叫作党。

　　　　共产党。

　　　　　　这就是它的名字。

斗争十分激烈。

黄金的主子像兀鹰般扑下。

他们跟这支队伍搏斗。

"这个共产党，是秘鲁，

是坡利维亚，是外国人花钱雇的。"

他们扑向印刷厂，

那是战斗者们流着

一滴一滴的汗水得到的。

他们攻击它，把它捣烂，

焚烧了，拆毁了

人民的印刷所。

他们追捕雷卡巴伦。

他们禁止他进来，禁止他出去。

但是他在废弃的坑道里

集合起他的种子，

堡垒得到了保卫。

这时候，那些大老板，

美国的，英国的，以及

他们的律师，他们的议员，

他们的代表，他们的总统，

让鲜血流遍沙场；

把我们的世世代代，

智利的根柢的力量，

赶进畜栏，加以捆绑，

残酷地谋杀。

枯黄的广阔草原上

那些小径的旁边，

留下被枪杀的工人的十字架；

沙地的凹陷之处，

尸体堆积如山。

有一次在伊基克，海岸边，

他们故意让

要求面包和学校的人们来到。

在那里乱糟糟地

关进一个院子，准备着
死亡。

　　他们开枪，
用格格发响的机关枪，
用巧妙地布置的步枪，
扫射成堆地挤着睡觉的工人。
血流成河啊，淌遍了
伊基克惨白的沙滩。
在那里流下的鲜血，
过了那么多年仍然炽热，
仿佛不折不挠的花冠。

然而抵抗依然存在。
雷卡巴伦的手组织的光明，
那红旗，从矿区传到村镇，
传到城市，传到田垄，
跟铁路的轮子一起转动，
担承了水泥的基础，
博得了街道、广场、农舍，
尘土飞扬的工厂，
被春天覆盖的创伤：
一切的一切都在战斗，在歌唱，
为了夺取黎明时刻一致的胜利。

从那时候，多少日子过去了。

多少鲜血在鲜血上一流再流。

多少战斗在大地上进行。

壮丽的征服的时刻，

一点一滴争取的胜利，

痛苦的被摧残的街道，

黑暗的地区仿佛隧洞，

叛变，如同以刀锋

割断的生命；

充满着仇恨的镇压，

以武力告终。

大地好像都沉沦了。

然而斗争还在继续。

寄语（1949）

雷卡巴伦，

在这些受迫害的日子里，

在我的被放逐的弟兄们的焦虑中，

受到了一个叛徒的打击，

全国都被仇恨所包围，

都被专制暴政所挫伤；

我想起了你的可怕的斗争，

在监狱里的日子，

你的开初的几步，
你的挺立的高塔般的孤独。
后来，从荒原上，走出
一个两个人，走向你的身旁，
揉合贫苦人的面包的面团，
保卫尊严的人民的团结。

智利的父亲

雷卡巴伦，智利的儿子，
智利的父亲，我们的父亲，
在你的建筑上，在你的
锻冶于大地和痛苦中的路线上，
诞生了未来的
胜利的日子的力量。

你就是祖国，草原，人民，
就是沙子，黏土，学校，房屋，
就是复活，拳头，进攻，
命令，游行，麦子，冲锋，
就是战斗，伟大，抵抗。

雷卡巴伦，在你的眼前，
我们宣誓，誓必扫除
祖国所受到的破毁的创伤。

我们宣誓，誓必让自由

在受凌辱的沙地上

举起它赤裸裸的花朵。

我们宣誓，誓必继续你的道路，

直至人民的胜利来到。

XXXVIII

巴西的普列斯特斯①（1949）

巍峨的巴西啊，我愿以多少爱

为了躺在你的膝头，

为了包裹在你的巨叶里。

你的植物繁荣茂盛，

像翡翠的鲜艳的碎粒：正在窥伺着你呢，

巴西，从养育你的

祭司那样的大河，

在流动的月亮光芒下的

祭坛上跳舞，从分派给我的

你那荒无人烟的地区，

只见从泥土里出来了

---

① 路易斯·卡洛斯·普列斯特斯（1898—1982），巴西共产党领袖，被称为"希望的骑士"。

那些刚刚诞生的粗笨野兽，
周围还有金属的白鸟飞绕。

你给了我多少波折。
要重新走进海关，
出来到了郊外，
闻着你的奇特的祭典，
下到你的循环的中央，
你的慷慨的心。

然而我不能。

有一次，在巴伊亚，
贫穷街区的女人，
古老奴隶市场的妇女
（那里，今天的新奴隶制度：
饥饿，褴褛，痛苦的状况，
像从前一样生活在同一的土地上），
给了我几朵花和一封信，
几句温柔的话和几朵花。

我没法使我的声音离开那么多的苦。
我知道你的宽广的
大自然的岸边
给了我多少看不见的真实。

我知道那秘密的花，
那激动的成群的蝴蝶，
以及生命和森林的
所有丰饶的酵母，
都在以无穷尽的潮润的理论
期待着我。

然而我不能，不能。

只有从你的沉默中
再一次拔出人民的声音，
像丛林里最明亮的羽毛那样
高高地举起，
留在我的身边，爱它，
直至它用我的嘴唇歌唱。

于是，我看见了普列斯特斯，
正在行走，向着自由，
向着那些大门，它们在你看来，巴西，
似乎关闭着，钉在痛苦上，不能通过。
我看见了普列斯特斯，看见了
他那胜利的挨饿的队伍，穿过丛林，
走向玻利维亚，后面
紧追着暴君的没有血色的白眼。
等他回到村镇，敲起

战斗的大钟，他就被

监禁起来；他的伴侣

也被送进了德国的阴沉的

刽子手的手掌。①

        （诗人，在你的书里

寻找希腊的古老的痛苦，

寻找古老的诅咒

所捆锁的星宿；

让你的扭曲的眼皮

流过那些新发明的酷刑；

难道你不看见你自家门口

海洋正在撞击

人民的乌黑的胸脯。）

在囚禁中诞生了他的女儿。

但是这个小女婴却消失在

斧子下，毒气中，

被盖世太保杀人的泥沼

所吞没。

       啊！囚徒的

无穷无尽的痛苦！啊！我们

受尽创伤的领袖，他那

难以形容的分离的痛苦！

（诗人，从你的书里

---

① 普列斯特斯的妻子是德国人，被捕后，被引渡给希特勒政府，死于狱中。

抹掉普罗米修斯和他的锁链吧。
古老的神话没有
如此铭刻心肺的伟大，
如此令人害怕的悲剧。）
普列斯特斯被关在
铁窗后面十一年，
在死亡的寂静之中，
但是没有胆敢谋杀他。

他的人民没有任何消息。
暴政在其黑暗的世界上
抹掉了普列斯特斯的名字。

十一年，他的名字无人知。
然而，他的名字像株大树，
活在他全体人民的中间，
受到尊敬，受到期待。

直至自由来到，
在他服苦役的地方找到他，
出来重新见到光明；
爱戴，胜利，慈祥，
洗刷了一切
扔在他头上的仇恨。

我记得，一九四五年
跟他一起在圣保罗。
（他的身材纤弱挺拔，
苍白得仿佛
从水池里挖出来的象牙；
精细得仿佛
寂寥中空气的明净；
洁白得仿佛
被痛苦所幽禁的伟大。）

在帕卡恩布①，我第一次
向他的人民讲话。
广大的运动场上人头攒动，
千万颗红色的心，
等着看见他，触摸他。
他乘着一阵难以描摹的
歌唱和柔情的波浪来到。
千万方手帕挥动
犹如丛林，向他欢迎，向他致敬。
在我讲话的时候，
他以深沉的眼睛向我这边望着。

———————

① 帕卡恩布，巴西地名。

XXXIX

在帕卡恩布讲话（巴西，1945）

今天，我有多少事情要说，巴西人，

多少历史，斗争，教训，胜利，

我藏在心里，藏了多少年，要对你们说，

思念和敬礼。来自积雪的安第斯山的敬礼，

太平洋的敬礼，那就是，在我那遥远的祖国，

我走过工人，矿工，瓦工，以及

所有的居民时，他们对我说的话。

白雪、云彩和旗帜对我说的是什么？

海员秘密地对我说的是什么？

给了我几支麦穗的小女孩对我说的是什么？

他们有一个口信，就是：向普列斯特斯致敬。

他们对我说：去找他，在丛林里，在大河上；

打开他的监狱，寻找他的牢房，呼唤他；

如果不准你跟他讲话，那么就瞧着他，直至疲倦；

明天把你看到的对我们来讲讲。

今天我很骄傲，看见他，围绕在

一片胜利的心的海洋之中。

我要去对智利说：我是在

他的人民的自由旗帜的空气中向他致敬。

我记得，在巴黎，几年以前，一天晚上，

我向群众讲话。我是来为共和西班牙，

来为正在斗争中的人民，请求帮助。

西班牙到处是废墟，到处是光荣。

法国人听着我的呼吁，一声不吭。

我凭着所有生存者的名义请求他们，

对他们说：新的英雄，在西班牙战斗的英雄，

正在死去：莫德斯托，利斯特，热情之花，洛
　　尔迦，①

都是亚美利加的英雄的儿子，都是

博利瓦尔，奥希金斯，圣马丁，普列斯特斯的
　　弟兄。

一提到普列斯特斯的名字，法国的空中

仿佛掀起了一阵怒涛：巴黎向他致敬。

老工人以湿润的眼睛

望着巴西的深处，望着西班牙。

还有一个小小的故事，要对你们讲。

在智利，在寒冷的港口塔尔卡瓦诺，

在一直挖到海底下的巨大煤矿旁边，

很久以前，有一次，来了一艘苏联的货船。

---

① 均是西班牙内战期间民主派方面的著名人士。莫德斯托和利斯
特是军人；热情之花即伊芭露丽，西班牙共产党领袖；洛尔迦是著
名诗人，被长枪党所杀害。

（智利那时候还没有跟

苏维埃社会主义共和国联盟建立关系，

因此，愚蠢的警察

禁止俄罗斯海员下船，

踏上智利的土地。）

等到黑夜来临，只见

千万矿工，自那些巨大矿山而来；

男人，妇女，孩子，拿着他们的

小小的矿灯，整整一夜，从山丘上，

打着忽明忽灭的灯光信号，

向这艘来自苏维埃海港的船。

那天夜晚乌黑，却有了星星：

人类的星星，人民的灯。

今天，也从我们亚美利加的所有角落，

从自由的墨西哥，从缺水的秘鲁，

从古巴，从人烟稠密的阿根廷，

从乌拉圭，流亡的弟兄的庇护所，

人民向你致敬，普列斯特斯，拿着他们

小小的灯，却闪耀着人类高昂的希望。

因此，亚美利加的空气命令我，

让我看看你，然后对他们讲，

你怎么样，他们的沉默的领袖

在这些年艰苦的孤独和黑暗之后说些什么。

我要对他们说，你不存怨恨；
你只愿你的祖国生气盎然。

只愿自由在巴西的深处
快快生长，仿佛一株永恒的树。

我要对你讲，巴西，许多悄悄的事情，
这些年来一直存在于皮肤，心灵，
血液，痛苦，胜利的里面；那是
诗人和人民应该说说的事情：然而在另一次，改
　一天吧。

今天我要求火山和大河都静默。

我要求大地和男子都静默。

我要求亚美利加的积雪和草原都静默。

静默，就是人民的领袖的语言。

静默，让巴西通过他的嘴巴说话。

XL

暴君卷土重来

今天，巴西到处
又在继续打猎，
奴隶贩子的冷酷贪心
正在把它搜索；
在华尔街，他们向
猪崽仆从们宣布，
要他们把獠牙
刺进人民的伤口。
于是在智利，在巴西，
开始了狩猎，以及
在商人和刽子手蹂躏下的
我们的全部亚美利加。

我的人民隐藏了我的去向，
用他们的手掩盖了我写的诗，
保护我免遭死亡；
在巴西，人民的永恒的大门
关闭了普列斯特斯走的路，
他在那里又一次
重新挡住了歹徒。

巴西啊，你的痛苦的领袖

被你所拯救；

巴西啊，到明天，你用不着

收集关于他的记忆，

一点一滴地合成他的肖像，

把它耸立在庄严的石块上；

也用不着让你的心

享受不到那你仍然

仍然能够争取的自由，巴西啊！

XLI

那一天总要到来

解放者们，在亚美利加的

这个黎明，在阒无一人的

清晨的微光之中，

我向你们献上

我的人民的这无穷无尽的一页，

斗争的每一个小时的欢乐。

蓝制服的胸甲骑兵，

在时间的深沉之中没落。

新近绣起了旗帜的

兵士，在黎明里显现；

今天的兵士，共产主义者，

熔化的金属潮流的继承者，

战士们，请听着

我的产生于冰川的声音，

它由于单纯的爱的责任，

生向每日生活的篝火：

我们属于同一的泥土，

同一的受压迫的民族，

同一的缠绕着我们亚美利加的腰的

斗争。

     你没有看见

傍晚你的兄弟的

阴暗洞穴？

       你没有逢上

他的昏天黑地的生活？

          这是人民

遭遗弃，正在沉沦的破碎的心！

有的人接受了英雄的和平

把它藏进酒窖；有的人抢夺了

血污的收获的果实，

瓜分了地理，

建立起虎视眈眈的疆界，

变成了盲目的，荒凉的，阴暗的地区。

从大地上收集起痛苦的

困恼的脉搏，那孤寂，

那破碎的地面上的小麦。

有什么在旗帜下呻吟：

那是古老的声音重新把我们呼唤。

下降到矿山的根部，

到金属的荒芜的高原，

触摸人们在大地上的斗争；

通过殉难的牺牲，

任它施虐于那伸向光明的手。

不要否定那一天，人家给你们

送来斗争中死去的尸首。每一支麦穗

都是从埋在土里的种子生长。

如同小麦，不计其数的人民

联结起根子，积聚起麦穗，

在打碎枷锁的狂风暴雨中

升向宇宙的辉煌洁莹。

五

背叛的沙子

也许，也许遗忘，在大地上，就像一只杯子，

能够促进生长，给生命以营养，

（可能是）仿佛森林里乌黑的腐殖土。

也许，也许人，仿佛一个铁匠，

在炉火上，用铁锻打着铁，

没有进入过黑暗的煤层，

没有关闭过目光，跌落下去

直到深处，到水中，到矿藏，到灾祸。

也许，然而我的盘子却是另一种，我的养料不同：

我的眼睛并非生来咬啮遗忘；

我的嘴唇向着一切时代张开，一切时代，

我的双手并不在一部分的时间内劳累。

因此我要对你讲讲这些痛苦，我就离开。

我要迫使你再一次生活在它的烤灼中，

不是为了让我们停住步，仿佛到了站，而是出发；

也不是为了把额头撞击土地，

更不是为了把我们的心灌满苦水；

而是为了眼明心亮地走路，为了鼓起正直

以充满知觉的无穷无尽的决心，

为了使严肃成为快乐的一个条件，

为了这样，我们就能成为天下无敌。

I

刽子手

爬虫的有鳞的亚美利加，
绕着生长的植物，爬上
沼泽里竖立的茎秆，
以蛇的有毒乳汁
哺育可怕的子女；
酷热的摇篮在孵化
以黄泥覆盖着
一个凶残贪吝的家族。
公鸡与母蝎
在祖国的丛林里通奸。

光明从一根树枝逃到另一根树枝，
然而并没有把沉睡者惊醒。

床毯发出甘蔗的气味，
砍刀滚落到
午睡最僻远的角落；
没有鞋穿的雇工
在瓶瓶罐罐越来越少的
小酒店里，夸着海口
吹嘘自己的独立性。

弗朗西亚博士①

巴拉纳河②，在蟠曲的地带，

那么潮湿，搏动着许多别的河流，

形成一个水网：亚培比里河，

阿卡拉伊河，伊古雷伊河；都是

用破斧树染色的孪生珠宝，

被沉重的树脂的杯子环绕。

它流着，流向大西洋的荒原，

在它含着沙子的梦里

拖走了紫色拿撒勒花的梦呓，

拖走了含羞草的根子。

从炎热的淤泥里，

从贪吃的鳄鱼的宝座旁，

在蛮荒的疫病之中，

走过了罗德里格斯·德·弗朗西亚博士，

走向巴拉圭的座位。

他生活在玫瑰色的

石造的玫瑰花丛里，

好像一尊坚实的恺撒似的塑像，

覆盖着黑蜘蛛的网幂。

---

① 何塞·罗德里格斯·德·弗朗西亚（1766—1840），巴拉圭独裁统治者。
② 巴拉纳河，发源于巴西，流经巴拉圭，到阿根廷，与拉普拉塔河汇合。

在满是镜子的大厅里，

他是孤家寡人的伟大，

是红丝绒上的黑色稻草人，

用来吓唬晚上惊慌乱窜的耗子。

这是一根假的柱子，

是邪恶的学院，

麻风病国王的不可知论，

围绕着一片广阔的杂草，

在执行正义的绞刑架上，

喝下柏拉图主义的数字，

数着星宿的三角形，

量着星座的曲调，

窥视巴拉圭的

橘红色的黄昏，

用一只在他窗户口

处在被枪毙的痛苦中的表；

用一只放在被捆缚的

黄昏的窗槛上的手。

放在桌子上的研究，

眼睛望着苍穹的刺人的光，

看着几何学的晶体的翻转。

这时候，死去的人的

内脏流出的血液，

一阵一阵地冲下台阶，
被一群一群的
发亮的绿色的
苍蝇在吮吸。

他把巴拉圭封闭，
好像是他阁下的一个窝；
他在边境系着酷刑和泥土。
他的侧影在街上经过的时候，
印第安人都排起队，
向墙壁转过目光：
他的影子滑了过去，
只留下两堵心惊胆战的墙壁。

死亡来拜访弗朗西亚博士；
他哑巴了，不动了，
自己把自己捆住，
孤零零地在洞穴里，
被瘫痪的套索禁锢，
单独一个人在死去，
谁也没有走进房间，
谁也不敢来敲主子的门。

他被他的蛇所盘绕，
胡言乱语，骨髓中如火烧，

痛楚万分，在府邸的
寂寥中，渐渐死去。
外面黑夜仍然屹立，
仿佛一个讲座，
吞吃了牺牲所萌发的
那些可怜巴巴的塔尖。

罗萨斯[①]（1829—1849）

要穿过大地去看，多么困难啊
（不是穿过时间；时间举起它透明的杯子
照亮了高处凝聚的露珠），
因为由于饥饿和仇恨而沉重的大地，
由于死者和金属而僵硬的仓房在阻挡；
也不让我向下看，在底层，
在那里互相交叉的寂寥，把我拒绝。
但是我要跟他们说话，我的人，
那些有一天要逃到我旗帜下面来的人，
那时候他们的衣服上是水晶星星的纯净。

萨米恩托，阿尔维迪，奥罗，德尔·卡里尔：[②]

---

① 胡安·马努埃尔·德·罗萨斯（1793—1877），阿根廷独裁统治者，1829 年夺取政权，自称国家元首。
② 多明戈·福斯蒂诺·萨米恩托（1811—1888），阿根廷政治家，作家，1868—1874 年任总统。胡安·巴乌蒂斯塔·阿尔维迪（1810—1884），阿根廷进步思想家，作家。多明戈·德·奥罗（1800—1879），阿根廷作家，著有《阿根廷人民的暴君》一书。萨尔瓦多·马里亚·德尔·卡里尔（1798—1883），阿根廷政治家，曾任圣胡安省省长。

我的纯洁的祖国，在被玷污之后，

为你们保持了

它的金属山峡的光；

在穷苦的农民的土墙之中，

被放逐的思想正在织成，

用坚硬的矿石，

用葡萄的蜜糖的针。

智利把它在自己的堡垒上分派，

给它以自己航海舵轮的盐，

布撒开流放的种子，

就这样在大草原上奔驰。

颈枷在天空的

头发细丝上裂开，

邦巴斯草原咬啮着

狂热的汗淋淋的牲口的蹄铁。[①]

匕首，还有大棒子的哈哈大笑，

落到殉难者的头上。月亮

从一条河到另一条河，在一片白色之上

罩上一个无法可说的阴暗的冠冕！

阿根廷在黎明的雾气里

---

① 罗萨斯统治期间，许多阿根廷进步人士，如萨米恩托，流亡到
智利。

一次一次地被抢劫，被惩罚，
直至流血，直至疯狂，空虚，
被粗暴的工头当了牲口！

你让红葡萄列队游行，
你是一个假面具，一阵打了印记的颤栗，
在空气中，你被一只
蜡制的悲剧的手所代替。
从你这里，出来一个黑夜，以及过道，
发黑的石板路，台阶，
那里沉没了死人和小丑，
在狂欢节交响的一切声音，
以及落在夜晚所有眼睛上的
眼皮的沉默。

你的起泡沫的麦子，逃往何方？
你的果树的仪态，你的宽阔的嘴巴，
由于你的弦而活动起来唱歌的一切，
你的大鼓的震动的皮，
无法衡量的星星的皮，
都在封闭的圆顶的
无情孤寂中默不作声。

行星，纬线，强烈的光辉，
在你的边缘，在划分的雪带上，

聚集起夜晚的寂静，

乘着激荡昏眩的大海来到；

赤裸的海水，一浪接一浪，连续不断，

灰色的风，震颤着吹散它的沙子，

黑夜以其荒原的呜咽伤害着我们。

但是，人民与麦子糅和在一起了：于是

大地的脑袋抹平了，

光明的被埋葬的头发梳理了，

痛苦试着推开被风损坏的自由的门，

从道路的仆仆尘土里，一个接一个，

出现了沉沦的尊严，学校，

智慧，脸容，从尘土里升起，

直至把自己变成联结的星座，

光明的塑像，纯净的草原。

厄瓜多尔

顿古拉瓜喷吐出红酸，

桑加伊在雪地上

倾注灼热的蜜，

因巴布拉从你的

积雪的教堂似的尖顶，

抛下鱼和植物，以及

无可企及的永恒的坚硬树枝。①

向着荒野，古铜色的月亮，

格格响的建筑，

留下你的伤痕，

犹如安蒂萨纳上的血脉，

在普马却卡起皱的荒原，

在潘巴马尔卡含硫的肃穆；②

火山与月亮，寒冷与石英，

冰封的原野，

天地的变动，

蒸气与风暴的遗产。

厄瓜多尔，厄瓜多尔，一颗

不再存在的星星的紫色尾巴，

以绵绵无尽的果木表皮覆盖在你的

虹彩那么艳丽的村落群上；

死亡带着它的圈套在巡回，

燃烧起热病在贫苦的居民中间；

饥饿是一张犁，

长满粗刺在泥土里；

以粗布衣服和修道院

敲击你胸膛的慈善事业，

仿佛在泪水酝酿之中的

---

① 厄瓜多尔在赤道，多山的国家。顿古拉瓜、桑加伊均为火山。因巴布拉也是山名，河流的发源地。
② 安蒂萨纳、潘巴马尔卡，均为山名。普马却卡，平原名。

一种潮湿的疾病。

加西亚·莫雷诺①

从这里，出现了暴君。
他的名字叫加西亚·莫雷诺。
这只戴手套的豺狼，
圣器室有耐心的蝙蝠，
他在丝绒帽子里
收集骨灰和痛苦；
他在赤道河道的血流里
伸进指甲。

他的小小的双脚
穿着漆皮的薄底软鞋，
在祭坛的地毯上
又涂圣油又画十字，
衣服的下摆
淹没在朝圣队伍的水中。
他在罪恶里跳舞，
拉来刚刚枪毙的尸首，
撕裂死者的胸脯，
抛掷他的骨殖，

---

① 加夫里尔·加西亚·莫雷诺（1821—1875），厄瓜多尔独裁统治者，1861—1865 年及 1869—1875 年两度任总统。

在棺材盖上飞过，

戴上预言者头巾的羽饰。

在印第安人的村落里，

鲜血遍地横流，

所有的街道上阴影里都是恐怖

（钟的下面就有恐怖，

发着响声出来走向黑夜）；

修道院厚实的墙壁，

沉重地压着基多，

笔直，一动不动，四周不通。

一切都与檐壁

镀金的花饰一起睡眠，

天使们被挂在

神圣的架子上睡眠，

一切都在睡眠，

仿佛一片祭祀用的布，

一切都在黏膜似的暗夜里受苦。

但是残暴并没有睡觉。

白胡子的残暴

戴着手套和眼镜，

镶着乌黑的心，

在领地的栅栏上走过。

直至有一天，光明

像一把匕首，刺进宫殿，
割开背心，让一道闪电
深入无垢的胸怀。

就这样，加西亚·莫雷诺
又一次从宫殿出来，
飞翔着去观察
牢牢地埋葬了的坟墓；
可是这一次他却滚了下来，
滚进了大屠杀的底层，
停留在垃圾堆的潮气下
无名的牺牲者之间。①

亚美利加的巫师

中亚美利加被猫头鹰作践，
发酸的汗水弄得它油光锃亮。
在进入你的燃烧的素馨之前，
你的大船的纤维尊重我：
这是你为了孪生的泡沫
而战斗的木头的翼，
充满我以狂喜的芳香；
那是你杯子的花粉和羽毛，
你的流水的萌芽的岸边，

---

① 加西亚·莫雷诺被政敌暗杀而死。

你的巢穴的曲折的界线。
但是巫师们杀死了
复活的金属，关闭了大门，
把光彩夺目的鸟类的居所
变成一片黑暗。

也许来了个埃斯特拉达①，
矮个子，穿着古代侏儒的衣服，
左一声咳嗽，右一声咳嗽，
使危地马拉的墙壁发酵，
由于被尿水和泪水
不断地灌浇。

乌比戈②

或者是乌比戈，从小路上来，
骑着摩托车
穿过驻防地，
冷冰冰的像块石头，
一副胆战心惊的高官的假脸。

高梅斯③

高梅斯，委内瑞拉的沼泽，

---

① 马努埃尔·埃斯特拉达·卡布雷拉（1857—1924），危地马拉独裁统治者。
② 豪尔赫·乌比戈（1878—1946），危地马拉独裁统治者，1931—1944 年任总统。
③ 胡安·维森特·高梅斯（1857—1935），委内瑞拉独裁统治者，1908—1935 年任总统。

慢慢地淹没了人脸，

智慧，落进了它的大口里。

人在夜间掉了下去，

挥动胳膊也无用，

残酷的打击盖满头脸，

泥泞把他拉下

沉入地下的仓库，

又在大路上出现，

背着铁器挖掘，

直至裂成碎片死去，

消失，影踪全无。

马查多①

马查多在古巴，

用机器驱赶他的岛国；

进口美国造的刑具，

机关枪轧轧地响，

打坏了新开的花朵，

古巴海上的甘露。

学生刚刚受伤，

就被扔讲海里，

那里的鲨鱼完成了

---

① 赫拉尔多·马查多·伊·英拉莱斯（1871—1939），古巴独裁
统治者，1925—1933 年任总统。

值得称赞的工作。

暗杀者的手一直伸到墨西哥，

于是梅利亚①倒在

罪行的街头打滚，

像个浑身浴血的掷铁饼手。

这时候岛国正是炎热，蔚蓝，

贴满了彩票，

以食糖作抵押。

梅尔加雷霍②

玻利维亚在自己的四壁中死去，

仿佛一朵希罕的花：

溃败的将军，

跨上他们的坐骑，

用手枪的射击打碎了天空。

梅尔加雷霍的假面具，

喝醉酒的畜生，

被出卖的矿藏的泡沫，

无耻的胡子，

仇恨的山岭上的胡子，

在昏迷中扯下来的胡子，

凝结着血块的胡子，

---

① 梅利亚，古巴工人领袖，在墨西哥被暗杀。
② 马里亚诺·梅尔加雷霍（1818—1871），玻利维亚总统，独裁者。

在坏疽的噩梦中逢到的胡子，

在牧场上奔驰的游荡的胡子，

在客厅里妍居的胡子，

这时候，印第安人及其重负

正在穿越氧气的最后一片草原，

快步走过被贫穷抽尽了血的

那些条条小路。

玻利维亚（1865 年 3 月 22 日[①]）

贝尔苏胜利了。那是晚上。拉巴斯

还响着最后的枪声。

干尘土向着高处凄凉地跳舞，

盘旋升起，带着每月的酒精，

以及新近染上的可怕紫斑。

梅尔加雷霍倒台了；他的脑袋

撞着血染的山峰的矿石边缘；

金色的饰带，金丝绣的礼服，

臭汗沾湿的破衬衫，

躺在马匹的残骸

以及刚被枪毙的脑壳在一起。

贝尔苏在宫殿里，在手套

和礼服中间接受着笑脸，

---

① 这一天，玻利维亚前总统马努埃尔·伊西多罗·贝尔苏（1808—
1865）发动军事政变，推翻梅尔加雷霍，但是数月之后，梅尔加
雷霍也以军事政变再推翻贝尔苏。

分配着泡透酒精的高原的
黑脸老百姓的土地。
新贵们新宠们滑动在
打蜡地板的大厅里，
眼泪的光华灯的光
洒落在一些射击的火花所
弄坏了的天鹅绒上。

梅尔加雷霍走进了人群，
这个几乎难以抑止愤怒的
骚动的鬼怪。
他听着这属于他范围之内的
吵得耳聋的群众，断续的呼喊，
升向高空的山岭上的篝火，
新的胜利者的窗户。
　　　　　　他的一生
（片断的盲目的力量，
火山口和高地上搬演的歌剧，
团队的梦，梦中
制服散遍了没有防卫的土地，
带着那纸做的军刀，
然而有伤痕玷污，
带着那真正的砍脑袋的死亡。
乡村的广场，留下了
假嗓子的合唱，

最最高贵者的讲演，

马匹的粪便，丝绸，鲜血，

轮番的死亡，腐烂，僵硬，

交织着快枪手们

震天响的枪声）

已经倒在最深的尘埃之中，

倒在轻蔑和空虚之中，

倒在一种也许被

耻辱所淹没的死亡之中。

但是从失败之中

这个玻利维亚的米诺托，

伸出喉咙，扒着金属的沙子，

踱着逡巡不前的野兽步子，

走向喧闹的金碧辉煌的大厅。

他进了人群，穿了过去，

砍着无名的老百姓，

沉重地登上惊慌失措的宝座，

扑向胜利的考迪略①。贝尔苏

滚下来，弄脏了淀粉，打碎了玻璃灯，

流水般的光芒从灯里四散溢出，

永远刺进了胸脯。

这时候，这个孤身的袭击者，

烈火中浑身是血的公牛，

把身躯靠在阳台上，

————————

① 考迪略，即军事首领。指贝尔苏。

大喊："贝尔苏死啦。"

"谁在那里，快回答。"

广场上，洪钟似的

响起一声大地的呼号，

一声吓人的恐怖的黑色的呼号，

回答说："是我们，梅尔加雷霍，是我们。"

就是那一大群的死者，一大群

在宫殿楼梯上欢呼浑身是血的尸体的

死者在喊："是我们。"

这个巨型的幽魂

把撕破的衣服覆盖住整个阳台，

营房的泥土和肮脏的血。

马蒂内斯[①]（1932）

萨尔瓦多的庸医马蒂内斯，

分派各种颜色的

成药的药瓶。

部长们感激万分，

又是低头，又是哈腰，又是鞠躬。

这个吃素的巫师，

直着身子住在宫殿里，

这时候，狂暴的饥饿

---

① 马克西米利亚诺·埃尔南德斯·马蒂内斯（1882—1966），萨尔瓦多的独裁统治者，医生出身。

却在甘蔗田里嚎叫。

于是马蒂内斯颁布法令：

没有几天，两万个农民

被谋杀，腐烂在

马蒂内斯以不符合

卫生规定为理由

下令烧毁的村落。

他重新回到宫殿，

来炮制他的糖浆，

立刻受到美国大使

飞速的祝贺。

"现在有了保证，"他对他说，

"西方的文明，

西方的基督教，

还有良好的贸易，

香蕉的租地，

关税的控制。"

他们一起，长时间地

喝着香槟，同时，

炎热的阵雨正淋着

一堆堆腐朽的白骨。

沙特拉比亚们①

特鲁希略，索摩查，卡里亚斯，②

直到今天，直到

一九四八年九月的

这个痛苦的月份，

还跟莫里尼戈（或者纳塔利西奥）③

一起在巴拉圭；这群

我们历史上的凶恶豺狗，

胀饱着肚子在他们的庄园里

举着那么多血那么多火的

征服旗帜的啮齿动物，

地狱里出来的强徒，

成千次地卖出又买进的

沙特拉比亚们，受着

纽约的恶狼的嗾使。

他们是金元的饥饿机器，

玷污着他们

受苦受难的人民的牺牲；

是卖淫的商人

贩卖面包和美国的空气；

是泥泞的刽子手，

---

① 沙特拉比亚，古代波斯总督的称号。
② 拉法埃尔·莱奥尼达斯·特鲁希略（1891—1961），多米尼加共和国的独裁统治者。
安迪诺·卡里亚斯（1876—1969），洪都拉斯的独裁统治者。
③ 伊希斯奥·莫里尼戈（1898—），巴拉圭独裁统治者。胡安·纳塔利西奥·贡萨莱斯，
巴拉圭军人，1948—1949 年任总统。

卖身投靠的卡西克的猪；

没有别的法律，除了酷刑

以及鞭挞着人民的饥饿。

他们是美国的

哥伦比亚大学"名誉"博士，

袍子掩覆着喉咙，

遮盖着刀子；华道尔夫·阿斯托里亚①的

残暴的看守人，

那些该诅咒的房间

里面腐烂着

被囚者的永恒时代。

这些小小的兀鹰，

受到杜鲁门②先生的接见，

装满了钟表，得到了

"忠诚"勋章，吸干了

祖国的血。仅仅只有一个人

比你们还要坏，仅仅只有一个人，

有一天，他给我的祖国

带来了人民的不幸。③

---

① 华道尔夫·阿斯托里亚，美国纽约的一家大旅馆。
② 哈里·杜鲁门（1884—1972），美国政治家，1945—1953 年任
总统。
③ 指智利的总统魏地拉。

II

寡头政治

不，旗帜上的血迹未干，
兵士们还没有睡觉，
自由就改变了服装，
变成了财产和家当：
从刚刚播种的土地里
出来了一个阶级，一伙
佩着纹章的新贵，
既有警察，又有牢狱。

他们画了一道黑线：
"这里是我们：墨西哥的
波菲利奥①派，智利的
'绅士'，布宜诺斯艾利斯
赛马俱乐部的公子哥儿，
乌拉圭衣冠齐楚的海盗，
厄瓜多尔的少爷小姐，以及
各处的教会大人先生。"

"那里是你们：穷鬼，杂种，
墨西哥的小偷，加乌乔，

---

① 波菲利奥·迪亚斯（1830—1915），墨西哥独裁统治者。

拥挤在猪圈里，没人理睬，

衣衫褴褛，满身虱子，

癞皮，潦倒，贫困，

肮脏，懒惰，人多。"

一切都建筑在这道线上。

大主教为这垛墙施洗，

对那个不承认阶级之墙的

叛逆者，施加

火的诅咒。

毕尔巴鄂①的书籍，被刽子手

焚为灰烬。

　　　　警察看守着

这垛墙，对那敢于

接近这道神圣大理石的饥饿，

抡起棍子当头一棒，

或者套上耕地的颈枷，

或者踢它几脚叫它当兵。

他们感到安全而太平。

老百姓流落街头，流落荒野，

成堆地过活，没有窗户，

没有田地，没有衬衣，

没有学校，没有面包。

----

① 马努埃尔·毕尔巴鄂（1829—1895），智利进步作家，新闻工作者，著有《罗萨斯传》《秘鲁政治史》等书。

在我们亚美利加，有一个幽灵行走，
以残羹剩饭为生，目不识丁，
到处流浪，遍及我们的幅员版图，
从阴湿的监狱里出来，
没有教育，东奔西跑，
被满身服饰、秩序、领结的
可怕的同胞所驱赶。

在墨西哥，人们为他
生产龙舌兰酒；在智利，
一升升纯紫颜色的酒；
毒害他，把他的灵魂
一片一片地刮下；
不给他书本，不给他光明，
直至他倒在尘埃，
陷入肺结核的屋角；
到那时候也得不到礼仪的埋葬，
他的葬仪不过是赤裸裸地
扔进其他无名无姓的朽骨烂肉之中。

恩布多法①的颁布

那些人自己宣称是爱国者。

---

① 恩布多法，即欺骗的虚伪的法律。

他们在俱乐部里互相授勋，
正在着手撰写历史。
议会里面富丽堂皇；
他们分完了土地，
就分法律，分最好的街道，
分空气，分大学，分皮鞋。

议会的了不起的首创，
就是用这种方式建立
政府，真是纯粹的哄骗。
他们辩论，像惯常那样，
既是严肃，又有宴会，
首先在农业的圈子里，
再加上军人和律师。
最后他们把最高法律
带到议会，就是那个臭名远扬的
受到尊敬的不许触摸的
恩布多的法律。
                   一致通过。

给富人，满桌饭菜。

给穷人，垃圾一堆。

送有钱的人以金钱。

叫穷苦的人去干活。

让万贯家财的人住高楼大厦。

一无所有的人只许住茅棚草屋。

窃国大盗被授以特权。

偷一片面包的人投入监狱。

少爷小姐们去巴黎，去巴黎。

穷鬼饿汉们去挖矿，去开荒。

罗德里格斯·德·拉·克罗塔先生[①]
用甜蜜动听的声音
在议会里说：
　　　　"这部法律，最终
建立起了强制性的等级制度，
尤其是，确立了
基督教的原则。
　　　　　　它是
如此必要，犹如水一样。

---

① 智利的一个议员。

只有那些共产党，如所周知，
地狱里出来的共产党，才要为
这部丰富而严格的
恩布多的法典而争辩。
但是，这种亚洲式的反对，
来自下等人的反对，
毫不犹豫地予以抑止了：
统统送进监狱，送进集中营。
这样，就只剩下了我们：
出类拔萃的绅士们，
以及激进党的
可爱的公仆们。"

贵族老爷们的坐席，
爆发出阵阵的欢呼：
多么雄辩，多么精神！
多么哲理，多么光采！
他们每一个人都跑过来，
把做交易的东西塞满口袋：
这一个垄断牛奶，
那一个卖铁丝诈财，
另一个做食糖敛钱；
所有的人都异口同声地
说自己爱国，把爱国主义垄断，
这也是从恩布多法律里

查阅而得来。

钦巴龙戈的选举（1947）

在智利的钦巴龙戈，
不久前有一次议员选举。
请瞧瞧这些祖国的基石
是怎样选择决定。
上午十一时正，
从乡间驶来了卡车，
满载着佃农。
正是冬季下雨；潮湿，
肮脏，饥饿，赤脚，
钦巴龙戈的农奴们
从卡车上爬下。
愁面苦脸，浑身晒黑，衣衫褴褛，
手里拿着一张选票。
他们被集合，被指挥，
被监视，被推挤；
出来时去领取报酬，
排着队又一次走向卡车，
就像他们自己
所驱赶的马群。
　　　　　后来，
发给他们肉和酒，

把他们吃得喝得

畜牲般地糊涂，忘了一切。

后来，听见了这样选举出来的

这位议员的演讲：

"我们，是信基督的爱国者，

我们，是秩序的保卫者，

我们，是圣灵的儿子。"

他的大肚皮在颤动，

他的母牛般刺耳的嗓音，

结结巴巴，磕磕绊绊，

就像猛犸的长鼻，

处在史前洪荒

一片黑暗的地下墓穴。

奶　油

我们亚美利加的

怪异的假贵族，

刚刚抹上白粉的哺乳动物，

不能生育的青年，

顽固执拗的笨驴，

存心不良的地主，

俱乐部里酗酒的英雄，

银行和交易所的强盗，

稀奇古怪，花里胡哨，

大使馆里打扮讲究的老虎，

脸色苍白的高贵公子哥儿，

吃人肉的花朵，

香气扑鼻的洞穴的产物，

鲜血、粪便和汗水的

可恶的吮吸者，

纠缠绞人致死的藤萝，

封建巨蟒似的铁链。

那时候，草原在博利瓦尔

或者奥希金斯（贫苦的兵士，

挨打的人民，赤脚的英雄）

奔驰的马蹄下颤抖，

而你们，却排成了一支

背叛祖国旗帜的

国王和教会的地狱的队伍。

然而，当人民猛烈的风，

挥动着长矛

把祖国拥进我们的怀抱，

你们却摆出了铁丝网圈起的土地，

丈量围墙和篱笆，积聚

面积和人口，分派

警察和仓库。

人民从战场回来，

就深入矿井，到了

畜栏深沉的黑暗里，

落进多石的犁沟，

开动油腻的工厂，

在大杂院里，在拥挤的房间里，

与其他不幸的同类，

繁殖养育他们的后代。

他沉溺在酗酒中，失去知觉，

不能自拔，受到一支

虱子和吸血鬼队伍的侵袭，

被墙壁和警察局包围，

没有面包，没有音乐，

落进一片混沌的孤寂；

在那里，奥尔费奥①仅仅留下

一只吉他，给他的心灵，

一只披着彩带和痛苦的吉他，

在村镇上歌唱，

仿佛贫困的鸟。

天上的诗人

你们干了些什么，纪德派们，

----

① 奥尔费奥，神话中的音乐之神。吉他是拉丁美洲人民喜爱的乐器。

知识至上派们，里尔克派们，

神秘主义者们，存在主义的

假魔法师们，在一座坟墓里

燃烧的超现实主义的罂粟，

时髦的欧化的尸体，

资本主义干酪的苍白蛆虫？ ①

你们干了些什么，面对着

这痛苦笼罩着的一切，

这人类生存的黑暗，

这拳打脚踢的架势，

这埋进粪土的脑袋，

这被践踏的艰苦生活的要素，

你们干了些什么？

你们什么也没有干，就是逃跑：

你们出售成堆的废物，

你们寻找天上的骏马，

怯懦的植物，破裂的指爪，

"纯粹的美"，以及"魔幻"，

那些穷人害怕的东西，

用来障蔽自己的眼睛，

用来纠缠纤弱的瞳仁，

用来代替老爷先生们

扔给你们的龌龊剩饭，

---

① 指那些以各种主义标榜的脱离现实的诗人。

看不见处在苦楚中的石头，

不保卫，不斗争，

比墓地里的花环还要盲目，

任凭雨水打着

坟丘上一动不动的枯朽花朵。

剥削者

年轻的亚美利加，你的生命

就是这样，被吞噬，被漠视，

被剥削，被掠夺。

在愤怒的悬崖，在那里，

考迪略践踏着

新近倒下的灰烬和微笑，

直至胡子翘起的老爷们的

祖传的假面具，

高踞在桌子的上首，

向在座的人赐福，

隐藏起黑心的贪欲的

迫切的垂涎的

阴沉的餍足了的

真实的面孔。

那都是城市里冷酷的野兽，

可怕的虎狼，

吃人肉的动物，

专门在薄雾迷漫的

被遗忘的角落里的村镇，

在大地下面的洞窟，

从事狩猎的专家。

爱打扮的人

在牲畜群的，或者写字间的，

或者鸡尾酒会的乌烟瘴气里，

生活着一个蓝色的产物，

高高在上的脓疮的一瓣。

他就是智利的"西乌蒂科"①，

名叫拉乌尔·阿尔杜纳蒂略②

（用别人的手，

屠杀印第安人的手，

征服刊物杂志的征服者）

一个花花公子的上尉，

一个做大买卖的老板。

他购买文章，自以为是文人；

他购买军刀，相信自己是军人；

但是他没有办法购买纯洁，

① 即穿着时髦的人。
② 当时智利的一个新闻界老板。

于是只好像蛇那样喷吐毒液。

可怜的亚美利加，

在血的市场被转卖，

被那些埋下的藤蔓；

他们又在圣地亚哥，

在米纳斯热拉斯的客厅里复活，

装得文雅，披着"包多阿"①里的狗样的长发，

穿着毫无用处的胸衣，

挂着坟墓里的高尔夫球棍。

可怜的亚美利加，

被暂时的风雅人士乔装改扮，

假造了各种各样的面孔，

而同时，在下面，黑暗的风

伤害了破碎的心，

把煤炭的英雄

刮进穷人的尸骨堆，

被瘟疫所扫荡，

被黑暗所笼罩，

任凭七个挨饿的孩子，

扔到了大街上。

---

① 包多阿，法语，指贵夫人的化妆室。

宠信的人

在暴政的这块
沉重紫色的干酪上，
还长出了另一条蛆虫：宠信的人。

这是一个懦夫应声虫，
专门吹捧歌颂肮脏的手。
他是个演说家或者新闻记者，
在宫殿里突然醒来，
热情地咀嚼着元首的排泄物，
长时间地苦心研究
他的英雄业绩，
搅混了水，在脓汁滩里
钓取他的大鱼。
我们叫他达里奥·波勃莱特，
或者"可口可乐"豪尔赫·德拉诺①
（都一个样，也可以叫别的名字。
他存在于马查多
诽谤污蔑梅利亚
后来就加以暗杀的时候）。

在那当口，波勃莱特大写特写

---

① 古巴马查多执政时的新闻记者。

"哈瓦那的柏里克利斯"[①]的

"卑贱的仇敌"。

到后来，波勃莱特就去吻

特鲁希略的铁蹄，

莫里尼戈的马具，

加夫里尔·贡萨莱斯[②]的肛门。

昨天也是一样；刚从

骑兵队出来，就被雇用去撒谎，

掩饰枪杀和掠夺。

今天，则举起他怯懦的笔，

来写皮萨瓜的酷刑拷打，

千千万万男女的痛苦。

我们的受难的黑暗的

地理上的暴君，

总要找一个泥污的学士，

分配给他撒谎的任务，

叫他说：慈祥的阁下，

国家的建设者，统治我们的

伟大共和国吧。还把

强盗的黑爪子

伸进卖淫的黑墨水。

---

① 柏里克利斯，古希腊著名政治家，这里指马查多。
② 即加夫里尔·贡萨莱斯·魏地拉，当时的智利总统。

等到干酪消耗得精光，

暴君掉进了地狱，

波勃莱特就消失了，

"可口可乐"德拉诺化成了烟，

蛆虫回进粪堆，

等待那无耻的轮回，

把暴政抛开了又拉回，

以便重新诌笑着出现，

捧着新写的发言稿，

让暴君点头称是。

因此，人民，首要的事，

是要找到蛆虫，捏碎它的灵魂，

压出它的汁液，

那种黏糊的乌黑东西，

也就是最近的作品；

扔掉这种墨水，

让我们在大地上把它抹掉。

金元的律师

地狱般的亚美利加，

我们浸透了毒汁的面包，

在你变节的焰火中

还有一条火舌：那就是

外国公司的本地律师。

就是他，钉牢了奴役他
祖国的镣铐，
傲慢地跟着
那一帮子经理散步，
以目空一切的神气，
瞧着我们破碎的国旗。

帝国的先遣人员，工程人员，
计算人员，测量人员，专业人员，
从纽约来到的时候，
他们估量征服的土地，
征服的锡、石油、香蕉，
铜、硝石、锰、食糖，
铁矿、橡胶、泥土的时候，
有个黑脸的矮个子走上前来，
露出黄色的笑容，
低声下气地向
刚来到的入侵者忠告：
"完全没有必要
给这些土人
付出那么多的钱；
工资提得那么高，先生们，
很不相称。不能同意。

这些贱人，这些杂种，
什么都不懂，只知道
拿那么多的钱去喝得烂醉。
不要给，凭着上帝。他们是野人，
比畜生好不了多少。我很了解他们。
千万不要付给他们那么多。"

他被收养了。他们给他
穿上制服。外表像格林哥，
骂人像格林哥。跳舞
也像格林哥。他高升了。

他有汽车、威士忌、出版物，
他被选为法官和议员，
他得到了勋章，当了部长，
政府得听他的话。
他知道谁可以收买，
他知道谁已经收买，
他拍马，他受贿，他发奖，
他吹捧，他谄笑，他威吓。
就这样，流着血的共和国的
所有港口，都变得空空如也。

你们会问：这个病毒，这个律师，
这个残羹剩饭里的酵母，

这个吸我们的血养肥了的

满肚子血的硬壳虱子。

到底住在哪里？

他住在赤道线的

低洼地区，住在巴西，

然而，中亚美利加的腰部

也是他的居所。

你们会在丘基卡马塔

高原的陡坡上逢到他。

他在那里探寻财宝，

爬上高山，跨过深渊，

拿着他的法典的条例，

来掠夺我们的土地。

你们会在利蒙港①，

在特鲁希略城②，伊基克，

加拉加斯，马拉卡伊波③，

安托法加斯塔④，洪都拉斯

见到他，把我们的兄弟关进监狱，

起诉他自己的同胞，

劫掠雇工，打开

法官和庄园主的大门，

---

① 利蒙港，在哥斯达黎加。
② 特鲁希略城，在多米尼加共和国，现已恢复原名圣多明各。
③ 马拉卡伊波，在委内瑞拉。
④ 安托法加斯塔，在智利。

收买报纸，指挥

警察，棍棒，来福枪，

来对付被他遗忘了的亲属。

在招待会上，他

穿着礼服，摆出臭架子；

纪念碑揭幕的时候，

说这样的话："先生们，

祖国更重于生命，

是我们的母亲，我们的土地；

我们保卫秩序，我们建立

新的驻防地，更多的监狱。"

他死得荣耀；"爱国者"，

议员，贵族，显要，

教皇给他授勋，

闻名，富足，令人敬畏，

而我们的悲惨种族的死者，

那些用手挖掘铜矿

扒抓深沉而严酷的土地的人，

受尽打击遭到遗弃而死去，

急急忙忙地装进

埋葬他的盒子，

十字架上只有一个名字，一个号码，

任那连英雄的标志都抹得掉的风

把它摇撼。

外交官（1948）

如果您在罗马尼亚生下来是傻瓜，
那么您一辈子的经历仍然是傻瓜。
如果您在阿维农是个傻瓜，
那么您的这种品德
就会被法兰西古老的石块，
被不尊重庄园财产的学校，
以及学校里的孩子所赏识。
但是，如果您在智利生下来是傻瓜，
那么您很快就会当上大使。

您的名字叫傻瓜孟加诺，
傻瓜霍阿金·费尔南德斯，[①]
傻瓜某某某；要是有可能
就留一把精练的胡子。
这就是为了"开始办理交涉"
您所要求的一切。

后来，您会夸夸其谈地
报告您的呈递国书的
盛况，说着："这个那个，
那大马车，这个那个，
您阁下，这个那个，

---

① 当时的一个智利外交官的名字。

说的话，这个那个，真客气。"

发的是洋洋得意的声音，
用的是被保护的母牛的腔调；
跟特鲁希略的使者
互相赠送勋章；
偷偷地保留着
一套单身汉的房间。
（"您要明白，这种事情，
为了讨论边界条约
可是十分方便的。"）
装模作样地
给博士的刊物送去
社论，其实前天还吃着早饭
在看；这是一篇"报告"。

您跟"社会"的"显要"交往，
跟那个国家的傻瓜交往，
能弄到多少金银，
就统统买下。
您在青铜铸的马匹旁边。
在这个纪念那个周年会上讲话，
说的是："嗯哼，这联系嘛，
这个那个，嗯哼，这个那个，
嗯哼，后代的人，

这个那个，种族，嗯哼，纯粹的，
神圣的，嗯哼，这个那个。"
于是您安静了，安静了：
您真是智利的一个好外交官，
您真是一个挂满勋章的
奇妙的傻瓜。

妓　院

从繁荣中产生了妓院，
伴随着成堆成堆的
钞票的标志：
这是首都的可敬的
臭水沟，我的时代的
船上仓库。
　　　　布宜诺斯艾利斯的
头发上有机械化的
妓院，新鲜的肉
从城市的不幸和遥远的乡村
输出，在那里，金钱
窥视着坛坛罐罐的脚步，
禁锢了樊篱的藤萝。
乡村的鸨母龟奴，
在夜晚，在冬天，
牵着马匹，

守在村子的门口，
于是目瞪口呆的姑娘们，
落到了富豪的手里，
辗转贩卖。
外省懒洋洋的娼家，
在那里，村里的庄园主
——收取果实的霸主——
以吓人的鼾声，
骚扰着肉欲的夜晚。
在角落里，躲藏着
灰溜溜的妓女，游荡的幽灵，
死亡列车上的旅客。
你们已经被占有，
已经落入污辱的网罗，
已经无法回进大海，
已经遭窥视被猎获，
已经在生活的
最最活跃的空间死去；
你们已经能够让影子
溜过墙壁；但是这些墙壁
通不到任何地方，只除了
从泥土到死亡。

利马的迎神赛会（1947）

人真多，他们用肩头

抬着神像，后面跟随着的
人群那么密集，
仿佛大海涌出，
发着深紫的磷光。

他们跳跃着舞蹈，
发出庄重的动着嘴巴的呢喃，
跟油炸食品的声音，
凄切敲鼓的声音，混成一片。

深紫色的背心，
深紫色的鞋，帽子上
染着紫色的斑点。
大路就像一条河，
得了长满脓包的病，
在大教堂无用的玻璃上流过。
香料的香气，犹如
某种无穷尽的忧伤，
无其数脓疮的凝聚，
使眼睛联结了
密集人群的河流里
升起的情欲的火焰。

瞧那个肥胖的地主，
出的汗湿透了祭衣，

还搔着脖颈里
大滴的神圣水滴。

瞧那个山里不毛之地
来的破衣烂衫的可怜虫；
瞧那个把脸埋进了
碟子盘子大碗的印第安人；
瞧那个放牧温驯骆马的牧人；
瞧那些圣器室里出来的
尖利女孩子，以及
村子里的脸有菜色的教师。
穿着紫红衬衫的
舞蹈者如醉如痴；
黑人们则使劲用脚
顿着看不见的大鼓。
整个秘鲁都在捶着胸脯，
仰望这尊圣母的塑像，
只见她一本正经，装模作样，
打扮得天蓝粉红，
在汗臭弥漫的空气中，
乘着她糖果蜜饯的船，
航行在攒动着的千万人头之上。

美孚油公司

钻机辟开道路，

到了乱石累累的山谷，
把它无情冷酷的肚肠，
深深插进地底下的宝藏。
于是那死去的岁月，
世代的眼睛，被禁锢的
植物的根株，以及
带鳞带甲的属类，
就泌出一层一层的汁水。
烈火从管道里上升，
变成冰冷的液体，
从它出世离开
乌黑深沉的世界时，
在高原上的关卡，
逢到了一个白脸的工程师，
还有一张土地所有证。

尽管石油的道路错综复杂，
尽管燃料默默地改变位置，
在大地的肚腹中
移动它的统治区域，
但是它喷出的油，
却震撼着它的石蜡的枝条；
那时候，美孚油公司
连同其律师和靴子，
支票和枪支，统治和囚徒，

都还没有来到。

它的着了迷的皇帝，
在纽约住着，都是
温和的满脸笑容的凶手；
他们购买丝绸，尼龙，雪茄，
购买暴君和独裁者。

他们购买国家，村镇，海洋，
购买警察，议会代表，
购买穷乡僻壤的村落，
在那里，穷人守着他们的玉米，
仿佛守财奴守着他们的黄金。
美孚油公司把他们唤醒，
给他们穿上制服，向他们指明，
谁是兄弟而兼敌人，
于是巴拉圭人打起了仗，
玻利维亚人扛着机关枪
在丛林里东奔西窜。①

一滴石油谋杀了
一位总统，一笔
百万公顷土地的抵押，
一次黎明的快速枪杀，

① 指巴拉圭和玻利维亚之间的厦谷战争。

致命的闪光，僵硬地倒下，
一处新建的颠覆分子罪犯的
集中营，在巴塔戈尼亚，
一桩叛变，一排枪响，
在石油的月亮之下，
一次微妙的部长任免，
在首都，一阵流言蜚语，
犹如一片石油的浪潮；
然后是冲击而来，你瞧，
美孚油公司的大字，
多么明亮，在云朵之上，
在大海之上，在你的家里，
照亮着它的统治领地。

阿纳孔达铜矿公司

这是蛇盘绕成的名字，
是不知餍足的咽喉，
是绿色的恶魔。
在我祖国密集的高山，
稀疏的丛林，
那冷漠的月光下，挖土机
掘开了矿山的洞口，
仿佛一个污斑，
挖成处女的铜的坑道，

深深进入它的花岗岩的场地。

在楚基卡马塔永恒的夜晚，
我曾经看见高山之巅，
燃烧着牺牲的火焰，
只听得那独眼巨人
吞食智利人的手，
智利人的比索，智利人的腰，
发出的劈里啪啦之声，
把他们卷在铜的脊骨之下，
吮尽他们温热的血，
咬碎他们的骨架，
把他们抛到漠漠荒野的
崇山峻岭之间。

星空下的楚基卡马塔之巅，
空气在呜呜作响。
矿坑用人们小小的手
消灭了星球的抵抗；
狭窄的咽喉似的坑口，
硫磺的鸟在颤抖，
金属的钢铁的寒冷
以其阴郁的创伤，
正在骚动，这时候，
汽笛惊起响声，

大地吞下长长一列

渺小的人，走下

矿坑张开着口的牙床。

他们是些小小的队长，

我的侄子，我的儿子；

等到金属的铸锭

向着大海涌流的时候，

他们擦干了额头，

又因为新得的疟疾而发抖。

那条大蛇把他们吞吃，

把他们缩小，把他们咬碎，

把他们涂满有毒的唾沫，

把他们扔到大路上，

把他们用警察杀害，

把他们弄到皮萨瓜烂掉，

把他们监禁，把他们辱骂，

还收买了一个卖国的总统，

把他们侮辱，把他们迫害，

让他们饿死在

沙漠遍地的广阔原野上。

于是又有一个两个歪倒的十字架

竖立在地狱般的山坡上，

仿佛矿山的树木

劈散的唯一木柴。

联合果品公司

喇叭吹响的时候，

大地上所有的人都已准备好；

耶和华出来瓜分世界，

给可口可乐公司，阿纳孔达公司，

给福特汽车公司，还有别的公司。

这家果品公司

保留了最最精美的部分：

我的大地的中央海岸，

亚美利加甜蜜的细腰。

它把分得的土地重新命名，

叫作"香蕉共和国"；

在长眠不醒的死者身上，

在心情不安的英雄身上，

它征服了伟大，

自由，和旗帜，

建立起滑稽的歌剧院；

没收意志的自由，

赠送恺撒的桂冠，

显露贪心的欲望，

吸引苍蝇来独裁：

苍蝇特鲁希略，苍蝇塔乔[1]，

苍蝇卡里亚斯，苍蝇马蒂内斯，

---

[1] 塔乔，即索摩查。

苍蝇乌必科，苍蝇沾湿着
穷人的血和果子酱。
苍蝇醉醺醺
在老百姓的坟上嗡嗡，
杂技场的苍蝇，聪敏的苍蝇，
懂得执行暴政。

在血淋淋的苍蝇中间，
果品公司登了陆，
砍光了咖啡和果子，
我们沉沦的土地的宝贝，
一盘一盘地倾倒
装进了它的船只。

与此同时，裹在黎明
晨雾中的印第安人，
掉进了港口
发出甜味的深渊：
一个身体滚下去，
一件没有名字的东西，
一个号码掉落了，
一串死了的果子
掉进了垃圾堆。

土地与人

老地主镶嵌在土地里，
仿佛吓人的动物的骨殖，
他们是委任统治地的
迷信的继承者，
黑暗的土地上的皇帝，
被仇恨所禁闭，
被铁丝网所包围。

在这个包围圈里，
人的生活被扼杀；
孩子活活地埋进土里，
不给他面包，不让他识字，
给他打上记号做佃户，
罚他干活进畜栏。
可怜的不幸的雇工，
在红树丛中，被束缚于
不能生存的生存，束缚于
蛮荒草原的黑暗。

赤手空拳没有一本书，
后来就变成没有知觉的骸骨，
购买生命一个接一个，
还在清白的门前遭拒绝，

没有别的爱除了一只吉他，
在忧伤之中心都碎裂，
跳起的舞难得热烈，
就像一阵弄湿了的风。

然而不仅仅在乡间，
人们受尽创伤。更远的地方，
更近的地方，更深的地方，都有伤：
在城市里，在宫殿旁边，
增长着麻风病的大杂院；
这污秽的根源，
带着随时发作的脓疮坏疽。

我看见过，在塔尔卡瓦诺①的
崎岖的转弯之处，
在山丘的灰坑里，
翻腾着贫穷的肮脏的景象，
屈辱的心灵的一团混乱，
海底下黄昏的阴暗中
裂口的脓疱，
褴褛衣衫下的伤疤，
挨打的头发蓬乱的人的
衰老瘦弱的身体。

———————————

① 塔尔卡瓦诺，智利地名。

我走进深埋的房子，

就像老鼠的洞穴，

满是硝石的潮湿，溶化的盐水。

我看见挨饿的生灵爬进来，

没牙的嘴像个黑洞，

透过污浊的空气，

想对着我笑。

我在我人民的痛苦中经过，

它缠绕着我，

仿佛灵魂上的有刺铁丝。

它使我的心脏抽搐。

我奔出来，在大路上号叫，

我跑出来，在烟雾中痛哭。

我敲门，那些门却像

有刺的刀子，把我伤害；

我向那些无动于衷的脸呼吁，

从前我崇拜他们，像星星一样，

现在它们却只对我显出虚空。

于是我成为一名士兵：

没有号码，不属团队，

命令就是战斗的拳头，

操典就是人类的智慧，

无数时间的力量，

武装的树木，人们

在大地上不可摧毁的道路。

瞧吧，我们有多少，
有多少跟我在一起，
不是无足轻重，而是所有的人；
他们没有脸，他们是人民，
他们是金属，他们是道路。
我走着，与世界的春天
同样的脚步。

乞　丐

教堂的旁边，瑟缩在墙脚，
连带他们的腿，他们的身体，
他们发黑的目光，
他们长着的活生生的屋脊怪兽的脸，
他们破旧的乞食的罐头；
从这里，从坚固的神圣的
石砌的墙边，
他们形成了街道的植物，
合法的瘟疫的流浪花卉。

公园里也有乞儿，
仿佛里面枝叶根系
受尽折磨的树木：

公园的角落，奴隶在苟延残喘，

犹如人的结局变成了垃圾，

戴着他这个肮脏的称号，

等待死亡的扫帚。

慈善事业把他埋葬在

麻风病的土地的坑里，

给我今天的日子的人做榜样；

它应该学会践踏，把这类东西

踩进轻蔑的沼泽，

把鞋踏上

穿着失败的制服的人的额头，

或者至少它应该懂得

这是大自然的产物。

亚美利加的乞丐，

一九四八年的儿子，大教堂的孙子，

我并不尊敬你，

我不拿古老的象牙，

国王的胡子，装上你描写的面貌，

就像书本里所证明的那样，

我要用希望把你抹掉。

你进不了我正在构成的爱；

带着人们唾弃而创造你的一切，

带着你被糟蹋的模样，

带着你这一切，

你进不了我的胸怀。

我要去掉你的泥土的渣滓，
直至你用金属重新构成，
跳出来闪闪发光，犹如利剑。

印第安人

印第安人，从他的皮肤
逃往古老的无限深处，从那里，
有一天像岛屿那样升起：失败了，
变成了看不见的空气，
在大地上裂开，把他
秘密的记号撒在沙地上。

那个消耗月亮的人，那个
梳理着世界神秘孤寂的人，
那个不登上大气笼罩的
石头祭坛就不消逝的人，
那个在他丛林的重量之下
坚定如神圣的光的人，
突然消瘦了，直至成了一根线；
他变得皱纹满脸，
粉碎了他的如塔急流，
接受卜他的破烂衣服包裹。

我看见过他，在阿马蒂特兰①

磁力的顶峰，啃着

不能逾越的水的两岸：

有一天，他走在玻利维亚高山

那压抑的庄严之上，带着他的

鸟儿和根子的遗骸。

我看见

我的兄弟，写疯狂的诗的

阿尔维蒂②，在阿劳科人的地区，

禁不住哭泣；他们围着他，就像

围着埃尔西利亚；在那红色的神的时代，

他们就是一条尸体的紫色锁链。③

远处，在火地岛的

狂暴的水的网络里，

我看见他们，啊，海狼哟，

长发披散，爬上破烂的独木舟，

到大洋里去乞讨面包。

那里，他们领土上每一根皮毛

都已经被杀死，

印第安猎手得到几张

---

① 阿马蒂特兰，危地马拉的高山湖。
② 拉法埃尔·阿尔维蒂（1903— ），西班牙诗人，当时流亡在拉丁美洲。
③ 埃尔西利亚随西班牙征服者入侵阿劳加尼亚，但是后来写了一首史诗《拉·阿劳加纳》，歌颂阿劳科人反抗侵略的英勇斗争。

肮脏的钞票，偿付他们
拖来的空中主宰的脑袋，
极地孤雪中君王的首级。

那些罪恶累累的人
今天坐在议会里，
在总统府登记他们的婚姻，
跟主教们经理们生活在一起，
在南方的主人们割开的喉管上
长出了花朵。

在阿劳加尼亚，羽饰
已经被酗酒所毁坏，
被杂货铺所污损，
被律师们所抹黑，
用来掠夺它的王国，
给那些枪杀大地的人，
给那些正在大路上
由我们自己的海岸的
五光十色的角斗士
保护着的人；
他们进来了，开着枪，
做着交易，自称"和平使者"，
而肩上的绶带越来越多。

就这样没有看见就消失了；
印第安人就这样没有看见
他们家园的毁灭：没有看见旌旗，
没有让染血的箭滚动，
而是一点一点地侵蚀；
长官，窃贼，庄园主，
所有的人都得到了自己甜蜜的帝国，
所有的人都把它包进毯子，
直至让它流尽了血，
扔进亚美利加就近的沼泽。

以碧绿的草原，无垠的天空，
叶簇茂密的纯净，以及
花岗岩沉重的石块
建筑的不朽的居室，
变成了破败的茅舍，
贫困的一无所有的沟壑。
从闪闪发亮的裸体，
镀金的胸膛，洁白的腰枝，
或者把皮肤和所有的露珠联结的
那些矿石的装饰品，
换成了破衣烂衫的丝丝缕缕，
分派给他死人的裤子；
褴褛的陛下，就这样
在曾经属于他的世界的空气中走过。

这就是这场浩劫的结果。

这种事，眼睛看不见，就像
叛徒溜进来，或者长了不能治的癌，
直至我们的祖先弯下腰，
直至人家教他学作幽魂，
走进给他打开的唯一的门，
这也是别的穷人的门，是
大地上所有遭到鞭挞的穷人的门。

法　官

对于上秘鲁①，对于尼加拉瓜，
对于巴塔哥尼亚，在城市里，
不讲道理，什么也不讲：
穷困的杯子，亚美利加
被遗弃的儿子，没有法律，
没有法官来保护你，保护你的
土地，玉米，小小的房子。

你的同族来到的时候，
你的老爷们的同族来到的时候，
利爪和匕首的旧梦已经遗忘，

---

① 殖民统治时期，玻利维亚称为上秘鲁。

由法律来灭绝你天空下的居民，
来掠夺你金黄色的土地，
来议论你河道里的水，
来抢劫树木遍布的地方。

他们向你证明，他们
在你衬衫上盖印，他们
用文件纸张蒙住你的心，
把你埋葬在寒森森的布告下。
等你倒了霉一落千丈，
在边界上苏醒过来，
一无所有，孤苦伶仃，到处流浪，
他们就给你牢房，把你捆绑，
缚住手脚，让你游不出
贫穷困难的苦海，
叫你不得不抽搐淹死。

厚道的法官给你念
结结巴巴的第四千条，第三款，
这是他们解放的所有
蓝天之下的地方所通用。
别的像你一样的人倒下了，
就把你树立起作补充，
而且不得上诉，癞皮狗。

说说，你的血怎么

跟富足与法律联系纠缠？

用硫酸铁编织的是什么？

穷人是怎么落进法院的？

用石块和痛苦坚强地哺育起来的

穷人的儿子，这么贫瘠的土地，

能为他们干些什么？

就这样说，就这样写。

生活在我额头上写下的就是这个。

III

广场上的死者（1946 年 1 月 28 日

智利圣地亚哥）①

我来这里，并非到他们倒下的地方哭泣：

我是来找你们，找你们活着的人。

找你，找我，拍你的胸脯。

从前有别的人倒下。记得吗？是的，记得。

别的人，他们有同样的名字同样的姓。

在圣格雷戈里奥，在多雨的龙基梅，

在到处刮着风的朗基尔，

---

① 1946 年 1 月 28 日，智利人民在圣地亚哥举行示威游行，要求
民主自由，遭到魏地拉政府的镇压。

在被沙土掩埋的伊基克，^①

在整个大海，整片荒野，

到处烟云，到处风雨，

从邦巴斯草原到无数岛屿，

都有别的人被谋杀，

别的人，名字跟你一样叫安托尼奥，

他们跟你一样，也是渔夫或者铁匠；

他们是智利的血肉，

是被风刮伤了的脸，

被邦巴斯草原磨炼了的脸，

被苦难打击而坚定了的脸。

我在祖国的墙壁上，

积雪和冰块的旁边，

绿枝的河流后面，

硝石和麦穗下面，

逢到了我的人民的一滴血，

每一滴血，就像火一样，在燃烧。

屠　杀

然而那时候，血是隐藏在根子后面，

被洗刷，被蔑视（那么遥远），

南方的雨把它从大地上抹掉

---

① 都是智利的地名。

（那么遥远），硝石把它在邦巴斯吞下，

而人民的死亡总是跟向来那样：

仿佛什么也没有死，什么也没有；

仿佛是石块落到了地上，

是水落进了水里。

从北方到南方，那些

磨碎或者焚烧尸体的地方，

总是在隐秘的昏暗中，

或者在晚上不声不响地烧，

堆成了一堆，

或者把他们的骨殖抛进大海。

现在谁也不知道在哪里，

没有坟墓，而是散布在

祖国的根子里：

他的备受折磨的指头，

他的被枪杀的心脏，

智利人的笑，

邦巴斯的勇敢，

沉默的统领。

谁也不知道这些尸体

被杀人犯埋在哪里，

但是他们从泥土里出来，

出来收集落到

人民复活之中的鲜血。

这桩罪行就是在广场中间。

荒郊没有隐藏人民的洁净的血，
草原的沙子也不把它吞没。

谁也不隐藏这桩罪行。

这桩罪行是在祖国中间。

硝酸的人

我是在硝石之中，跟无名的英雄一起，
跟他，他探究雪一般的化肥，
在地球坚硬的外壳上精炼，
骄傲地伸出他泥土的双手。

他们对我说：瞧吧，兄弟，
我们是怎么过日子的，
在这里"亨勃斯东""马波乔"，
在"里卡文图拉"，在"帕洛马"，
在"糖面包"，在"皮奥希略"。①

---

① 都是矿区公司的名字。

他们给我看，他们的
赖以为生的可怜口粮，
屋子里泥土的地面，
还有太阳，尘土，虫子，
以及无限的寂寞。

我看见碎矿工的劳动，
他的双手，在铁铲的
木头的铲柄上
陷下了深深的痕迹。

我听见有人说话，声音
来自坑洞狭窄的深处，
仿佛地狱的子宫，
然后，伸上来
一个没有脸的人，
只有一只汗和血和尘土
糊在一起的面具。

他对我这样说："你到任何地方去，
就讲讲这些磨难和痛苦，
就讲讲，兄弟，讲讲你的
生活在地下在地狱的弟兄。"

死 者

人民，在这里，你决定把你的手
伸给邦巴斯草原被迫害的工人，
召唤，召唤男人，妇女，孩子
来到这个广场，有一年了。

                       在这里淌下你的血，
横溢在祖国的身上，
在宫殿前面，在街道中心，
让全世界看见，
谁也不能把它抹掉，
留下它红色的痕迹，
犹如永恒的星球。

就是在这时候，智利人手拉手，
把他们的指头伸向草原，
以整个的身心
去团结他们的语言。
就是在这时候，人民，你
唱起了一支古老的歌，
含着泪，含着希望和痛苦。
刽子手的魔爪伸出来，
在广场上洒遍鲜血！

旗帜是怎么诞生的

我们的旗帜就是这样的，直到今天。
人民以柔情给它绣上花，
以痛苦给它缝上破布。

以热情的手给它缀上星星。

从衬衫或者苍穹

割下蓝色，做成祖国的星。^①

红色，一滴一滴地，正在诞生。

呼　唤

这个傍晚，我一个一个地跟他们说话。
一个一个地，你们来到了我的记忆。
这个傍晚，在这个广场。

马努埃尔·安托尼奥·洛佩斯^②，
好同志。

---

① 智利国旗上有一颗蓝底白星。
② 参加广场示威游行的人的名字。下同。

利斯波亚·卡尔德隆，

别的人背叛你，可是我们继续你的事业。

阿莱杭德罗·古蒂埃雷斯，

跟着你在所有的土地上

倒下的旗帜，又升了起来。

塞萨尔·塔皮亚，

你的心是在这些旗帜上，

今天在广场上的风中搏动。

费洛梅诺·却维斯，

从来不伸你的手，然而这里却是你的手：

一只纯洁的手，死神不能杀死的手。

拉莫娜·帕拉，

年轻的明亮的星星，

拉莫娜·帕拉，柔弱的女英雄，

拉莫娜·帕拉，血污的花朵，

我们的朋友，勇敢的心，

模范的姑娘，金子的游击战士：

我们凭你的名字宣誓，继续这场斗争，

直到你流的鲜血开花结果。

敌　人

他们带着装满火药的枪支来到这里；
他们奉命残酷地消灭一切；
他们在这里逢到了唱歌的人民，
被责任和爱情团结起来的人民，
于是瘦弱的姑娘带着她的旗子倒下，
微笑的青年身侧受伤满地打滚；
惊讶的人民眼看着满地死者，
愤怒而痛苦。
这时候，在被杀害的人
倒下的地方，旗帜低垂
蘸湿了鲜血，为了重新举起
面对杀人凶手。

为了这些牺牲者，我们的牺牲者，
我要求惩罚。

对那些让血洒在祖国土地上的人，
我要求惩罚。

对那个指挥杀人的刽子手，
我要求惩罚。

对那个踩着罪行往上爬的卖国贼，

我要求惩罚。

对那个发出命令制造痛苦的人，
我要求惩罚。

对那些为这桩罪行辩护的人，
我要求惩罚。

我不愿意跟那些
沾染上鲜血的手相握，
我要求惩罚。
我不愿意他们当大使去，
也不愿意他们躲在安静的家里，
我要看见他们受审判，
在这个广场，在这个地点。

我要求惩罚。

他们在这里

我要在这里召唤，仿佛他们就在这里。
兄弟们：要知道，我们的斗争
还要在大地上继续。

在工厂，在乡村，在街道，

在硝石矿山，继续进行。

在绿铜和红铜的矿坑口，
在煤矿及其可怕的坑道，
我们的斗争到处都在；
在我们的心中，有着这些旗帜：
它们亲眼目睹你们的死亡，
它们浸湿了你们的鲜血，
它们像无限的春天的
树叶那样，不断地增多。

不　朽

尽管人们的脚步在这个地方践踏一千年，
也擦抹不掉在这里倒下的人的鲜血，

尽管有千万种声音在沉默中交叉，
你们倒下时打的钟点也不会灭寂。
雨水打湿了广场上的石板，
但是熄灭不了你们的烈火的名字。

黑夜上千次地张着它的黑翼降落，
也摧毁个了这些死者所期望的日子。

这是世界上那么多的人们和我们

长久期待着的日子，痛苦结束的日子。

一个正义在战斗中获胜的日子，
而你们，倒下的兄弟们，在沉默中，
将会在这广阔的最后斗争的日子里，
这无穷无尽的日子里，和我们在一起。

IV

1948 年纪事（亚美利加洲）

坏年头，耗子的年头，肮脏的年头！

海洋和天空边缘的你的线，
又高又跟金属一样地硬，
仿佛风暴和张紧的铁丝网。

但是，亚美利加，你也是
黑夜，蓝天和泥沼：
沼泽与天空，一阵
心脏受压迫的痛苦，
仿佛在你寂静的酒窖里的
腐烂的发黑的橘子。

巴拉圭

放荡的巴拉圭啊!
皎洁的明月照耀在
金黄地图的纸张上,
有什么用处?
一行行庄严肃穆的
数字的思想遗产,
又有什么用处?

就是由于这个充满
脓血的洞穴;
由于这个被死亡
抓出来的分成两半的肝脏;
由于权力无边的莫里尼戈,
他在他那石蜡池子里的
监狱上端正地坐着,
而闪电似的蜂鸟的
殷红色羽毛,
则在丛林里可怜的死者头上
飞翔闪耀。

坏年头,一天天地凋谢的玫瑰的年头,
卡宾枪的年头,瞧吧,在你的眼睛下面,
飞机的铝皮,还有它

那速度的剧烈的轰响，

总还没有使你盲目：

瞧你的面包，你的土地，你的

穷苦的人群，破碎的家世！

      从高空，

你看见这个灰绿色的山谷吗？

苍白无力的庄稼，支离破碎的矿山，

默默地哭泣着，

仿佛麦子，倒下

又诞生，

   在永恒的厄运之中。

巴　西

巴西的杜特拉①，热带土地上的

面目可憎的吐绶鸡，

被有毒的空气的

带苦味的树枝所养肥；

是我们亚美利加月亮下

乌黑沼泽里的癞蛤蟆；

是镀金的纽扣，青紫色的

灰色小耗子的小眼睛。

啊哟，上帝，从我们

可怜的挨饿的母亲的肚腹，

---

① 恩里科·杜特拉（1885—1974），巴西军人，1946—1951 年任总统。

从光辉灿烂的解放者们

那么样的梦想，从矿山的

洞窟坑道里那么样的汗水，

从种植园那么样那么样的孤寂，

亚美利加，你突然之间

把一个杜特拉抬高到

你的星际的光亮之中，

把他从你的爬虫的底层，

从你的史前的深沉的沉默，

挖掘了出来。

事情就是这样!

        巴西的

泥瓦匠们，撞击边界吧。

渔夫们，夜间在

岸边的水面哭泣吧，

杜特拉睁着

一双野猪那样的小眼睛，

拿一把斧子在捣毁印刷所，

放一把火在广场上烧书，

监禁，迫害，鞭打，

直至我们乌沉沉的夜晚

只落得一片鸦雀无声。

古 巴

在古巴，人们被暗杀!

赫苏斯·梅嫩德斯①被搞掉，

已经装进一只刚买来的盒子。

他从村子里出来，仿佛君王，

一面走一面看着庄稼，

拦住过路的行人，

拍拍睡眠者的胸脯，

建立起时代，

组织起腐朽的灵魂，

从食糖里升起

血淋淋的甘蔗田，

以及腐蚀石头的汗水，

向穷人厨房询问：

你是谁？你吃多少？

摸摸这条胳膊，这个伤口，

把这些沉默积聚成

一个唯一的声音，古巴的

断断续续的嘶哑的声音。

一个小小的上尉，小小的将军，

把他暗杀。在火车上

对他说：去吧。

于是小小的将军在背后开了枪，

为了让甘蔗田的嘶哑声音

---

① 赫苏斯·梅嫩德斯，古巴工人运动领袖。

再也不会发出。

中亚美利加

恶年头，你看到
蛮荒丛林浓重的阴影那边，
我们地理的细腰吗？
　　　　　　　　浪涛
好像一个蓝色蜜蜂的蜂房，
撞碎在海岸边，两边大洋的
闪烁光芒，在痛苦的土地上飞掠……

细长的土地像一条鞭子，
天气的炎热像一阵痛楚；
你的脚步在洪都拉斯，
你的血在圣多明各，晚上，
你的眼睛从尼加拉瓜
触着我，呼唤我，恳求我。
从亚美利加的土地
我敲着门，为了要说话；
我敲被束缚的舌头；
我掀开幕布，
把手伸进热血：
　　　　　　　啊，
我的土地的苦难！啊，

压抑着的一片沉默的窒息！

啊，长时期受苦的人民！

啊，呜咽啜泣中的细腰！

波多黎各

杜鲁门先生来到

波多黎各岛，

来到

我们海洋的洁净蓝水里

洗刷他的染血的指头。

他刚刚下令处死

二百名希腊青年。

他的机关枪。

功能精确，

每一天

在他的命令下，都有

多里克柱头①——葡萄与橄榄，

古代大海的眼睛，

科林斯②花冠的花瓣，

掉落进希腊的尘埃。

凶手们

与美国来的专家们

---

① 多里克柱头，古希腊建筑的一种柱头式样。
② 科林斯，希腊地名。

高举塞浦路斯甜酒的杯子，

纵声哈哈大笑，胡子上

还沾满着油腻和希腊的血。

杜鲁门来到我们的水域，

来洗濯他的沾上

远方鲜血的红手，同时，

在大学①里，用他的语言

说服，劝解，微笑，

闭住卡斯蒂利亚的嘴巴，②

掩盖在那里像一条

水晶长河那样长期循环的

语言的光芒，规定下：

"让你的语言死了吧，

波多黎各。"

希 腊

（希腊的血

在这时候淌着，都快要

淹没山丘。

　　　　这简直是

尘土与石块之间的一条溪流：

---

① 指波多黎各大学。
② 波多黎各人的语言是卡斯蒂利亚语，即西班牙语；但是美国政府迫使他们以英语为官方语言。

牧羊人踩着其他牧羊人的
鲜血：

这是一条
简单的细线，从山岭
一直通向大海，
直至大海明了而歌唱。）

……向你的土地你的海转过眼睛来，
瞧那庄严的水和云的明净，
太阳促使葡萄生长，照耀荒原，
智利的大海
升起阵阵的浪涛……

在洛塔①，有深入地下的
煤矿：这是一个寒冷的海港，
在南方凛冽的冬季，下着雨，
下着雨，雨水淋着屋顶，
云层的颜色像海鸥的翅膀，
阴沉的大海的下面
人们挖着，挖着乌黑的地层。
人们的生活像煤一样的黑，
食不果腹的面包，
褴褛的夜间，艰苦的白天。

---

① 洛塔，智利的滨海煤矿，坑道深入海底下面。

我在世界上长久地行走，
但是从来不走大路或城市，
从来没有见过人们
受到如此的虐待。
十二个人睡在一间屋子里；
住所的屋顶铺的是
难以说明的破烂：
一块块的铁皮，石片，
潮湿的纸张，硬纸板。
孩子和狗，在寒冷车站的
湿漉漉的蒸汽里蜷缩一起，
直至可怜的生活给他们
一点温暖，而另一天
却不过又是饥饿和黑暗。

灾　难

再一次罢工。工资没有
增加，女人在厨房里哭泣，
矿工们一个　一个地
把他们的手和他们的痛苦
连结在一起。

　　　　　这一次罢工，
是那些在海底下挖掘的人，
他们钻在潮湿的洞穴里，

以血和力，挖出
矿藏的黑色土块。

这一次来了士兵，
晚上，冲进他们的住房，
押着他们下矿井，
仿佛押着囚犯，抢走
他们藏着的一点儿面粉，
以及给儿女吃的米粒。

然后，敲着墙壁，
把他们逐出，把他们打倒，
把他们圈禁；驱赶他们
在大路上，仿佛牲畜，
走上痛苦的流放。
煤炭的领袖们，
眼看着自己的子女被驱逐，
自己的女人被蹂躏。
成百上千的矿工，
被监禁，被流放，
到寒冷的极地巴塔戈尼亚，
或者到皮萨瓜的荒野。

叛　徒

在这一切灾难之上，

有一个暴君在微笑，

唾弃了背叛了

矿工们怀抱的希望。

每一个民族都有它的磨难，

每一场斗争都有它的苦楚，

可是，你到这里来，对我说说，

在凶恶残暴之中，

在专制暴君的全部酷虐凶恶

执着绿色鞭子的王笏

满头满脸的仇恨之中，

有哪一个像智利的这一个这样？

这一个背叛了践踏了

自己的诺言，自己的微笑；

这一个以厌恶做成了自己的权杖；

这一个在他的被唾弃的

可怜的老百姓的痛苦上跳舞。

等到由于他的背信弃义的法令，

使监狱挤满，

积聚起受欺侮被凌辱的

乌黑的眼睛的时候，

他就在维涅·德尔·马尔①舞蹈，

包围在珠光宝气和酒杯之中。

———————

① 维涅·德尔·马尔，智利海滨胜地。

但是那些乌黑的眼睛
却在看透乌黑的黑夜。

你在干什么？你没有听见
为了矿坑下面的弟兄，
为了被出卖的人的痛苦说的话？
你也没有听见那哀告，要求
保卫你的人民的阵阵呼号？

控　诉

于是我控诉，我控诉
扼杀了希望的那个人，
向亚美利加的角落呼唤，
把他的名字放进无耻的人的
巢穴。
　　于是我被谴责为
犯罪；被那些收买的雇佣的猎犬，
被那些"政府的秘书们"，
警察们，他们用沥青
写下他们的沉重的辱骂，
反对我。但是，墙壁瞧着
这些卖国贼和叛徒
用大字写下的我的名字，

晚上却把它抹掉，

以不计其数的手，

人民的手，夜晚的手。

谁想用污蔑损害我的歌，

总是徒然枉费心机。

于是他们到晚上来烧

我的房子（现在火已经

记下了派他们来的人的名字）。

所有的法官都开会

要来审判我，搜寻我，

把我说的话钉上十字架，

惩罚这些真实的话。

他们封闭智利的山岭，

让它不能参加

一起歌唱这里发生的事情。

墨西哥敞开了大门

接纳我，保护我的时候，

托雷斯·博德①，那个可怜的诗人，

却命令把我移交给

狂怒的狱卒。

然而我说的话依然活跃。

---

① 哈伊梅·托雷斯·博德（1902—1974），墨西哥诗人，大学教授。

我的自由的心在控诉。

发生了什么事，发生了什么事？
在皮萨瓜的夜间，监狱，
铁链，静寂，遭难的祖国，
这个坏年头，瞎眼的耗子的年头，
这个愤怒和仇恨的坏年头，
发生了什么事，你在问，你在问我？

胜利的人民

是我的心在进行这场斗争。
我的人民会胜利。所有的人民
会得到胜利，一个一个地。
　　　　　　　　这些痛苦
像围巾那样沉沉覆盖，直至
压出那么多的泪水，流溢到
荒野的矿坑，坟墓，
人们牺牲的石级。
但是，胜利的时刻已经临近。
如果不使惩罚的手震动，
仇恨又有什么用。
　　　　　　　　这个时刻
总会在纯净的瞬间来到，
人民以其新鲜坚定的集体

充满空荡冷落的街道。

目前在这里，就是我的深情。
你们都知道。我没有别的旗帜。

V

贡萨莱斯·魏地拉，智利的卖国贼
（尾声）（1949）

从古老的崇山峻岭里出生了刽子手，
仿佛骨头，仿佛一系列灾难的蓬松高峰上
亚美利加的芒刺：这是建立在
附着于我们居民的苦难之上的。
每一天，鲜血都染红了他们的衣襟。
从崇山峻岭里，像瘦骨嶙峋的野兽，
刽子手正在繁殖，为了我们的黑土。

那一些是虎蜥蜴，属于冰河时期，
刚刚从我们的洞穴，我们的道路出来。
高梅斯的颌骨就是这样发掘起来的，
从沾染着我们的血达五十年的大路下面。

这只野兽用他的肋骨遮暗了大地，
在行刑杀人之后捻着胡子，

跟北亚美利加的皇帝在一起，请喝茶。
妖魔被说成丑恶，然而并不丑恶。
现在，在光明还保留着纯洁的角落，
在阿劳加尼亚积雪洁白的祖国，
有一个卖国贼在腐朽的宝座上微笑。

在我的祖国，才到处是丑恶。

那是贡萨莱斯·魏地拉这只耗子，
他在我的被出卖的土地上
抖搂他那满是粪便和血污的毛。
每天他从口袋里掏出掠夺来的钱财，
思量着明天是出卖土地还是
出卖血。
　　　什么他都出卖。
像只耗子那样，他爬到人们中间，
在那里，咬啮着我祖国的神圣旗帜，
摆动着他啮齿动物的尖尾巴，
对庄园主说，对外国佬说，对智利
地下宝藏的主子说："请喝干
这个人民所有的血；我是
行刑的管家。"
　　　　可悲的小丑，
可怜的猴子和耗子的混合物，
他的尾巴在华尔街用黄金香膏梳理，

过着没有一天不从树上掉下来的日子，
不过是一堆腐烂的臭垃圾，
过路人在街角都要避开免得踩着！

就是这样。卖国的是智利政府。①
一个卖国贼留下他的名字在我们历史上。
犹大伸出髑髅的牙齿，
出卖我的兄弟，

　　　　　毒害我的祖国，
建立皮萨瓜的集中营，摧毁我们的星星，
玷污我们纯洁的旗帜上的颜色。

加夫里尔·贡萨莱斯·魏地拉。
在这里留下了他的名字，等到时间
抹去耻辱，我的祖国纯净之时，
让他的丑脸被麦子和白雪照亮，
以后，那些人来这里寻找这些诗句里
像绿色煤的火焰那样留下的遗物，
也会见得到这个卖国贼的名字，
他带来了被我的人民所拒绝的苦杯。

我的人民，我的人民，举起你的命运！
冲破监狱，劈开围住你的墙！
压碎在宫殿里发号施令的

——————————————

① 指贡萨莱斯·魏地拉执政时的政府。

耗子的凶恶脚步。举起你的长矛，

向着黎明；让你的激怒的星星

在最高的高处闪耀，照亮亚美利加的道路。

六

亚美利加，
我不是徒然地呼唤你的名字

I

从高处（1942）

矿井上的月亮，
横过无垠的空间，
清寒的月光流泻在
大地的创伤上：
破烂外衣的石灰窟窿，
凝结的脉络，
石英、麦子、曙光的惊恐，
扩展在秘密岩石上的钥匙，
破碎的南方的
令人害怕的轮廓，
酣睡在广大地面的
体积上的硫酸，
以及绿松石的布局，
围绕着断断续续的光线，
来自密林漠漠沉沉黑夜的
无休无止流动的酸枝。

II

一个酣睡的凶手

细腰被残酒所玷污，

贩酒的酒神践踏着

黎明的光所发散的

零乱而破碎的酒杯。

幼稚的妓女哭泣时

溅湿的玫瑰，炎热日子的风

吹进没有玻璃的窗户，

里面沉睡着穿鞋的遭到报复的人，

在手枪的苦涩气味中，

在失神的眼睛的蓝色中。

III

海岸边

在桑托斯①，在香蕉的发甜的气味里，

这气味犹如一条软金的河，在背上分开，

把搅乱了天堂的笨拙唾沫，

留在两岸。

一声阴影、流水和火车机车的粗野号叫，

一阵汗水和羽毛的激流，

从灼热的叶簇深处奔跑而下，

仿佛出自颤动的腋窝：

飞翔的一个转折，

---

① 桑托斯，巴西港口。

遥远的一些泡沫。

IV

南方的冬天，马背上

我曾经上千次经过，
南方的浪潮冲击的地壳；
曾经摸着马的后脑，
睡眠在南方夜间的寒石之下，
颤抖在落了叶子的光秃丛林纵横交叉之上，
爬上开始显现的脸颊苍白的黎明。
我熟悉在雪地里奔驰的终结，
我熟悉穷苦流浪者的褴褛衣衫。
对于我，没有救世主，只有乌黑的沙子，
无穷无尽的石头和黑夜的山岭，
难挨的白日，
带着破旧的衣服，苟延残喘的灵魂，
迟迟来到。

V

罪　行

也许你，在黑暗的夜晚，曾经逢到

匕首下的呼喊，脚底下踩着的血：
我们十字架的单独的一条胳膊，
上千次地被蹂躏。
寂静的大门上拚命的敲击，
吞没了凶手的深渊或者闪电，
这时候狗在狂吠，凶恶的警察
来到睡眼惺忪的人们中间，
猛烈地扯掉那贴着地面的
眼皮里流出来的泪线。

VI

青　春

一阵香气仿佛路旁梅子的
一支酸溜溜的剑，
牙齿上的亲吻是蜜糖，
指头上滑过活跃的水滴，
甜蜜的性爱的甘霖；
年代，飞鸟，宽敞的住屋里
那诱人的秘密的地点；
睡眠在往昔的床褥，从高处，
从隐蔽的玻璃看到的庄稼青翠的山谷。
所有的青春，都是潮湿的燃烧的，
犹如雨水浇灌下的一盏灯。

VII

气　候

秋天，从白杨树上落下

高处的箭，那重新恢复的遗忘；

双脚陷进了它的纯洁毯子；

激恼的树叶的寒冷，

是一处黄金的沉重的泉源；

一阵棘刺的光辉，把

矗立的身材的干枯烛台，置于天边；

黄毛的豹子，在爪子中间

藏着一滴生命之水。

VIII

古巴的巴拉德罗①

从电光的海岸射来巴拉德罗的光芒，

在伤心的时候，安的列斯的背后，

受到了萤火虫和海水的最大冲击，

磷火和月亮的无穷无尽的光彩，

犹如死去的蓝宝石的巨大尸身，

而黝黑的渔夫，则从金属中

---

① 古巴的海滨胜地。古巴岛属于安的列斯群岛。

拔起海洋的紫罗兰那一条竖起的尾巴。

IX

独裁者

甘蔗田里留下一股气味：
血腥味和身体气味的混合，
一种令人作呕的到处渗透的东西。
椰子树中间的坟墓，满是
残毁的骨头，沉默的鼾声。
柔弱的总督，用杯子、脖子
以及金带子保养。
小小的宫殿闪闪发光像只表，
戴着手套急促地笑，
笑声有时穿过走廊，
和死尸的声音，新近埋葬的
青紫嘴巴的声音，混杂一起。
呻吟隐藏着，仿佛一种植物，
它的种子不断地落进泥土，
长出它的巨大的没有光亮的瞎眼叶片。
仇恨已经形成了一片片的鳞甲，
一个个的打击；在沼泽里可怕的水上，
一张嘴巴塞满了淤泥和沉默。

X

中亚美利加

月亮多么像血污的枪托，
树枝多么像鞭子，
睁开的眼皮里多么凶暴的光，
使你无声地呻吟，不动地呻吟，
使你忍受着痛苦，没有声音，没有嘴巴：
啊，中央的细腰啊，
患着无法治疗的溃疡的天堂。
日日夜夜我看见殉难者，
朝朝暮暮我看见铁链下的囚犯；
白人，黑人，印第安人，
以敲击着的发出磷光的手，
在黑夜的无休无止的墙壁上书写。

XI

南方的饥饿

我看见洛塔的煤在啜泣，
我看见穷苦的智利人蜷曲的影子
正在刨着大地内脏痛苦的矿脉；
死亡，生活，诞生在这

坚硬倾斜的灰烬上，

仿佛世界进来是这样出去也是这样，

在乌黑的粉尘里，在火焰里，

结果只落得

冬天咳嗽，黑水里一匹马的脚步；

那里一片桉叶落进黑水，

犹如一柄死亡的匕首。

XII

巴塔戈尼亚

海豹停留在

冰冻地带的深处，

藏身在昏暗的洞穴；

这些洞穴成了海洋的最后几张嘴。

巴塔戈尼亚的母牛

白天成群而出，

到处云集，仿佛浓厚的蒸气，

在寒冷里升起它温热的气流

向着寂寥的荒野。

亚美利加，你被抛弃，犹如一只钟，

里面酝酿着一支响不起来的歌；

牧人，农夫，渔民，

没有一只手，一只耳朵，一架钢琴，

也没有一个亲近的脸颊：月亮看守着他们，

广漠使他们增加，黑夜使他们埋伏，

于是一个古老缓慢的日子诞生了，像其他的日子
　　一样。

XIII

一朵玫瑰

我看见水边一朵玫瑰，

大红色眼皮的一只小小杯子，

被空气的响声支住在高处。

落叶的光芒落到泉源，

以透明的脚的孤零零的生物

改变了森林的面貌。

空气中布满了明净的衣服，

大树则庄严肃穆地沉睡。

XIV

一只蝴蝶的生与死

摩索①的蝴蝶在痛苦中飞翔，

---

① 摩索，哥伦比亚地名。

所有的赤道的线条，

翠绿碧玉的冻膏，

都在光芒之中翩跹，

从空气中震撼最后的结局，

于是一阵绿色花蕊的雨，

一阵翠玉的惊人的花粉升起。

它的湿润的芬芳的巨大天鹅绒，

落在旋风的天蓝色岸边，

跟地球所落下的酵母联合，

回到叶簇的祖国。

XV

一个埋葬在邦巴斯草原的人

如果能够从探戈到探戈

到达大草原的边缘；

如果睡着了

从我嘴里出来野生的谷物；

如果我在草原上

听到一阵马群

蹄子的狂暴践踏

在我的埋葬的指头上经过；

即使没有嘴唇，我也要吻着种子，

把我眼睛的魔鬼

跟它系住，

为了看看我的混乱所喜欢的奔驰。

杀了我吧，维达莉塔^①，

杀了我吧，把我的精华播撒，

仿佛吉他的叮咚的金属弦声。

XVI

海上的工人

在瓦尔帕莱索^②，海上的工人

邀请我：他们都矮小而壮健；

他们烧灼的脸，就是太平洋的地理。

他们是浩瀚大水中的一股潮流，

一阵肌肉的浪涛，风暴之上的

海的翅膀的一根枝条。

看着他们犹如可怜的小小的神，

真是美丽，半裸着身体，营养不良；

看着他们与大洋彼岸的其他的人，

其他贫苦海港的人，一起斗争，一起跳动，

真是美丽，他们说的都是

同样的西班牙话，中国话，

巴尔的摩和克隆斯塔特的话。^③

---

① 草原上加乌乔的一种民间舞蹈。
② 瓦尔帕莱索，智利的港口。
③ 巴尔的摩，美国的港口。克隆斯塔特，苏联的港口。

他们唱《国际歌》的时候，我跟他们一起唱，

从我的心里升起一支赞歌，我要对他们说："弟兄们。"

但是我没有别的，只有柔情，它使我歌唱，

跟他们的歌一起，从我的嘴直到大海。

他们认出了我，用他们有力的目光拥抱我，

什么也没对我说，只是瞧着我，唱着歌。

XVII

亚美利加

我是，我是被包围在

忍冬花与旷野，金银花与豺狼之中，

包围在被禁锢的百合花芳香之中。

我是，我是被包围在

只有我了解的日子、月份和流水之中，

只有我建立的爪子、游鱼和月份之中。

我是，我是被包围在

钟所居住的海岸的战斗的

纤细泡沫之中。

火山和印第安人的猩红衬衫，

赤脚从落叶之中踩出的道路，

以及根子之间的尖刺，

在我夜间行走之时到了我的脚上。

暗红的血，仿佛在一个秋季里

流淌在地上。

丛林里死亡的可怕的旗帜，

杂乱的入侵者的脚步，

武士们的呼喊，沉睡的长矛的黎明，

士兵的突然惊醒的梦，

鳄鱼的宁静拍击流水的大河，

你的临时市长的新建城市，

林莽里腐烂的日子，

那些积习难改的群鸟合唱，

萤火虫的守护的闪光，

我生存于你的肚腹之内，生存于

你雉堞的午后，于你的安息，

于你养育的子宫，于地震，

于农夫的魔鬼，于冰雪

落下的灰烬，于空间，

于纯净、圆满而不可及的空间，

于兀鹰血淋淋的利爪，

于危地马拉谦恭的宁静，于黑人，

于特里尼达的码头，于瓜伊拉[①]：

一切都是我的黑夜，

一切都是我的白天，

一切都是我的空气，

一切都是我所生活，受苦，奋发，折磨的一切；

亚美利加，不是黑夜，不是光亮，

---

① 瓜伊拉，巴拉圭的一省。

造成了我所歌唱的音律。

具有光辉的材料，来自

土地和我胜利的面包；

我的梦并不是梦，而是土地。

我睡眠，包围在广大的黏土之中；

我活着的时候，我的手里

流动着丰饶土地的泉源。

我喝的酒并不是酒，而是土地，

隐藏的土地，我嘴巴的土地，

披着露珠的农业的土地，

辉煌的菜蔬的疾风，

谷物的世系，黄金的宝库。

XVIII

亚美利加，我不是徒然地呼唤你的名字

亚美利加，我不是徒然地呼唤你的名字。

利剑插进心脏的时候，

心灵受到痛苦压抑的时候，

窗户外一个新的日子

要我去探索的时候，

我是，永远是，在我产生的光明中，

生活在制约我的阴影中，

入眠又苏醒在你的本质的曙光里：

它像葡萄那样甜，然而可怕，
它是糖和惩罚的指挥者，
浸润于你种族的精汁中，
哺育于你传统的热血里。

七

智利的诗歌总集

永 恒

我为了一片新近干燥的土地而写作，
新近由于花朵，花粉，胶泥而新鲜的土地；
我为了几个矿坑而书写，那些白石灰的
坑顶，就像白雪旁边那空旷的圆穹一样；
我为了那些刚从深渊里上来
几乎还带着含铁的蒸汽的人立刻说话；
我为了大草原说话，它不知道叫什么名字，
只有青苔上的小小牵牛花，或者烧焦的花蕊，
或者粗犷的密林，母马在那里发情。

我能来自哪里，除了来自这些初生的东西，蓝色
    的物质：
它们互相纠缠，或者激怒，或者毁灭，
或者高喊着嬉戏，或者到处梦游，
或者向上蔓生，形成树木的屏障，
或者没入地下，播撒铜的细胞，
或者跳进大河的支流，或者屈服于
煤炭的埋在地下的种族，或者
在葡萄的暗绿之中发光？

晚上，我像河流一样睡眠，
不停地流动、冲击，推着

游泳的黑夜，举起钟点，向着光明，

抚摸石灰所掩埋的秘密形象，

从青铜上升，升向新近练成的飞瀑，

在河流的一条路上逢到没有分散

而是从未诞生的玫瑰：被窒息的半球。

大地是苍白眼皮的一座大教堂，

永久地联结，永久地增殖，

在一阵断续的南风中，在苍穹下的盐中，

在失去的秋天的最后色彩中。

你们从来没有，没有在路上碰到

那赤裸的钟乳石所形成的东西，

冰凌的华灯之下的节日，

黑色树叶的高寒。

你们没有跟我一起

进入大地所隐藏的纤维。

你们没有在死亡之后

重新上升，踏着一颗一颗的沙子，

直至露水的冠冕

重新覆盖了一朵盛开的玫瑰。

你们不可能生存，除了去死，

穿着幸运穿过的旧衣服。

然而我却是金属的光轮，

是被锁住在空间、云彩和土地间的枷锁，

它碰着急速落下的沉默的水，

就回过来向无尽的恶劣气候挑战。①

I

赞歌与归来（1939）

祖国，我的祖国，我把热血回过来向着你。

但是我祈求你，仿佛一个泪流满脸的孩子

向着母亲，

    庇佑

这只盲目的吉他，

这个迷途的额头。

我出去，在大地上逢到你的子女，

我出去，以你的雪的名义照料倒下的人，

我出去，以你的洁净木料造一所房屋，

我出去，把你的星星带给受伤的英雄。

现在，我要在你的实体上睡眠。

给我以你的明净夜晚的渗透的琴弦，

你的航船的夜晚，你的星星的身躯。

我的祖国：我要换掉阴影。

我的祖国：我要改变玫瑰。

----

① 流亡中的诗人，掉转笔锋，开始歌唱智利的大地、智利的人民，以及他们的欢乐和苦难。

我要把我的胳膊放上你的细腰，
坐在燃烧的大海旁边的石块上，
留住麦子，观察它的内部。
我要去选择硝石的纤细的植物，
我要去编织田野里冰冻的花蕊，
观看你的著名的孤单的泡沫，
那一根织在你的美丽里的海边树枝。

祖国，我的祖国，
到处围绕着战斗的水，
战斗的雪。
在你身上，雄鹰与硫黄联结；
在你极地的雪貂和青玉的手中
一滴人类的洁净的光明
在闪闪发光，燃着了敌意的天空。

守着你的光明，啊祖国！
在可怕的盲目的空气中
维护你的坚强的希望的麦穗。
在你的遥远的土地上，落下了这股
困难的光芒，这个人们的命运，
让你保卫一朵神秘的花朵，
孤零零地，在沉睡的辽阔的亚美利加。

II

我要回到南方（1947）

我在维拉克鲁斯[1]生了病，有一天我想起了

南方，我的故乡；那是银子的一天

仿佛天空的水里一尾悠忽的鱼。

隆柯契，隆基梅，卡拉乌埃，[2]

从欢乐的高处，被沉寂和根子环绕，

坐在皮与木制的宝座上，

南方，是一匹马，即将以

缓慢的树木和露珠加冕；

它抬起绿色的嘴，雨滴就落下；

它的尾巴的影子湿润了巨大的半岛，

它的肚肠里生长着可敬的煤炭。

阴影，对我说，再也不，手，对我说，

再也不，对我说，脚，门，腿，战斗，再也不

扰乱丛林，道路，麦穗，云朵，寒冷，

还有那蓝色的，决定你的

不停地消耗着的每一个你的脚步了吗？

天空，给我一天，让我从星星

走到星星，踩着光明和尘土，消耗我的血，

直至达到雨的巢穴！

　　　　　我愿

---

① 维拉克鲁斯，在墨西哥。
② 均智利地名。

跟随木材之后，到河边

芬芳的托尔腾河边，我愿离开锯木厂，

以踩湿的双脚，进入小酒店，

让有电的榛树引导着我，

躺倒在母牛的牛粪旁边，

咀嚼着麦子死去又再生。

                    大海，带给我

南方的一天吧，抓着你波涛的一天，

湿漉漉的树木的一天，带来一阵风，

蓝色的极地的风，吹动我的寒冷的旗帜！

III

奥里萨瓦附近的愁思（1942）

对于你，南方还有什么，除了一条河，

一个夜晚，几片树叶，那是寒冷的空气

所宣布，所扩散，直至遮掩了天空的边缘？

这是不是爱情的头发的涌流，

仿佛是破碎的半岛的另一种雪或水，

仿佛是火在地下的另一种活动，

又一次在棚屋里等待，

那里树叶颤动着掉了那么多次，

被这一张粗重的嘴所吞食，

雨水的闪耀纠缠住它的藤萝，

从秘密的种子的集合，
直至充满着钟声雨滴的叶簇？

在那里，春天带来了一种湿润的声音，
在熟睡的马的耳朵边鸣响，
然后掉落进金黄的磨碎了的麦穗，
然后从葡萄中伸出一只透明的指头。
对于你，还有什么可以期待，在那里，
没有通道，没有墙壁，你叫作南方的地方？
好似一个平原上的人在你的手里
倾听大地的杯子，把你的听觉放进根子：
远处传来了一阵半球的可怕的风，
那是骑警踏霜的马蹄声。
在那里，一枚针用净水缝着时间，
而它的破碎的缝口已经毁坏：
对于你，还有什么呢，在蛮荒一侧的夜晚，
以充满蔚蓝的嘴巴在嚎叫？

也许有一个日子会停住，一根荆刺
以其微细的针尖扎进古老的日子，
它那陈旧的婚姻的旗帜于是粉碎。
是谁，是谁守卫着乌黑森林的一天，
是谁期待着石头的钟点，是谁
转动着时间所悲叹的遗产，是谁
逃进了空气的中央而没有消失不见？

一个日子，一个充满绝望树叶的日子，

一个日子，一道被冰冷青玉损毁的光芒，

一阵昨天的沉默，保存在昨天的空壳里，

在不存在的地区的储藏里的沉默。

我爱你皮肤上的蓬乱的头发，

你的天气多变的灰烬似的南极极地之美，

你的挣扎斗争的天空的痛苦负担。

我爱等待着我的那日子的空气的回旋；

我知道，大地的亲吻没有变，就没有变；

我知道，树上的树叶没有掉，就没有掉；

我知道，保留了它的金属的是同样的闪电，

被抛弃的夜晚还是同样的夜晚，

然而那是我的夜晚，然而那是我的植物，

熟悉我的头发的冰天雪地的泪水。

那是我，就是昨天所期待的那个人：

那个在桂冠，在灰烬，在数量，在希望之上，

在鲜血之上睁开他的眼皮的人；

那鲜血流满了厨房和树林，以及

黑羽毛掩盖着钢铁的工厂，

被硫黄汗水钻透的矿山。

不只是植物的尖锐空气在等待我，

不只是皑皑白雪之上的雷鸣；

眼泪和饥饿仿佛两种热病，

爬上了祖国的钟楼而轰鸣；

从那里，在氤氲的天空之中，

从那里，当十月勃发，南极的春天

在美酒的华彩之上奔流时，

却有一阵悲叹，一阵又一阵悲叹，又一阵悲叹，

直至横越白雪、黄铜、道路、船只，

穿过黑夜，经过大地，

直至我的流着血的喉咙把它听见。

我的人民，你在说什么？水手，

雇工，村长，硝石的工人，听见我吗？

我听着你呢，死去的弟兄，活着的弟兄，听着你，

你所想望的，你所要求的，一切的一切，

在沙子上海面上流淌的血，

在挣扎在害怕的受打击的心。

对于你，南方还有什么？那里落下的雨？

从隙缝里，死亡鞭打的是什么？

我所有的，南方所有的，只是英雄，

被痛苦的虎列拉散布的面包，

长期的悲伤、饥饿、艰辛和死亡，

落在他们身上的树叶，那些树叶，

兵士的胸膛上的月亮，那个月亮，

贫穷的街巷，到处人们的沉默，

仿佛一座坚固的矿山，它那寒冷的矿脉，

在建成高处的钟楼之前，

冰冻了我的灵魂的光明。

充满着萌芽的祖国，不要呼唤我，

没有你的晶亮和昏暗的目光，我不能睡眠。

你的流水和生物的粗壮喊声震动了我，

我在梦中行走于你庄严的泡沫边缘，

直至你蓝色腰枝的最后一个岛屿。

你甜蜜地呼唤我，犹如一个贫穷的新娘。

你的漫长的钢的光芒使我盲目，

像一柄充满根子的剑，把我寻找。

祖国，尊敬的土地，炽烈燃烧的光：

仿佛煤炭在火中，落下

你可怕的盐，你赤裸的影子。

昨天所期待着的就是我，而明天

却正在一把罂粟和尘土之中挣扎。

IV

海　洋

如果你赤裸裸地显现，浑身发绿，

如果你的苹果失去均衡，

如果你的玉米穗是在黑暗之中，

那么，你的根源在哪里？

黑夜，

比黑夜还要甜蜜。

母亲般的盐，

流血的盐，水的母亲的曲线，

在泡沫和骨髓里经过的星球，

有星星那么长度的巨大柔情，

手中只有一阵波浪的夜晚，

针对着海鹰的狂风暴雨，

深不可测的硫酸手下的盲目，

那么多夜晚所藏匿的酒窖，

寒冷的花冠到处是侵蚀和声响，

在打击下埋葬于星星的大教堂。

有一匹受伤的马，在你岸边的年代

经过，代替了冰冻的火；

有一株红枞转变成羽毛，

在你的手里破裂为凶恶的玻璃；

不息的玫瑰在岛屿之上战斗，

还有你所建立的水和月的冠冕。

我的祖国，在你的土地上

完全是这种阴沉的天空！

完全是这个宇宙的果实！

完全是这个昏迷的王冠！

这一只泡沫的杯子是为了你，

闪电在里面消失，像一只盲目的信天翁，
南方的太阳在那里升起，看着你的神圣的状貌。

V

鞍　匠

对于我，这具鞍子画得好像
浓烈的玫瑰，在白银和皮革上，
柔软于深沉、平滑和坚牢之中。
每一个剪口是一只手，每一道
缝线是一个生命，其中生活着
森林的生命的集合统一体：
一条眼睛与马匹的锁链。
是燕麦的麦粒把它形成，
是漠漠的荒野和流水把它造成，
丰盛的收获给它以骄傲，
用金属和羊皮所制造：
就这样从灾祸和统治中出来，
这个宝座走向广大的草原。

陶　工

粗笨的鸽子，一只泥做的扑满，
在你乌黑的背上有一个记号，

几乎难以把你说明。我的人民，

仿佛以你背上的痛楚，

在受到拍打，受到压服；

你是怎么累积起落叶的科学的呢？

黑色的奇迹，神异的材料，

被盲目的手指举升到光明。

在小小的塑像身上，土地以

最秘密的东西，为我们开放了它的语言；

波梅尔①的歌手，在他的亲吻中，

把土地和皮肤集合一起，无其数的

泥土的形状，器皿的光芒，

一只手的模型；它是我的；

一个影子的脚步，在把我呼唤；

你们是隐藏的梦的大集会，

陶工们，是不可摧毁的飞鸽！

织　机

你知道，在那里，白雪守望着

山谷，或者最好是

南方阴沉的春天；黑色的鸟，

它的胸口，只有一滴血

会来颤抖；那是漫长的冬季的

浓雾，展开了双翼。

---

① 波梅尔，智利城市。

这个地区就是这样，它的芬芳
散发自贫弱的花卉，压抑在
铜矿和山岭的重量之下。
在那里，织机一根线又一根线地
摸索着重新建造起花朵，把羽毛
升上它艳红的帝国，交织进
宝蓝和番红，火的线团
及其强烈的亮黄，
传统的闪电的深紫，
蜥蜴的沙砾似的碧绿。
我的人民的手，贫穷的手，
一只一只地，在织机上纺织；
色彩阴暗的祖国，你的皮肤
缺少星星的羽毛，
要一缕一缕地以明亮的天空代替，
让人们歌唱他们的爱情，
在燃烧般的谷物上奔腾！

VI

水　灾

穷人在下面生活，等着河水
在晚上涨起，把他们带进大海。
我看见小小的摇篮在漂浮，

倒毁的房子，椅子，以及汹涌流水
那威凛的愤怒，使天空和恐惧合成为一。
这仅仅是为了你，可怜的人，为了你的妻子，
你的庄稼，你的狗，你的农具，让你学会讨饭。
洪水不会升到绅士们的住宅，
他们的雪白衣领从洗衣房翩翩飞出；
它只吃这种翻滚的泥浆，把这些废墟
泡在水里，与你的尸体温存地一起漂向大海，
在穷人的饭桌和倾倒的树木中间，
经过一个又一个坟墓，显示着它的根子。

地　震

梦里的土地从我床下消失，把我惊醒，
一柱灰烬的盲目的烟柱，在黑夜里
摇晃，

　　　我问你，我得死吗？
在这星球碎裂的时候跟我握手，
紫色天空的疮疤变成了星星。
啊！可是我想起来，它们在哪里，在哪里？
为什么大地沸腾，充满死亡？
啊，滚动的房舍下面的苦脸，还没有
觉得惊慌的笑脸，梁橡下面
粉身碎骨的生灵，都被黑夜遮盖。
今天你天亮了，蔚蓝的白天，

穿起衣服要去跳舞；你的金色尾巴

拖在海上，火红的颜色，消灭了瓦砾，

寻找着遗尸的消失的脸容。

VII

阿塔卡马[①]

不能忍受的声音，播撒的盐，

替代的灰渣，

黑色的树枝，

在铜矿的地下巷道里，

树枝尽头的水珠好像盲目的月亮。

什么原料，什么空虚的天鹅，

把它痛苦的裸体深埋于沙土，

凝固了它的流动的缓慢的光辉？

什么强烈的光线破碎了它的翠玉，

在它难以制服的石块之间，

直至凝结了散失的盐？

土地，土地，

海上，空中，满是珊瑚的亚马孙

在奔驰着的土地：

高大的仓库，麦子在里面

沉睡于钟的颤动的根子之上。

---

① 智利地名，多矿藏。

啊，海洋的母亲！盲目的玉石

和金色的硅土的生产者，

在你面包般纯洁的皮肤上，远离森林，

没有其他，除了你秘密的线条，

没有其他，除了你沙土的面貌，

没有其他，除了人们的黑夜和白天，

但是，却是和蓟草的干渴在一起，

那里，一张纸沉落而遗忘，

一片石标志着剑和杯的深窝，

指明了钙的沉睡着的脚。

VIII

托科比利亚①

从托科比利亚向南，向北，

都是沙子，掉落的石灰，驳船，

破烂的木板，扭曲的铁。

是谁，给这个星球的金黄色成熟了的

干净线条，还有梦、盐和尘土

增添了破损的东西，这堆废物？

是谁，按上塌陷的屋顶；是谁，

让墙壁裂开口，塞着

一卷压紧的纸？

———————

① 智利的港口，出口硝石。

人们昏暗的光，代替了你，
总是回到你石灰色月亮的空穴，
刚刚被你致命的沙子所接受！
少见的勤劳的海鸥，青鱼，
盘旋的海燕，果子，
你们，血色的围栅和风暴的儿子，
可曾看见那智利人？
可曾看见人类，在水和寒冷的
两条线之间，在大地的牙齿般的
地平线下面，在海湾里？

虱子，灼热的虱子咬啮着盐，
虱子，海岸的、村镇的、矿工的虱子，
从荒原的一个伤疤爬向另一个伤疤，
对着月亮的海岸，滚出去！
叮着不知年代的寒冷的印记。
远处，在尖尖的山丘脚下，
不是面包不是阴影而是流水
接触着坚硬的营地，硝石的军队显现，
或者是造就了自己身材的铜的塑像。
这一切仿佛埋在地下的星星，
仿佛痛苦的尖端，仿佛地狱里的
白色花朵，
颤动的光线下的白雪，
或者沉重光辉中绿的黑的树枝。

那里不值得用笔，只要黑脸的智利人的
腐烂的手；那里怀疑不中用。
只有血。只有这种在矿脉里
被人所探询的沉重打击。
在矿脉里，在矿山里，在挖空的洞穴里，
没有水，没有桂冠。

啊，小小的同胞，
被这种比死亡的沐浴更粗野的
光芒在燃烧，你是大地上
盐的黎明的无名英雄，
流浪的儿子，你到哪里结你的巢？
在荒凉的港口的破烂纤维之中
你看见了谁？
　　　　　　在盐水的
雾气之下，或者
在金属的海岸之后，
或者这样，或者那样，
已经在沙漠之下，
永远在它的
沙尘的语言之下！
智利，金属与天空，
你们，智利人，
种子，坚强的弟兄，
一切在沉默中准备就绪，

仿佛石块的坚定存在。

IX

佩乌莫树①

我撕碎林莽中一片磁釉般的叶子，
破裂的边缘散发出的一阵甜香，
就像一只深沉的翅膀，触摸着我，
从大地，从远方，从一无所有中飞来。
佩乌莫，于是我看见了你的叶簇，
你的精细的绿叶，卷曲着，以其冲力覆被着
你从地下长起的树干，你芬芳馨香的树冠。
我在想，我所有的土地都是你，会怎么样。
我的旗帜展开时，应该有佩乌莫的香气，
一种边境的香气，它立刻像激流一样
带着整个祖国进入你的树下。
纯洁的佩乌莫，经年的芬芳，
风里雨中的头发，山岭的起伏之下，
带着降落到我们的根子的
水的轰响。啊，爱情，啊，乡野的时间，
它的香气能够这样产生，从一片叶子里
脱逸而出，充满我们，直至把我们
流遍在大地，仿佛埋在地下的古老坛子！

----

① 智利的一种芳香树木。

基拉斯①

在不懂得微笑的直叶之间

隐蔽着你的暗藏的长矛的温室。

你没有忘记。我走过你的叶丛，

冷酷在呢喃，语言在苏醒，

它伤人，发出哺育尖刺的音节。

你不要忘记。你是带血的湿胶泥，

你是房屋和战争的支柱，

你是旗帜，我的阿劳加母亲的房顶，

乡野武士的剑，从花丛里直立起来的

阿劳加尼亚；它要伤人，要杀人。

你把你制造的长矛草草地藏起，

这些长矛认识荒野地区的风和雨，

认识燃烧的森林里的鹰，

以及刚刚被驱逐的逃亡的居民。

也许，也许，不要把你的秘密说给任何人听。

为我留下一支粗糙的长矛，或者

一支箭的箭杆。我也从没有忘记。

DRIMIS WINTEREI②

没有名字的植物，

---

① 智利的一种谷类植物，其茎可编篱笆，做箭杆。
② 智利的一种无名野生树木。

山里的叶子山里的藤，

枝条用绿色的空气编成，

细线刚刚绣上，结节都是深色的金属。

不计其数的植物，来自潮湿，

来自广漠的蒸汽，来自无垠的水。

在所有的形状之中，探寻这种枝条，

在这些模样未动的叶丛之中，

得到雨下相称的奇状怪貌。

啊大树，像一阵雷电那样醒来吧，

在你斟满青翠的杯子里

你还像一只冬天的鸟那样在睡眠。

X

寒冷的地区

被遗弃的终极！疯狂的地平线，

在那里，篝火或者愤怒的蓟草

形成了电光蓝色的外套。

被铜的针穿凿的石块，

沉默的材料建成的大路，

淹没在石头的盐里的树枝。

我是在这里，我是在这里，

人的嘴巴交付给停滞时间的苍白脚步，

好似杯子或者臀部，

积贮在中间的没有出路的水，

开着形体毁坏的花朵的树木，

只有一片沉寂的粗糙的沙滩。

我的祖国，存在于大地而盲目，

仿佛在沙子的针刺下诞生，

我的灵魂的一切基础都是为了你，

我的血液的不停搏动也是为了你，

我的罂粟的盘子返回也都是为了你。

给我黑夜，在大地上的植物中间，

那沉睡在你旗帜上露水中的阴郁玫瑰。

给我月亮，或者土地，或者你的粉碎的面包，

连带你的可怕的暗色的血。

你的沙土的光亮下面，

没有死尸，只有盐的巨大圆圈，

神秘的死去的金属的蓝色树枝。

XI

契尔更鸟①

我喜欢你并不多疑：夏天里，

———————————

① 智利的一种小鸟，善歌。

水把我浇洒，升起了一种愿望，

仿佛一根树枝，一支我的歌，支持着我

像一根皱皮的树干，带着一些伤疤。

你那么小巧，那么可爱，飞上我的脑袋，

作巢在我的肩头，在一条蜥蜴的光芒

经过的地方；做巢在我的思想，

那上面已经落了那么多的树叶。

啊，温柔的小小圆球，长着翅膀的

谷物种子，披着羽毛的小卵，

最最纯洁的形体，那上面

有准确的眼睛指导着飞翔和生活。

在这里，在我的耳朵里做巢吧，

那么活泼，那么玲珑：帮助我，

我每天每天地越来越想成为一只鸟。

洛伊卡鸟①

在我近边，血一样红，然而并不存在。

戴着你凶恶的面具，武士的眼睛，

进入世间，从一堆宝物跳向另一堆，

在纯净而蛮荒的整体之上。

讲给我听，怎么在一切之中，

在一切营巢于我们这一片

被雨水以悲叹沾染的荒原林莽的黑色形体之中，

---

① 智利的一种椋鸟，形似八哥，而红胸。

怎么唯独你，在你小小的胸前

收集了世界上所有的胭脂？

啊哟，你是被红色的炎夏洒上了粉，

你进入了殷红色花粉的洞穴，

你的红斑集中了所有的火。

对于这种更甚于苍穹的目光，

对于安第斯群山积雪的夜晚，

每一个白天展开扇子时，都无法予以耽留。

只有你的荆棘

还在燃烧，而并不烧掉大地。

丘卡奥鸟①

寒冷的繁多的叶丛里，突然响起

丘卡奥的声音，好似什么都不存在，

只有这个鸣声集结了所有的孤寂。

这鸣声颤动地阴郁地在我的马上经过，

比飞翔还要缓慢，还要深沉。我停住了。

它在哪里？这是些什么日子？

活着的一切都在那个消逝的季节奔跑，

窗户外雨淋的世界，恶劣天气里

睁着一双血红火眼逡巡的豹子，

无数河流，在浸透了美的绿色的隧道里

流归的大海，那种孤独，还有榛树下

---

① 智利的一种鸣禽，似画眉。

爱着最年轻的那个人的吻，都忽然升起；

这时候，丛林里，丘卡奥的啼鸣

以它的湿润的音律迎我而来。

XII

植物园

血腥的利特雷和有益的博尔多，^①

播撒开它们的风貌，

在翠绿动物的兴奋的吻上，

或者在岩石之间暗色流水的汇集处。

树木顶端的新芽，

罗列出白牙似的形状；

野生的榛树构筑起它的

片叶和露滴的碉堡。

蒿草和谷草围住了

唇叶类植物的眼睛，

以及远处管理所

芬芳门面上的灿烂花环。

清晨的基拉斯和克伦克伦^②。

---

① 利特雷，智利的一种树木，其叶有毒；博尔多，也是一种树木，木材有用。
② 克伦克伦，一种可作药用的草。

金钟花寒冷的语言，

在三色的岩石间飘过，

跟泡沫一起喊着智利万岁！

黄金的顶针花，

期待着雪的指头，

时间在转动，没有婚姻

使火与糖的天使们结合。

神奇的肉桂，在雨中洗涤

它种族的枝条，

把它绿色的铸块

轻抛于南方植物的水下。

蔷薇的甜蜜的交叉枝条，

带着无数法内格①的花朵，

爬上金钟花红色的水滴似的果实，

要认一认吉他的太阳。

野生的细草，

秀丽的唇叶草，

在草原上跟刚刚被托尔腾河

武装起来的年轻的露珠舞蹈。

---

① 法内格，计量单位，合55.5公升。

难以理解的杜加①，

在沙地上砍下它的绛紫色，

把它三角形的水手，

导向岸边干燥的月亮。

光彩的罂粟，

又像闪电又像伤痕，又像飞镖又像嘴巴，

把它殷红的斑斑点点，

置于火烧一样的麦子之上。

鲜明的帕塔瓜②，

给它的死者以勋章，

以水的源泉，河的奖牌

组编成它的家庭。

帕伊古③把一盏盏的灯

安排在南方的气候里，

孤单单的，在海洋的

从来不眠的夜晚来到的时候。

橡树单独睡觉，非常坚定，

非常挺直，非常清寒，非常耐苦；

在纯洁的草原上，

---

① 杜加，智利的一种树木，木材呈紫色，叶三角形。
② 帕塔瓜，一种树木，其木材可做家具。
③ 帕伊古，一种树木，开白色小花。

穿着受伤害的破衣烂衫，
头脑里装满着庄严的星星。

XIII

阿劳加里亚树①

整个冬季，全部战斗，
所有的潮湿的铁巢，
都高举在你贯穿天空的挺拔上，
在你乡野的城镇上。

石头的背信弃义的监狱，
荆棘的沉没了的线，
用你铁丝那样的头发，
做成一座矿物阴影的凉亭。

高耸的哭泣，流水的永恒，
鳞片的高山，铁掌的光芒，
你的受苦的房舍是用
纯洁的地质的花瓣构成。

高爽的冬季吻着你的甲胄，
用破裂的嘴唇把你覆盖；

---

① 智利的一种枞树，高达五十米左右。

香气强烈的春季，在你

高不可攀的身材上碰破了它的网；

威严的秋季徒然地等待着

把黄金浇洒上你翠绿的躯体。

XIV

托玛斯·拉戈①

别的人躺在书页中间沉睡，

仿佛埃尔塞维里诺②的虫子。他们相互

曾经讨论过某些新出版的书籍，

好似在踢足球，射着学问的球门。

那时候，我们却在春天里唱歌，

在挟裹着安第斯山石砾的河流旁边，

我们和我们的女人在一起，

吮吸了不止一个蜂房，甚至吞下了世界的硫黄。

不仅如此，还有更多：我们

跟我们所爱的贫寒朋友分享生活；

他们用酿酒的日期教给我们

沙子的尊贵的字母，那些

费了很大力气出来唱歌的人的休息。

啊，那些日子，我们在一起

---

① 诗人的一个同学。
② 埃尔塞维里诺，古代荷兰的一个印刷出版家。

拜访洞穴和贫民窟，扯破了蜘蛛织的网；

南方的边境，黑夜降临；我们

游遍了它那移动的泥土。

到处是花，是繁忙的祖国；

到处是雨，是烟云的材料。

我们走的大路多么宽，在休息的地方

停住脚步，把注意力向着

一抹终极的曙光，一块石头，

一道炭粉写了字的墙壁，

一群烧火的工人，他们立刻

教给我们所有的冬天的歌。

然而不仅有毛毛虫拱起背

在我们的窗户上爬行，浴在细胞中，

在文化的纸上越来越秀美，

而且还有铁矿石，愤恨，以及牧牛人，

他对我们举起两支手枪向着胸口，

威吓我们要吃掉我们的母亲，

抵押掉我们的全部所有，

（这一切就叫作"英雄主义"，还有别的什么。）

它们看着我们，让我们经过，

不能剥掉我们一层壳，弯折一次脉搏，

只好一个一个地走向欧洲的报纸

或者玻利维亚的比索的坟墓。①

我们的灯继续在发光，

_____

① 智利和玻利维亚长期存在着领土问题的纠纷。

比纸比锻工的火烧得更高更旺。

鲁文·阿索卡尔[①]

到岛上去！我们说。这是互相信任的日子，
我们得到著名的树木的支持。
我们一点也不觉得疏远，一切都可能
随时随刻在我们发出的光里缠结一起。
我们穿着粗皮做的鞋来到：下着雨，
岛上下着雨；这个地区保持着这样子，
仿佛一只绿色的手，仿佛一只手套
它的指头漂浮在

红色的海藻之中。
我们把岛上撒满烟草；我们在
尼尔逊旅馆抽烟，直到傍晚，
我们向所有重要的地方抛掷新鲜的牡蛎。
城市里有一座宗教的工厂，
它的大门里，在阴阳怪气的傍晚，
出来一支黑色的队伍，好似一条长甲虫，
穿着法衣，在凄凄切切的雨下。
我们喝完了所有的波戈涅[②]葡萄酒；
我们以象形文字痛苦的签名写满了纸张。

---

① 诗人的一个朋友。
② 波戈涅，法国地名。

我很快就避开了，避得老远；许多年，
在别种样的控制着我热情的气候里，
我记起了雨中的小船，跟你在一起；
你在那里留下，为了让你浓密的眉毛
在岛上扎下潮湿的根。

胡文西奥·巴列[①]

胡文西奥，谁也不像你和我
知道波罗亚[②]森林的秘密。
谁也不认识榛树的光所唤醒的
染红了的土地上的那些小路。
人们不听着我们的时候，就不知道
我们正在倾听树上锌皮屋顶上的雨声，
而且我们仍然爱着那电报员，
那姑娘，那个姑娘，她跟我们一样，
熟悉冬天火车头深沉的吼叫，
在那个地区。

    只有你，默默无语，
进入了雨水所破坏的香气，
激起花朵黄金似的生长，
收集茉莉，在它还未诞生之前。
悲哀的泥土，在商家店铺门口，

---

① 诗人的一个朋友。
② 波罗亚，智利地名。

被沉重的大车辗压的泥土，

仿佛某种苦楚的黑色胶泥，

正在深沉的春天后面流淌；

谁能像你这样懂得？

我们

也秘密地有着其他宝藏：

像红红的舌头那样的叶子

覆盖着大地，还有，被流水软化的

石块，河里的石块。

迪埃戈·穆尼奥斯①

我们不仅保卫自己，看来好像是，

以铺陈在风暴中的纸张上的发现和标记，

而且我们，领袖们，还以拳击

更正邪恶的街道，

然后在手风琴声中，

我们举起心，与水和绳索一起。

水手，你已经回到你的港口

瓜亚基尔，满是尘土的水果的气味，

所有的土地上照耀着一个钢的太阳，

让你播撒开胜利的剑。

今天，祖国的煤炭之上，来到了

一个时刻——痛苦与爱情的时刻，

---

① 诗人的一个朋友。

我们分享；从海里，在你的声音之上，
突出了一线友谊之情，比大地还宽广。

XV

雨中的骑士

基本上都是水，水的墙壁，
在挣扎中的三叶草和燕麦。
绳索已经联结上一个潮湿的黑夜的网，
点点滴滴的，猛烈地连成了线的；
碎裂的雨滴反复地叹息，
斜飞的怒水划破了天空。
饱含着香气的马匹
奔驰在雨水下面，奔驰着雨水，
以鬃毛的红色枝条穿过它，还有石块和水：
阵阵的水汽伴随而起，仿佛沸腾的奶，
从飞溅的水中，好像飞逝的白鸽。
没有白日，只有严酷天气的水槽，绿色的运动，
以及联结轻捷的土地的脚，
以及雨下马匹牲畜气味中的历程。
毯子，鞍具，马被，都在
层层的阴影里，
堆集在灼热的硫黄的马背之上
敲击着丛林，决定着它。

　　　　　　　向前，向前，向前，

向前，向前，向前，再向前，

骑士们冲开雨幕，骑士们

在发出苦味的榛树下经过，

雨水把自己永恒的新穗，

扭曲成颤动的光线。

有水中的光线，倾泻在树叶上的

紊乱的闪电；从奔驰的声音本身

发出一阵不能飞起的水，被土地所损伤。

潮湿的马缰，密密枝叶的拱顶，

一步踏着一步，碎裂的星星的

夜晚的植物，仿佛冰，仿佛月亮，

旋风似的马匹，被雨箭覆盖，好像冰冻的鬼怪，

长满着暴怒中产生的新的手，

被恐惧所包围的受冲击的苹果，

以及它的可怕旗帜的伟大帝国。

XVI

智利的海

在遥远的地区，

你的泡沫的脚，你的欢乐的边岸，

以流浪的疯狂的呻吟在流动。

现在我来到你的嘴边，来到你的面前。

不是向血红的珊瑚，不是向烧焦的海星，
也不是向灼热的奔腾的海水，
我要倾吐值得尊重的秘密，而不是音节。
保持着你的愤怒的声音，
一片守护的沙滩，
在家具和古老的服饰之间。

一阵钟的尘土，一枝湿润的玫瑰。

有许多次，它就是阿劳科
自己的水，坚强的水：
然而我保存着我的淹没的石块，
那上面有着你的影子的颤动声音。

啊，智利的海，啊，高耸的水，
紧紧地裹着，犹如尖尖的篝火，
犹如青玉的紧压，梦想和指甲！
啊，盐和狮子的地震！
星球的斜坡，根源，岸边，
你的眼睑，打开了
大地的正午，冲击着
星星的宝蓝！
盐和运动离开了你，

把海洋指派给人的洞穴，

直至在那远处的岛屿上，

把你的重量撞碎，伸出一根完全是实体的枝条。

北方荒原的大海，冲击着铜的大海，

推动着泡沫向前，直到

乡野的孤独居民的手边；

在鹈鹕，寒日下的岩石和鸟粪之间，

海岸在不属于人间的曙光的脚步下燃烧！

瓦尔帕莱索的海，

孤独的夜晚的光波，

大洋的窗户，从中

探出了我祖国的身姿，

仍然用瞎眼在张望。

南方的海，大洋的海，

大海，神秘的月亮，

在橡树的可怕的帝国，

在鲜血保证的奇洛埃①，

从麦哲伦海峡直至极地，

都是盐的呼啸，都是疯狂的月亮，

以及从冰中出来的星星的马匹。

---

① 智利南部地名。

XVII

献给马波乔河①的冬天的颂歌

啊，是的，无定形的雪花，

啊，是的，颤栗在全部的雪花之中；

北方的眼皮，冰冻的小小光芒，

是谁，是谁从灰色的山谷把你呼唤；

是谁，是谁把你从鹰嘴里拉出

到了那个你的净水

触及我祖国的凄惨的破衣烂衫的地方？

大河啊，为什么你引导

寒冷而秘密的流水，

那岩石的坚硬的黎明

保藏在它无法可及的教堂里的流水，

流向我的人民的满是疮伤的脚前？

回来吧，回到你的雪杯里来，痛苦的河啊，

回来吧，回到你的满被白霜的杯子里来，

把你的银白的根子深掩在你的秘密的根源，

或者跳进冲进另一处没有眼泪的海洋！

马波乔河，黑夜来临时，

仿佛一尊黑色的塑像显现，

---

① 马波乔河，在智利。

沉睡在你的桥下，一串黑色的脑袋，

受着寒冷和饥饿的打击，

它们就像两只巨大的兀鹰。啊，大河，

白雪所诞生的坚强的大河，

为什么你不站起来，像一个巨大幽灵，

或者像一个新的十字星座，为了那些被遗忘的人？

不，你的粗陋的灰烬，现在是

与扔向黑水的啜泣同时奔流，

与被风吹硬的破衣烂衫同时奔流，

在铁的树叶下面颤抖。

马波乔河，你把冰的羽毛

带向哪里，让它永远留着创伤，

永远靠着你紫色的河岸，

让野花生长，被虱子叮咬，

而你的冰冷的舌头，刮着我的赤裸的

祖国的面颊？

　　　　　噢，别这样，

别这样，让你的一滴黑色的泡沫

从淤泥里跳出，跳向火的花朵，

使人类的种子落下！

八

名叫胡安的土地

I

克里斯托巴尔·米兰达（托科比利亚的铁铲工）①

我认识你，克里斯托巴尔，是在

海湾的驳船上，装着硝石，

驶向大海，那是十一月里

身上衣服发烫的一天。②

我记得那令人神往的景色，

金属堆成的山丘，宁静的海水。

只有驳船上的人，

汗水淋漓，搬运着白雪。

硝石的白雪，压在痛楚的肩膀上，

落进船只的乌黑肚子。

在那里，铁铲工，是一个

被酸类所腐蚀的曙光的英雄，

克服了死亡的命运，坚定地，

接受了大量的硝石。

克里斯托巴尔，这个回忆是为了你。

为了使铲子的伙伴们，

他们的胸中进入了酸类，

---

① 从这里开始，诗人歌颂了他所认识的几个普通的智利和其他拉丁美洲国家的劳动者。铁铲工是在港口从事倒运硝石的工人，工具就是一把铁铲。

② 南半球的夏季在十一、十二、一月。

以及致人死命的发散物，

心脏肿胀得仿佛压住的鹰，

直至这个人倒在地下，

直至这个人滚到街心，

向着草原破朽的十字架而去。

好吧，我们别多说了，克里斯托巴尔，

现在这张纸回忆着你，回忆着大家，

回忆海湾里的船夫，船上乌黑的人；

我的眼睛在这一趟劳动中与你们一起去；

我的灵魂是一把铲子，举起来

装上又卸下红血和白雪，

跟你们在一起，荒野里的生命。

II

赫苏斯·古蒂埃雷斯（种地的人）

在蒙特雷①，我的父亲死去，

他名叫赫诺维伏·古蒂埃雷斯，

他曾经跟萨巴塔②在一起。

晚上，马匹就在屋子旁边，

联邦分子的烟，风中的枪声，

玉米中爆发出来的风暴，

---

① 蒙特雷，墨西哥城市。
② 埃米利亚诺·萨巴塔（1879—1919），墨西哥农民革命领袖。

卷着枪支从这一边到那一边。

从索诺拉的土地那边，

我们只睡一忽儿，就穿过河流森林，

骑着马匹，踏过尸体，

保卫穷人的土地和豆子，

玉米饼和吉他；我们蹒跚，

一直到边境；我们是尘土。

老爷们把我们驱赶，

直至每一块石头里

产生了我们的枪支。

这里是我的家，我的这块

小小的土地，卡尔德纳斯将军①

签发的土地证，养的火鸡，

还有池塘里的鸭子。

现在已经不打仗，

我的父亲死在蒙特雷了。

在这里墙上，挂着准备好的

步枪，子弹带放在门边，

马匹也时刻准备着。

为了土地，为了我们的粮食，

明天也许又要骑马出发，

要是我的将军这样召唤的话。

---

① 拉撒路·卡尔德纳斯（1895—1970），墨西哥政治家、军人，
1934—1940 年任总统，实行土改政策。

III

路易斯·柯尔特斯（托科比利亚人）

同志，我叫路易斯·柯尔特斯，

镇压来到的时候，在托科比利亚，

我被抓住。他们把我押送到皮萨瓜。

您要知道，同志，这是怎么回事。

许多人得了病倒下，还有许多人

发了疯。那是贡萨莱斯，魏地拉

最坏的一座集中营。我看见安赫尔·维亚斯[①]，

一天早晨得心脏病死去。看着他，

这个一辈子慷慨大方的人，在杀人的沙地上，

在铁丝网的包围里死去，真是可怕。

等到我觉得心脏也有了病，

他们把我送到了加里塔雅。

您不知道那是什么地方，同志。

那是在高原上，跟玻利维亚接壤的边境。

一个孤零零的地方，海拔五千米。

有一股咸水供饮用，咸得要比

海水还要咸，里面满是小虫子，

仿佛红色的蛆虫在繁殖。

天气那么冷，一片孤寂之上的天空

压在我们的头上，

---

① 安赫尔·维亚斯，当时智利的一个工人领袖。

压在我的心上，使我无能为力。

那些骑警还算有良心，

没有执行让我们都死在那里的命令，

但也决不愿意叫人去派来一副担架，

而是把我绑上一头骡子，我们下了山。

骡子走了二十六小时，在没有路的山里；

我的身体已经无力抵抗，同志，

我的胸口病势沉重，就在这里，

压迫十分厉害，不知能活多久。

这只是对您提一提，我不想要求什么。

同志，您要说，说说那些可恶的人对人民干的是
　　什么，

说那些把我们带上高原，那些

用鬣狗的笑声嘲笑我们的苦痛的人。

同志，您就说这些，说这些；我死了不要紧，

我们的苦难也不要紧，因为斗争长着呢，

但是这些折磨要让大家知道，

要让大家知道，同志，切勿忘掉。

IV

奥莱加里奥·塞布尔维达（塔尔卡瓦诺①
的鞋匠）

我叫奥莱加里奥·塞布尔维达，

———————————————

① 塔尔卡瓦诺，智利城市。

我是鞋匠；

大地震时，我成了瘸子。

半座山，压上了大杂院，

整个世界，压上了我的腿。

在那里，我两天号叫，

可是嘴巴里塞满了土，

叫声越来越微弱，

直至我昏睡而等死。

地震是一片沉默，

山岭是一片恐怖。

洗衣妇们在哭泣，

一座尘土的大山，

埋没了人们的语言。

用这只鞋底向着海，

我看见了那唯一干净的地方，

波浪不应该来到我的门口

还是那么碧蓝。

塔尔卡瓦诺，你的肮脏的石级，

你的贫困的街巷，

丘陵上是脓水，

朽木，乌黑的洞穴，

在那里，智利人被杀而死去。

（啊！贫穷的刀割般的痛楚，

人世间的麻风，

满是死尸的郊区，

该死的有毒的坏疽！

你是从太平洋的阴影里

趁着黑夜，来到港口？

你曾经摸着

长满脓疱的孩子的手，

那被盐和尿玷污的玫瑰？

你曾经抬起眼睛，

寻找七曲八弯的石级的路？

你曾经看见那女乞儿，

在垃圾堆里像根铁丝那样

颤抖，膝盖在地下爬动，

从底下抬头望着你，

那里已经连眼泪和仇恨都不再有？）

我是塔尔卡瓦诺的鞋匠，

塞波尔维达，家住大堤对面。

如果您高兴，先生，请过来，

我们穷人从来不关紧大门。

V

阿尔图罗·卡里昂（伊基克的海员）

一九四八年六月。亲爱的罗萨乌拉：

我在这里，在伊基克，被捕了，给我

送一件衬衣，一点烟草来。

不知道这场舞蹈要跳到什么时候。

我上船，上了格伦福斯脱号时，

心里在想着你。我从卡迪斯

给你写信，那里人们随便开枪。

后来到了雅典，更加悲惨；

那天早晨在监狱里，枪杀了

二百七十三个小伙子，

鲜血流到了墙外。

我们看见，希腊军官和他们的

美国主子出来，一路走一路在笑。

他们喜欢要人民的血，

但是像城市上空的一阵黑烟一样，

那哭泣，那痛苦，那悲伤，都已隐藏。

我给你买了一只名片夹子；

在那里，我认识了一个奇洛埃老乡，

他开了一家小饭店；他对我说，

日子不好过，有着仇恨。

后来到了匈牙利，就好一些，

农民都有了土地，

还给人分配书籍。

在纽约，我收到了你的信，但是

人们都在开会，一棍一棍地打穷人。

你已经看到，我，一个老水手，

因为我是在工会，

刚刚把我赶上甲板，

问了些乱七八糟的话，就把我监禁。

到处都是警察，

草原上也有的是眼泪。

人们都在问：这种事情

什么时候才到头；今天是一根棍子，

明天又是一根棍子，用来打穷人；

据说在皮萨瓜，关着的有两千。

我问自己，世界是怎么回事，

但是没有权利可以问，

警察就是这么说的。你别忘了烟草。

对罗哈斯说，要是他没有被捕，

叫他别哭，世界上眼泪太多了，

缺少的是别的东西。

我对你说的话，就到这里；

你的亲爱的丈夫拥抱你，吻你。

阿尔图罗·卡里昂·科尔内霍，

在伊基克的牢房里。

VI

阿伯拉罕·赫苏斯·勃里托（民众的诗人）

他的名字叫赫苏斯·勃里托，或者赫苏斯·帕隆，

　或者人民；

他是在为眼睛制造泪水，

在为手制造根子，直到把它
重新种植在它从前生长的地方；
从前，它从泥地里破土而出，
在贫瘠的石块中间。

他是矿山和海员里面一只多栉的鸟，
是可怕的祖国的柔软表皮的
一个家长式的饰带工匠。
天气越是冷，越显得蔚蓝；
土地越是硬，越出现月亮；
越是忍饥挨饿，就唱歌越多。

所有的铁道世界，都用
他的钥匙，他的藤萝的弦琴打开；
在祖国的泡沫上行走着，
满载星星的包裹；
他是铜的大树，到处浇洒
逢到的每一棵小小的三叶草，
令人可怕的罪行，火灾，
以及守护着的河道的支流。

他的声音是嘶哑的喊叫，
消失在抢劫掠夺的夜晚。
他带着流水般的钟声，
那是夜间用他的帽子所收集；

他还在干燥的破衣服里
收集人民的决堤般的泪水。
他在沙土的小路上行走，
在深藏硝石的地面行走，
在海岸的崎岖山丘间行走，
一颗钉子一颗钉子地构筑传奇，
一块瓦片一块瓦片地造成诗句；
在他身上留下了手的污迹，
以及拼音的水滴。

勃里托，在首都的墙壁上，
在咖啡馆的喧闹中，
你行走着，仿佛一株巡回的树，
以深重的脚寻找土地，
直至你扎下根子，
在石块、泥土、乌黑的矿石中间。

勃里托，你的尊严被敲击着，
仿佛一只庄严的皮蒙的大鼓。
你是狂风暴雨里的君王，
你统治着树木和人民。

流浪的树啊，如今你的根子
在大地下面歌唱，在沉默之中。
如今你更加深沉了一些。

如今你有了土地，有了时间。

VII

安托尼诺·贝尔纳莱斯（哥伦比亚的渔夫）

麦格达莱纳河①像月亮那样地流，

缓慢地在绿叶的星球上；

一只红鸟在啼叫，拍响着

黑色的旧翅膀，接连不断的

流水，把河岸染上了颜色。

一切都是一条河，一切生命都是一条河，

安托尼诺·贝尔纳莱斯是一条河。

渔夫，木匠，船桨，

织网的针，钉板的钉子，

锤子和歌唱，都是安托尼诺，

而麦格达莱纳河则像月亮，缓慢地

拉着河流的丰沛的生命在流动。

在上游，波哥大，火焰，焚烧，

流血；只听得说，不是十分清楚，

加伊坦②已经死去。在树叶之中，

劳里亚诺③的奸笑，仿佛豺狼，

煽旺了篝火；人民的一阵战栗，

———————————

① 麦格达莱纳河，哥伦比亚的大河。
② 加伊坦，当时哥伦比亚的进步人士。
③ 劳里亚诺，反动政府的走卒。

就像寒热病一样，

流过麦格达莱纳河。

这都要怪安托尼诺·贝尔纳莱斯，

他没有从他小小的茅屋里搬走，

那些日子只是躺着睡大觉。

可是律师们做出了决定：

恩里克·桑托斯①要的是血。

所有的人穿着大礼服集合，

安托尼诺·贝尔纳莱斯已经倒下，

遭到了报复性的谋杀。

他张开胳膊倒进河里，

回到他的大河仿佛扑向流水母亲。

麦格达莱纳河把他的躯体带向大海，

从大海又带到其他大河，其他水流，

其他大海，以及其他

绕着大地转的小河。

    他又一次

下了麦格达莱纳河；这是他喜爱的

河岸。他张开红水的胳膊，

在阴影里，在沉重的光里，经过，

又一次继续走他的水路。

安托尼诺·贝尔纳莱斯，谁也不能

把你从河里辨认，只有我能。

我记得你，听到你的不能死去的名字

---

① 恩里克·桑托斯，反动政府的走卒。

在流动，围绕着大地，

在名字之中，几乎只有一个名字，

那就是：人民。

VIII

马加里塔·纳兰霍（安托法加斯塔的马里亚·埃莱纳公司的硝石女工）

我死了。我是马里亚·埃莱纳公司的。

我一辈子生活在邦巴斯草原上。

我们为美国的公司流了血，

先是我的父母，后来是我的兄弟。

没有罢工，也没有人在我们周围。

那是夜晚，突然开来了军队，

一家挨一家地把人们叫醒，

把他们都押向集中营。

我希望我们不要走。

我的丈夫为公司干了那么多的活，

还为了总统，最是卖力的，

为他在这里争选票，那么亲热，

谁也没有什么可说的；为了

他的理想斗争，那么纯洁正直，

很少有人这样的。可是他们来到我家门口，

由一个乌里萨尔少校指挥，

衣服都没有穿好就把他拖了出去，

推推搡搡地上了汽车，连夜出发，

驶向皮萨瓜，驶向黑暗。于是

我觉得我已经没法再呼吸；

我觉得大地已经从脚底下溜走；

这样的背信弃义，这样的不讲道理，

一阵啜泣好像升到了喉咙口，

我真是不想再活。伙伴们给我

送来食物，我对他们说："他不回来，我不吃。"

第三天他们去对乌里萨尔先生说，

这个人只是哈哈大笑。他们又发了

一个电报连一个电报，圣地亚哥的暴君

什么也不答复。我昏昏沉沉，神志不清，

什么也不吃，咬紧牙不喝汤也不喝水。他没有回

　　来，没有回来。

逐渐逐渐地，我死了；他们埋了我，

就在这里，在硝石公司的墓地。

那天傍晚有一阵风沙，

老人妇女哭泣着唱起了歌，

我跟他们一起唱过的那么多次的歌。

要是我有可能，我就会看看我的丈夫

安托尼奥在不在；可是他不在，他不在。

我死了，也不让他回来。现在，

我死了，埋在草原上的墓地里。

我的周围没有别的，只有孤寂；我已经不再存在，

没有他，不再存在；没有他，永远不再存在。

IX

何塞·克鲁斯·阿却却利亚（玻利维亚的矿工）

是的，先生，我叫何塞·克鲁斯·阿却却利亚，
家在奥鲁罗南边，格拉尼托山。①
是的，在那里，大概还活着
我的母亲罗萨利亚。
是的，她给先生们干活，
洗洗他们的衣服。
我们忍饥挨饿，大人，
饥饿用一根小棍子
天天揍打我的母亲。
为了这个，我才当的矿工。
那时我逃进了大山，嘴里
一片古柯叶，先生，
一根树枝遮着脑袋，
走啊，走啊，走啊。兀鹰
在天空中追逐我。我想
奥鲁罗的白人老爷那里
日子一定好过，于是我走到了
矿区。

---

① 均玻利维亚地名。

这话说来已经

四十年，那时我不过是

一个挨饿的孩子。矿工们

收留了我。我当了学徒工，

在乌黑的坑道里

用手指甲扒泥土，

采集埋藏的锡。

我不知道这些银光闪闪的锡块

运出去到哪里，干什么用。

我们日子艰难，房屋破烂，

又一次挨着饿，先生。

我们开起了会，大人，

为了

要求增加一个比索的工资；

于是来了红色的风暴，棍子和火，

警察殴打我们，

因此，我就在这里，大人，

被开革了工作。

对我说说，我到哪里去，

在奥鲁罗，我一个人也不认识。

我跟石块一样衰老，

已经没有能力爬过山峰，

一路上我还能干些什么。

现在我只能留在这里，

让他们把我埋进锡矿，

只有锡认识我。是的，

何塞·克鲁斯·阿却却利亚，

你不要继续动你的脚了；

你已经到了这里，到了这里，

阿却却利亚，你已经到了这里。

X

欧弗罗西诺·拉米雷斯（丘基卡马塔的"绿房子"炼铜厂）

我们必须得用手拿起

灼热的铜片，把它送进

锻机。它出来的时候几乎在燃烧，

重得像世界一样。我们

搬运着矿产的板块，越来越衰弱。

有时候，掉一块下来，把脚压碎，

把手压成伤残。

格林哥们来了，对我们说：

"赶快搬完，回你们的家去。"

为了可以早点走，我们拚命地干，

把活干完。但是他们又回来了，说：

"现在你们干活少了，钱也得少拿。"

"绿房子"炼铜厂罢了工，十个星期，

罢工；等到我们回来复工，

就以这样的借口：您的工具哪里去了？

把我赶到街上。您瞧这双手，

不过是铜弄出来的老茧；

您听我的心，不觉得它在跳？

那是铜在把它锤压。

我勉强才能从这个地方走到那个地方，

挨着饿寻找工作。哪里也找不到。

我弯着腰在走，好像仍然搬着

那杀害了我的看不见的铜片。

XI

胡安·费格罗亚（安托法加斯塔的马里亚·埃莱纳炼碘厂）

您就是聂鲁达？请进，同志。

是的，我是炼碘厂的，没有别的人

还活着了。我忍受了下来。

我知道我不会活下去，

草原上的土地在等待着我。

那是白天的四个小时，

在这座炼碘的工厂。

碘从几根管道而来，出来时

像一堆混合物，仿佛深紫色的橡胶。

我们把它装在一只只盘子里：

我们包着它，仿佛小孩。这时候，

那酸气侵袭着我们，窒息着我们，

从眼睛从嘴巴，

从皮肤从指甲，进入身体。

从炼碘厂，没有人唱着歌出来，伙计。

如果我们要求，给我们

工资增加几个比索，

为了没有鞋穿的孩子，他们就说：

"是莫斯科派来的。"同志，

立刻宣布戒严，把我们包围，

仿佛我们是畜生，殴打我们。

他们就是这样，同志，那些婊子养的！

您在这里找到了我，我是最后的一个。

桑切斯在哪里？罗德里格斯在哪里？

他们可能就埋在波尔维约①的粉末之下。

死亡终于给了他们要求的东西，

他们的脸就是碘的假面具。

XII

乌埃塔师傅（安托法加斯塔的"不值钱"矿）

您到北方去的时候，先生，

要去"不值钱"矿，

打听乌埃塔师傅。

---

① 波尔维约，指炼矿后遗下的粉尘。

从远处，什么也看不见，

只有灰色的沙地。

然后，看见了建筑物，

看见了缆索，挖开的土地。

然而，疲劳和痛苦，是看不见的，

它们在地下活动，

毁灭着生灵；或者

疲劳过度，躺倒下来，

变成了一片沉默。

乌埃塔师傅是"挖掘工"，

身高一米九五。

挖掘工挖开泥土，

向下深挖，因为

矿脉深入地下，

有五百米深。

挖掘工挖着挖着，

水深齐腰。

不满四十八小时，

不从这个地狱里出来，

直至钻孔机在黑暗里

顺着矿脉的去路

在岩石上，在泥土上

留下了岩浆。

乌埃塔师傅，是个好挖掘手，

仿佛用他的宽肩膀

撑满了坑道的掌子。
他唱着歌进去，像位大人，
出来时脸色蜡黄，满是愁容，
弯腰曲背，干枯消瘦，
眼睛看来像个死人。
后来他爬着到矿上去，
已经下不了坑道的掌子。
锑已经吃掉了他的肚肠；
他消瘦衰弱，心里害怕。
但是没法走路，
腿上火辣辣地痛，
好像无数的针在刺扎。
他身材那么高，
看来像个饿死鬼，
无声地乞讨，您要知道，
他还不满三十岁，
要问他埋在哪里，
谁也没法可说，
因为到后来，沙土和狂风，
吹倒了十字架，埋进了土里。
在山上，在"不值钱"矿，
乌埃塔师傅在那里干过活。

XIII

阿马多尔·塞亚（柯罗纳尔人，智利，1949）

因为他们抓去了我的父亲，

我们选举的总统经过的时候说

我们都是自由的人，我就要求释放我的老人，

他们把我带了走，拷打我整整一天。

在监牢里，我谁也不认识。

我不知道，也不能够记得他们的脸。

他们是警察。我失去了知觉，

他们就往我身上泼水，继续拷打。

傍晚，在放出去之前，他们拖着我

进了一间厕所，把我的脑袋

按进一只满是大粪的便桶，

几乎把我淹死。他们对我说：

"现在，出去向总统要求自由吧，

是他命令送给你的这个礼物。"

我受到的拷打，打断了这根肋骨。

可是在内心，我还跟从前一样，同志，

我们这种人是压不倒的，除非杀掉。

XIV

贝尼尔达·巴雷拉（贡塞普西翁，大学城，智利，1949）

我给孩子安排好饭，就出去了。

我要进洛塔矿去看我丈夫。

您知道，那里是警察控制，

没有他们的批准谁也不能进去。

我的脸叫他们不顺眼。这是

贡萨莱斯·魏地拉的命令，

在他进去发表演说之前下的，

为了让我们的人害怕。事情就是这样：

他们抓住我，剥掉衣服按在地下拷打。

我失去知觉，醒来时赤裸裸地躺在地下，

一条湿被单盖着我血淋淋的身体。

我认出一个刽子手：这个强盗名叫维克托·莫利纳。

我刚刚睁开眼睛，他们继续用橡皮棍子

拷打我。我浑身是血，动弹不了。

他们是五个人，这五个人拷打我，

好像我是只口袋。拷打了六小时。

如果我没有死，那是为了要对大家说，同志们：

我们得加强斗争，直至这帮刽子手

在大地的表面上永远消失。

人们都知道他在联合国演说，

大谈什么"自由"之类的话，

而这帮恶棍却在地窖里

把妇女拷打至死，谁也不知。

他们说，这里什么事也没有，而

堂恩里克·莫利纳[1]则对着我们

讲起了"精神"的胜利。

然而这种事情不会总是发生。

一个幽灵在世界上游荡，地窖里的拷打

可能会重新开始，然而他们

总要为他们的罪行付出代价。

XV

卡莱罗，香蕉工人（哥斯达黎加，1940）

我不认识你。从法雅斯[2]的书里，我读到了

你的生平，一个黝黑的巨人，一个流浪的受苦的

　　褴褛的孩子。

从这些书页里，你的笑声你的歌声飞翔

在香蕉园里，在乌黑的泥里，在雨里汗里。

我们过的是什么样的生活：破碎的快乐，

恶劣的食物损害的体力，

贫穷的日子压倒的歌曲，

---

① 当时智利的一个政客。维克托是其兄弟。
② 卡洛斯·路易斯·法雅斯（1911—），哥斯达黎加作家，其小说《尤纳伊妈妈》描写香蕉种植园工人的悲惨生活。

被人所破坏的人的权利！

但是我们要改变这大地。你的快乐身影
不用再从沼泽走到沼泽，走向赤裸的死亡。
你的手和我的手联结起来，我们要改变
这个用绿色拱顶压盖住你的黑夜。

（这样地倒下去的死者的手
以及其他建设者的手
都被封闭起来，仿佛安第斯高原
埋藏的铁那么深。）

我们要改变生活，让你的后代
活下去，建设他们有组织的光明。

XVI

塞凡尔①的灾难

桑切斯，雷耶斯，拉米雷斯，努涅斯，
阿尔瓦雷斯；②这些名字仿佛智利的基石。
人民就是国家的基石。
要是让他们去死，祖国就要倾倒，

———————————

① 塞凡尔，智利城市，铜矿所在地。
② 都是普通人的名字。

就要流血，直至把鲜血流尽。

奥坎波[1]对我们说过：每一分钟

有一个人受伤，每一小时有一个人死亡。

每一分钟和每一小时

我们的鲜血都在流，智利就死了。

今天是火灾的烟，昨天是毒瓦斯，

前天是坍方，明天是大海或寒冷，

机器和饥饿，意外或酸气。

然而就是在那里，水手死了，

然而就是在那里，邦巴斯人死了，

然而就是在那里，在塞凡尔，失去了生命。

一切都是好好保护：机器，玻璃，

钢铁，纸张，

就是不管人，不管女人或孩子。

不是瓦斯，而是贪心，在塞凡尔杀害了人。

塞凡尔的这个水龙头关了起来，

不让一滴水流给矿工可怜的咖啡；

那里就是罪恶，火灾倒没有过错。

所有的地方都对人民关了水龙头，

让生命的水不再归大家所有。

但是，饥饿和寒冷和火灾

吞没了我们的种族，花朵，智利的基石；

破烂的衣服，贫穷的房屋，

用不着加以分配，永远有足够

---

[1] 维克托里亚·奥坎波（1893—），阿根廷女作家。

让每一分钟有一个人受伤，

每一小时有一个人死亡。

我们没有神仙可以依靠。

可怜的母亲穿着黑衣服

一边祈祷一边哭泣，流尽了眼泪。

我们不祈祷。

斯大林说："我们的最好财富

就是人。"

就是基石，就是人民。

斯大林挺身而起，扫除，建设，巩固，

保持，观察，保卫，培育，

然而他也惩罚。

这就是我要对你们说的，同志们：

需要惩罚。

不能让人类这样崩溃，

让亲爱的祖国这样流血，

每一分钟让人民的心

这样流血，每一小时

有一个人这样死亡。

我跟他们一样呼号，跟死去的人一样呼号。

我也就是拉米雷斯，摩涅斯，佩雷斯，费尔南德斯。

我就名叫阿尔瓦雷斯，努涅斯，塔皮亚，洛佩斯，孔特雷拉斯。[①]

我是所有的死去的人的亲戚，我是人民，

---

① 都是普通人的名字。

为了所有这些流出的血，我哀悼。

塞凡尔的同胞们，死去的弟兄们，

智利的死者们，工人们，兄弟们，同志们，

今天你们沉默了，我们要在一起谈谈。

你们的牺牲帮助我们

建设一个严厉的国家，

它知道怎么兴旺，也知道怎么惩罚。

XVII

名叫胡安的土地

解放者们的后面，是一个胡安①。

他干活，他捕鱼，他斗争，

在他的木工工场或者潮湿矿坑。

他的手犁过了土地，

量过了道路。

　　　　　　他的骨殖到处都是。

然而他活着。他从土地上回来。他诞生了。

他重新诞生了，好像一株永生的植物。

邪恶的黑夜企图把他淹没，

今天他的不可征服的嘴唇却在曙光中更加坚定。

他被绑住，今天他却决心做个兵士。

他被伤害，他却保持了苹果般的健康。

---

① 指人民。

他被割掉手，今天他却用手战斗。

他被埋葬下，他却来跟我们歌唱。

胡安，大门和道路是你的。
土地
是你的；人民，真理跟你一起
诞生，从你的血里。
他们不能把你消灭。
你的根子，是人类的树，
永恒的树，
今天以钢铁来保卫，
今天以你自己的伟大来保卫，
在苏维埃祖国，穿起甲胄，
对付垂死的狼的咬啮。

人民，从痛苦中产生命令。

从命令中产生你的胜利的旗帜。

以所有倒下的人的手举起它，
以所有联结起来的手保卫它；
前进，向着最后的斗争，向着星星，
你那不可战胜的脸的团结。

九

伐木者醒来吧

迦百农啊，你已经升到天上。

将来必推下阴间。

《路加福音》第十章第十五节

伐木者醒来吧^①（1948）

I

科罗拉多河^②之西，

有一处地方，我爱它。

我以搏动着流过我的一切，

以过去的一切，现在的一切，

保持的一切，倾心于它。

那里有巍巍的红色岩石，

千百只手的粗野的风，

把它形成了建筑的结构。

炫目的艳红从深渊升起，

照在它上面变成了铜、火和力量。

亚美利加铺展着，好似野牛的皮，^③

骑马驰骋的空阔明净的夜，

从那里向着高高的群星，

我饮了你的绿色露珠的杯子。

是的，从贫瘠的亚利桑那和崎岖的威斯康星，

直至挺立起迎向风雪的密尔沃基，

---

① 伐木者，指亚伯拉罕·林肯，青年时期曾以劈栅木为生。诗人
认为林肯是美国民主、自由的象征。他呼吁林肯重新出现，恢复民
主和自由。
② 科罗拉多河，在美国。
③ 美国的地形像一张野牛的皮。

或者在西棕榈激荡的沼泽，

临近塔科马的松林，①

在你的树木的钢那样沉重的气息里，

我行走，踩着大地母亲，

蓝的树叶，瀑布的石块，

像音乐那样颤动的飓风，

像修道院那样祈祷的河流，

鸭子和苹果，土地和流水，

无穷无尽的静寂，因为小麦在生长。

在那里，在我中央的石块上，我能向空中

伸展眼睛、听力、双手，直到听见

书籍、火车、雪花、斗争，

工厂、坟墓、草木、脚步，

以及曼哈顿②来的船上的月光，

纺织着的机器的歌声，

吞吃泥土的铁铲，

像兀鹰啄击那样的钻机，

以及不断的切割，锻压，滚动，焊接；

生命与齿轮的反复与生产。

我爱农民的小小家庭。刚生下孩子的

母亲在睡眠，芳香犹如罗望子的糖浆，

---

① 以上均美国的地名。
② 曼哈顿，在纽约附近。

新近熨过的衣服。炉火

在成千个葱头环绕的农家燃起。

（男人们在河边唱歌的时候，

声音粗哑，就像河底的石头。

烟草从阔叶子里出来，

仿佛火中的精灵，来到这些家庭。）

到密苏里①中部来吧，看看

干酪和面粉，芳香的木板，红得像提琴；

男人在麦海里航行，

刚上了鞍具的蓝色的马驹，

散发出面包和苜蓿的香气。

钟声，罂粟，铁工厂，

乡间杂乱的电影院，

爱情在产生于泥土的梦里

张开了它的牙齿。

我们所爱的是你的和平，不是你的面具。

你的武士的脸容并不美丽。

北亚美利加，你是美丽而辽阔的。

你来自贫寒的摇篮，像一个洗衣妇，

在你的河边，一片洁白。

你是在默默无闻中建成，

你的甜蜜来自你的蜂房的和平。

我们爱你的男子，他们的手

———————————

① 密苏里，美国的一个州。

被俄勒冈①的泥土染红；你的黑孩子

给你带来了在他象牙的村落

产生的音乐。我们爱

你的城市，你的物质，

你的光亮，你的机械化，

西部的能源，养蜂场和村落里的

宁静的蜜蜂，

拖拉机上高大的小伙子

从杰弗逊②继承下来的燕麦，

丈量你的海一样的土地的

喧闹发响的轮子，

一座工厂冒出的烟，

一个新居民地的第一千个吻。

我们所热爱的是你的勤劳的血，

你的满是油污的群众的手。

已经有很长时间，在草原的夜空下，

休息在野牛的皮上，保持着庄严的沉默，

那些音节，那支歌，

就是从前的我，就是从前的我们。

麦尔维尔是一株海上的枞树，

从它的树枝里产生出一条船的弧线，

一只木头的胳膊和船只。惠特曼

---

① 俄勒冈，美国的一个州。
② 汤姆斯·杰弗逊（1743—1826），美国政治家，1801—1809 年任总统。

无其数，犹如谷物。爱伦·坡是在他

数学的阴暗中。德莱塞，华尔夫，[①]

是我们自己的缺陷的新创伤。

最近死去的洛克里奇[②]，被束缚于深渊，

而其他的人，则束缚于阴暗。

在他们头上，这个半球的同样的黎明在燃烧，

从他们之中形成了现在的我们。

强壮有力的婴儿，盲目乱闯的首领，

在有时候很可怕的事件和丛林里

被快乐，也被痛苦所烦扰，

走下道路纵横的草原，

这从未有人来过的草原上有着多少死者。

受尽苦楚的无辜者，新近印刷的预言家，

都在草原的这张野牛皮之上。

从法兰西，从冲绳岛，从莱伊特[③]的

珊瑚礁（诺尔曼·梅勒[④]没有写下它），

从狂暴的风，从波浪滔滔，

几乎所有的小伙子都回来了。

几乎所有的……历史是惨绿的痛苦的，

泥泞的汗淋淋的。他们

---

① 麦尔维尔、惠特曼、爱伦·坡、德莱塞、华尔夫，均为美国著名诗人和作家。

② 罗斯·佛兰克林·洛克里奇（1914—1948），美国小说家，于1948年自杀。

③ 莱伊特，菲律宾的一个岛屿。

④ 诺尔曼·梅勒（1923—），美国作家，作品多以太平洋战争为题材，如《赤裸者与死者》。

没有听够礁石的歌唱，

也许还没有摸到它，就死在这些光亮而芳香的

花冠一样的珊瑚岛上。

血和粪，

污秽和老鼠，逼迫着他们，

以及他们那颗在战斗中疲乏而绝望的心。

可是，他们已经回来，

你接受了他们

在伸展的大地的广阔空间。

他们封闭了起来（那些回来的人）

以无数无名的花瓣，仿佛一个花蕾，

为了再生和忘却。[①]

II

但是，除此之外，他们还逢到

有一个客人在家里。或者是他们

带回来一双新的眼睛（从前是盲目的），

或者是茂密的树枝刺破了眼皮，

或者是亚美利加的土地上有了新的事物。

那些黑人，他们跟你一起战斗，

他们坚强，微笑。瞧吧：

一个燃烧的十字架

[①] 美国的青年，从第二次世界大战的战场上回来，开阔了眼界，却受到国内反动势力的压迫。

竖立在他们家屋门前；

你的骨肉兄弟被吊起，被烧死。

人家叫他去打仗，今天却不让他

说话和表决。黑夜里

戴着头罩的刽子手聚集在一起，

拿着十字架和鞭子。

（这是在海外作战

时听见的另一件事。）

一个出乎意料的客人

好像一只癞皮的老章鱼，

那么庞大，盘绕着，

占住了你的家，兵士；

报刊喷吐出陈旧的在柏林提炼的毒液。

那些报刊（《时代》《新闻周刊》，等等）

变成了造谣的黄色报纸。赫斯特[1]，

曾经向纳粹唱过情歌的那个人，

微笑着正在磨利他的爪子，

为了让你重新出去，

到珊瑚岛去，到草原上去，

为那个占住了你屋子的客人打仗。

他们不给你休息；他们要继续出售

钢铁和子弹，准备新的火药，

必须立刻卖掉，要抢在新鲜火药

---

[1] 美国报刊业托拉斯的大资本家。

出现，落到新的手中之前。

老板们在你的大厦里

伸长毒牙到处盘踞，

他们喜欢那黑暗的西班牙①。献给你

血一杯（一个人，一百个人被枪杀）："马歇尔鸡尾酒"。

选择年轻的血：

中国的农民，

西班牙的囚徒，

古巴糖厂的血和汗，

智利铜矿和煤矿的

妇女的眼泪，

然后使劲地搅，

仿佛棍棒在拷打，

别忘了冰块，再加几滴

《我们保卫基督教文明》的歌。

这样的混合物是苦的吗？

你会得习惯于喝它的，小小的士兵。

在世界上的任何地方，在月光下，

或者在山上，在豪华的旅馆里，

您就叫来这种饮料，它强身提神，

然后用一张印着

华盛顿肖像的钞票付款。

---

① 指当时佛朗哥统治的西班牙。

你也会逢到那个查理·卓别林，

世界上具有温情的最后一个父亲，

他不得不逃跑。那些作家（霍华德·法斯特[1]等等）

学者和艺术家，

在你的土地上，

因为"非美"的思想，

不得不坐下受审判，面对

一个发了战争财的商人的法庭。

恐怖达到了世界上最后的一个角落。

我的姑妈读着这些新闻而惊讶，

大地上所有的眼睛正在注视

这种无耻的报复的审讯。

这是血污的白璧德[2]们的法庭，

是奴隶主们，暗杀林肯的凶手们的法庭，

是现在建立起的新的宗教裁判所，

并非为了十字架（那也是可怕而无法解释），

而是为了圆圆的金币，

正在妓院和银行的桌子上叮当响的金币，

它没有权力进行审判。

在波哥大，莫里尼戈，特鲁希略，

贡萨莱斯·魏地拉，索摩查，杜特拉，开了会，

　　叫了好。

---

[1] 霍华德·法斯特（1914—），美国作家。
[2] 白璧德，美国作家辛克莱·刘易士（1885—1951）在1922年出版的小说《白璧德》里的主要人物，一个投机发财的地产经纪人。

你，年轻的美国人，不认识他们。

他们是我们天空下的阴暗僵尸，

在他们羽翼的阴影下，

                只有痛苦，

监狱，牺牲，死亡，仇恨。

南方的土地以石油和硝石

孕育了恶魔。

          智利的夜间，

在洛塔，在矿工的贫穷潮湿的家里，

来了刽子手的命令。孩子们

惊醒而哭泣。

            他们成千地

被关进监狱，在思索。

               在巴拉圭，

密集森林的阴影里，埋藏着

被谋杀的爱国者的骨殖。

一声枪响，

响彻夏天的磷光。

           真理

在那里死亡。

         为什么你们

不去干涉圣多明各，去保卫西方，

范登堡先生，阿莫尔先生[1]，马歇尔先生，赫斯特先生？

---

[1] 亚瑟·范登堡（1884—1951），美国参议员。诺尔曼·阿莫尔（1887—），美国外交官，曾任驻拉丁美洲一些国家的大使。

为什么在尼加拉瓜，总统先生

竟然晚上醒来，惊慌失措，

不得不逃走，在流亡中死去？

（那里有香蕉要保卫，而不是"自由"，

因此，有个索摩查就足够。）

　　　　　　　　　　　　这种"伟大的"

胜利的思想也到了希腊和中国，

为了援助那些地毯一样肮脏的污秽的政府。①

　　唉，小小的士兵啊！

III

我也远离了你的土地，亚美利加；

我行走，带着我的家流浪，飞翔，步行，

歌唱，谈话，一天接着一天。

在亚洲，在苏联，在乌拉尔，我停留，

饱尝了寂寥和树脂的心灵在扩展。

我爱人们创造的爱情和斗争

在空间所造成的一切。

我在乌拉尔的房屋

仍然被松树的古老夜晚所围绕，

寂静得仿佛在高高的柱子上。

在这里，小麦和钢铁

---

① 指当时美国支持蒋介石政府。

从人的手，从他的胸中产生。
锤子的歌唱欢跃了古老的森林，
犹如一种崭新的蓝天的景象。
从这里，我眺望人们的广袤的地区，
一幅儿童与妇女，爱情
工厂和歌声的地图；学校闪着光，
仿佛紫罗兰在林莽，
到昨天，那里还是野狐的居所。
从这一点，我的手拥抱着一幅地图，
那里有青翠的草原，上千家工厂的烟雾，
纺织物的香气，
对被控制的能量的赞赏。
傍晚，我走着新近规划的
新的道路归来。
走进了厨房，
那里白菜汤在沸腾，
那里出来了一股新的泉源流向世界。

在这里，小伙子们也回来了，
但是有好几百万留在后面，
被钩子钩着吊在绞架上，
被特制的炉子烧成灰，
被毁尸灭迹直至只剩下
记忆中的一个名字。
他们的村镇也被谋杀了，

苏维埃的土地被谋杀了。

千百万片玻璃和骨殖混合在一起。

乳牛和工厂，甚至春天，

都消失不见，被战争吞没。

尽管如此，小伙子们还是回来了，

对建设祖国的热爱，

在他们身体里渗进了那么多的热血；

他们从血脉里说着"祖国"

以热血歌唱苏维埃联盟。

普鲁士和柏林的征服者们

声音高昂，他们回到家园，

为了使城市，

牲畜，春天，获得新生。

华尔特·惠特曼，抬起你草叶的胡子，

跟着我一起看望，从树林里，

从这些芳香的伟景里。

华尔特·惠特曼，你看见那里有什么？

我的深沉的兄长对我说：

我看见工厂怎么在干活，

在死者难以忘怀的城市，

在纯洁的首都，

在光辉灿烂的斯大林格勒。

我看见从战斗的原野，

从痛苦中，从烈火中，

在黎明的潮湿里，

诞生了一架拖拉机，

轧轧地响着驶向田地。

华尔特·惠特曼，把你的声音给我，

把你埋在土里的胸怀的重量，

把你脸容的庄严的银须给我，

让我歌唱这些重新开始的建设！

我们一起歌唱所有的

从痛苦中挺立起来的

从长期的沉默中

从庄严的胜利中升起的

一切：

斯大林格勒，扬起你钢铁的声音，

让希望一层一层地再生，

如同一座集体的房屋。

有一阵震动重新在进行，

教导着，

歌唱着，

建筑着。

斯大林格勒从鲜血中升起，

仿佛一支流水、石块、钢铁的交响乐队；

面包在面包房里再生，

春天在学校里再生，

搭起新的脚手架，长起新的树木，

而古老坚强的伏尔加河正在搏动。

这些书籍，

在松木杉木的新书架上，
是在死了的刽子手的坟墓上
收集起来的。
这些剧院，建筑在废墟上，
盖住了牺牲和抵抗。
书籍是那么明亮，仿佛纪念碑，
一本书关于一个英雄，
关于每一毫米的牺牲，
关于这不朽的光荣的每一片花瓣。

苏维埃联盟，如果我们
把你斗争中流出的所有鲜血集合一起，
把你像母亲那样，为了使
受苦者自由活着而给予世界的一切
集合一起，我们就会有一个新的海洋，
从来没有那么大，
从来没有那么深，
像所有的河流那样活泼，
像阿劳加火山的火焰那样活跃。
所有的大地上的人，
把你的手伸到这个海洋里来，
然后举起，在里面溺死
那些忝事的，那些污辱的，
那些欺骗的，那些诬蔑的，
那些跟西方垃圾堆里的

成百条狗伙同辱骂你的血的人，
自由者的母亲啊！

在乌拉尔松林的芳香里，
我看着图书馆在
俄罗斯的心脏诞生，
看着实验室在宁静中工作，
看着木材和歌唱满载在列车上，
驶向新的城市；
在这种香膏般的和平里
增涨出一种搏动，仿佛在新的胸膛里。
姑娘们和鸽子们回到草原，
扰动了一片白色，
橘树林里挂满了黄金。
现在，市场上
每天早晨
有着新的芳香，
一种新的芳香，来自高原，
在那里，牺牲者最伟大。
工程师们以他们的数字
使广大平原的地图颤动；
管道好似长蛇，弯曲蟠绕在
新的冬天的冒着水汽的田野上。

在古老的克里姆林宫的三间房间里，

住着一个人名叫约瑟夫·斯大林。

他的房间的灯总要很晚才熄灭。

世界和他的国家不让他休息。

别的英雄们曾经使一个国家诞生，

他却还要帮助他的国家孕育，

还要建设它，

还要保卫它，

因此，他的辽阔的国家就是他自己的一部分，

他不能休息，因为它不休息。

从前的日子，在风雪和沙尘里，

看见他面对那些老匪帮，

他们想（就像今天又想的那样）

恢复农奴们的鞭笞、贫困和苦难，

那千百万穷人的沉睡了的苦痛。

他对抗那些弗朗格尔们邓尼金们，[①]

从西方派来"保护文明"的人。

这些刽子手的保护者们，

在这里留下了他们的皮；

在苏联的广大国土上，斯大林夜以继日地工作。

但是后来，来了一阵枪弹的浪潮，

张伯伦[②]所豢养的德国人。

斯大林在整个漫长的战线上抵抗他们，

在撤退的时候，在进攻的时候，

---

① 弗朗格尔、邓尼金，均十月革命时白匪军的将军。
② 张伯伦（1869—1940），英国首相，1938年与希特勒签订《慕尼黑协定》。

直至他的子弟们像一股人民的风暴

横扫柏林，带来了俄罗斯广大的和平。

莫洛托夫和伏罗希洛夫，

在那里，我看见他们，

跟别人一起，那些高大的将军，

不可征服的人。

坚定得像雪中的橡树。

他们谁也没有宫殿。

他们谁也没有一队队的奴隶。

他们谁也没有在战争中

出卖血而发财。

他们谁也没有像一只孔雀那样

来到里约热内卢或者波哥大，

指使小小的酷刑沾手的坏蛋。

他们谁也没有两百套衣服。

他们谁也没有军火工厂的股票，

却都有份

参与

这个广大国家的欢乐和建设；

那里，照耀着

从死亡的黑夜里升起的曙光。

他们向全世界称"同志"。

他们使木匠成了国王。

这只针眼里一匹骆驼穿不过。

他们洗净了村镇。

他们分配了土地。

他们救出了奴隶。

他们清除了乞丐。

他们消灭了残暴。

他们在无垠的黑夜里发出了光明。

因此，对你，阿肯色斯的姑娘，或者

更好是对你，西点的金黄头发小伙子，

或者最好是对你，底特律的技师，

或者对你也好，老奥尔良的搬运工，①

我对你们大家说话，我说：确定道路，

向广大的人类世界张开耳朵。

不是国务院的绅士，

也不是钢铁的凶恶老板，

在对你们说话，说话的是一个

来自亚美利加南端的诗人，

巴塔戈尼亚一个铁路工人的儿子，

跟安第斯山的空气一样，是亚美利加的。

今天我是一个逃亡者，逃出了祖国，

在那里，监狱，折磨，痛苦在统治，

而同时，铜和石油慢慢地变成

黄金，落到远处的君主的手里。

你并非

---

① 阿肯色斯、西点、底特律、奥尔良，均美国地名。

那尊偶像，一手握着金子，

另一手拿着炸弹。

你就是

我，就是从前的我，就是我们应该

保护的亚美利加最纯洁的

友爱的底层泥土，大街小巷

来来往往的朴实的人。

我的兄弟胡安卖鞋，

跟你的兄弟约翰一样。

我的姊妹胡安娜削土豆，

跟你的表妹简妮一样。

我的血是矿工水手的血，

跟你的血一样，彼得。

你和我，我们去打开大门，

让乌拉尔的空气进来

穿过墨水的幕。

你和我要去对狂暴的人说：

"亲爱的小家伙，到此为止，不许过来。"

远处的土地属于我们所有，

那里不要听见机关枪子弹的嘘声，

而要听见一支歌，

一支歌，再一支歌，还一支歌。

IV

可是，北亚美利加，要是你武装你的军队，

冲破这道干净的国界，

派来芝加哥的屠夫，

来统治我们所爱的

音乐和秩序，

        我们就要从石头里空气里

冲出来咬你，

        从最后一扇窗户里

跳出来向你扔火，

          从最深最深的浪涛里

蹦出来用荆棘刺你，

          从犁沟里突出来

用种子像哥伦比亚的拳头那样揍你。

我们会出来，断绝你的面包和水；

我们会出来，推你进地狱里烧死。

因此，别把你的脚掌

踩上甜蜜的法兰西，兵士，因为，

我们在那里，会把绿葡萄变醋，

可怜的姑娘会指给你看，

那地方，德国人的血犹未干。

别爬上西班牙干旱的山岭，

因为每一块石头都会变成火，

在那里，勇敢的人战斗了一千年。

别在橄榄树林里迷了路，

因为你会回不了俄克拉何马。

但是你也别走进希腊，

甚至今天你叫它流的血，

也会从土地上涌起把你挡住。

因此，你别到托科比利亚打鱼，

因为剑鱼也知道你在劫掠，

而阿劳加尼亚来的黑脸矿工，

正在寻找古老的利箭，

它埋在地下等待着新的征服者。

别相信唱着一支维达利塔的加乌乔，

也别相信冷藏库的工人。他们

到处都是警惕的眼睛和拳头，

如同那些委内瑞拉人，正在等着你，

同时手里拿着一只吉他和一瓶汽油。

你也别走进，别走进尼加拉瓜，

桑地诺在丛林里酣睡直到今天，

他的枪满是藤萝和雨水，

他的脸没有了眼皮，

但是你把他杀害的伤口依然鲜明，

如同波多黎各的那些手，等待着

刀丛中的光明。

        对于你们，世界毫不容情。

不仅岛上不会有人，而且空气

也知道自己喜欢说的语言。

你别到秘鲁高原寻求人肉，

我们的血统的甜蜜的祖先，

在古老废墟的腐蚀的雾霭里，

磨着他们紫水晶的剑来对付你。

山谷中，粗犷的战斗的号角，

召集着武士们，阿马鲁投石的子孙。

也不要到墨西哥的崇山峻岭找人，

想把他们带去进攻黎明，

萨巴塔的步枪没有睡觉，

而是擦了油，对准着得克萨斯①的土地。

别进入古巴，在海上的光辉里，

在汗水淋漓的甘蔗田里，

有一道暗黑的目光守候着你，

一声喊叫，直至杀死或者死去。

　　　　　　　　　别来到

喧闹的意大利的游击队的地方，

别走出你在罗马豢养着的

穿茄克的兵士的行列，别经过圣彼得教堂。

那边远处，村镇里的粗野圣徒，

打鱼的水手圣徒，他们

热爱大草原上那个伟大的国家，

---

① 得克萨斯，美国的一个州。

那里新的世界正在开花。

别去踩

保加利亚的桥梁，它们不会让你通过。

罗马尼亚的河流里，我们倒进了沸腾的血，

为了把入侵者烧死。

别去向农民招呼，今天他知道

地主的坟墓在哪里；他用犁头和步枪

在警戒；别看他，因为

他会像颗星那样把你燃灼。

别到

中国登陆，那里已经不是那个雇佣兵蒋介石，

被他官僚的腐朽小朝廷簇拥着；

在那里等着你的是一片

农民的镰刀的丛林和火药的火山。

在别的战争里，有的是灌满水的壕沟，

后面是密密麻麻的铁丝，带着尖刺和钩子；

但是这一条壕沟更加宽，灌的水更加深，

这些铁丝比别的所有金属更加难以制服。

它们是人类的金属的一个原子和另一个原子，

它们是无数生命的无数纽结的一个纽结；

是无数人民的古老的痛苦，

来自所有的远远的山谷和地区，

来自所有的旗帜和船只，

来自所有他们堆积在一起的坑穴，

来自所有他们带出来对付风暴的渔网，

来自所有大地上崎岖的起伏，

来自所有地狱一样的炙热大锅，

来自所有的工厂和作坊，

来自所有破毁或者装配的火车头。

这道铁丝网上千次地围绕世界，

好像被割断了，被拔掉了，

却突然以它的磁力又连接起来，

直至布满大地。

然而，在远处，仍然有

容光焕发的，坚定的，

钢铁般的，笑容满脸的，

准备歌唱或者战斗的

冰野和苔原上的男人和女人，

正在等待着你；

他们是征服了死亡的伏尔加的战士，

斯大林格勒的儿子，乌克兰的巨人，

都是一道石头和热血，钢铁和歌唱，

勇敢和希望凝成的宽阔高墙。

你要是敢去碰碰这堵墙，你就会跌倒，

烧得就像工厂里的煤炭，

罗彻斯特①来的微笑就会黯然，

后来被草原的风播散，

后来被白雪永远埋没。

---

① 罗彻斯特，美国的城市。

那些从彼得①时就斗争的人会跑来，

还有新的英雄使大地惊动，

他们把他们的奖章变成冰冷的小小子弹，

不断地嘘嘘嘶叫，

飞过这今天是欢乐的辽阔大地。

从藤萝覆盖的实验室里，

也将跃出释放的原子，

直指你们的傲慢的城市。

V

但愿这种事别发生。

让伐木者醒来吧。

让亚伯拉罕带着他的斧子

带着他的木盘

来跟农民一起就餐。

让他的树皮脑袋，

让他的看着木板的眼睛，

看着橡树皱纹的眼睛，

升高到树叶之上，

比水杉还要高，

回过来瞧瞧世界。

让他走进药房买东西，

---

① 彼得，指彼得大帝。

让他坐上公共汽车去坦帕①，

让他咬一只黄苹果，

让他进了电影院，

跟所有的老实人说话。

伐木者醒来吧。

让亚伯拉罕来，让他古老的酵母，

使伊利诺斯碧绿金黄的土地②

发酵膨胀，

在他的村子里举起斧子，

反对新的奴隶主，

反对奴隶挨的鞭子，

反对新闻界的毒汁，

反对他们要出卖的

血腥的商品。

让白人青年，黑人青年

唱着歌，欢笑着前进，

冲向黄金的墙，

冲向仇恨的制造厂，

冲向出卖他们的血的商人，

唱着歌，欢笑着，取得胜利。

---

① 坦帕，美国城市。
② 林肯的青少年时代在伊利诺斯州度过，后以担任该州州议员开
始政治活动。

伐木者醒来吧。

VI

给和平予正在到来的黎明。

给和平予桥；给和平予酒。

给和平予寻找我的诗句，

它们在我的血里升起

让古老的歌与土地、爱情纠缠。

给和平予早晨的城市，

这时候面包醒来了。

给和平予密西西比河，根子的河。

给和平予我兄弟的衬衫。

给和平予书籍，仿佛一个空气的印记。

给和平予基辅的巨大集体农庄。

给和平予这些死者的骨灰，

还有那些死者的骨灰。

给和平予布洛克林乌黑的钢铁。

给和平予邮差，像日子那样一家走一家。

给和平予芭蕾舞的导演，

他用喇叭向常春藤姑娘喊话。

给和平予我的右手，

它只想写罗萨里奥。①

给和平予那个秘密的玻利维亚人，

---

① 布洛克林、罗萨里奥，美国城市。

他好像一块锡的矿石。

给和平予你，让你结婚。

给和平予比奥比奥河所有的锯木厂。

给和平予西班牙游击战的

破碎的心。

给和平予怀俄明①小小的博物馆，

那里面最甜蜜的东西

是一只绣着一颗心的枕头。

给和平予面包师和他的爱情，

给和平予面粉；给和平予

一切应该生长的小麦。

给和平予寻找树丛的爱情。

给和平予所有的活着的人，

所有的土地和流水。

我在这里告辞，回到

我的家，回到我的梦，

回到巴塔戈尼亚，在那里

大风吹袭畜栏，

海洋喷洒白雪。

我不过是一个诗人，爱你们大家，

流浪在我所爱的世界上。

在我的祖国，矿工被监禁，

军人指挥着法官。

———————

① 怀俄明，美国的一个州。

但是我爱我的寒冷的小小的
国家，直至深深的根子。
如果我得去死千百次，
我愿在那里死去。
如果我得诞生千百次，
我愿在那里诞生。
靠近野生的阿劳加里亚树，
靠近南来的狂风，
靠近新近购买的钟，
但愿谁也不要想我。
我们要想所有的大地，
以爱情敲着桌子。
我不愿意让热血
再浸湿面包、豆子和音乐。
我愿意大家跟我一起去，
矿工，女孩子，律师，
水手，以及玩偶的制造者。
我们走进电影院；我们
出来，去喝最红的酒。

我不是来解决什么。

我到这里来是唱歌，
为了让你跟我一起唱。

十

逃亡者

逃亡者（1948）

I

在深沉的夜晚，在整个的生活，
眼泪滴在纸上，换着各种衣裳，
这些压抑的日子里，我行走。
我是警察追捕的逃亡者。
在明净的时刻，
在寂寞的繁星之下，
我穿过城市，森林，
村落，港口；
从一个人的家门走向另一个人的家门，
从一个人的手转向另一个人的手。
黑夜是那么肃穆，但是人们
已经放置了他们友好的信号。
从道路上阴影里盲目的摸索，
我来到明亮的门口：这一点
归我所有的星星，这一块
在森林里没有被狼
吞吃的面包。

有一次，到一户人家，在田野里，
我是天黑了才到的。这个夜晚之前，

我还没有见过一个人，

也没有发现这里还有人居住。

他们干的什么，他们过的日子，

在我的认识里都那么新鲜。

我进去；他们一家五口人，

像黑夜里的一场火灾，

把他们都惊起。

        握着一只手，

另一只手；看见一张脸，另一张脸；

他们什么也没有对我说：他们是

我从前没有在街上看见的门，

是不认识我的脸的一双双眼睛。

深夜，我刚刚被接纳，

就疲乏地躺下，

在为我祖国的忧伤中，我入睡。

睡梦来到的时候，大地上

无数的回声，以及嘶哑的狗叫，

寂寥的细丝，夜晚继续流逝。

我在想："我是在什么地方？他们是谁？

为什么他们今天收留我？

为什么他们，直到今天没有见过我，

却敞开他们的家门，保护我的歌？"

谁也没有回答，

只有落叶的黑夜的呢喃，

蟋蟀所建筑的声音的织物。

整个夜晚，几乎

好像在叶丛里颤动。

夜晚的大地，把你的嘴唇

凑到我的窗前来吧，

让我甜甜地入睡，

仿佛落在成千的树叶之上，

从一个季节到另一个季节，从一个巢

到另一个巢，从一根树枝到另一根树枝，

直至忽然沉沉睡去，好像

一个死者埋在你的根子里。

II

那是葡萄成熟的秋季，

累累无数的葡萄架在颤动。

白葡萄串遮遮掩掩，

它们甜蜜的指头上凝着霜，

而黑葡萄串则让它们

小小的乳头鼓鼓地注满了

一条浑圆的秘密的河。

这一户的家长，一个脸容瘦削的

手艺人，给我念着一本

黎明的日子里的

大地的苍白的书。

他的慈祥，了解这种果实，
从树干到树枝，以及
修剪树枝的工作，让树
留下赤裸的杯子的形状。
他对马匹说话，就像
对着高大的子女；
五只猫和这户人家的狗，
总是在他后面跟着；
有的弯起背，懒洋洋地，
有的发疯似的奔跑，
在寒冷的桃树下。
他熟悉每一根枝条，
每一株树的疮疤。
他用苍老的嗓音教我，
一面抚爱着马匹。

III

于是我再一次来到黑夜里。
穿过城市，在安第斯山的夜晚，
丰沛的夜晚，开放它的玫瑰
在我的衣服上。
　　　　　那是南方的冬季，
白雪积上了它高高的台座，
寒冷以千百支冰针在烧灼。

马波乔河是黑色的冰雪。
我是在暴君玷污的城市里
一条条沉默的街巷之间。
啊！我就像这沉默本身，
看见了多少爱，多少爱
通过我的眼睛落进我的胸怀。
因为这条街和那条巷，
以及雪中夜晚的门楣，
人们午夜的寂寥，还有我的人民，
沉沦，黑暗，守在死者身旁，
这一切，以及最后一个窗户里
那一道胆怯的小小的光，
那栉比鳞次的房屋接房屋，
像乌黑的挤紧的畜栏，
以及我的土地上从不停息的风，
都是属于我的；这一切
在沉默中，举起
一张充满着吻的爱的嘴
向着我。

IV

一对青年男女打开了门，
我从前也并不认识他们。

　　　　　　　她，

金光灿烂仿佛六月，而他，

则是一个眼界很高的工程师。

从此，我跟他们分享

酒和面包，

　　　　　逐渐逐渐

达到了原来不了解的他们的内心。

他们对我说："我们已经

离婚；

我们的分歧已是永恒。

今天我们会合着为了接待你，

今天我们在一起盼望你。"

这里，在小小的房间

团结起的我们，

我们构成了静默的堡垒。

我保持静默，甚至在睡梦中。

我是正处在

城市的掌心里，几乎听得见

卖国贼的脚步；贴着

隔开我的墙壁，我听见

狱卒的龌龊的声音，

他们强盗般的笑声，

他们醉酒时的话声，

夹杂着射进我祖国腰间的枪弹声。

奥尔赫尔和波夫莱特们[1]的饱嗝

几乎擦着了我静默的皮肤。

他们的拖沓的脚步，几乎

触到了我的心和心的篝火。

他们把我的人送去受折磨，

我却保持着我的剑的健康。

于是又一次，在黑夜，再见，伊雷内，

再见，安德雷斯，[2]再见，新朋友，

再见，脚手架，再见，星星，

再见，我窗户对面

也许还未曾完工的房屋

仿佛挤满着线条的幽灵。

再见，大山的最后一个高峰，

每天傍晚吸引着我的眼睛。

再见，霓虹灯的绿光

它闪烁着，展开了每一个新的夜晚。

V

又 次，又 个黑夜，更加遥远。

海边都是山岭，

宽阔的海岸伸向太平洋，

然后是曲曲弯弯的街道，

---

① 奥尔赫尔、波夫莱特，均贡萨莱斯·魏地拉的党徒。
② 伊雷内、安德雷斯，即这两个青年的名字。

街道连着小巷，瓦尔帕莱索。

我走进水手们的一个家。

那位母亲正在等待着我。

"昨天我才知道，"她对我说，

"儿子对我说了；聂鲁达这个名字

好像一阵寒战，流遍我全身。

可是我对他说：'有什么东西，

孩子，我们可以贡献他？'

'他属于我们，属于穷人，'他回答，

'他不会嘲笑，不会轻视

我们贫穷的生活；他举起它，

他保卫它。'我对他说：'好吧，

从今天起，这就是他的家。'"

这个家庭里，没有人认识我。

我瞧着干净的桌布，清水的水罐，

仿佛这种生活，张开了水晶的双翼，

从夜晚的深处，

来到了我这里。

我走到窗前，瓦尔帕莱索睁开了

千千万眨动的眼皮，夜晚

海上的空气进入我的嘴里；

山丘上的光，海上月亮

在水面的颤动；

黑暗像一个君王

装饰着青绿的钻石；

这一切都是生活给予我的

新的休息。

　　　　我瞧见：餐桌摆好，

面包，餐巾，清酒，白水，

以及一种泥土的芳香和柔情，

使我这兵士的眼睛湿润。

在瓦尔帕莱索的这扇窗畔，

我过着白天和黑夜。

我这个新的家的水手，

每天寻找着

一条能够搭载的船。

　　　　　　他们被骗

一次又一次。

　　　　阿托梅纳号

不能带他们，苏丹娜号

也不行。他们对我解释；

他们付了贿赂或者头钱，

给这一个和那一个官员。别人

却给得更多。

　　　　　一切都已腐败，

如同圣地亚哥的宫廷。

在这里，班长的口袋，

秘书的口袋，都张着口，

尽管不如总统的口袋

那么大，但是照样

咬啮穷人的骷髅。
悲惨的共和国，遭到
盗贼，鞭挞，像一条狗，
遭到警察踢打，
孤零零地在大路上号叫。
悲惨的国家被贡萨莱斯霸占，
被赌棍们抛进
告密者的呕吐物，
在破烂的街头出售，
在拍卖场上拆散。
悲惨的共和国，落进了
那个人的手里，他出卖
自己的儿女，自己的祖国，
创伤，沉默，捆绑，交了出去。
两个水手回来了，又走了，
肩头上扛起
麻袋，香蕉，食物，
怀念着海浪的盐，
水手的面包，高爽的天空。

在我孤独的日子，
大海远远离开，于是我瞧着
山丘上生命的火焰，
每一座房屋悬在山边，
那是瓦尔帕莱索的脉搏。

高高的山丘间充溢着生命，

门户漆成宝蓝、殷红和玫瑰，

掉了牙的梯级，

一串串贫穷的门户，

破毁的居室，

迷雾和烟尘，展开它含盐的网，

掩盖了一切事物；

绝望的树木

紧抓住峡谷，

人们无法居住的大厦的胳膊，

挂着洗晾的衣服。

突然嘶哑的汽笛声响，

召唤码头的儿子。

盐水的声音，迷雾的声音，

来自大海的声音，

由敲打和人语组成。

这一切包围着我的身体，

仿佛一身新的泥土的服装。

我居住在高山的雾里，

居住在贫苦人高山的村落。

VI

山岭的窗户啊！瓦尔帕莱索，冰冷的锡，

在一声呼喊和人群的石块下破碎！

从我躲藏之处，跟我一起瞧，

那船只密布的灰色港口，

月光下微微波动的海水，

以及一动不动的钢铁仓库。

在那遥远的日子，

瓦尔帕莱索，你的海面

满泊着骄傲的狭长的船，

装着沙沙小麦的五樯桅船，

满载硝石的船，

从结成姻缘的各大洋来的船，

都来到你这里，堆满你的库房。

水手时代的快船，

漂洋过海的商船，

海上夜间飘动的旗帜，

给你带来乌木，

洁白明净的象牙，

咖啡的芳香和另一个月亮下夜的芳香，

瓦尔帕莱索，向着你危机隐伏的安宁

它们来到，以香气围裹着你。

波托西号装满硝酸盐，

颤抖着驶向海洋，驶向鱼和箭，

驶向汹涌的蓝水，柔弱的鲸鱼，

驶向大地上另一些黑暗的港口。

南方的夜，落到卷起的帆上，

落到船首雕像

高耸的乳峰上，

落到船的护佑女神

那上下起伏的船首的脸上。

瓦尔帕莱索全部的夜，

世界上南方的夜，已经降临。

VII

那是邦巴斯草原上硝石的黎明。

这种肥料的星球在搏动，

直至使智利充满，仿佛

一艘船，装满雪一样的货物。

今天我看着，过去的一切

还有多少留下，太平洋的沙滩上

已经渺无痕迹。

        瞧瞧我看到的吧，

零星的碎屑，

留在我祖国的喉咙口，

仿佛一条脓液的项圈，黄金的雨。

旅行者啊，让我陪伴你，

这种透视般的一动不动的目光，

盯视着瓦尔帕莱索的天空。

智利人，艰苦的祖国的

黝黑的儿子，

生活在垃圾和南风里。

破碎的玻璃，损坏的屋顶，

倒塌的墙壁，癞皮的白灰，

歪斜的门户，泥泞的地面，

勉强能够在

土地的痕迹上站住。

瓦尔帕莱索，肮脏的玫瑰，

海上的瘟疫的棺材！

不要用你荆棘的街道，

用你一圈崎岖的小巷，伤害我，

不要让我看见

被你致命沼泽的贫穷杀害的儿童！

我为你痛苦，我的人民，

我整个亚美利加的祖国，

你的骨头一根一根地被啃咬，

让你被泡沫所围绕！

仿佛一个可怜的破碎的女神

在她破裂的甜蜜的胸膛上

有群饿狗在撒尿。

VIII

我爱，瓦尔帕莱索，你所包含的

你所放射的，海洋的新娘啊，

甚至你默默的光晕之外最远的一切。

我爱那强烈的光，你用来

款待黑夜里海上的水手，

那时候你是——柑橘花的玫瑰——

光辉而赤裸，火焰和雾霭。

别让任何人来，拿着混乱的锤子

敲打我所爱的，说是保护你。

谁也不行，只有我这个人，是为了你的秘密；

谁也不行，只有我的声音，是为了

你的敞开的串串露珠，为了你的石级，

在那里，大海的发咸的母性吻着你；

谁也不行，只有我的嘴唇

在你汽笛声的寒冷冠冕上

升起到高山的空气中，

海洋的爱情啊，瓦尔帕莱索。

你是世界上一切海岸的皇后，

波浪和船舶的真正的中心；

你对我，就仿佛明月，

仿佛树林里指明方向的风。

我爱你罪恶的大街小巷，

爱你山岭上一弯匕首的新月，

爱你广场上水手们

检阅着春天的蔚蓝。

我求你，我的港口，你要明白，

我有权利，

描写你的善良，你的邪恶；
我就像痛苦的灯
照亮着破碎的瓶子。

IX

我跑遍了著名的海洋，
跑遍每一个岛屿的新婚的花蕊；
我不像个文人更是个水手，
我行走，行走，行走，
直到最后的一点泡沫，可是
你那海洋的透人心脾的爱情，
从未有过地铭刻于我。
你是伟大海洋里
山那么高的
脑袋的首府，
在你森滔罗那样蔚蓝的臀部，
你的郊区发出
玩具店红蓝色图画的光彩。
你可以被装进一只水手的瓶子，
连同你那些小小的房舍，还有拉托雷号轮船，
它像只被单上灰色的熨斗；
要不是因为从更加辽阔的海上
来了大风暴，
　　　　冰雪的飓风的

绿色的打击，你的被震撼的

土地的苦楚，

地下埋伏的恐怖，

来自所有大海的波浪冲向你的火炬，

把你变成一大块阴暗的岩石，

风暴中泡沫堆成的教堂。

我向你宣告我的爱情，瓦尔帕莱索，

等到你和我重新自由，

我要回来住在你的十字路口，

你，在你的海与风的宝座上，

我，在我湿润的哲理的土地上。

我们要看着自由，它怎么

从海和雪中间升起。

瓦尔帕莱索啊，孤独的女王，

孤独地在海洋南方的

孤独的寂寥之中，

      我望着

你高处的每一块黄色的岩石，

摸着你的奔腾的脉搏；

你的港口的双手拥抱我，当我的心灵

在夜晚的时刻祈求你的时候；

我记得你，在你的王国喷洒出的

蓝色火焰的光亮中进行统治。

在沙滩上，没有别的能够像你，

南方的金枪鱼，水中的女王。

X

于是，就这样，一夜接一夜，
那漫长的时光，黑暗笼罩在
智利所有的海岸，我这个逃亡者
从一个门口走到另一个门口。
在祖国的每一道皱纹上，
总有另一些贫寒的家，另一些手
等待着我的脚步。
　　　　　　　你在这门口，
这油漆剥落的墙前，
这花朵枯萎的窗下，
走过一千次，也不会对你说什么。
这秘密是为了我，
为了我而搏动，
它是在煤炭的区域，
被牺牲者的血浸湿；
它是在海岸的港口，
连接着南极的岛屿；
它是，听着，也许就在
这条喧闹的街上，
在街上旋律的音乐中间，
在公园旁边的窗户里，
谁也没法跟别的窗户区别；
它等待着我，以一盘清汤

以及以桌子上的一颗心。
所有的门户都属于我，
所有的门都在说："他就是我的兄弟，
请把他带到这个贫苦的家里。"
这时候我的祖国
正受到那么多的折磨，
犹如一架痛苦的葡萄压榨机。
来了那矮小的铁皮匠，
来了那些姑娘的母亲，
那个朴实的农民，
那个做肥皂的工人，
那个甜蜜的女作家，
那个像昆虫一样
钉住在寂寞的办公室里的青年；
他们都来了，他们的门口
都有一个秘密的记号，
一把像一座塔那样
保护着的钥匙，为了让我立即
可以进去，黑夜，傍晚或者白天；
虽然谁也不认识，我却可以说：
"兄弟，你已经知道我是谁。
我觉得你是在等待着我。"

XI

该死的人，你能对空气怎么样？

该死的人，你能对所有那些

开花的，崛起的，沉默的，观望的，

等待我的，判决你的一切，又怎么样？

该死的人，你的背叛，

得由你去收买，得由你

用金钱时时地浇灌。

该死的人，你能够

放逐，追逼，施刑，

急急忙忙地立刻给钱，

趁着出卖者后悔之前。

你用买来的卡宾枪围绕着

还几乎难以入睡，

而我，黑夜里的逃亡者，

却在我祖国的膝头上好好活着！

你那渺小的暂时的胜利，

多么凄凉！而阿拉贡，

爱伦堡，艾吕雅；这些巴黎的诗人，[①]

委内瑞拉的

勇敢的

作家[②]，还有许多别的人，别的人，

都跟我在一起。

而你，该死的人，

① 路易·阿拉贡（1897—1982），法国作家。伊利亚·爱伦堡（1891—1967），苏联作家。保尔·艾吕雅（1895—1952），法国诗人。
② 委内瑞拉作家，指米格尔·奥特罗·西尔瓦（1908—）等人。

却只与埃斯卡尼利亚和库埃瓦斯，

佩卢乔诺和波夫莱特等等为伍！^①

在我的人民肩负的梯级上，

在我的人民深藏的坑道里，

在我的祖国以及它鸽子的翅膀上，

我睡眠，我梦想，我冲破了你的防线。

XII

向大家，向你们，

在暗中拉住我的手的

黑夜里静默的生灵，

向你们，

发出不朽之光的灯，星星的行列，

生命的面包，秘密的弟兄，

向大家，向你们，

我说：没有感谢，

没有任何东西能装满

纯洁的杯子，

没有任何东西能包容

无往不胜的春天旗帜上的阳光，

如同你们的沉默的庄严。

我只是

在想，

---

① 均贡萨莱斯·魏地拉的党徒。

也许我是应该得到

这样的真诚，这样纯洁的花朵；

也许我就是你们，你们自己，

这一点儿泥土，面粉，歌曲，

这一点儿面团，它知道

从何处来，从属于何处。

我不是一只那么遥远的钟，

也不是一块埋得那么深的水晶，

以致你不能了解，我不过是

人民，是隐蔽的门，发黑的面包；

你接纳了我，你就是

接纳了你自己，接纳了这个客人，

他那么多次受打击，

那么多次

又再生。

  向大家，向一切，

向所有我不认识的人，向从来

没有听见过这名字的人，

向生活在我们漫长的河边的人，

在火山脚下的人，在铜的硫黄

阴影中的人，向渔夫，向农民，

向玻璃似的闪光的大湖

岸边的蓝色印第安人，

向这时刻正在询问

正在用古老的手钉皮子的鞋匠，

向你，你并不知道而等待着我的人，我要说：

我属于你们，认识你们，歌唱你们。

XIII

亚美利加的沙子，庄严的作物，

红色的崇山峻岭，

被古老的痛苦剥夺了一切的

儿女，兄弟，让我们

收集起一切活的种子，

在它回到泥土中去之前；

让正在生长的新玉米，

听得见你的语言，

重复地说着，再重复地说。

让它们日日夜夜歌唱，

咀嚼，吞咽，

在大地上散布，

又突然停住，沉默，

埋到石头底下，

逢到黑夜的门户，

又一次重新再生，

自己分散着，自己引导着，

好像面包，好像希望，

好像船上的风。

玉米把我的歌带来给你，

它来自我人民的根子，

为了生长，为了建设，为了歌唱，

为了再一次变成种子，

在痛苦中越来越多。

这里是我失去的手。

它们看不见，然而你

却透过黑暗看见了，

透过看不见的风看见了。

把你的手给我，我看见它们

在我们亚美利加黑夜的

粗糙的沙子上。

我选择了你的手，你的，

这只手和那另一只手，

那只举起来战斗的手，

那只回头来又被播种下的手。

我不觉得孤独，在夜晚，

在大地的黑暗里。

我是人民，无数的人民。

我的声音里有纯洁的力量，

能够穿透寂静，

在黑暗中萌芽。

死亡，牺牲，阴影，冰雪，

突然掩盖住种子。

人民好似被埋葬。

但是玉米回到了大地上。

它的无坚不摧的红色的手

冲破了沉默。

从死亡中，我们再生。

十一

布尼塔基的花朵

I

在多石的山谷里（1946）

今天，四月二十五日，在奥瓦列①的田地里
降下了雨，那期待着的
一九四六年的雨水。

在这第一个潮湿的星期四，迷雾的日子
好像在山岗上建立了灰色的铁工厂；
也就是这个星期四，
忍饥挨饿的农夫口袋里装着小小的种子。
今天他们急急忙忙地锄地，
让绿色生命的谷粒落进田地里。

前不久，我溯乌尔塔多河②而上，
逆流而上，在狭窄险峰的山陵间，
到处芒刺直指，因为安第斯山的大仙人掌，
像一只只残酷的烛台，在这里竖立。

在光秃的芒刺之上，仿佛一件
腥红的袍子，又仿佛一滩吓人的红霞的污迹，
也仿佛一个身体拖过千刺钉板流出的鲜血，
那红花的槲寄生，点燃起它的盏盏血色的灯。

---

① 奥瓦列，智利城市，在利马里省。
② 乌尔塔多河，在智利利马里省。

岩石是在火成的时代凝固的
巨大口袋；一只只封口的石质袋子
滚滚而下，直至聚积成
这些严峻的塑像，守卫着深谷。

河里残存的流水，带着
甜甜而痛楚的呢喃
在柳荫茂密的叶簇中流动，
而白杨则任凭它纤弱的萎黄落下点滴。

这是北厦谷[①]的秋天，迟到的秋天。

在这里，葡萄串上的光更加闪灿。

仿佛一只蝴蝶，透明的阳光
逗留得更久，直至使葡萄充盈，
让葡萄串的花毯铺在谷底灿烂。

II

巴勃罗兄弟

但是今天，农夫们来看我，对我说：

---

① 厦谷，南亚美利加洲地名；从小安第斯山往西，巴拉圭河往东，马托·格罗索台地
往北，萨拉多河往南的广大地区，称为厦谷。

"兄弟，没有水，

巴勃罗兄弟，没有水，老不下雨。

河里

那一点点细流

流了七天，七天就枯了。

我们的母牛都死在上面的山里。

干旱开始杀死孩子。

上面，许多人不知道吃什么。

巴勃罗兄弟，你对部长说说。"

（是的，巴勃罗兄弟是要去对部长说，但是

他们不知道

我是怎么来到

这些无耻的皮做的椅子间，

然后是用谄媚的唾沫

刷光磨滑的部里的地板上的。）

部长撒着谎，搓着双手，

于是贫穷的村社的牲口，

连同毛驴和狗，一阵饿一阵，

在断裂的岩石上

倒地而滚下。

III

饥饿与愤怒

永别了，永别你的祖产，你博得的

荫凉，透光的树枝；永别

神圣的土地，耕牛；

永别吝啬的水；

永别流泉，以及

雨中没有来到的音乐，

回流苍白的细腰和石砾的曙光。

胡安·奥瓦列[①]，我伸给你的手，

是没有水的手，石头的手，墙壁和干旱的手。

我对你说：到黑绵羊那里去，

到最崎岖的星星，紫牛蒡那样的月亮那里，

去诅咒吧，对新婚嘴唇的断裂树枝；

但是，不要接触人，你还不能让人流血，

在血管里惩罚他；你还不能血染沙土，

还不能以动脉那样枝条下垂的树

去放火焚烧山谷。

胡安·奥瓦列，别杀人。

但是你的手却回答我说：

---

① 胡安·奥瓦列，智利政治家，1811 年任国民议会主席，1831 年建立奥瓦列城。这里指奥瓦列的人民。

"这些土地要杀人，正在寻找
复仇之夜；从前琥珀似的空气，
处在痛苦里就成了有毒的空气，
吉他也仿佛罪恶的大腿，
而风则尖利得是把刀子。"

IV

他们被剥夺了土地

因为在山谷和干旱的后面，
在河流和薄薄的树叶后面，
窥伺着田地和庄稼的
是那个掠夺土地的强盗。

瞧那棵响亮的紫色的树，
细察它的染红的旗帜，
在它清晨里的枝条后面，藏着的
是那个掠夺土地的强盗。

像堤边的盐一样，你听着
胡桃树上水晶般的风声，
但是在每个白天的蔚蓝之上，
却是那个掠夺土地的强盗。

你感觉到胚芽的外壳里面，
麦粒在它金黄的箭杆上搏动，
但是在面包和人之间有一张鬼脸，
就是那个掠夺土地的强盗。

V

到矿山去

之后，我向着
盐和金的高大山岩，
向着地下的矿藏共和国，
我攀登。
它们是甜柔的墙壁，那上面。
一块石头连着一块石头，
用黑泥互相接一个吻。

石头和石头之间的一个吻，
在这些守卫着的道路上；
泥土和泥土在一起的一个吻，
在广大的红色葡萄中间；
仿佛一只牙齿挨着另一只牙齿，
大地的一口牙，
纯洁的材料筑成的墙，
它把河里的石头的

无尽无休的吻

带给道路上千万张嘴唇。

我们从农业攀登上黄金。

在那里，你们有高耸的燧石。

手的重量，仿佛一只鸟。

一个人，一只鸟，一个空气的实体，

一个顽强的，飞翔的，痛苦的实体，

也许不过是眨一眨眼皮，然而却是一场战斗。

从这里，在黄金的摇篮的断层，

在布尼塔基①，面对面地，

跟默默地扛着锄的，扛着镐的

挖掘工一起，来吧，

佩德罗，带着你身体皮肉的宁静，

来吧，拉米雷斯②，带着你

探索封闭的矿藏子宫的

炽热的手。

在石头梯级上，向你们问好，

在地下黄金的石灰岩上

走下它的肚腹之中，

_____

① 布尼塔基，智利的一座金矿。
② 佩德罗、拉米雷斯，普通矿工的名字。

留下你们用迸裂火星的工具

凿出的痕迹。

VI

布尼塔基的花朵

在那里，祖国还跟从前一样艰苦。

黄金是一颗失去了的盐，

                          是一条

染血的鱼，在瘟疫的土地上，

它的被压碎了的每一分钟在诞生，

诞生于血污的指甲下面。

仿佛一颗寒冷的杏仁，

那颗心，在晨曦之中，

崇山峻岭的利齿之下，

钻透了它的洞穴，

横扫，敲击，忍受，升高，

向着最基本，最近天体的高度，

穿着破旧的衬衫达到。

心在燃烧的兄弟，

跟我手拉手，干这一天的劳动。

我们再一次下来，走向沉睡的地层。

在那里，你的手好似一把钳子，

夹住了活跃的金子；它想飞

飞得还要更加低，更加深。

在那里，把几朵花，

那里的女人，高山上的智利姑娘，

矿山的矿工女儿，

把一根树枝，放在我手里，

上面有几朵布尼塔基的花，

几朵红花，天竺花，

这片艰苦的土地的可怜的花，

放在我的手里，仿佛是从

最深的矿里找到的，

仿佛这些花是红色的水的女儿，

从人所埋葬的深处返回。

我握住她们的手，接过她们的花，

这是破碎的土地，矿藏的土地，

深沉而痛苦的花瓣的香气。

我知道，向那里看，可以看见这花朵

来自黄金的坚硬的孤独，

仿佛点点滴滴的鲜血，

向我显示流洒的生命。

花朵盛开的山峦，

温柔的枝条及其深藏的金属，

都是在贫困之中。

布尼塔基的花朵，你是动脉，是生命，

夜晚，在我床边，你发出的芬芳，

引导着我，走过地下最深的

痛苦的坑道，

走过高山的小径，积雪的平野，

甚至只有眼泪能够及到的深根。

花朵，高山上的花朵，

矿物和石头的花朵，

布尼塔基的花朵，

地底下痛苦的女儿，永远

别把我忘记，愿你活跃着，

建设永恒的纯洁，那不死的

石头编成的花冠。

VII

黄　金

黄金得到了这个纯净的日子。

它的矿砂在重新沉进

看住它的肮脏的出口之前，

刚刚出现，刚刚离开

大地的庄严躯体，黄金
或被火所炼净，
被人的汗珠和手所捧住。

从这里，人民告别了黄金；
黄金的接触还是泥土气的，
洁净得好像翡翠灰色的母璞。
那汗淋淋的手也一样，
它捧起满是皱纹的铸块，
它被时间的无限广阔
缩成了大地的枝蔓，
成了种子的泥土的颜色，
成了秘密的强有力的土壤，
成了培育成串葡萄的泥土。

未被玷污的黄金的土地，
人民的纯洁无垢的金属，
物质的兄弟，处女的矿藏，
互相没有看见，相逢在
它们无情地交叉的两条道路上：
人们继续啃啮着沙尘，
继续仍然是石砾的土地，
而黄金则在人们的鲜血上浮起，
甚至损害而且统治着受伤的人。

VIII

黄金的道路

进来吧，先生，来买祖国和土地，
买住房，买祝福，买牡蛎；
你来到的这个地方，什么都出卖。
没有一座塔不在你的火药里倒塌，
没有一个总统府会得拒绝什么，
没有一张网不兜住着财宝。

既然我们如此"自由"，好像风，
你就能买风，买瀑布，
在发展生长的细胞中，
命令那些肮脏的舆论，
或者收集没有意志的爱情，
翻倒在金钱所收买的画布上。
黄金变成了穿旧的衣服，
形状像破布，像旧纸，像看不见的
雕板的细线，发红的指头般的宽腰带。①

给住在新城堡里的姑娘，
咧嘴呲牙的父亲带来了
一盘子这样的钞票；

———————————

① 指黄金变成了钞票；钞票主宰着一切。

她把它全倒在地下，

在阵阵笑声中吞下吃掉。

它给主教加上黄金世纪的封号，

它敞开法官们的大门，

它到处铺下地毯，

让夜晚在妓院里放荡，

披散了头发在狂风里奔驰。

（在它统治的时代，我生活过。

我看见过溃疡在糜烂，为了荣誉而

堆砌的可厌的粪便的金字塔，

恺撒们满身脓汁淋漓被拖来又拖去，

确信他们放到天平上的重量，

这些死亡的僵硬的偶像，

在严酷而贪吝的灰烬中烧尽。）

IX

罢　工

那是在离开黄金很远的地方，我进入了罢工。

那里，联系生命的纤细的线

变得坚固；那里，人们纯洁的纽带

十分活跃。

　　　　　死亡折磨着他们，

黄金，这尖酸而有毒的牙，
伸向他们。但是人民
把他们的燧石堆放门口。
这就是团结的一大堆泥土，
它只让温情和斗争通过，
仿佛两股平行的水，
根子的细线，家世的浪潮。

我在挽紧的胳膊中看见了罢工，
它们驱除了担心和害怕。
在战斗里一次搏动的间歇，
我第一次看见了唯一的勃勃生气！
那就是人们的生命的团结。

在炉火微弱的
坚持抵抗的厨房里，
在妇女们的眼睛里，
在许多双著名的手里，
——这些手有了一天的闲空，
就笨拙得无处可放，
仿佛进了陌生的蓝色海洋——
在少得可怜的面包的情谊里，
在牢不可破的联合里，
在所有萌发的石头的胚芽里，
在生长于无依无靠的盐中的

这颗勇敢的石榴里，

我终于找到了失去的基石，

那仁爱的遥远的城邦。

X

诗　人

从前我为生活奔走，处在

一种痛楚的爱情之中。从前

我保存着一片小小的水晶，

把我的眼睛钉在生活上。

我购买恩惠，我到了贪欲的

市场，呼吸着嫉妒的

最会得装聋作哑的水，

那虚假和生存的冷酷的敌视。

我生活在一个海边的沼泽的世界，

那里，突然开放的花，那白荷，

在它泡沫的颤动中把我吞噬；

那里，踩上脚，我的灵魂就滑倒，

落进深渊的利齿。

我的诗歌就是这样诞生，

刚刚从荨麻之中赎回，

就紧紧抓住孤独仿佛一种惩罚，

或者从丑恶的花园里摘出

它最秘密的花，予以埋葬。

我这样孤独，好似幽暗的水，

生活在深深的水道里，

从这一只手跑到另一只手，

跑向每个人的孤独，每一天的仇恨。

我知道生活就是这样，避开

半数的生物，仿佛鱼

在最陌生的海洋，然后

在泥泞的无限中，遇到死亡。

打开了大门和道路的死亡。

在高墙上碰壁的死亡。

XI

世界上的死亡

死亡在发号施令，

到每个地方每座坟墓收取贡赋。

带着匕首或者带着口袋的人，

在中午或者在夜色之中，

等着杀人。要杀，

要埋葬生物和树枝，

那些被谋杀被吞吃的死者。

它准备着它的网罗，收紧，挤血；

一清早就出去，

嗅寻猎物的血，

等到胜利地回来时，

身上围着死者和遗弃者的碎片，

于是它杀，它埋，以举行葬礼的脚步。

活人的家，已经死去。

垃圾，破烂的房顶，尿盆，

苍蝇蛆虫的陋巷，

积聚着人们哀啼的洞窟。

"你应该这样生活。"法令说。

"你就在你的家当里烂掉。"领袖说。

"你不洁。"教会的结论说。

"你就躺在烂泥里吧。"他们一致对你说。

于是他们有几个就把灰烬武装，

为了统治，为了裁决，

而人的花朵，却碰撞着

为他而修筑起的墙壁。

墓地有奢华和石头。

一切都是静默。

植物的身材，高大尖削。

最后，你是在这里；终于你给我们留下

一个空穴，在痛苦的树丛中间；

终于你还是那么强壮，

在你无法穿越的高墙里边。

每一天，花朵像一条芳香的河，
汇集到死者的河里。
生命接触不到的花朵，
落在你留下的空穴上。

XII

人

在这里，我找到了爱。
我诞生在沙地，成长于无声，
敲击着坚硬的燧石，抵抗着死亡。
在这里，人就是生命，它与
未受损害的光，死里逃生的海，
联合一起，以金属一样的团结，
冲击，歌唱，斗争。
在这里，墓地就是土地，
它刚刚站起，十字架被打碎，
在破碎的木片上，
飞沙走石的风，向前猛进。

XIII

罢 工

没有动静的工厂真是异样。

厂房里一片寂静，

机器与人出现了距离，

仿佛星球之间割断了一根线，

在制造中消耗着时间的

人的手，是一片空虚，

还有那没劳动没声音的庄园。

人离开了透平的洞窟的时候，

胳膊抛弃了炉火，炉子的

内脏衰竭的时候，

眼睛不再看着轮子，炫目的光

在其看不见的旋转中停住的时候，

一切强大的力量，

一切能量的纯净运转，

一切使人惊讶的能源，

都变成为一堆毫无用处的废铁。

在没有了人的厂房里，只剩下

孤零零的空气，孤零零的油的气味。

没有这些敲敲打打的小东西，

没有拉米雷斯，没有衣衫破烂的人，

就什么都不存在。

那里是发动机的外壳，

在死去的动力中卧成一堆，

仿佛没有波浪的大海，

海底死于瘟疫的黑色鲸鱼。

也像孤寂的星空下

突然沉陷的大山。

XIV

人　民

人民举起他们的红旗游行，

我就在他们中间，在他们

触摸的石头上，在喧嚷的路程里，

在斗争的高歌中。

我看见他们一步一步地胜利。

只有他们的反抗是道路，

他们孤立无援，好似一颗星星的

碎片，没有嘴巴，没有光亮。

他们在沉默里形成的团结中集合，

他们是火，是不可摧毁的歌，

是人们在大地上缓慢的脚步，

踩向深度，踩向斗争。

他们就是尊严：它战斗，为被践踏的人，

它觉醒，仿佛一种制度。

他们是敲着大门的生命的命令，

他们举着旗帜坐在大厅的中央。

XV

文　字

从前是这样，将来是这样。
在石灰质的山上，在烟雾的
边缘，在工厂里，
有一道信息，写在墙上，
人民，只有人民，能够看见，
它的透明的字句是
汗水和沉默所构成。它写在那里。
人民，爱它吧，在你们的路上。
它在黑夜上面，仿佛炽烈的火，
曙光出现了才隐没。
进来吧，人民，到白天的岸边来。
团结起来，向前进，像一支军队，
用你们的脚步踩着大地，
发出共同一致的声音。
你们的道路是一样的，
就像在战斗中流出的汗是一样的，
就同在路上被枪杀的
人民的尘土中的血是一样的。

在这样的光明之上，
将要诞生农场，城市，矿山；

在这样的团结，坚实的发芽的
像大地那样的团结之上，
已经布置下坚决的创造，
那为了生活的新城市的胚胎。
受到伤害的工人团结的光明，
被冶炼金属的手锻冶的祖国，
走出门来的渔夫守着秩序，
好像海上的树枝，
墙壁用无限的泥灰加固，
学校里都充满谷物，
工厂的设备受到人们喜爱，
被放逐的和平回来了，大家
都享有面包和黎明，大地上
爱情的魔力，建立在
这个星球的四方熏风之中。

十二

歌的河流

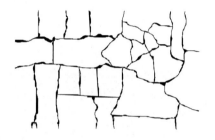

I

给加拉加斯的米格尔·奥特罗·西尔瓦的信（1948）

尼古拉斯·纪廉①给我带来一封你的信，

它是用看不见的话，写在他衣服上，写在他眼
　　睛里。

你是多么快乐，米格尔，我们是多么快乐！

已经不再有一个灰泥的溃烂的世界，

只有我们，无限地快乐的我们。

我看见乌鸦飞过，它不能伤害我。

你观察着蝎子，擦净你的吉他。

我们生活在野兽中间，唱着歌。

我们唱着一个人，我们创作某个人的题材，

他就会像一块烂掉的糕饼那样垮台。

你在你委内瑞拉的祖业上收集

你所能挽救的东西，同时

我则保卫着生命的炭火。

　　　　　　　多么快乐，米格尔！

你问，我是在什么地方？我对你说

——只把"有用"的细节让政府知道②——

我是在这片满是怪石的海岸，

---

① 尼古拉斯·纪廉（1902—），古巴诗人。
② 当时诗人受到贡萨莱斯·魏地拉政府的缉捕，转入地下，并秘
密地流亡到了国外。

大海与田野相接，波涛与松树并连，

雄鹰与海燕齐飞，泡沫与草原一色。

你整天地从很近的地方看见过

海上的鸟是怎么飞翔的吗？好像

它们是带着世界上的信件在送往目的地。

鹈鹕像风中的大船那样航行，

别的鸟则像利箭般地飞掠，

带着从前的国王和王子的信息；他们

戴着绿松石的珠串，已经埋在安第斯的岸边。

身材圆润而洁白的海鸥，

却继续不断地忘掉带上他们的信息。

生活是多么湛蓝，米格尔，我们向它

倾注爱情和斗争，还有面包和酒的语言；

这些语言，他们仍然无法污辱，

因为我们是带着猎枪和歌声来到街头。

这些语言和我们一起消匿，米格尔。

他们能怎么办呢，除了把我们杀死，

尽管这样，结果对他们还不是一桩好买卖，

他们只好设法在我们对面租一套房间，

追踪我们，跟着我们学会哭和笑。

我在写爱情的诗歌的时候，

诗句在我身上到处泉涌而出；

我悲伤得要死，徘徊，彷徨，推敲字句。

他们对我说："你真是伟大，西奥克里托斯①！"

---

① 西奥克里托斯，公元前三世纪希腊诗人。

我不是西奥克里托斯。我不过拉住生活，

站到它面前，吻它，直至说服它，

然后我来到矿区的大街小巷，

看看别的人怎么生活。

我离开的时候，双手染上了污秽和痛苦，

我举起来，在黄金的琴弦上显示，

说："我没有同受这份罪。"

他们咳嗽，十分不高兴，取消对我的尊敬，

不再叫我西奥克里托斯，终于侮辱我，

命令所有的警察抓我，关我进了监狱，

因为我不再继续专门关心形而上的事情。

可是我已经获得了快乐。

从那时候起，我起身读着

海上的鸟从那么遥远的地方带来的信，

沾湿了而来的信，我要

一点一点缓慢而正确地翻译的信。

我这样做，奇怪地十分细致，像个工程师。

我猛地跳向窗户，那是一个

透明的方框，与野草和巉岩

有着一段纯净的距离。我就要这样工作，

在我所爱的事物：波浪、石块、黄蜂中间，

以一种海上的幸福的陶醉。

但是谁也不喜欢我们快乐，他们给你

分配一个好心的角色："别夸大了，别担心了。"

给我，则想把我钉进昆虫标本盒子，在泪水里让我窒息而死；他们可以在我的坟头发表演说。

我记得有一天，在含硝沙土的原野，

有五百个人在罢工。

那是塔拉帕卡[①]炽红如火的傍晚。

人们的脸收集起所有的沙子

以及荒原上流血而枯干的太阳时，

我看见，那古老的忧郁，仿佛一只

我厌恶的杯子，来到我的心中。

这个关键的时刻，在硝盐的旷野，

这斗争的软弱的一分钟，我们可能被压倒，

有一个来自矿区的苍白的小小女孩，

用勇敢的声音，结合了水晶和钢铁的声音，

念起了你的一首诗，一首旧诗，让它在

我祖国的，在亚美利加所有的

工人和劳动者的皱纹的眼睛里滚动。

你的这一段诗歌，忽然

在我嘴里焕发光彩，仿佛一朵紫红的花，

直下我的血液，给它重新充满了

你的诗歌里洋溢出来的快乐。

我不仅想着你，而且想着你受苦的委内瑞拉。

几年之前，我见到一个学生，他脚踝上还留着

一位将军给他戴上的镣铐的伤疤。

他对我讲，套着锁链的人怎么在大路上劳动，

---

① 塔拉帕卡，智利地名，硝石矿所在地。

以及把人们消灭的地牢。因为我们的亚美利加就

　　是这样：

平原上有吞没一切的河流，天空中是蝴蝶一般的

　　星座

（在某些地方，翠玉跟苹果一样重），

然而在漫长的黑夜，在河流里，总是有

创伤在流血。从前是在石油旁边，

现在是在硝石附近，在皮萨瓜，一个专制暴君

在那里埋下我祖国的花朵，让它死去，

以便他能够拿骨殖做买卖。

为此，你歌唱，为了使玷污的受伤的亚美利加，

使它的蝴蝶颤动，收集它的翠玉，

不再受刽子手和卖国贼手上

凝结着的刑罚的血的恐吓。

我明白，你是多么快乐，在奥里诺科河边歌唱，

当然，还要买点儿好酒回家；

在斗争中，在歌唱时，站定你的位子，

宽宽的肩膀，就像这个时代的诗人那样

——穿着干净的衣服，走路的鞋子。

白从那时候起，我就想有一天给你写信。

纪廉来的时候，满身带着你的故事，

都从衣服里掉了出来，

在我家的栗树下面到处流散。

我说："现在就写。"也没有开始给你写

可是现在太多了：从我窗外飞过的

不仅是一只海鸟，而是成千上万；

我收集了谁也没有读过的那么多的信。

让它们带到了世界的边缘，直至消失。

于是，在每一封信里，我看到了你说的话，

它们就像我书写的，我梦想的，我歌唱的，

于是，我决定把这封信寄给你。我就写到这里，

为了看看窗户外面我们所属的这个世界。

II

给拉法埃尔·阿尔维蒂[①]（西班牙，圣塔马里亚港）

拉法埃尔，到西班牙之前，在街上

我就逢到了你的诗，文字的玫瑰，刀刻的葡萄；

直到现在，对我还不是回忆，

而是从一个世界散发的有香气的光。

你给你那被残暴烤干的大地

带来了露水，被时间遗忘了的露水，

于是西班牙跟你一起在束缚中苏醒，

又一次戴上了黎明的珍珠冠冕。

你还记得我带来的吗：被无情的酸

碎裂的梦，在流亡的水域的耽留，

---

① 拉法埃尔·阿尔维蒂（1902—），西班牙诗人。

在痛苦的根子如同森林里燃烧的树干那样
显现的那个地方的沉默。
我怎么能够忘掉，拉法埃尔，那个时光？

我来到你的国家，好像一个人降落到
一个石头的月亮上，遇到的到处是
荒原的鹰，枯干的刺，
但是你的声音在那里，水手，等待着
给我欢迎，还有紫罗兰的芬芳，
海上的果子的蜜。

你的诗就在桌子上，赤裸裸的。

南方的松林，葡萄的种族，
把它们割出的树脂给予你的钻石，
一旦接触到如此美丽的晶体，
带到世界上来的许多阴影就全都消融。

但是在光亮里构成的建筑，好似花瓣，
从你这些醉人芳香的诗句里，
我看见了往昔的流水，祖传的白雪，
与任何人相比，西班牙更有负于你。
用你的指头，我触摸蜂房和荒野，
我认识那仿佛被大洋那样
被人民所磨损的海岸，

以及诗歌把它所有

蓝宝石的衣衫碰碎的台阶。

你知道，没有人教你，除了兄弟。

在这个时刻，你不仅教了我这个，

不仅教了我们家世那消失的荣华，

而且还有你命运的率直；

等到流血又一次来到西班牙，

我要保卫人民的家业，因为也是我的家业。

你懂得了，所有的人也都懂得了这些事情。

我仅仅愿意跟你在一起，

今天你缺少了一半的生命：

你的土地，对它，你比一棵树有更多的权利。

今天在祖国的苦难中，不仅是

丧服我们得爱，而且由于你不在

掩盖了那被豺狼吞没的橄榄树的遗产。

我真想给你，啊，要是我可能，大兄弟，

那时候你给过我的星光的快乐。

在你我两人中间，诗歌

在演奏，仿佛天上的皮，

我喜欢跟你在一起摘一串葡萄；

这一根葡萄枝，那一些黑暗里的根子。

打开人们的门口的渴望

却不能打开你的门，我的门。多么美，

风的狂暴吹起的时候

仿佛脱下了它自己的外衣。

我们有面包，有酒，有火，

就让那出卖愤怒的商人号叫，

就让那嘶嘶地叫着的在你脚边经过；

我们举起满是琥珀的杯子，

摆出一切透明洁净的仪典。

有谁要忘掉：你是第一个吗？

让他航海去，找找你的脸容。

有谁要急急忙忙地埋掉我们吗？

那很好，可是他不得不飞行。

出卖吧，可是谁能摇撼得了那收获，

它以秋天的手，正在站起来，

直至用酒的颤动，染遍世界？

给我这只杯子，兄弟，你听着：

我是被我潮湿的激流的亚美利加所环绕，

有时候我失去静寂，失去夜晚的花冠，

仇恨包围了我，也许什么也没有，

从空虚到空虚，一条狗或者

一只青蛙的黎明；于是我感觉到

我的那么多的土地在期待我们。

我要到你的家里去，我知道，你在期待我，

仅仅为了我们两个人的好，

我们所能够做到的好。我们不要别的。

如果有什么你要，那就是一个祖国：期待着吧。

你回来吧，我们回来吧。我愿有一天

与你一起，到你的遍地黄金的岸边，

走向你的港口，当时我达不到的南方的港口。

你指给我看那大海，

沙丁鱼和油橄榄在那里争论沙滩，

还有那田野，田野上绿眼睛的公牛，

都是比利亚隆①（这也是一个没有来看我的

朋友，因为他已经被埋葬）所有，

以及一桶一桶的雪利酒，

一座一座的大教堂，它们贡戈拉②那样的心里

以苍白的火燃烧着黄玉。

我们去吧，拉法埃尔，到那个

以他的手和你的手

撑住西班牙的腰的那个人躺着的地方。

那是个不能死的死者，是你看守着的人，

因为只有你的存在，保卫着他。

---

① 费尔南多·比利亚隆（1881—1930），西班牙诗人。
② 路易斯·德·贡戈拉（1561—1627），西班牙诗人。

那里是费德里科①，但是还有许多，沉没了，

埋葬了，在西班牙的山岭中，不明不白地

倒下了，流血了；在山上失去了的谷物，

是我们，我们是在他的黏土里面。

而你活着，因为你始终是一个奇妙的神。

那些狼不找别人，就是找你，

它们要吞掉你，打破你的权威。

每匹狼都想等你死了做条蛆虫。

好吧，它们错了。也许就是

你的歌的结构，没有触动的透明，

还武装着你的甜柔的决心，

坚定，纤细的力量，

挽救了你的爱，对大地的爱。

我跟你一起去，要尝尝

赫尼尔河②的水，看看你对我说的恶魔，

瞧瞧航行着的银币，以及

构成了你的歌中那些

蓝色音节的沉睡着的肖像。

我们也要走进铁门：现在

---

① 费德里科，即被长枪党徒暗杀的西班牙诗人加西亚·洛尔迦。
② 赫尼尔河，在西班牙。

人民的金属在那里等待着
在刀子上诞生。我们唱着歌
经过那改变苍穹的红色的网边。
刀子，红网，歌唱，抹掉了痛苦。
你的人民用燃烧的手捧着火药，
仿佛它就是草原上的月桂，
那是你的爱，在不幸之中播下的种子。

是的，从我们的流亡中产生了花朵，
那是人民以雷霆所光复的祖国的形式。
这不仅仅是一天，是精心思考
失去的蜜，梦中的真理，
而是让每一株根须都歌唱，
直至长出叶子，遍于世界。

你是在那里；你留下的
钻石的月亮一动不动，没有关系。
那孤独，那角落里的风，
都触摸着你的纯洁的大地。
新近刚死的死者，那些
在监狱里倒下的，被枪杀的狮子，
游击队员，心中的领袖，
都以他们的根子，滋润着
你自己的水晶般的土地，
还有你自己的心。

那些日子已经过去很久，
我们分担痛苦，留下光辉的伤痕；
战马的铁蹄
践踏村庄，震碎玻璃。
那一切都是在火药下产生，
那一切期待着你，以升起麦穗。
在这一次新生时，你将重新
被那些艰苦日子的烟云和柔情围裹。

西班牙这张皮是辽阔的，那上面活跃着
你的马刺，如同一把剑柄辉煌的剑，
没有遗忘，没有寒冬来抹掉你，
从人民的嘴里，光彩的兄弟啊。
我就这样对你说，也许忘了一句两句话，
终于答复了你不记得的那些信，
等到东方的气候遮盖我，
仿佛殷红的香气，来到
我的孤独之中。
                但愿你金黄的额头
在这封信里逢到另一个时代的一天，
以及即将到来的一天的另一个时代。
今天就再见了，一九四八年十二月十六日，
在亚美利加某一个我歌唱的角落。

III

给贡萨莱斯·卡巴略[①]（在拉普拉塔河）

夜晚吞没了人们的喧哗，

把阴影一道一道地倾斜。

我们听见，在越加深沉的寂静中，远离人群，

贡萨莱斯·卡巴略的河流的潺潺，

它那深沉的不尽的流水，它的行程

好像一动不动，犹如树木或时光的生长。

这位流水的伟大诗人以庄严的声响，

伴随着世界的沉默；有谁想在忙碌之中

听他，就得（如同迷路的探险家

在森林或草原所做的那样）把耳朵贴上大地。

甚至在大街中心，也能从雷鸣的脚步声里

听见这种诗歌升起：那是

大地和流水的深沉的声音。

那时候，在城市及其无数的脚践踏下，

在灯罩鲜红的灯下，这条歌唱的河流，

仿佛在生长的麦穗，穿透了所有的纬线。

在它的河身上，有黎明

---

① 何塞·贡萨莱斯·卡巴略（1900—1958），阿根廷诗人。

惊起的鸟，划破天空霞光的峡谷，

下垂的绛紫色的树叶。

所有的敢于凝视孤寂的人，

那些弹奏丢弃的琴弦的人，

所有的无限纯洁的人，

以及那些来自船上的人，都在倾听；

盐，孤寂，夜晚，集合起来，

听着贡萨莱斯·卡巴略的合唱

从春天的夜晚升起，那么高，那么晶明。

你记得那一个吗？阿基塔尼亚①的王子，从开始
　　的时刻

就以眼泪的角落代替了他的废塔，

那是千年的人一杯一杯地转注而成。

那个人知道，不要去瞧他们的脸，

不管是征服者或者被征服者。

你关心青玉的风或者苦汁的杯，

在一条条街的远处，一个钟头的远处，

逢上了这种黑暗，而我们继续在一起。

那时候，在小小生命的混乱地图上，

用蓝色墨水，画着河流，流水在歌唱的河流，

以希望，以消失的苦楚，以没有苦味的水

---

① 阿基塔尼亚，古代罗马帝国时期高卢的西南部。

做成；它升向胜利。

我的兄弟做成了这条河，
以他高昂的和地下的歌，构成了
这些被沉默沾湿的庄严的声音。
我的兄弟就是这条河，它围绕着许多事物。

你在哪里？在夜间，在白天，在路上，
在草原上奔驶的不能入睡的火车上，
还是在寒冷黎明湿润的玫瑰旁，
或者更好
在衣服之中，接触着
那个漩涡；
落到大地上来吧，让你的脸
接受这盘绕的秘密的水的强烈冲击。

兄弟，你就是大地上最长的河流，
在这星球的背后响着你这河流的沉重声音，
我在你的胸中沾湿我的手，
忠实于从未被破坏的财富，
忠实于痛苦的眼泪的明净，
忠实于人类的受侵犯的永恒。

IV

给墨西哥的西尔维斯特·雷布埃尔塔斯①，在他死时（小弥撒曲）

一个人，像西尔维斯特·雷布埃尔塔斯这样的一
　个人

最终回到土地里的时候，

有一阵呢喃，一阵声音和呼号的浪潮，

伴随着传布着他的离世。

微小的根子对谷粒说："西尔维斯特死了。"

麦子在山坡上波动他的名字，

后来面包就知道了。

亚美利加所有的树木已经都知道，

还有我们南极地带冰冻的花朵。

水滴也传送着，

阿劳加尼亚咆哮的河流

　　　　　　　　　　已经知道噩耗。

从风雪到大湖，从大湖到植物，

从植物到火，从火到烟，

一切凡是燃烧的、歌唱的、开花的、舞蹈的、复
　活的，

一切凡是我们亚美利加的长久的、高超的、深沉的，

① 西尔维斯特·雷布埃尔塔斯（1899—1940），墨西哥作曲家。

都护佑他：钢琴和小鸟，睡梦和音响，

在空中联结我们全部气候的搏动的网，

都颤动着缓慢地唱起葬歌。

西尔维斯特死了，西尔维斯特进入了

他的全部的音乐，他的嘹亮的沉默。

大地的儿子，大地的孩子，从今天起，你进入了时代。

从今天起，你的名字接触着你的祖国，

就充满了飞翔的音乐，仿佛来自一口钟，

兄弟，发出了从没听见过的音响，却是从前有过的音响。

在这时刻，你的大教堂那样的心掩蔽着我们，仿佛苍穹。

你的宏大广博的歌声，你的火山似的柔情，

充溢着高空，犹如一尊炽烈燃烧的塑像。

为什么你让生命流逝？

为什么你让你的血

一杯杯地溢出？为什么

你搜索，像一个盲目的天使，

冲撞着黑暗的大门？

唉，可是，从你的名字出来音乐，

从你的音乐，仿佛一个市场，

出来芳香的桂冠，

以及好闻又好看的苹果。

在这个庄严的告别的日子，告别者却是你，

然而你已经听不见了，

你的高贵的脸容没有了，仿佛
人们的房子中间没有了一株大树。

但是从今天起，我们看见的光亮是另一种光亮，
我们绕过的街道是一条新的街道。
从今天起，我们握到的手有着你的力量，
一切的事物都从你的休息中取得活力，
你的纯洁从石块中升起，
向我们显示希望的光明。

安息吧，兄弟，你的日子结束了；
你的甜蜜强大的灵魂，使你满被着
比白天更加崇高的光辉，
满被着好似天声那样的蔚蓝音响。
你的兄弟和你的朋友要求我
在亚美利加的空气里重复你的名字，
让草原上的牛知道，让白雪知道，
让大海吸收，让大风议论。

现在你的祖国是亚美利加的星星，
从今天起你的没有门的房子就是大地。

V

给在西班牙的流放地被谋杀的米格尔·埃尔南德斯^①

你直接从莱文特^②来到我这里。你吸引着我，

放山羊的牧人，你的起皱纹的天真，

饱读古书的学问，一种带着路易斯修士^③的

柑橘的，山上燃烧的羊粪的气味，

你的脸上是打下的燕麦的粗糙谷粒，

还有一种以你的眼睛置于土地之间的蜜。

你把夜莺也吸引到你的嘴上。

一只带柑橘颜色的夜莺，

一条不朽的歌曲的线，具有落叶力量的线。

啊，小伙子，在光明里突然来了

火药和你，带着夜莺，带着枪，

行走在月亮下，行走在战斗的太阳下。

你已经知道，我的孩子，有多少事我不能做；

对于我，在一切诗歌之中，你就是蓝色的火。

今天，我把脸贴在地面，听着你，

听着你，热血，音乐，垂死的蜂房。

---

① 米格尔·埃尔南德斯（1910—1942），西班牙诗人，死于佛朗哥政府的狱中。
② 莱文特，西班牙地名，在地中海沿岸。
③ 路易斯·德·莱昂修士（1527—1591），西班牙诗人。

我没有见过像你这样光辉灿烂的种族，

没有见过这样坚强的根子，兵士的双手，

也没有见过像你这样活跃的心，

在我自己的旗帜上绛紫色地燃烧。

不朽的青年，活着吧，往昔的公社社员，

淹没在麦种和春天里，

蜷缩而乌黑，犹如天生的金属，

期待着举起你的甲胄的那一分钟。

自从你死后，我并不孤独。我跟寻找你的人

在一起。跟有一天来为你报仇的人在一起。

你会认出我的脚步在那些人中间，

他们落到西班牙的胸膛上，

压住该隐，叫他还给我们

那些埋葬了的脸容。

让那些杀害你的人知道，他们要偿还血债。

让那些折磨你的人知道，他们有一天会看见我。

让那些该诅咒的人知道，今天把你的名字，

写在他们的书里，那些达马索们，赫拉尔多们，[1]

狗娘养的，刽子手们默不作声的同谋，

你的牺牲不会勾消，你的死亡

---

[1] 指达马索·阿隆索（1898—）、赫拉尔多·迪埃戈（1896—），均西班牙诗人，支持佛朗哥政府。

要落在他们所有的怯懦的月亮上。

还有那些在溃烂的桂冠上拒绝你的人，

在亚美利加土地上，那个以你的

流血的光线的流水般的冠冕覆盖的空间，

让我给他们以蔑视，撇他们于一边，

因为他们趁你已经不在，想把我伤毁。

米格尔，远离奥苏纳①的监狱，远离

这些暴行的地方，毛泽东指引着

你的破碎的诗歌，在战斗中

向着我们的胜利。

热闹的布拉格

建立起你所歌唱的那个甜蜜的蜂房；

青翠的匈牙利打扫干净了它的谷仓，

在河畔跳起舞蹈，惊醒了睡梦。

从华沙升起了赤裸的水仙女

显示着她水晶的剑正在建设。

更远的地方，大地更庞大；

大地，

你的歌去拜访过，还有钢铁，

保卫过你的祖国；都那么安全，

在斯大林和他的孩子们的

坚定上增长。

光明已经

---

① 奥苏纳，在西班牙。

临近你的住所。

　　　　　西班牙的米格尔，

被夷平的土地上的星星，我忘不了你，我的孩子，

我忘不了你，我的孩子！

　　　　　　但是从你的死

我学会了生活：我的眼睛几乎不眠，

在我身上找不到悲恸号哭，

只有那不屈不挠的

武器！

　　　等待着它吧！等待着我吧！

十三

新年大合唱献给
我黑暗中的祖国

I

祝贺（1949）

新年好，智利人，黑暗中的祖国，
大家新年好，每一个人除了一个人。
我们的人真是少；新年好，同胞，兄弟，
男人，女人，孩子，今天，我的声音
飞向智利，飞向你们，仿佛一只盲目的鸟，
敲着你的窗户，从远方呼唤你。

祖国，夏季遮盖了你甜蜜而坚强的身体。
从白雪踏步而出，
以激动的嘴唇奔向海洋的地方，
艺术家们看见你高大而蔚蓝，仿佛天上的煤。
也许今天，在这时刻，你穿了绿色的外衣，
我崇敬的，森林，流水，以及山腰的麦田。
在海边，亲爱的祖国，活动着
你的沙滩和牡蛎的彩虹般的宇宙。

也许，也许……我是谁，从远方来
触摸你的船，你的芳香？我是你的一部分：
是你森林中令人惊讶的秘密木质年轮，
跟你柔软的硫黄一样默默地增长，
是你深藏在地下的灵魂的响亮灰烬。

我受迫害，从你那里出来，满脸胡子，

身无分文，没有衣服，也没有纸，

用来写下就是我的生命的文字，什么也没有，

只有一只小小的背包，带着两本书，

以及一截新近从树上砍下的刺。

（两本书：一本地理

还有一本智利的鸟的书。）

每天晚上，我读着你的描写，你的河流；

它们指引我的梦，我的流亡，我的边境。

我摸着你的火车，用手抚平你的头发；

我在你地理的含铁的皮肤上

停住手思索；我垂下眼光看着你

月球似的高低起伏和火山的喷口；

我睡着的时候，我的静默到了南方，

包裹在你溶化的盐的最后雷鸣声中。

我醒来的时候（那是另一种空气，另一样的光，

另一条街道，另一片田野，另一些星星），

我摸着陪伴我的你这根浑圆的刺，

是人家从梅利比利亚①一株树上砍下来给我的。

我瞧着这根刺硬皮上你的名字，

粗犷的智利，我的祖国，树皮的心，

---

① 梅利比利亚，智利地名。

我从它泥土那样坚硬的形状里，看见了
我所爱的人的脸，他们伸手给我，像刺一样，
他们是荒野的人，硝酸的人，铜矿的人。

树上长的这根刺的中心，
是一根光滑的圆芯，仿佛一种磨光的金属，
颜色紫红，犹如一滩干硬的血迹，
围着一圈木质的硫黄虹彩。
抚摸着丛林里这个纯净的奇物，
我想起了它的怀着敌意的蜷曲花朵，
在刺状的沉重的花冠里，
向你散发它的力量的强烈芳香。
我的祖国的生命和气息，就是这样伴随着我，
跟我一起生活，在我身体里
燃起它顽强的火焰，消耗了我又产生。
到了别的土地上，人们透过我的衣服看见它，
看着我好像一盏灯走过街路，
发着海上的光，射进各个门户。
这就是你给我，我保藏着的燃烧的剑，
这根树上的刺，纯洁，有力，不屈不挠。

II

皮萨瓜的人们

但是，抚爱着你的手，停住在

荒野的旁边，海岸的边缘；

这是一个被死亡鞭挞着的世界。

这是你吗，祖国，难道是你吗，是你的脸吗？

这样的苦难，这一圈在盐水里

长了锈而发红的铁丝网？

难道现在皮萨瓜也是你的面貌？

是谁使你受了伤害，仿佛一把刀子

刺穿了你的赤裸的甜甜的蜜？

在向任何别人之前，我首先向他们致敬；

向男人们，他们处在痛苦的底层，

向女人们，她们仿佛马尼奥①的树枝，

向孩子们，他们想望着学校；

在皮萨瓜的沙滩上

就是被迫害的祖国，

就是我所爱的土地的全部光荣。

这是明天的神圣的光荣，

却被抛掷在你的沙滩上。

皮萨瓜：应该立即收起

那个卑劣的卖国贼

下命令的恐怖的黑夜；

应该来到你的石灰岩的地狱，

保卫人们的尊严。

---

① 马尼奥，智利的一种松树。

我不会忘掉你的死气沉沉的海岸，

在那里，敌意的大海用肮脏的牙齿

攻击痛苦的墙壁，几乎要

掀翻地狱般的光秃山丘上

那些矗立着的碉楼棱堡。

我不会忘记你是怎样在望海水，

向着那个忘了你们的脸的世界。

我不会忘掉你的眼睛，

充满疑问的光，转过脸来

看看智利惨白的土地，

在豺狼和强盗的统治之下。

我知道，给你们吃的食物，

是怎样扔在地下，好像是给癞皮狗；

你们怎样把小小的铁皮罐头

做成你们空空的菜盆。

我知道，你们怎样被驱赶着去睡觉，

怎样排成长队，勇敢地皱起眉头

去领取霉烂的豆子，

一次次地在沙滩上扔掉。

我知道，你们收到衣服食物，

祖国从南到北捐集而来的时候，

你们是怎样感到骄傲，

感到你们也许，也许并不孤单。

英勇的人们，被监禁的同胞，

你们给予大地以新的意义：
他们在大逮捕中抓住你们，
为了使全体人民为你们
在沙土的流放地受苦。
他们看着地图，选择地狱，
直至找到这个发咸的监牢，
这些孤零零的墙壁，
少有的凄凉的墙壁，
为了让你们把脑袋
在最后的暴君的脚下撞碎。

但是他们逢到的不是他们自己的材料：
你们不是用废料造成，
如同那个糜烂的长蛆虫的卖国贼。
他们得到的情报不可靠，
他们逢到的是人民的坚硬金属，
铜铸的心及其沉默。

是这种金属，在人民的含沙子的风
驱逐垃圾的船长的时候，
奠定了祖国的基础。

坚定，弟兄们，要坚定，
要坚定，推上了卡车的时候，
夜里茅屋遭到袭击，推推搡搡，

胳膊被铁丝绑住，睡眼惺忪，

刚刚惊醒就受到辱骂，

全副武装的狱卒押着，

你们来到了皮萨瓜。

然后他们又回去，

把全家老小装上卡车，

抛掉一切，殴打孩子。

一阵阵可爱的孩子们的号哭，

仍然在荒野的夜晚回响；

这是千百张童稚的嘴的号哭，

仿佛合唱，寻觅着强风吹送，

为了让我们听见，永远不要忘记。

III

英雄们

费利克斯·莫拉莱斯，安赫尔·贝亚斯，[①]

在皮萨瓜被杀害；

新年好，弟兄们，

你们被埋在你们所热爱的

你们所保卫的坚硬的土地下。

---

① 当时智利的两位工人运动领袖。

今天，你们是在盐场下面，那里
正在格格地响，念着你们纯洁的名字；
你们是在硝石的
遍地玫瑰下面，是在
无垠荒野的冷酷沙子下面。

新年好，我的弟兄们，
你们教会了我
多少的爱；
你们在死亡中
包含了多么广泛的柔情！

我就像那些岛屿，
突然在大洋中间诞生，
被空间和海底的
坚定所支持。

我学习你们的世界：
那纯洁，那永恒的面包。
你们向我显示生活，显示
盐的面积，穷人的十字架。
我穿过荒野里的生活，
仿佛一条船，在乌黑的海上；
你们在我旁边，向我指出
人们的劳动，那土地，

衣衫褴褛的家庭，
平原上贫困的呼哨。

费利克斯·莫拉莱斯，我记得你，
你在画一幅高大而精美的肖像，
它端庄，年轻，仿佛一棵
刚刚开放的含羞草，在邦巴斯草原
干旱辽阔的原野上。

你的粗硬的短发披在
你苍白的额头，你在画
一位宣传鼓动家的肖像，
为了马上要来到的选举。

我记得，你把生命
倾注于你的画；
你爬在梯子上，
勾勒出他所有的美好青春。

你是在把你刽了手的
狞笑，刻上画布，
加上点儿白色，考虑一下，
再在那张后来下令折磨你的
嘴巴，添上了光。

安赫尔，安赫尔，安赫尔·贝亚斯，

邦巴斯草原的工人，

纯洁得像出土的金属，

你已经被杀害，你已经是在

智利的土地的主子要你去的地方：

压在吃人的石头底下，

那是你以你的双手

那么多次举向伟大的石头。

没有任何东西比你的生命更纯洁。

只有空气的眼皮。

只有流水的母亲。

只有无法可及的金属。

我握过你的高尚的

战斗的手。这光荣

将一辈子伴随着我。

你是那么稳重，你是

在痛苦中受教育的木材，

直至成为纯粹的钢铁。

我记得，伊基克的供应处，

由于你，劳动者，刻苦的人，兄弟，

在一起而感到光荣。

缺乏面包，没有面粉。于是

你天不亮就起来，

用你的手给大家

分派面包。我从来没有

看见过你这么伟大；你就是面包，

是人民的面包，在大地上

敞开着你的心。

工作干到很晚，

你带着整整一天

劳累斗争的账册回来，

微笑着好像面粉，

进入你的面包的宁静，

于是你又在分派，

直至睡梦与你

交付了一切的心会合。

IV

贡萨莱斯·魏地拉

他是什么人？他是谁？我到哪里，人家就问我，在那些我去流浪的别的国土。

在智利，没有人问，而是伸出拳头向着风，

矿山上的眼睛都对准那一点，

对准一个无耻的叛徒，他哭丧着脸

乞求他们的选票，为了要爬上宝座。

皮萨瓜的人们，那些煤炭的英勇巨人

看着他，怎样流下眼泪，

露出许诺的牙齿，搂抱着亲吻着

今天用沙子洗净被他脓汁留下的伤疤的孩子。

在我的人民中间，在我的国土上，我们都认识他。

农夫睡着觉，还在思索，什么时候能把

粗硬的双手叉住这条撒谎的狗的脖子；

矿工在不平安的坑穴的阴影里

伸出脚，梦想着用脚掌踩扁

这只邪恶的贪得无厌的卑贱的虱子。

人民知道这个人是谁。他说着话，躲在

一排刺刀后面，或者一群猛兽后面，

或者一队暴发的商人后面，

可是从来不在人民后面。人民正在寻找他，

为了跟他说一小时的话，他最后的一小时。

从我的人民那里，他微笑着，夺走了希望，

在黑暗里出卖给出价最高的人。

不给新房子和自由，反而伤害他们，

在矿坑的出入口鞭打他们，
在一尊大炮后面发工资给他们，
让一小撮人用黑夜里鳄鱼的利齿
手舞足蹈地进行着统治。

V

我不痛苦

那么你不痛苦？我不痛苦。我的痛苦
只是我的人民的痛苦。我生活在
我的祖国的中间，我是它的
无穷无尽的炽热沸腾的血的细胞。
我没有时间想到我的痛苦。
什么也不能使我痛苦，除了这些生命，
它们给了我纯洁的信任，
但是被一个叛徒推下，滚进
死亡的洞穴的底层，从那里
一定要回来，高举起玫瑰。

那个刽子手，逼迫法官们
叫他们判决
我的心。我的勇敢的蜂群——人民
张开了他们的广阔迷宫，
他们的手在那上面睡眠的地下室，

他们在那里保护我，警觉地
监视着光线和空气的入口。
他们对我说："你欠着我们的情，
是你，把冰冷的记号
放上了那恶棍的肮脏名字。"
我不痛苦，只因为没有受过苦。
只因为没有带着我全部的热情，
仿佛创伤一样，走遍我
一个个兄弟的黑暗的牢房，
让每一步颠踬的脚步撞上我，
每一下你背上的鞭子鞭打我，
每一滴牺牲的血
流向我正在流血的歌。

VI

在这个时候

新年好……今天，你的身旁，两边
都是我的土地，你多么幸福，兄弟。
我是我所爱的一切的一个流浪儿。
回答我，要想着我是跟你在一起，
正要问你；要想着我是正月的风，
布埃尔奇的风①，山里古老的风，

---

① 布埃尔奇的风，从大山里刮下来的风。

它来拜访你，你开了门却不进来，

只是吹进它的快速的问话。

告诉我，你走进过一片小麦或者大麦地，

都是金黄色的吗？跟我讲讲梅子熟的日子。

远离了智利，我想着一个完整的日子，

深紫色的，透明的，葡萄串上有糖的，

一颗一颗饱满而发蓝的日子，

把装满美味的杯子一滴滴地滴进我的嘴。

对我说，今天你是咬着一只桃子的

嫩白的臀部，满嘴是不朽的滋味，

直至你自己也成了大地上的源泉，

一个个地把果子贡献给世界的光辉？

VII

从前人家对我说

同是这些陌生的土地，在别的时候

我也走过：我祖国的名字闪发着光芒，

仿佛它天空中秘密的星座。

所有的纬度上的受迫害者，瞎着眼，

受到威胁和污辱的压迫，

他摸着我的手，叫我："智利人。"

声音里沾染着希望。这时候，

你的声音有着一首赞美诗的回声，

你的沙子的双手很小，祖国啊，但是

它们抚慰着不止一处的伤痕，

挽回了不止一个的荒芜的春天。

你保藏着所有的这一切希望，

深印在你的和平中，深藏在土地下，

是给所有人的开朗的种子，

是星星的肯定无疑的复活。

VIII

智利的声音

从前，智利的声音是自由的

金属的声音，是风和银子的声音；

从前，它在刚刚结疤的

这个星球的高处发响，

在由荒野和森滔罗集合起来的

我们的亚美利加。

你的光荣的树叶的合唱

往上升，直至在警戒中未被触动的白雪，

这是你的河流里自由之水的歌，

是你的荣誉的庄严蓝色。

这是伊西多罗·埃拉苏里斯①的

战斗的晶亮的星星

① 伊西多罗·埃拉苏里斯（1835—1898），智利政治家。

在黑暗的受苦的村落上流动；

这是比尔巴奥^①以及他那

小小的嘈杂的星球的额头；

这是维库涅·马肯纳^②正在

把他无数的发芽的叶子，

包孕着信号和种子，搬运给

别的村子，那里窗户紧闭，

没有光明。他们进来了，

在黑夜里点燃了明灯；

在别的民族的痛苦的白天，

他们是白雪的最高的光明。

IX

撒谎者

今天，这些人名叫加哈多，马努埃尔·特鲁科，

埃尔南·圣克鲁斯，恩里克·贝尔斯坦，

赫尔曼·凡尔加拉，^③这些人——预先给了钱
　　的——

据说，啊祖国，他们以你神圣的名字说话，

假装保卫你，却把你的

狮子那样的遗产抛进垃圾堆。

---

① 弗朗西斯科·比尔巴奥（1823—1865），智利政治家。
② 本哈明·维库涅·马肯纳（1831—1886），智利作家，政治家。
③ 这些人都是当时智利支持魏地拉政府的政客。

他们是：好像卖国贼药房里的

丸药那样揉搓成的侏儒，

有来历的耗子，撒谎的小东西，

我们力量的吝啬鬼，

伸着手，吐出造谣的兔子舌头的

可怜的雇佣军。

这不是我的祖国，我向你们

在这些土地上愿意听我说话的人，宣布：

他们不是硝石的高大的人，

不是透明清澈的人民的盐，

不是建设起农业丰碑的

缓慢稳重的双手；

他们不是，他们不存在，他们撒谎，

他们争辩，为了继续并不存在而捞一票。

X

他们被提名

我在这样写的时候，我的左手责备我。

它对我说：为什么提他们的名字？他们是什么？

有什么意义？为什么不让他们留在冬天的

默默无闻的那一边，那马匹在撒尿的一边？

我的右手回答说："我出生

是为了敲门，为了握紧拳头打击，

为了燃烧起最后的逼在角落里的阴影，

在那里，那只毒蜘蛛养肥了自己。"

所以提了他们的名。祖国啊，你不要给我

提你的名字的甜蜜的特权，

除了在你的紫罗兰和你的泡沫里；

祖国啊，不要给我话语来呼唤你，

除了以黄金，花粉，和芳香的名字，

来播撒从你丰盛的黑发上

滴下的滴滴露珠。

给我音节，跟乳和肉一起给我；

那些在你肚子上爬来爬去的

苍白的蛆虫，也要提名，

它们追吸你的血，使你失去生命。

XI

树林里的蛆虫

从古老的树林里落下了什么，也许

那是痛苦，净化了的新枝和外皮，

倒下的树干上滋生着菌类，

蛞蝓在上面画下了令人生厌的线；

从高处躺倒下来的木材，

满是窟窿和可怕的蛀虫。

这就是你的侧影，祖国啊，

你是多么不幸，受制于

爬满了你身上伤痕的害虫：那些

咬断铁丝网的肥头大耳的商贾，

他们在宫殿里用黄金做交易；

那些把细菌和渔场连接到一起的蛆虫；

那些腐蚀着你的覆盖之物，以便

换上猛烈跳着桑巴的卖国贼的斗篷的东西；

那个把自己伙伴送进监狱的新闻记者，

那个霸占一切的卑贱的告密者，

那个用雅加内人①那里抢来的黄金

当了一本花花公子杂志老板的花花公子；

那个长得跟番茄一样的傻瓜海军将军；

还有那个扔一袋美元给他仆从的格林哥。

XII

祖国啊，他们要瓜分你

"人家叫他智利人。"这些蛆虫说我。

他们要把我脚下的祖国夺去。

他们要把你分派犹如肮脏的纸牌。

他们要把你切割仿佛一块肥肉。

我不爱他们。他们认为，你应该死了，

割碎了；在他们肮脏计谋的狂喜中，

---

① 雅加内人，智利南部的印第安民族。

他们像主子那样把你消耗。我不爱他们。

至于我，让我爱你的土地和人民，让我

追随我的梦，在你的海疆和雪地的边境，

让我收集你所有的痛苦的芬芳，

装进一只杯子里带着上路。

可是我不能跟他们在一起，你别要求我，

在你摇动肩膀，带着他们

腐朽的畜生的萌芽倒在地下的时候，

别要求我，以为他们是你的儿女。

我的人民的神圣木材是另一种。

明天

你将在你的狭长窄细的船只上，

在大洋和积雪的两个大海之间，

你就是最可爱的，是面包，是土地，是儿子。

在白天，是自由的时光的高尚礼仪，

在夜晚，是密布星星的天空的实质。

XIII

他们接受了反对智利的命令

但是在所有他们的背后，要找一找，

有某种东西在卖国贼和咬东西的耗子的背后，

有一个帝国在摆开桌子，

端来酒菜和子弹。

他们要像在希腊干的那样对付你。

希腊的大人先生们在宴会上坐着，

而给山里的老百姓吃子弹。

要拔掉新的萨莫特雷斯胜利女神的翅膀①，

要用在纽约安上柄的暗杀的匕首

把人绞死，杀死，截死，淹死；

要用火烧毁人的骄傲，

因为它到处冒出头来，

仿佛产生于血所灌溉的土地。

要给蒋介石武器，给卑鄙的魏地拉武器；

要给他们钱造监狱，给他们

飞机去轰炸同胞；要给他们

一只面包，一点美元，他们就会去干。

他们欺骗，他们诱诈，在死人身上

跳舞；他们的老婆穿着最贵的皮裘献媚。

人民的痛苦无关紧要，为了

铜矿的老板和主子，必须作出牺牲。

就这样干：将军们离开军队，

到丘基卡马塔的公司当职员；

这位"智利的"将军在硝石上

拔出指挥刀发命令，算了算

邦巴斯草原的儿子工资标准应该要求多少。

上面发命令，那只美元的口袋发命令，

就这样，这个卖国贼侏儒接受了命令；

① 在希腊萨莫特雷斯地方发现的古希腊的一尊胜利女神像，背有翅膀。

就这样，那些警察的将军们就动手；

就这样，祖国的大树的树干在腐烂。

XIV

我想起了海

智利人，这个时候你去过海上没有？

以我的名义去吧，浸湿你的手，然后举起来；

让我在异国的土地上崇拜这些水滴，

它们以无限的海水落到了你的脸上。

我在我所有的海边生活过；我熟悉

北方的宽阔的海，荒野的海，直至

群岛上泡沫的沉重的风暴。

我记起了海，记起了科基姆博

断裂的坚硬的海岸，特拉尔卡高涌的海水，

南方孤寂的海浪，它们创造了我。

我记起了，在蒙特港，或者在岛上，[①]

从海滩回来的夜晚，守候着的船只，

我们的脚在它的踪迹上留下了火，

一个发着磷光的天神的神秘火焰。

每踩下一脚就是一道磷光的流。

我们用星星在大地上书写。

在海上则是一条滑行的船，抛出了

---

① 科基姆博、特拉尔卡、蒙特港，均智利地名。

一把海火，一群萤火虫，

一阵无数眼睛的波浪，它们一忽儿

全都睁开，然后又回到深渊里沉睡。

XV

没有宽恕

我爱土地，火焰，面包，白糖，面粉，

大海，书本，以及大家的祖国，因此，

我到处流浪：卖国贼的法官追索我，

他的拍马者们，仿佛经过训练的

长尾巴猴子，企图浇灭我的记忆。

我是跟他在一起，跟君临于一切的他，

来到矿山的出入口，来到曙光所遗忘的荒野；

我是跟他在一起，对我贫穷的兄弟们说：

"别再保留破烂衣服的线缕，

别再过这种没有面包的日子；

你们要受到的对待，就像你们是祖国的儿子。"

"现在我们要分派美，让妇女们的眼睛

不要为了她们的儿子而哭泣。"

但是后来分派的不是爱，夜间从他那里得到的

却是饥饿和牺牲，从倾听着的他，

从接受到了力量，接受到了

坚强大树的柔情的他。于是

我不跟这个精明的小小统治者在一起，

而是跟那个没有姓名的人，跟我的人民，

我要我的国家为了大家；

我要平等的光明照在

我燃烧的祖国的头发上；

我要白天和犁头的爱情；

我要抹掉以仇恨画下的线，

它隔开了人民和面包；

对那些改变祖国的界线，

像狱卒那样把它捆绑着交出去的人，

对那些伤害它而得到了钱的人，

我不歌唱，也不沉默，

我要把他们的模样和名字

刻在万年遗臭的墙上。①

XVI

你在斗争

这一个新年，同胞，是属于你的。

它由于你而产生，比由于时间更多，

它挑选了你最好的生命，投入战斗。

这一年已经倒下，就像死者在墓中，

---

① 贡萨莱斯·魏地拉以虚假的诺言，竞选总统；上台以后，立刻
翻脸不承认，而且迫害当初支持他竞选的人。

它不能安息，因为爱也因为害怕。
这个死去的一年是受到痛苦折磨的年头。
它的痛苦的根子，在节日的时间里，
在夜晚，脱离了，掉落了，就会
长出另一个水晶那样的不熟悉的根子，
向着空虚的一年，逐渐充满你的生命，
给你以我的祖国所要求的尊严，
它也是你的祖国，这片狭长的火山和酒的土地。
我已经不是我祖国的公民；人们写信给我
说那个统治着国家的小丑，把我的名字
跟数千个别的名字一起，从
共和国法律所制订的名单里勾去。
我的名字被勾掉，是为了使我不存在，
是为了让地牢里凶恶的兀鹰投票，
为了让政府的监狱里那些
被鞭打受折磨的驮东西的牲口投票，
也为了很好地保证
让那些出卖祖国的
管家，工头，生意上的合伙人投票。
我则在流浪，生活在痛苦中，因为，
远离了囚犯和花朵，人们和土地。
但是你却在斗争，为了改变生活。
你还在斗争，为了抹掉地图上
粪便的污迹。你还在斗争，毫无疑问，
为了结束这个时代的耻辱，

打开人民的监狱，

振起被出卖的胜利的翅膀。

XVII

新年好，我黑暗中的祖国

祝愿这一年的新年好，为了你，为了

所有的人，为了土地，为了可爱的阿劳加尼亚，

在你和我的生存之间，有着这个新的黑夜

分隔着我们，还有森林、河流和道路。

可是我的心，像一匹深色的马，

却向着你，我的小小的祖国，在奔驰：

我进入它的纯洁的地理的荒原，

我经过碧绿的山谷，那里的葡萄

在积聚它的绿酒，它那成串成串的海。

我走进你的村落，那些关着门的园子，

洁白得犹如山茶，走进你的酒窖的

发酸的气味，像一根木材那样

穿过河里的流水，它以涨满的嘴唇

正在抖动着以颤声唱歌。

我记得，在路上，也许也是这个时候，

或者说就是秋天，房屋上留着

需要晒晾的金黄色的玉米棒子；

有多少次，我真像个欢喜若狂的孩子，
因为看见穷人家房顶上铺满了黄金。

我拥抱你，现在我应该
回到我隐藏的地方去。我拥抱你，
然而我不认识你：告诉我，你是谁，
你听得出，正在诞生的合唱中我的声音？
在环绕着你周围的一切事物之中，
你听见了我的声音；你不觉得我的声音
散发着包围着你，犹如大地上自然的水？

是我，拥抱着我祖国所有的
甜蜜的面貌，如花的细腰；我呼唤你，
为了在欢乐消失的时候我们谈话，
奉献给你这个钟点，仿佛一朵闭合的花。
新年好，我的在黑暗中的祖国。
我们一起走，这是一个以麦子为冠冕的世界，
高爽的天空奔流而去，以它的
纯洁高大山岩冲破黑夜；
它刚刚斟满了那只新杯，以一分钟，
就在把我们带来的时间的河流旁边。
这个时间，这只杯子，这片大地，都是你的：
征服它们吧，听着黎明怎么诞生。

十四

大　洋

I

大　洋

大洋啊，如果以你的能耐，你的毁灭的能量，
你能够给我的手安置一种方法，一个果子，一粒
　　酵母，
我就要选择你遥远的宁静，你钢铁的线条，
你的被黑夜和空气看守着的广袤，
还有你洁白语言的力量，
它在自己破毁的纯洁中
冲坏了撞倒了它的支柱。

这不是最后一排浪，以它盐味的重量
压碎了海岸，产生了
围绕世界的沙滩的宁静：
而是力量的中心体积，
是水的伸展的能量，
充满生命的不能动摇的孤独。
于是，时间，或者一切行动
积聚成的杯子，成为纯洁的一体，
它不封闭死亡，那炽热燃烧的
整体之中的绿色内脏。

从沉没中举起的胳膊上残留着一滴水，

它不是别的，而是盐的一个吻。

从你的岸边的人们身上，

保存着浸湿的花朵的潮润芬芳。

你的力量似乎在流动，毫无消耗，

似乎在你的歇息中恢复。

你所推出的波浪，

是一座座的同样的拱门，带星星的羽毛；

它退落时不过是泡沫，

它回过头来又产生，并未衰竭。

你的全部力量重新成为根源。

你只交付出破碎的废物，

分开你负载的甲壳，

驱逐了你丰沛的行动，

剩下的一切就只是成为串串葡萄。

你的躯体远远伸展，超过了波浪。

那么活跃，那么规律，仿佛心胸，仿佛披风，

仿佛整整一个生物，以及生物的呼吸，

在那升起的光明的物质之上。

你用浪涛掀起一片平原，

形成了这个星球裸露的表皮，

以你的充实充盈了你自己。

你斟满了寂静的起伏波折。

杯子在颤动，有你的盐，你的蜜，
它是水的无所不在的空穴。
你什么也不缺，仿佛在
破裂的喷火口，在粗糙的杯子里，
空虚的山巅，伤疤，记号，
守卫着伤残的空气。

你的花瓣对着世界搏动，
你的海底下的谷物在震颤，
柔曲的海藻悬垂着它的威胁，
鱼群的学校在航行，在繁殖，
只有鳞片的死去的闪电
升起向着鱼网的网线，
在你晶莹的整体的广大范围里，
只是一个毫米的创伤。

II

出　生

当星辰在大地上金属上
改变形状；当能量消失，

曙光和煤炭的杯子倒翻，

篝火淹没在其深色之中，

这时候，大海退落，仿佛

一滴燃烧的水，从一个小时到一个小时，

从一段距离到一段距离。

它的蓝色的火变成了圆球，

它的轮子的空气是钟，

它基本的内涵在泡沫里颤栗，

在盐的光明之上升起了

它的辽阔广大的独立自主之花。

就在疏落的星星沉睡，

犹如昏沉的灯，把它永恒不动的

纯净洁莹缩减的时候，

大海在它的雄伟中充满了盐，

充满了咬啮的创伤，

在漫长的整整一天里，

不断地呼喊，不断地活动，

创造土地，溶化泡沫，

当它不在的时候留下橡胶的痕迹，

用它的身躯挤进深渊，

在它的岸边铸造热血。

波涛的星星，流水的母亲，

母亲的物质，不可征服的骨髓，

升起在泥泞中的摇晃的教堂：
黑夜的石块在你身上搏动着生命。
它逢到了伤痕就往后退，
它带着盾牌和冠冕向前进，
它伸出透明的牙齿，
它在腹中积聚战争。
它所形成的黑暗，被闪电的
冰凉的物质所破碎。
大洋啊，在你的生命中它生活。

大地给人以它的惩罚。

它抛弃兽类，取消山岭，
细察死亡的卵。

这时候，在你的年龄上仍然活着
潜没在水下的过程的交叉记号，
宏大的创造保持着
同样的累累鳞片的翠玉；
用发蓝的指环那样的嘴
正在吞食的挨饿的海枞树；
吸着淹在水里的眼睛的发菜；
战斗的天体那样的海蚕；
以及抹了油似的强壮有力的鲸类，
滑过了点点细碎的影子。

它建成了这座大教堂，没有用手，
而是用无数潮汐的冲击，
盐仿佛一根针那么细，
刻成了一片水做的孵卵的薄板，
而那些刚刚生长的洁净的生物，
挤挤攘攘地在缝着四周的墙，
仿佛集合在一起的巢，直至
它以海绵的灰色做装饰，
又披上了腥红的长袍，
生活在黄色的诸神之中，
生长出海苋的石灰质花朵。

一切都是生物，是颤动着的物质，
那些咬啮着的肉食的花瓣，
赤裸裸的大量的堆积，
孕育种子的植物的搏动，
潮湿的圆球的血，
不停息的蓝色的风
摧毁着生物的险峻的界线。

就这样，不动的光亮是一张嘴，
咬啮着它的深紫色的宝石。

大洋，是一个并不坚硬的形体，

是生命的半透明的洞窟，

是生存的群体，流动的葡萄串，

卵巢的织物，流散的

萌生的牙齿，黎明的血清的剑，

婚姻的有机的财富；

一切都在你的身上搏动，

充满着有空穴的震动的水。

就这样，生命的杯子得到了

它的激动的香气，它的根子，

而浪涛则阵阵地相撞。

细腰和整体依然生存，

羽毛和纬线高高举起，

那些泡沫的黄金的客人。

海的声音永久地

在岸边颤动，那是水的洞房，

席卷一切的台风的皮肤，

星星的激怒的乳汁。

III

鱼和淹死的人

忽然之间，我看见这个紧张的区域

完全被挤满，像铜铁的形状，

嘴巴仿佛切割的线条，

发出沉在水里的银色的闪光，

那些黑色的鱼，尖头的鱼，

钉在苍穹上的鱼，

斑点闪闪发亮的鱼，

疾如寒战地游过的鱼，

回游的飞快速度，纤细的科学，

肉食的和增殖的

椭圆形的嘴巴。

多么美丽，那手或者腰，

围住了逃亡的月亮；它看见

生命的弹性的潮润的河流

在小小的渔村里颤动，

鱼鳞上星星在增长，

乳白石似的种子播撒在

大洋的昏暗的床单上。

它看见浸蚀的银石在燃烧，

看见活跃的宝藏的旗帜，

于是把它遗传下来的血

交付给吞食一切的深底，

被许多嘴巴叼住，

以血淋淋的圆口

咬遍它的身体，直至它破碎，

它分裂，仿佛流血的麦穗。

这是海潮的一面盾牌，一件衣服，

压碎了紫色的水晶，

那海底下的无数大树上的

受到创伤的遗物。

IV

人和岛

大海上的人们醒来了，在岛上歌唱水，

在绿色的岩石上歌唱岩石：

纺织的姑娘编织一小个方块，

那上面火和雨互相穿插，

产生出冠冕和大鼓。

      梅拉内西亚①的月亮

是一条坚硬的石海蚕，

来自大洋的带硫黄的花朵。

大地的女儿在颤动，仿佛波浪，

吹着棕榈林里新婚的风；

追逐泡沫的生命的鱼叉，

深深刺进了软肉。

独木舟在白日的荒寂中摇晃，

从点点花粉那样的岛屿，划向

———————————

① 梅拉内西亚，东太平洋的一个群岛。

大块金属似的黑夜里的亚美利加。

细小的无名星辰，散发出香气，

仿佛秘密的流泉，满溢着

羽毛和珊瑚；这时候，海洋上的眼睛

发现了铜的海岸的高大影子，

陡直的雪的高塔；那些黏土的人们

看见溅湿的旌旗在跳舞，

看见遥远的海上孤独中来的

大气的敏捷能干的儿子。

　　　　　　　失去的

柑橘花的树枝也来到了，还有

海洋上木兰花的风，腿上

蓝色马刺的甜蜜，没有金属的

岛屿的亲吻；纯洁，

仿佛放荡的蜜；响亮，

仿佛苍穹的被单。

V

拉帕·努伊[①]

特皮托－特－埃努亚，大海的脐眼，

大海的雕塑室，杰出的冠冕。

---

① 拉帕·努伊，即特皮托－特－埃努亚岛，又名复活节岛，在东太平洋，岛上有巨大
的石雕人像，当地土语叫作"莫阿伊"。

从你的大堆凝固熔岩

竖立起大海里最高的人脸；

睁着的石头的眼睛，

打量着宇宙的旋风；

竖立起你纯洁宏伟雕像的

那只手，一定在中央。

你的虔诚的岩石被切割，

向着大洋所有的线条，

于是人的脸就出现，

矗立在岛屿的内脏，

从空穴的喷火口诞生，

脚却仍然纠缠在沉默之中。

它们是哨兵，守住了

从所有潮湿领域来的

无数股流水的回流；

海到了石刻的面具前面，

也停住了它的蓝色风暴的树木。

没有别的，只有这些脸

居住在这个王国的圆圈之内。

它那么沉默，仿佛一个星球的

入口，仿佛围绕岛屿嘴巴的边沿。

就这样，在海上圆穹的光明下，

石头的神话以其死去的奖章

褒奖着广阔的天地；

那些小小的君主，

他们为了泡沫的永恒，

建立起这个孤独王国的一切，

又在看不见的黑夜回到海中，

回到他们盐制的棺椁。

只有月亮的鱼死在沙滩上。

只有时间在消耗"莫阿伊"。

只有沙滩上的永恒，

懂得这样的话：

光明结束，迷宫死亡，

杯子的钥匙沉没海底。

VI

石像的建造者（拉帕·努伊）

我是石像的建造者。我没有名字。

我没有脸。我的脸已经离开正路，

在荆棘上奔跑，上升渗入了石头。

它们有着我的化石的脸，我的祖国的

庄严的孤独，大洋的皮肤。

谁也不愿意说话，谁也不愿意，
除了以它的大量沙子而诞生，
向着沉默的时间为目标而存在。

你问我，消耗了那么多
指甲和手，那么多黝黑胳膊的石像，
是否为你保留着一个喷火口的音节，
被熔岩的标记所保持的一种古老的香味？

并非如此，石像就是从前的我们，
现在的我们；我们的前额，瞧着波浪，
我们的物质，有时候中断，有时候
在模样像我们的石头中继续。

其他就是小小的邪恶的神，
鱼儿，鸟儿，取悦着清晨，
隐藏的斧子，击破了
石头形成的脸的最高大的石像。

这些神如果愿意，就保持着
这场延迟了收获的斗争，在舞蹈中
给花朵的蓝色的糖以营养。

它们在面粉的钥匙上往上又往下。
它们弄湿了所有的新婚的床单，

用的是潮湿的花粉，不知不觉地

在人的红色春天里舞蹈的花粉。

然而向着这些石壁，这个喷火口，

却没有人来，除了你，小小的活人，一个石匠。

这些血肉和别的血肉会得消瘦，

花朵也许会得凋谢，没有痛苦；

不能孕育的曙光，干燥的尘土，

在这个骄傲的海岛的腰间走向死亡的时候，

你，雕像，人的女儿，却依然会在那里，

以这只那只已经不存在的不朽的手中

升起的眼睛，正在张望。

你会抓刮土地，直至出现了坚定，

直至阴影落到了结构上，

仿佛落到一只巨大的蜜蜂上一样，

它吞下了自己的消失在无限时光中的蜜。

你的手触摸着石头，雕琢它，

给它以能够存在的孤单的能力，

不用花费那并不存在的名字；

就这样从一个生命到一个无生命，

维系住时间，仿佛一只挥动的手，

我们竖起沉睡的焙烧的塔。

那是在我们的雕像上生长的雕像。

今天看看它们吧，摸摸这材料吧；
这些嘴唇说着我们沉睡于死亡时
同一的沉默语言；还有这些砂质的伤痕，
那是海水和时间像狼那样舔成；
这是不曾毁坏的一张脸的一部分，
是生命的尖端，是摧毁灰烬的葡萄串。

它们就这样诞生，它们是生命，
它们雕琢自己坚固的石室，岩石上的蜂房。
这种目光比时间有着更多的沙子，
比它蜂房里所有的死亡更加地沉默。

它们是一幅庄严的蓝图的蜜，
充满了今天滑过石头的光辉灿烂的光明。

VII

雨（拉帕·努伊）

不，女王不认识
你的脸。所以它是
更加甜蜜，我的爱，比那些雕像；
你的头发重重地垂在我的手上。你还记得

曼加雷瓦①的树，它的花朵

落上你的皮肤？这些指头

并不像白色的花瓣；瞧吧，

它们像根，像石头的嫩芽，

上面有蜥蜴在爬。你别害怕，

我们期待着下雨，赤裸裸地，

雨，落在马努·塔拉②同样的雨。

然而，就像流水在石头上磨下痕迹一样，

它落在我们身上，轻柔地带着我们

落向黑暗，落到比拉诺拉拉库③的

洞穴更深的下面。因此，

你看不清渔夫也看不见坛子。

把你胸前炽烈的一对火焰埋在我的嘴里，

你的一头乌发就是我小小的黑夜，

它在幽暗里发出的潮润芳香遮掩住我。

晚上我做梦，梦见你和我是两株植物，

在一起生长，根子在一起纠结。

你熟悉土地和雨水，仿佛我的嘴，

因为我们就是泥和水做成。有时候

我想：我们跟死亡一起在下面入睡，

在雕像脚下的深处，瞧着那大洋，

带着我们来建设来爱的大洋。

---

① 曼加雷瓦，南太平洋岛屿。
② 马努·塔拉，智利的小岛。
③ 拉诺拉拉库，复活节岛上的火山。

我的双手在熟悉你的时候并不粗硬，

别的大海的海水冲刷着它们仿佛一张网，

现在流水和石头保持着种子和秘密。

爱我吧，在睡着的时候，赤裸的时候，

在岸边，你就仿佛是岛屿；

你的惶惑的爱，你的幽暗的爱，

隐藏在睡梦的空穴中，

就像环绕着我们的大海的波动。

等到我也要在你的爱中入睡，

赤裸裸地，

我把我的手放在你的胸口，

让它跟你在雨下淋湿的乳房同时搏动。

VIII

大洋上的人

没有更多的神，除了腐烂的海豹皮，

海的尊严，被南极的鞭子

抽打的雅马纳人，

用油脂和残屑连结起的阿拉卡鲁弗人，①

---

① 雅马纳人、阿拉卡鲁弗人，均智利南部的印第安民族。

在水晶的高墙和深渊之间，

在大鼓和雨水竖立起的仇恨之上，

一条小小的独木舟，带来了

火中的狼和炭的流浪的爱情，

漂浮在濒临死亡的最后的水上。

人啊，如果毁灭

不是从雪中的河流下来，

也不是从冰川的冰气上

冻硬的月亮上下来，

而是从人，从消失的积雪的

物质中的人，从

大洋尽头的水中的人而来，

它以挖掘出土的骨殖在思索，

甚至把你推向远离一切的地方；

今天就是在远离一切的地方，

远离雪，远离溶化冰块的风暴的地方，

你的独木舟，在粗野的盐中，

在狂暴的孤独中航行，寻找

面包藏身的洞穴。你就是大洋，

海水及其愤怒蓝色的水滴；

你的古老的心在呼唤我，

仿佛难以置信的不会熄灭的火。

我爱冰冻的植物，战斗在

带泡沫的风的怒吼里；

我爱峡谷脚下

那小小的点点闪亮的村庄，

它在被寒冷推动的水上的

贝壳的灯火上燃烧；

我也爱在想象的苍白光辉的

堡垒里的南极的曙光。

我爱，甚至植物的杂乱的根，

被曙光透明的手所烧炙，

然而却是向着你，

海的影子，冰凌羽毛的儿子，

大洋的褴褛衣衫，向着你而去；

这一阵在狂喜中产生的波涛，

在风的引导之下，

仿佛饱受创伤的爱情。

IX

南 极

南极，南方的王冠，一串冰冻的灯，

大地表皮上

破裂冰块的骨灰瓮，

被洁净所推倒的圣殿，

在洁白的大教堂之上

翻倒的船只，

破碎的玻璃的祭献者，

黑夜雪地上撞击墙壁的风暴：

把你的双重的胸脯给我，

那被侵蚀的孤独所动摇的胸脯，

它是可怕的风的通道，它以

海貂的所有花冠所假扮，

带着沉舟所有的汽笛声，

以及世界上白色的沉没的一切。

或者给我以你的宁静的胸脯，

被寒冷所洁净，仿佛一块明净的晶体，

还有那不呼吸的永恒的

透明的物质，敞开的空气，

没有土地没有贫穷的寂寞。

最严酷的正午的王国，

喃喃发响的冰的弦琴，

一动不动，靠近敌意的星星。

所有的海都是你圆形的海。

所有的大洋的抗拒

把它的透明集中于你；

盐以其堡垒遍布于你；

冰组成的城市升起在

一根水晶的针尖，

狂风刮过你发咸的阵痛，

仿佛一只被雪烧炙的老虎。

你的圆顶从冰河的船只

产生了危险，在你脊背的

荒原上，就是生命，仿佛

海底下的葡萄园，燃烧着。

而没有消耗，为了

冰雪的春天而保存着火。

X

海岸的儿子

海上的贱民，被鞭挞的

南极的狗，

死去的雅加内人，他们的骸骨上

财主们在跳舞，

按照规定的价格，

付了剃刀刮过的高耸脖子的钱。

安托法加斯塔和干燥海岸的

被厌弃的人，贱民，海洋里冰冻的虱子，

拉帕的子孙，安加－罗亚的穷人，

破衣烂衫的猴子，奥都－伊蒂的

麻风病人，加拉帕戈的奴隶，

半岛上贪心的衣服破旧的人；①

脱了线成了破片的衣服，

肮脏的补丁里露出了

斗争的结构，被海风

盐伤的皮肤，人类的一小块

英勇的土地，琥珀的土地。

船载着货物来到海的祖国，

来了绳索，印花，基金，

有个模糊侧面像的钞票，

以及海滩上瓶子的碎片。

来了政府官员，议会议员，

大海的心变成了缝合的伤口，

变成了口袋，碘酒和痛苦。

他们来卖货的时候，

黎明是那么甜柔，衬衫

仿佛船只上的积雪，

天上的儿子们红扑扑的脸；

花朵和红脸，月亮和行动。

海上的虱子们，现在吃粪吧，

---

① 以上指的都是智利南方巴塔戈尼亚的印第安民族；他们生活在贫苦之中，受到歧视、剥削和压迫。

寻找废物吧，寻找

水手的经理的破鞋吧，

嗅一嗅排泄物和干鱼吧。

你们已经进了这个圈子，

就不能从这里出去，只有死。

不是到海上去死，跟水跟月亮，

而是到讣告的杂乱针孔里去死，

因为现在，如果你们要忘记，

你们就完蛋。

在死之前，还有地区，移居，

阶段，停留的站头，

你们可以跳着舞上去，

卷在玫瑰的白天的露珠里，

或者银子的鱼的航行里。

今天你们是永远死了，

沉没在教士的悲哀的文告中；

你们在地狱公证人下面

更多地卷卷尾巴的时候，

只有你们是土地里的蛆虫。

来吧，到海岸边来繁殖，

我们仍然接受你们，

你们可以永远出海捕鱼，

这是我们的渔业协会所保证。

你们可以在码头上搔搔背，

搬运装满豆子的口袋，

在海岸的垃圾堆上睡大觉。

你们真正是个麻烦，是泡沫的

肮脏的败家子，最好还是，

如果教士允许的话，上到那条

等待着你们的船上去吧，

连同你们的一切和虱子。

让它把你们带到虚无之中去，

没有棺木，被阵阵的波浪和贫穷

咬啮，总是无法偿还死亡。①

XI

死　亡

形状像水藻的鲨鱼，伏在

天鹅绒似的海的深渊，

忽然间，仿佛狭长的月亮，

你们带着紫色的锋刃出现。

涂了油似的鳍，在阴暗里，

黑沉沉的，高速度的，恐怖的船，

它们给戴上罪恶，仿佛花冠，

连同炫目的光，

没有一点声息，在一堆绿色的篝火上，

---

① 诗人用讽刺的笔调悲叹这些印第安人的遭遇和命运。

在一阵闪电的刀剑上。

这是些暗色的纯洁的形体，
在海的皮肤下面滑过，仿佛爱情，
仿佛侵入喉咙的爱情，
仿佛在葡萄上闪光的黑夜，
仿佛在匕首上的酒的火光。
宽大的皮囊的宽大的影子，
仿佛威胁的旗帜，
胳膊的树枝、嘴巴、舌头，
以波动的花朵围住了它们吞下的一切。

在生命的小小水滴里，
期待着一个犹疑不决的春天，
它以不动的制度，封闭了
颤动着落向空虚的东西。
紫外线的腰带里
滑出了一条邪恶的磷光的腰带，
围上了迷路者黑暗的痛苦。
淹死者的地毯重新覆盖上
一片长矛和黑鱼的森林，
颤抖着，活动着，仿佛一架织布机
在吞没一切的深渊里纺织。

XII

波　浪

波浪来自深处，它的根子
是淹没的苍穹的女儿。
它那富有弹性的侵袭
是被大洋纯洁的能量所掀起。
它的永恒的运动出现，
泛滥了深沉能量的楼阁。
每一个生物都给它以抵抗，
在它的腰部脱出了寒冷的火，
直至从力量的分枝
分开了它的白雪的威力。

它来到，仿佛陆地上来的一朵花，
以坚决果断的芳香向前进，
甚至有着木兰花的重大体积；
然而这朵海底的花不得不爆炸，
带着所有的被废弃的光，
带着所有的不燃烧的树枝，
以及所有的白色的泉源。

就这样，它的圆睁的眼皮，
它的体积，它的杯子，它的珊瑚，

膨胀了海的皮肤，出现了
海底下生物的这个生物的全部。
这是它所建设的海的团结，
这是它所竖起的海的柱子，
它一切的诞生和毁灭。

盐的学校开启了大门，
所有的光都飞出来冲向天空，
从夜晚生长，直至黎明，
直至潮湿金属的酵母，
一切光明都变成了珊瑚。
这朵花生长着，消耗了石头，
泡沫的河流升向死亡，
风暴般的植物在进攻，
玫瑰在钢铁上怒放；
水的棱堡屈身倒下，
大海渐渐消沉，没有
使它水晶和寒热的塔流散。

XIII

港 口

阿卡布尔科[①]，雕琢得仿佛一块蓝石

---

① 阿卡布尔科，墨西哥港口。

醒来的时候，黎明的海洋来到你门口

发着虹彩，浇着花边，好像一只海螺，

在你的岩石之间，游鱼穿梭，犹如闪电，

搏动着，带着海水的光辉。

你是完美的光明，没有眼皮，是

赤裸的白天，那么平衡，仿佛沙子的一朵花，

在无限地伸展的水面，

以及点燃着黏土的灯的高原之间。

你的旁边，湖沼给我以傍晚的爱，

由于飞禽和树丛而热烈的傍晚；

鸟巢仿佛树枝上一个个结节，

苍鹭的飞舞在那里扬起了泡沫。

殷红的水面，好似发生了一桩罪行，

沸腾着一群嘴巴和根子都闭住的居民。

托波洛巴姆波①，刚刚勾划在

加利福尼亚海甜蜜而裸露的岸边；

星星似的马萨特兰②，夜间的港湾，

我听着浪涛冲击你的贫穷你的星座，

你的充满热情的歌手们的搏动，

你的梦游的心，

在月亮红色的网下唱歌。

---

① 托波洛巴姆波，墨西哥港口。
② 马萨特兰，墨西哥港口。

瓜亚基尔①，长矛的音节，热带的

星星的锋刃，潮湿黑夜的

打开的门闩，蜿蜒起伏，

犹如淋着水的女人的一绺鬈发。

你是被痛苦的汗水

弄坏了的铁门；这汗水

浸湿了葡萄串，

在树枝上滴下象牙，

滑向人们的嘴巴，咬啮着

仿佛一个发酸的水手。

我爬上莫连多②的山岩，那么洁白，

干燥的光彩和伤疤，

还有喷火口；它那裂开的陆地

把它的宝藏置在石块之间；

你是光秃秃的悬崖绝壁，

把人封闭住的山峡，

是金属的咽喉的影子，

死亡的黄色的岬角。

皮萨瓜，痛苦的名字，被酷刑所玷污；

在你的空洞的废墟里，

---

① 瓜亚基尔，厄瓜多尔的港口。
② 莫连多，秘鲁的港口。

在你的令人可怕的悬崖上，

在你的石砌的孤寂的监狱里，

企图压死人类的植物，

要想使死去的心，变成

一张地毯，压在灾难之下，

仿佛狂暴的记号，直至

摧毁了尊严。在这里，空荡荡的

发咸的街巷里，悲伤的幽灵

在移动他们的披风。

在那些赤裸的受欺凌的石缝里，

就是这一段历史，好像一座纪念碑，

受着孤零零的泡沫的撞击。

皮萨瓜，在你光秃秃的顶峰，

在狂暴怒火的孤寂中

屹立着人类真理的力量，

犹如一座赤裸裸的高贵的纪念碑。

不仅仅是一个人，不仅仅是一滴血，

玷污了你的石级上的生活，

而是所有的刽子手，他们

抓住了受伤的沼泽，抓住了刑讯，

抓住了忧伤的亚美利加的荒原。

他们以枷锁布满了你的

陡峭荒凉的山岩时，

不仅是一面旗帜被损毁，

不仅是一个可恶的凶徒，

而是罪恶的水中所有的禽兽，

反复地咧出他们历史上的利齿，

以致命的利刃，

刺穿不幸的人民的心，

缚住了生养他们的土地，

污辱了黎明的沙子。

啊，沙地的港口，泛滥着硝石，

泛滥着秘密的盐，

给祖国留下了痛苦，

把黄金带给了陌生的神。

这些神的爪子刮搔着

我们痛苦的土地的表皮。

安托法加斯塔，你的遥远的声音

在水晶般的光明中传来，

堆积在货包上，仓库上，

散布在黎明的干燥里

向着船只航行的方向。

伊基克，木材的烤干的玫瑰，

在你的白色栏杆之间，在你的

被荒漠和大海的月亮所渗透的

松树的墙壁旁边，

流淌着我的人民的血；

真理被谋杀，希望被毁灭，
在殷红的血泊中。
罪行被沙子所掩埋，
遥远的距离沉没了临死的喘息。

光彩夺目的托科比利亚，
在山岭脚下，在满是洞穴的光秃地面，
奔流着硝石的干燥的雪，
既没有熄灭它的计划的光亮，
也没有减轻在大地上
摇撼死亡的乌黑的手。

无依无靠的水，推拒了
人类的爱的淹没一切的水，
它隐藏在你的石灰岩的边缘，
仿佛耻辱的最沉重的金属。
被埋葬的人下来，到你的港口，
来看看出卖了的街道的光亮，
来松散一下沉重的心，
来忘掉沙地和不幸。
你在经过的时候，你是谁，
是谁在你金黄的眼前滑过，
是谁接着从水晶上而来？
你下来，你笑，你欣赏树木间的宁静，
你抚摸玻璃上浑浊的月亮，

如此而已。人被食肉的阴影和铁棍
看守着；人躺在他沉睡的医院里，
躺在火药的礁石上。

南方的港口，它摘去了
我前额上树叶的雨水；
冬季发着苦味的针叶树，
从它的满是针叶的源泉，
落下了孤寂，落到了我的痛苦上。
萨阿维德拉港①，冻结在
帝国的边沿。河网错综的
河口，海鸥冰雪中的啼叫，
对我，就好似风暴中的柑橘花，
没有任何东西在它的叶簇中鸣啭；
它是向着我的柔情而来的错了路的甜蜜，
被强暴的海所撕碎，
散落在孤寂之中。

后来，我的道路就是冰雪。
在海峡沉睡的房屋里，
在阿雷纳斯角，在纳塔莱斯港，②
在狂风嗥叫的蓝色广漠，
在嘘嘘声中，在大地尽头

———————————

① 萨阿维德拉港，智利南方的港口。
② 海峡，指麦哲伦海峡。阿雷纳斯角、纳塔莱斯港，均智利南方
港口。

放肆的黑夜，我看见了

正在抵抗的胸膛；我在

咆哮的风中点燃了灯；

我把我的手伸进了

极地的裸露的春天，

亲吻刚开放的花朵的冰凉花粉。

XIV

船　只

红绸的船只在光明之上运载而来，

屹立于黎明的一片紫霭之中；

扬着红色风帆横过海上的阳光，

纤维松散，犹如破烂衣衫的线头；

镀金盒子的热烈气味，

被肉桂敲出了声音，好像提琴；

在港口喃喃抱怨的贪心，

处在摩擦的手的风暴里；

翠玉的碧绿的柔和欢迎，

以及丝绸灰白的谷物，

一切都在海上经过，仿佛风在旅行，

仿佛正在消失的牡丹的舞蹈。

来了精细的速度，海上的

优美的工具，风帆的鱼；

被小麦镀成金黄，

被灰姑娘的商品所委派，

被泛滥的石块所委派。

石块闪闪发光，仿佛落在它帆上的火，

或者填满了含盐荒原上

收集来的硫黄的花朵。

其他的船则装载着种族，

被安置在船底，用锁链锁住；

俘虏的眼睛流出的泪水

崩裂了船只沉重的木材。

刚刚离开象牙的脚，

堆满着苦楚，仿佛受伤的果子，

强烈的痛苦，仿佛乱撞的鹿：

脑袋从夏日的钻石，落进了

无耻的粪坑的深处。

满载小麦的船在波浪之上

摇晃，仿佛一片平原上

麦穗在谷物的风中。

捕猎鲸鱼的船，耸立起

顽强的心，好像捕鲸叉一样，

慢慢地游猎，把船舱里的猎物

卸向瓦尔帕莱索港口，

油腻的船帆被冰雪和油脂

震撼而伤残，直至把船上的杯子
都装满了鲸鱼的柔软的产物。
损毁的船只在海上的风暴里，
穿过了一个坟墓接一个坟墓；
船上的人们紧紧抓住他们的回忆，
以及船只残剩的最后破烂；
在海上漂浮的碎片，以截短了的手
把他们在痛苦中引向
遍布于泡沫的海上的细小嘴巴之前。
装运硝石的船，轻捷而快活，
好像调皮淘气的海豚，
在光辉灿烂的被单上，
向着大海的泡沫乘风滑去。
犹如指头和指甲那么精雅，
犹如羽毛和战马那么神速，
它们是啄取我祖国的矿藏的
黝黑大海上的航海者。

XV

献给一尊船首的雕像（挽歌）

在麦哲伦海峡的沙滩上，我们捡起了你，
疲乏了的航海者，一动不动
躺在风暴之下；那是你甜蜜的胸脯

多少次挺起双峰迎上去冲开的风暴。

我们把你又一次在南方的海上竖立起，
但是现在，你却是黑暗的角落里的旅行者，
跟你在大海上守卫的小麦和矿产一样，
被海上的黑夜所包围。

今天你是我的了；硕大的信天翁
在飞翔中以伸展开的身躯
犹如一件雨中飘忽的音乐的披风
轻拂着你这个盲目地流浪的木头眼皮的女神。

海上的玫瑰，比梦还要纯洁的蜜蜂，
杏仁般的女人，你从一株充满着歌声的
橡树的根子，制造成了身形，
带着鸟巢的叶簇的力量，惊涛骇浪的嘴巴，
以及腰肢和臀部，
要去征服光明的纤细的温柔。

与你同时诞生的天使和女王
长满苔藓，在死者的尊敬中
不得不一动不动地长眠的时候，
你却升上了船只尖细的船首；
你就是世界的鼓，就是天使、女王、波浪。
人们的战栗，一直上升到

你的苹果似的胸脯的高贵外套。
而你的嘴唇，啊，多么甜蜜，被别的
与你粗野的嘴巴相称的吻所湿润。

在奇妙的夜晚，你的纤腰
任凭船只纯净的重量，落上波浪，
在浓重的阴影里剖开一条道路，
一条破碎的火，磷光的蜜的道路。
风在你的鬈发上打开暴风雨的盒子，
它的咆哮的挣脱了锁链的金属；
到了黎明，光明颤抖着迎接你，
在港口，亲吻着你的潮湿的冠冕。

有时候，你在半路停住于海面，
船身摇晃着倾侧而下沉，
仿佛一只巨大的果子，脱开了，掉落了；
仿佛一个死去的水手，被泡沫，
被时光和船只的纯净运动所接受。
只有你，在所有的被威胁压倒的
深陷在一阵贫瘠痛苦中的脸之间，
接受了抛洒的盐；在你的假面上，
你的眼睛里还保留着发咸的眼泪。
不止有一个穷苦的生命，从你的胳膊里
滑向埋葬一切的海水的永恒，
死人和活人给你的经常磨擦，

消耗了你的海上的木头的心。

今天我们把你的身体从沙滩捡起。
到最后，你是注定就在我的眼睛前面。
也许你睡着了，那就睡吧；也许你死了，就死吧。
你的行动，终于忘掉了
挡住航程的喃喃细语和游荡光辉。
你到海上去，天空里来的冲击
在你高昂的头上戴上裂痕和碎纹；
你的脸仿佛一只歇息的贝壳，
带着显现在你摇晃的额头上的伤痕。

对于我，你的美保留着所有的芬芳，
所有的流浪的辛酸，所有的深沉的黑夜。
在你的明灯或者女神般的挺起的胸脯，
那鼓起的塔，坚贞的爱里面，生活着生命。
你跟我一起航行吧，安宁地，向着那个
把我所有的一切在泡沫上留下的日子。

XVI

船上的人

在船只驶过时以海水的波动
织成的线的远处，

在横穿过睡梦的死去的油脂之间，
水手们以赤裸的疲劳在睡眠。
有一个守望的人，拖着一根金属的棒，
敲响船上的世界；
风在木材中吱吱发声，
船肚里的铁器震耳欲聋地搏动。
火夫在一面镜子里瞧自己的脸，
一片破碎的玻璃，认出了
这张烟灰污垢的瘦骨嶙嶙假面上的
一双眼睛：格拉西埃拉·古蒂埃雷斯[①]
死前所爱的眼睛，她爱的这双眼睛
没有在她临死的床边，没有能看着她，
带她上了这最后一次的航行，
在劳动中，在煤火和油污中。
不要紧，在航行之间，
以及那些礼品之间，联结起来的吻，
如今已经没有人，没有人在家。
海上夜晚的爱情，触摸着
所有沉睡的人的床；他们生活在
船的最底层，仿佛一株黑暗中的海藻，
把它的枝条滑向水面之上。

还有别的东西，在航行的夜晚，
躺在空虚中，睡梦下面没有海，

———————————

[①] 指火夫的爱人。

好像生活一样，那是高大的断块，

黑夜的碎片，粗大的石头，

它们分开了梦的破碎的网。

夜晚的大地，以波浪侵蚀海洋，

在沉睡的贫穷的旅客的心上

掩盖一阵单一的尘土的音节，

给一匙他所要求的死亡。

所有海洋的石头都是海洋，

是美杜萨①细微的紫外线细腰，

是带着它空虚星座的天空；

月亮在它的光谱里有着废弃的海，

但是人却闭上眼睛，磨蹭着

脚步，吓唬小小的心，

啜泣着用指甲掐着黑夜，

寻找土地，把自己变成蛆虫。

海水所不能淹没的不能杀死的，就是土地。

这是黏土的骄傲，它要死在坛子上，

裂成碎片，离开歌唱着的水滴，

系住大地在它无法决定的伤痕上。

———————————

① 美杜萨，希腊神话中海边的女妖。

你不要到海上去探求这个死亡，

不要等待领土，不要保留着一把尘土，

为了完整而不受损，把它交给大地。

把它交给那些在歌唱的无数嘴巴吧，

把它献给运动和世界的这个大合唱吧，

然后在海水的永恒母性中毁灭你自己。

XVII

谜　语

你们问过我，甲壳动物的黄金爪子里在编织什么？

我答复你们说：大海知道。

你们对我说：水螅在它透明的钟里等待什么？等待什么？

我对你们说：它跟你们一样，在等待时间。

你们问我：马克罗库斯蒂斯水藻伸出胳膊向着谁？

去调查吧，去调查吧，在某个钟头，某个我熟悉的海。

毫无疑问，你们会问我独角鲸那只可恶的角，

为了让我答复你们这只海上的独角兽

被鱼叉刺中时怎样地痛苦。

也许你们会问我，在南海纯净的根源中

颤栗着的阿尔西翁鸟的羽毛是什么？

还有你们弄错了的珊瑚的水晶建筑，

无疑地又是一个问题，现在就要提出来？

你们想知道海底的刺的带电物质？
哪支钟乳石的舰队，走着就会得破碎？
钓鲛鳈鱼的钩子，以及在海底
仿佛水面一根线那样播撒开的音乐？

我愿意对你们说，这些只有大海知道。
在它的箱子上，生命十分广阔，犹如沙滩，
不计其数，而且纯净；在血红色的葡萄中间
时间已经磨光了一片花瓣的硬度，
发出美杜萨的光芒，从一只无休止地
生产的丰饶角里散布出
珊瑚的纤细的枝条。

我不过是一张空虚的网，
赶在人们的眼睛前面，死在那个黑暗之中，
手指头习惯于使用三角尺，
计量橘子的一个羞怯的世界。

我跟你们一样，行走着
探索无穷的星星；
在我的梦里，黑夜间，我赤条条地醒来，
我是唯一的猎获物，一条禁闭在风中的鱼。

XVIII

岸边的岩石

大洋里的人们啊，你们没有那种
在春天和麦穗之间
从生长植物的土地里出现的材料。

在葡萄之中航行而过的
蓝色的风的接触，并不认识
这张从寂寞中出来走向大洋的脸。

这是一张破碎的岩石的脸，
它不认识蜜蜂，它所有的
并不比波浪里的农业更多一点，
这是一张石头的脸，
它接受了战斗的荒芜的泡沫，
在它满是裂缝的永恒之中。

这是献身于狂暴之怒的
嶙峋的花岗岩的粗糙船只；
这是在它静止的范围内
停留住海的旗帜的活动星球。

这是风暴狂飙的宝座。

倔强的孤立的高塔。

海上的岩石啊，你们有的是
时间的胜利的色彩，
在永恒的运动中消耗的物质。

是火使这些巨块诞生，
是海以无数霰弹让它们震颤。

这一道青铜与盐水连结的皱纹，
这一片橙黄的铁矿，
这一些白银和鸽子的痕迹，
是一道致命的墙，
是带着葡萄串的深度的界线。

孤寂的岩石，可爱的岩石，
在它坚硬的洞窟里，
悬垂着海藻的骚动的寒冷。
在它月光装饰的边缘，
升起了海岸的寂寞。
从埋进沙滩的脚
失去了什么香气，什么婚礼的花冠
引起了一阵战栗？

沙土上的植物，多肉的三角茎，

平坦的物质，甚至把它的光辉

在岩石上面燃烧；

海上的春天，高耸起岩石上的

精美的杯子；刚刚点燃起

又被愤怒冻结住的

苋草的小小的光线，

给我条件，向星星满布的

荒凉的沙土挑战。

海边的岩石，在光明的战斗中

停住的守卫者，被氧化物

镀了金的钟，痛苦的

锋利的剑，破裂的圆顶，

它的伤疤上，建立起

大地的没有牙齿的立像。

XIX

贡戈拉式的软体动物①

从加利福尼亚我带来了一只刺贝，

它的刺是矽质的，装饰着烟云；

它的芒刺直竖的模样，是凝固的玫瑰，

---

① 贡戈拉的文体称为夸饰主义，辞藻夸张，雕琢华丽；诗人借此形容他所收藏的贝壳。

它的口腔粉红色的内部，
燃烧着肉质花冠的柔软影子。

但是我有一只彩贝；它的斑点
落上它的外壳，仿佛镶饰着纯净的天鹅绒，
用火药或者玛瑙烧成的圆圈。
另一只则在它杯子那般平滑的背脊
带着一根月光下刺了花的河上的树枝。

但是那螺旋形的线条，不是别的，
只是空气和海水所造成；
啊，旋梯，啊，精巧的旋贝，
你是曙光脆弱的纪念碑，
是一只镶上乳白石的指环，
滑溜滑溜地温顺地卷成。

我从海里，分开沙土，取出
耸立在血红珊瑚上的牡蛎。
斯庞迪卢斯①，在分成两半的壳中
关闭住它埋藏的财宝的光芒，
是一只包住在殷红的针里的箱子
或者长着扎人芒刺的白雪。

我在沙滩上捡着了

———————

① 斯庞迪卢斯，一种外壳有刺的贝类。

纤弱的橄榄螺，湿地的行走者，
长着紫色的脚，像湿润的宝石，
形状就是坚硬的橄榄，
海里的环境把它磨光得像水晶，
赤裸裸的像一只椭圆的鸽子。

海神的海螺，在声音的洞穴里
保持着遥远的距离，
它那发辫似的石灰质外壳，
一瓣一瓣地支撑着海水，它的穹顶。

红尖螺啊，你是穿不透的花朵，
仿佛竖立在一根针上的标志，
微小的大教堂，玫瑰色的长矛，
光明的利剑，水的花蕊。

但是，在曙光的高处，显现了
光的儿子，用月亮制成，
那阿尔戈贝，一阵战栗导引着它，
一阵泡沫晃动的接触揉压着它，
好似素馨的螺旋的船，
在波浪上航行。

这时候，那只三角贝，
深藏在海水中，嘴巴在

幽暗的海水中摆动，巨大的深紫色嘴唇
关闭着，像一座城堡，
从那里，它的玫瑰似的大嘴
吞下了吻着它的蓝色海水。
这是盐的修道院，不能移动的财产，
禁闭着一阵坚强有力的波浪。

但是我应该提一提，刚才摸着的你，
鹦鹉螺啊，你的长翅膀的王朝，
你在等分的圆周上面航行，
滑动着你的螺钿的船，
构成了你的几何形的螺旋；
你是海上的时钟、贝母和线条。
我应该到岛上去，在风中，
我跟你一起去吧，构造的神。

XX

受损害的鸟

高高地凌驾于托科比利亚之上的
是硝石的荒原，不毛之地，盐碛之地；
是一片漠野，没有一张叶子，一只虫子，
没有一点碎屑，一个影子，也没有时间。

那里，长久以来，海上的野鸟在营巢，
在寂寥的灼热的砂土上，
从海岸边一路的飞翔中，
留下了卵；在羽毛的波浪上，
向着孤独，向着荒原的遥远的四方，
用生命的柔顺的财富铺下了地毯。

海上来的美丽的河，
爱情的狂野的孤寂，
风的羽毛，绕成了玉兰的圆球，
动脉的飞翔，长翅膀的脉搏，
所有的生命在其中
把血压积聚成一条联结的河流；
就这样，贫瘠的盐定居下来，
荒原戴上羽毛的冠冕，
飞行的鸟在沙地上孵化。

人来到了。也许是像海那样
在荒野里战栗的沙沙发响的树枝，
充满了他这苍白迷路者的苦恼，
也许是一片轧轧发响的广阔的白色，
仿佛一颗星那样使他目眩；
然而还有其他的人随着他的脚步而来。

他们在黎明时来到，带着棍棒，

带着篮子，抢走了宝藏，
打死了飞鸟，一个窝一个窝地
摧毁了羽毛的船，把船里的卵
一个个掠过，砸碎了
那些孕育着小生命的卵。

他们把卵举向光亮，抛在
荒野的土地上，在飞鸟的
乱飞，躁叫和愤怒的浪潮里。
它们在被侵犯的空气中
展开了它们全部的怒火，
以它们的旗帜掩蔽了太阳。
但是毁灭仍然冲击着鸟窝，
棍棒高举，于是荒野上
海的城市被夷为平地。

后来，在市镇的街上，
在雾霭和酒意的盐味的傍晚，
听得见提着篮子经过的叫卖声，
叫卖海鸟的卵，荒野上野生的果子，
而在那荒野上，已经什么也不生存，
除了没有季节的沉寂，
以及被侵犯的怒气冲天的盐。

XXI

利未坦

方舟，愤怒的和平，滑动的野性的夜晚，^①
外国的极地，你不要在我身边经过，
移动着你的庞然大块的影子，
而不会有一天让我进了你的墙里，
拉起你的水下冬季的骨架。

你的被驱逐的星球的黑火，
格格地喷向南方；你的沉默的区域
推动了海藻，
从茂密的年代里拔出来。

这仅仅是一个形体，一个巨大体积，
被世界的颤动所封闭；它的皮的尊严
在那里滑动，被自己的能量
被自己的柔滑所吓坏。

愤怒的方舟，以黑的雪的火炬
在燃烧，那时候你的盲目的血
为沉睡在花园里的海的年代奠下基础。

---

① 利未坦，《圣经》里描写的海中大鱼。方舟，《圣经》里描写的救生物出洪水的大船。
诗人以这比喻南极海里的巨鲸。

月光普照着，逐渐消散了
它的磷光闪闪的磁石的尾巴。
生命在轧铄发响，
仿佛一堆蓝色篝火，美杜萨母亲，
卵巢的无数次的风暴，
一切的增殖都是纯洁，
都是海的葡萄嫩芽的搏动。

这就是你的巨大的桅杆，
插在水中间，仿佛母性
在血的上面通过，你的能力
是纯洁无垢的黑夜，滑过去
淹没了根子。
迷路和恐惧惊吓着孤独，
你的大陆逃避到
期待着的岛屿更远的地方，
然而，恐惧在冰冻的月亮的
圆球上经过，进入你的肉体，
侵犯了保护着你的落在地下的
熄灭的灯的孤独。
黑夜跟你在一起，围着你，
把你和风暴的泥泞粘连，
而你的台风的尾巴
翻转了星星正在沉睡的冰雪。

啊，伟大的创伤，灼热的源泉，

它的溃败的风雷还在

鱼叉的范围内盘旋，

被血的海洋所染红。

这流着血的温顺的入睡的动物，

仿佛一阵破烂半球上的旋风，

被引向油腻的乌黑的船只，

那里充满着仇恨和瘟疫。

啊，死在极地月亮的水晶上的

魁梧的形体啊，你充满了天空，

仿佛一团恐怖的乌云

哭泣着遮掩了血的海洋。

XXII

鸬　鹚

岛上的生产粪肥的鸟，

飞翔的增殖的愿望，

天空的宏大的体积，

生活的风的无数迁徙，

当你的风筝扬起沙子

滑过沉默的秘鲁的

无数世纪的天空，就出现日蚀。

缓慢的爱情啊，荒蛮的春天，
逐出了它满盈的杯子，
把种族的航船
航行在圣洁的水的颤动河川
排出它水量丰沛的天空，
向着积满鸟粪的红色岛屿。

我愿把自己沉没在你的翅膀里，
向着沉睡的南方而去，依靠
所有的颤动的茂密丛林，
向着羽箭的黑沉沉的河流而去，
以消失的声音，把我自己
分裂在不能分裂的搏动之中。
然后，在飞翔的雨里，石灰质的
岛屿开启了它寒冷的天堂，
在那里落下了羽毛的月亮，
羽毛的忧伤的痛苦。

于是，那个人俯下了脑袋，
在母亲的鸟的啼鸣面前，
用盲目的手刮下鸟粪，
一级一级地登上石级，
扒下洁净的粪便，
收集流溢的渣滓，
跪下在发酵的岛屿中央，

仿佛一个奴隶，向着
冠冕那样戴在这些著名的鸟头上的
发酸的河岸致敬。

XXIII

不仅是信天翁

你们不是在期望，
不是在春天，
不是在花冠的网里，
不是在葡萄茎和葡萄串里，
一根根地交织着的深紫色的蜜上，
而是在狂风暴雨中，在礁石上
激流的破碎穹顶上，
在被曙光射穿的裂缝中，
而且，是在挑战的绿色长矛之上，
是在海的荒原的破毁的孤寂之上。

盐的新娘，风暴里的鸽子，
向着大地上所有污浊的气味，
你们转过了背，面对潮湿的海；
在蛮荒的洁净中，你们沉下了
飞翔的圣洁的地理。

你们是神圣的，不仅是那个
像旋风的水滴那样在南风里
在树枝头上行走的，不仅是
那个在愤怒的斜坡上营巢的，
而且还有浑圆的雪的身体的海鸥，
模样像泡沫上的船夫，
白金做的银光闪闪的圆口袋。

当鹈鹕收起嘴巴像一个结，
缩小它的体积飞落而下的时候，
当预言在信天翁伸展开的
阔大的翅膀上航行的时候，
当海燕的风疾飞于
正在运动的永恒之上，
远离于老鸬鹚之外的时候，
我的心就在自己的杯子里收缩，
把迸发出来的歌，
向着大海和羽毛伸展。

给我那冰冻的锡，那是
你在胸前带向风暴中的岩石的；
给我那本质，它集合在
海上的雄鹰的利爪之中，
或者那一动不动的雕像，
它抵抗了所有的增长和破裂，

或者那无依无靠的柠檬花的风，

以及辽阔的祖国的亲切气息。

XXIV

海上的夜

海上的夜，白的绿的雕像，

我爱你，跟我一起入睡吧。我是

在所有的街上受到烧灼，将要死去；

木材跟我一起生长，人征服了灰烬，

准备在土地的包围中休息。

黑夜关闭起来了，为了让你的眼睛

看不见它的可怜的休息；

它想靠近，张开被禁锢的胳臂，

为了生灵，为了墙壁；

它沉入了沉默的梦，

带着它的根子下到

埋葬的土地之下。

我，海洋的夜，向着你敞开的形体，

向着你被阿尔德巴兰星座守护着的广袤，

向着你歌声的潮湿的嘴，

我带着建造了我的爱情来到。

我看见你，海上的夜，当你
被无边的珍珠母冲击而诞生；
看见你编织星星的光线，
你腰肢的电光，
追随着你吞没一切的甜柔的
声音的蓝色运动。

没有爱情地爱我吧，血淋淋的配偶。

爱我吧，以空间，以你的呼吸的河，
以你的所有的泛滥着的
钻石般的增长；
爱我，你的脸不要停歇；
给我，你的破碎的正直。

你是美丽而可爱的，美丽的夜啊。
你保存着风暴，仿佛保存
一只蜜蜂，沉睡在你受惊的花蕊；
而梦和水，则在你被泉源所追逐的
胸前的杯子里颤栗。

爱情的夜，我跟随你所高举的
你的永恒，那颤动的高塔；
它窥视群星，你的摇摆的尺度，
那泡沫在你身旁掀起的

无数的居民：
我被锁住在
撞碎于沙滩的你的喉咙和嘴唇上。

你是谁？海上的夜，对我说，
是不是你粗糙的头发
盖住了所有的孤寂，是不是
这血和草原的空间那么无垠。
对我说，你是谁，满是船只，
满是风所嚼碎的月亮；
你是所有金属的主人，大地深处的
玫瑰，被赤裸的爱情
所滋润的坏天气的玫瑰。

大地的外衣，绿色的雕像，
给我一阵波浪，仿佛一只钟；
给我一阵愤激的柠檬花的波浪，
无数的篝火，天上首府的船只，
我在其中航行的水，
无数的天上的火；我要
仅仅一分钟的广阔，比所有的梦
更多，就是你的距离；
一切你所衡量的紫色，
那庄严的沉思的星座体系：
所有你的头发，它访问黑暗，

以及你所准备的白日。

我要同时得到你的前额，
在我的内心打开它，为了
诞生在你所有的岸边，现在就去，
带着一切的呼吸的秘密，
带着你的守卫着的暗黑的线，
在我的身上，仿佛血或者旗帜；
带着这些秘密的比例
到每一天的海上去，到每一个门口
——爱情和威胁——
在睡眠中活着的战斗中去。
然而在那时候，
我就要进入城市，带着那么多的眼睛
像你的眼睛一样，穿着
它们访问我时的衣服，
触摸着我，直至
全部的无法衡量的水：
对抗所有的死亡的
纯洁和毁灭，
不能自己缩短的距离，
为了睡着的人和醒着的人的音乐。

十五

我　是

I

边境（1904）①

首先我看见的是树木，

装饰着野性美的花朵的悬崖，

潮润的地区，自己燃烧的森林，

以及世界后面的冬季，无边无际。

我的童年是浸湿的鞋子，

丛林里倒毁的树干，爬满藤萝和甲虫，

燕麦上甜蜜的日子，

还有我父亲金黄色的胡子，

他出了家门走向庄严的铁路。②

我的家门前，南方的水挖出了

深深的沟，深黑的黏土的沼泽；

在夏天，是一片金黄色的气氛，

道路在那里交叉，哭泣，

带着小麦收获的新的月份而不知所措。

南方快速的太阳；

                收割后的田地，

红色泥土道路上的尘雾，

像环绕的线那样的河流的河岸，

---

① 诗人在这一章里自咏一生的经历，诗歌的创作，斗争的道路。
② 诗人的父亲是铁路工作人员。

畜栏和牧场，反射着正午的蜜。

尘土飞扬的世界一点一点地
进入了棚屋，到了木桶和绳索里面，
到了榛树红色结构的满满谷仓，
这一切，都是树林的眼皮。

我觉得太阳似乎穿了夏季炎热的衣服，
在上升，在脱粒机上，
在山坡上，在竖立于橡树之中的
波尔多树点缀的土地上，难以磨灭，
贴在轮子上，仿佛压扁的肉。

我的童年经历了每个季节，
在铁轨之间，在新木建筑的堡垒之间；
那是没有城市的房屋，仅仅被牲畜
以及发着说不出香味的苹果树所遮掩。
我那时是一个瘦弱孩子，苍白的脸容
被空荡的林木和仓库所浸透。

II

投石手（1919）

爱情啊，也许是不明确不坚定的爱情，

仅仅是金银花在嘴巴上的一次打击，

仅仅是一些发辫，它的摆动

升向我的孤独，仿佛黑色的篝火，

其他还有：夜晚的河，天空的记号，

短暂的潮湿的春天，

寂寞的疯狂的额头，

在夜间要举起冷酷的郁金香的欲望。

我摘下一个个星座，伤害我自己，

在与星星的触摸中磨光手指，

一根线一根线地编织一座没有门的

堡垒的寒冷骨架。

　　　　星星的爱情啊，

它的素馨白白地耽留住它的明净；

啊，乌云，在爱情的日子里喷吐而出，

仿佛一阵啜泣，在敌意的野草丛中，

赤裸的孤独系住了一个阴影，

一个被崇拜的创伤，一个不驯服的月亮。

提我的名字，也许我是在对玫瑰树说话，

也许是他们，混乱的美味的影子，

世界的每一个震动都熟悉我的脚步，

那平原上高耸于一切之上的树的身影，

在最隐秘的角落里等待着我。

岔路口上的一切都来到我的梦呓里，

把我的名字散落在春天之上。

于是，甜蜜的脸啊，燃烧的白荷。

不跟我的梦一起睡眠的你，那么凶猛，

被一个影子所追逐的奖章，被无名所爱，

以花粉的全部构造和不洁的星星上的

全部热风所制成。

爱情啊，正在消瘦的摆脱了困境的花园，

在你这里，我的梦想产生而且成长，

犹如乌黑的面包里面的酵母。

III

家　屋

我的家屋，新木材的墙壁，

仍然有着新锯的气味，这是

边境上简陋的住房，每走一步

就吱吱地响，跟南方季节

剧烈的风一起嘘嘘发声，

使自己变成风暴的一个成分，

变成不知名的鸟，在它的

冰冻的羽毛下生长我的歌。

我看见影子，看见脸，仿佛植物

在我的根子周围生长，

看见亲人，他们在一株大树的

凉荫下唱民歌，在潮湿的马匹中间奔跑；

妇女藏身在男性高塔般的影子里，

马匹的驰骋拍击着光明，

由于瘟疫而稀落的黑夜，

还有嗥叫的狗。

    凌晨天未明，

我父亲乘的呜呜响地滑行的火车

驶向哪个迷失的岛屿？

后来，我爱上了冒烟的煤炭的气味，

油腻的气味，冰冻的准确的轮轴；

沉重的火车，在大地上横过

冬令的原野，仿佛骄傲的毛毛虫。

门户突然震动。

    那是我父亲。

道路上的成百个人围住了他：

裹着潮湿披风的铁路工人；

蒸气和雨水跟他们一起

来到了家屋，餐室里充溢着

嗓音嘶哑的故事；杯子都斟满，

甚至连我在一起。在生命之中，仿佛

一道分隔的篱笆，里面生活着痛苦，

来到了忧愁和皱紧的伤痕，

一个小钱都没有的人们，

贫穷的矿山的利爪。

IV

旅伴（1921）

后来我到了首都，迷迷糊糊地

渗透着烟雾和细雨。这几条是什么街？

一九二一年的服装挤挤攘攘，

在煤气、咖啡、人行道的强烈气味之间。

我在学生里面生活，不能理解，

四周的墙壁专注于我，每天傍晚

在我可怜的诗歌里寻找树枝，

寻找失去的水滴和月亮。

我到了诗歌的深处，每天傍晚

把自己沉浸在它的水里，

抓住捉摸不透的刺激，一片

被遗弃的海上的海鸥，直至闭上眼睛

溺死在我自己的物质之中。

                     这难道是

黑暗，难道仅仅是躲藏，是地底下的烂叶？

死亡是从什么受伤的材料中脱落，

直至接触我的四肢，引导我的笑容，

在街道上挖掘一口不幸的井？

我走出去生活；我成长；我在贫穷的

没有怜悯的陋巷里变得坚强，

在神志昏迷的边境歌唱。

墙壁上满是脸容，满是

看不见光明的眼睛，

孤傲的祖产，塞满

痛苦的心的洞穴。我跟他们在一起，

只有在跟他们一起的合唱中

我的声音才认识到

我所诞生的孤独。

我投身于其中，成为一个人，

在火焰里面歌唱，

被处于黑夜里的伙伴所接受；

他们跟我一起在客店里唱歌，

他们给我的比柔情更多，比他们的

疾恶如仇的手所保卫的春天更多。

那是唯一的火，那是

破败的城郊的真正的植物。

V

女学生（1923）

你啊，你比蜜甜，比阴暗里

爱恋的肉体，更甜，更无止境；

从另一些日子，你出现，

在你的杯子里装满

沉重的花粉，那么快活。

从充满轻蔑的黑夜，

仿佛美酒流溢的黑夜，

氧化的绛紫色的黑夜，

我向你倾倒，犹如一座受伤的塔；

在贫寒的被单之间，你的星星

对着我搏动，燃烧了天空。

啊，素馨的网，啊，肉体的火，

在这个新的阴影中得到营养；

这是我们触摸着紧压住的

中腰的黑暗，它以麦穗的

血淋淋的闪光冲击着时间。

仅仅不过是爱情，在一个气泡的

空虚里，死亡的街道的爱情，

爱情，当一切生命都死了的时候，

只给我们留下燃烧的角落。

我咬啮女人，我头昏目眩地

从我的力量沉落，我收藏葡萄串，

我出去行走，一个一个地吻，

联结着抚爱，抓住着

这个冰冷毛发的洞穴，

这些嘴唇吻遍的腿，

在大地嘴唇之间的饥饿，
以贪吃的嘴唇吞食。

VI

旅人（1927）

我从海上出来，走向港口，
肮脏的海岸边，起重机和仓库间的
世界，在隙缝里显示出
流浪汉和乞丐，
船只旁边聚集着的一群
形形色色的挨饿的人。
干燥的国家，斜倚着沙滩，
长长的衣服，闪亮的披风，
从沙漠里出来，武装着，
仿佛蝎子，守卫住
石油的钻塔，在能够燃烧的
财富的尘土之网里。

我在缅甸居住过，
在强有力的金属的圆屋顶中间，
在猛虎燃烧它的血红金环的密林中间。
从我居住的达尔豪西街①的窗户里，

———————

① 达尔豪西街，在仰光。

有一种无法说明的气味，

似乎是宝塔上的苔藓，

是香料和粪便，花粉，火药，

从一个被人类的湿润所饱和的世界

升向我的身边。

     街道以其无数的活动

召唤我，番红花的织物和红色的吐沫，

和伊拉瓦底江①混浊的波浪一起，

它的浓浓的血和油的水，

散布着它的子孙，从高原上奔流而来；

在高原上，众神至少还是

被泥土包围着在沉睡。

VII

远离此地

印度，我不爱你撕破的衣服，

你的破衣烂衫的一无所有的居民。

几年来，我总是以这样的眼睛，

想凿穿轻蔑的地峡，

在城市中间，仿佛绿色的蜡，

在符咒中间，那些宝塔的

---

① 伊拉瓦底江，在缅甸。

血红的糕饼，

散发着可怕的刺人的针。

我看见贫穷堆积在其他之上，

在兄弟的痛苦之上。

街道犹如忧伤的河流，

小小的村落被挤压在

花朵的粗大指爪之间。

我是在人群里，是时间的哨兵，

分开了发黑的伤疤，

奴隶们的斗争。

我走进神庙，灰泥和宝石

砌成的台阶，肮脏的血和死亡，

野兽般的祭司，迷醉于

狂热的麻木，争夺

在地上滚动的钱币。

这时候，小小的人类啊，

脚上有磷光的巨大偶像

伸出了复仇的舌头，

或者在殷红的石头男根上

抛掷揉碎的花朵。

VIII

石膏的面具

我不爱……我不知道是虔诚还是呕吐。

我在城市里行走，西贡，马德拉斯①，

康提②，直至埋在地下的庄严的

阿努拉达普拉③的石头。

在锡兰的山岩上，仿佛鲸鱼，

是悉达多④的雕像，而我走得还要远。

槟榔屿的尘土里，靠着

河流的岸边，在最纯净沉默的

丛林间，比曼谷更远的地方，

那些戴着石膏面具的舞女的服装。

干涸的海湾里

升起了满是宝石的屋顶，

而在宽阔的河面上，却生活着

千千万万穷苦的人，

紧挤在船上，还有别的人，

都盖满了无垠的土地，

在黄水河流的远处，

仿佛一张野兽的破烂的皮，

人民的皮，被这些主子那些主子

唾弃的毛皮。

        军官们王公们

生活在垂灭的灯盏的

潮湿的呻吟上面，吸着

---

① 马德拉斯，印度地名。
② 康提，锡兰地名。（锡兰，1972 年改名斯里兰卡。）
③ 阿努拉达普拉，锡兰地名。
④ 悉达多，佛教的神。

穷苦的手艺工人的血，

伸出了爪子和鞭子。

更高的地方是租界，

那里有欧洲人，石油的美国人，

铝制的设防的庙堂，

开挖在被唾弃的皮上

建立起了的新的血的牺牲。

IX

舞蹈（1929）

在爪哇的深处，当地的阴影间，

是一座灯光辉煌的宫殿。

我经过紧贴墙壁站着的

绿制服的弓箭手，

走进大殿。那里君主高坐，

像中风的猪，污秽的火鸡，

戴着肩章，佩着星星，

两边是两个他的荷兰主子，

看守住他的严峻的商人。

多么讨厌的一群虫豸，

怎么在把一铲一铲的罪恶，

撒到真心诚意的人们身上。

遥远国土上来的

肮脏的哨兵，以及

像一只盲目口袋那样的君主，

把他沉重的肉体，虚假的星星，

在金匠的贫苦祖国上爬行。

                    但是，忽然间，

从王宫远远的深处，出来了十名舞女，

那么徐徐悠悠，仿佛

水底下的一个梦。

                每一只脚

屈近身边，是向前的夜间的蜜，

仿佛一条金鱼；她们的褐色面具

戴在沉重的油光的头发上

是一个柠檬花的花冠。

她们走着，一直站到了

总督的面前，陪随她们的音乐

如同水晶鞘翅发出的呢喃。

这纯洁的舞蹈在增长，像花朵；

白皙的手建筑起一尊瞬息即逝的塑像。

长衣在脚后跟飘拂，

起了一阵阵的波浪，一阵阵的白光；

鸽子的每一个动作，都是用

神圣的金属制造，岛屿上

嗦嗦发响的空气，在燃烧，

仿佛春天里一株婚礼的树。

X

战争（1936）

西班牙，围裹在睡梦中，突然醒来，

仿佛带麦穗的一头黑发；

也许，我看见你诞生，像一片耕地，

在荒野和黑暗之间；

你升起在橡树和丛林里面，

以开放的脉管在空气中奔驰。

但是我看见你在街角

被古代的盗贼所袭击。

他们戴着假面具，

带着毒蛇做的十字架，

双脚踩在尸体的冰凌沼泽中。

于是，我看见你的身体

离开了丛林，敞开地

在残酷的沙地上腐烂，

没有了世界，在痛苦中被刺杀。

直至今天，你的巨石的水

仍然在牢狱里流动，

默默地撑持着你的刺冠，

看看是谁更有能耐，是你的痛苦

还是在旁边不敢看你的那些脸。

我跟你的步枪的曙光一起生活过，

我愿意人民和火药

重新震撼受污辱的树枝，

直至梦在颤动，分裂的果实

在大地上重又聚合。

XI

爱　情

西班牙，你给我坚定的爱情，连同你的才能。

我期待着的柔情来到我这里，

伴随着我，给我的嘴

带来了最深的吻。

　　　　　　风暴

不可能叫它跟我分离，

距离也不能在我们

征服的爱情的空间增加土地。

在火灾之前，在西班牙的

成熟的麦田中间，出现了你的服装；

那时候，我是双重的观念，重复的光亮，

悲痛在你的脸上滑过，

直至落到了失去的石块上。

从巨大的痛楚，从耸立的鱼叉，

我在你的水域下船，我的爱，

仿佛一匹马，在愤怒和死亡之间

奔跑，很快就接受了一只
黎明的苹果，颤抖的森林的一个瀑布。
从那时候起，爱啊，它们都认识了你：
造成我的行动的旷野，
追随着我的黑暗的海洋，
以及辽阔秋天的栗树。

谁没有看见你，我的可爱的甜蜜的爱情，
在斗争中，在我的身旁，
仿佛一个精灵，带着
星星的所有的记号？
谁如果在人群里行走，寻找我，
因为我是人类谷仓里的种子，
难道会不逢到你，紧贴着我的根子，
从我的血里举起一支歌？

我不知道，我的爱，是不是
我还有时间和地点，再一次
写下你的优美的影子
伸展在我的篇页上，爱妻啊。
那些日子艰难而光彩，
我们从中收集起
以眼皮和棘刺揉捏的甜柔。
我已经不知道回忆：你是什么时候开始。
你是在爱情之前，

                    带着

命运的一切要素而来；

在你之前，你所有的就是孤寂，

也许就是你睡眠的头发。

今天，我爱情的杯子啊，我刚刚提起你的名字，

我的崇拜的日子的称号，

在空间，你就像白天一样

占有着宇宙的所有的全部光明。

XII

墨西哥（1940）

墨西哥，我在你两海之间生活过，

在你铁的颜色上行走过，

攀登高山，爬过显现着

满是尖刺的修道院的山岭，

爬过城市的有毒的喧闹，

诗歌萌芽的隐藏的牙齿；

爬过死尸的叶子，

它们构成无可制约的沉默的台阶，

仿佛一根麻风病爱情的断肢，

断垣残壁的无用的光辉。

但是，从发酸的营地，

阴郁的汗水，金黄麦粒的长矛，

升起了集体的农业，
分配着祖国的面包。

又一次，石灰质的山岭
阻碍了我的道路，
　　　　　　暴风雨的
霰弹那样的形体，撕碎了
墨西哥皮毛的暗黑色表皮，
奔驰的马匹，仿佛火药的吻，
在祖传的丛林里面。

是那一些人，他们勇敢地
抹去了祖产的界线，
把在被遗忘的继承人之间
用血征服的土地交付出去；
也就是那些痛苦的指头
把根子与南方相联结，
编织成微小的面具，
使这个地区开满花的玩具店
以及火的织物。

我不知道更爱哪一个，
是挖掘出米的古人的脸，
它们看守着冷冰冰的庞大的石块，
还是新近开放的玫瑰，

由一只昨天染血的手所构成，

就这样，我的身体，从土地到土地，

接触着亚美利加的泥土，

从我的血脉里升起了

倚靠在时间里的遗忘，

直至有一天，以它的语言

震撼我的嘴巴。

XIII

在墨西哥的墙上（1943）

国土依傍着河边，寻求

温存的胸膛，星球的嘴唇；

你，墨西哥，触摸着

芒刺的巢穴，

嗜血的鹰隼的荒凉高原，

战斗的队伍的蜜。

别的人都寻找夜莺，找到的

却是烟雾，山谷，像人的皮肤那样的地区。

你，墨西哥，把手埋在泥土里，

你生长在野蛮目光的石头上。

露水的玫瑰来到你嘴边的时候，

天空的鞭子却把它变成了痛苦。

你的根源是一阵刀子的风，
在泡沫激荡的两片大海之间。

你的眼皮睁开，在愤怒的一天的
沉重的罂粟花上，
积雪伸展它的广袤的洁白，
在活跃的火开始习惯于你的地方。
我认识你的仙人掌的冠冕，
知道在它的根子下面，墨西哥啊，
你的地底下的身躯，是以
大地的秘密的水，以及
矿藏的盲目的铸块所构成。

啊大地！啊，你的
不朽的坚强的地理的光辉，
加利福尼亚海上盛开的玫瑰，
尤卡坦流溢出的绿色光芒，
西纳洛亚黄色的爱情，
莫雷利亚玫瑰色的眼皮，^①
以及把心系在你身躯上的
那芳香黑纳金树^②的漫长纤维。

由于喧闹和刀剑而庄严的墨西哥，
在大地上的黑夜最最漫长的时候，

---

① 尤卡坦、西纳洛亚、莫雷利亚，均墨西哥地名。
② 黑纳金树，龙舌兰一类的植物。

你把玉米的摇篮分派给人们。
你举起满是神圣尘土的手,
放到你的人民中间,
仿佛一颗面包和芳香的新星。
于是,农民向着火药的光芒
观看他的挣脱了锁链的土地
在萌芽的尸体上发亮。

我向莫雷洛斯①歌唱。他的
被刺穿的光辉倒下时,
一滴小小的血呼号着
到了地下,直至注满了血的杯子,
从杯子里流出一条河,流到
亚美利加所有沉默的岸边,
以神秘的精华浸泡着它。

我向瓜特莫克歌唱。我触摸着
他的月亮的血统,
他的牺牲了的神明的优美笑容。
你在哪里,古老的兄弟,
你是否失去了你的坚强的甜蜜?
你转化成了什么?
你的火的状貌在哪里生存?
它生存在我们乌黑的手的皮肤上,

---

① 何塞·马里亚·莫雷洛斯(1765—1815),墨西哥独立革命领袖,失败后被枪杀。

它生存在灰色的谷物上。
黑夜的阴影过去之后，
曙光的根蔓四处蔓延；
瓜特莫克的眼睛开放出遥远的光芒，
照在叶簇的绿色生命上。

我向卡德纳斯歌唱。我曾经生存，
我曾经生活在卡斯蒂利亚的痛苦中；
那是生活的盲目的日子。
高昂的痛苦，犹如残酷的枝条，
伤害了我们忧伤的母亲。
这是被抛弃的丧服，沉默的四壁，
在这个国家，
曙光和桂冠的国家
被出卖，被袭击，被伤害的时候；
那时候，
只有俄罗斯的红星瞧着它，
瞧着卡德纳斯在人间的黑夜里闪发光芒。
将军，亚美利加的总统，我在这支歌里
给你留下一些我在西班牙收集的光辉。

墨西哥啊，你对流浪的人，受伤的人
对流亡的人，对英雄，
打开了门，张开了手。
我觉得，这不可能用别的方式来说；

我愿再一次把我的话

像吻那样，贴上你的墙。

请你敞开你的战斗的大门，

让你的头发里充满异乡的儿子；

用你坚强的手，抚摸

儿子的脸颊吧，

他流着眼泪为你生下世界的痛苦。

墨西哥啊，我在这里结束，

我在这里给你留下

这些太阳穴上的字，让岁月来抹掉

这个为了自由为了深沉而爱你的人的

新的议论。

我对你说再见，然而我不走。

我走，然而不能

对你说再见。

因为在我的生命里，墨西哥，你生活着

仿佛一只小小的错误的鹰，在我的血管里盘旋，

只有到最后，死亡才会使它收起翅膀

覆盖在我这沉睡的士兵的心上。

XIV

返回（1944）

我回来……智利以一张沙漠的黄脸

迎接我。

　　　　我忍受着荒芜的月光，
在沙土的喷火口上流浪；
我逢到了星球的荒凉地区，
没有葡萄枝的平庸的光，笔直的空虚。
空虚？然而没有植物，没有爪子，没有粪土，
大地向我显示它赤裸裸的广漠，
以及远处它的寒冷的漫长的地平线，
那里诞生着鸟类和结构柔软的火红胸脯。

然而更远的地方，人们在挖掘边界，
收集坚硬的金属，把它们播散，
有一些，仿佛苦味谷类的面粉，
另一些，仿佛烈火燃烧的火焰。
人们和月光，都把我以尸衣围裹，
直至失去了睡梦的虚无的线。

我投身于沙漠，渣滓里的人
从他的洞窟从沉默的崎岖之地出来，
于是我知道了我的迷失的人民的痛苦。

那时候，我来到街头来到议会的座席，
诉说我看到的一切，显示我的手，
它们触摸到了饱尝痛苦的土地，
穷得无依无靠的住房，凄凉的面包，

以及被遗忘的月亮的孤寂。

一点一点地，跟我没有鞋穿的兄弟一起，
我要改变肮脏的金钱的王国。

我被放逐，但是我们的斗争在继续。

真理比月亮更高。

矿山的人们看着黑夜时，
只见它仿佛是在一艘黑色的船上。

在阴影里，我的声音传布到
大地的最坚强的世系。

XV

木材的线

我是一个瞎眼的木工，没有手。
                          我生活
在水下，忍受着寒冷，
没有制造芳香的盒子，而那些住房
却一根杉木一根杉木地把伟大升起。
可是我的歌是在探索树木的线条，

秘密的纤维，精美的蜜蜡；
我砍下树枝，以木材的嘴唇
熏香孤独。

我爱每一块材料，每一滴
贝壳或金属，流水或麦穗；
我进入被空间和颤动的沙子所保卫的
沉重的地层，直至
以毁坏的嘴巴歌唱，犹如一个死尸，
在大地的葡萄之中。

黏土，黄土，美酒，把我覆盖；
我如醉如狂地触摸着
皮肤的臀部，它的花朵被保养着，
仿佛一阵火，下到我的喉咙；
我的感觉，在石块上闲步，
侵犯着封闭了的伤疤。

没有存在，我怎么改变；
在存在之前还不懂得
我的任务，
       不懂得
命定使我坚硬的冶金术，
或者在冬天被驮载的牲口所嗅出的
锯木用的锯子？

一切都成为柔顺而涌流，
我别无他用，除了晚上。

XVI

战斗的仁慈

然而我并没有在街上死去的仁慈。
我拒绝它的流脓水的管子，
我不接触它的污染的海。

我要提炼出善良，仿佛一种金属，
在远离咬啮的眼睛的地方挖掘。
让我的诞生于剑丛里的心
在创伤中间成长。

我不出来，在人们里面
打破嘴巴，卸掉泥土或者匕首。
损伤或者下毒，都不是我的任务。
我不把手无寸铁的人用绳索捆绑，
让冰冷的鞭子把他抽打；
我也不到广场上去寻找敌人，
用套上假面的手窥伺。
我做的不过是和我的根子
还有伸展我木材的土地，一起生长，

揭露藏在里面的蛀虫。

星期一来了，咬啮我，我给了一些树叶。
星期二来了，侮辱我，我照样沉睡。
后来星期三来到，带着愤怒的牙齿。
我让它过去，建筑着根子。
等到星期四带着荨麻和鳞甲的
一支有毒的黑色长矛来到，
我就在我的诗歌里等待着它，
在满月的光芒中打碎它像一串葡萄。

到这里来：在这柄剑上撞得粉身碎骨吧。

到这里来，在我的领域内支离破碎吧。

结成黄色的团队来吧，
或者聚成硫黄的群体来吧。

咬啮阴影和钟的血，
在我的歌的七里路之下。

XVII

钢铁在集结（1945）

我曾经看见过恶事，看见过恶鬼，但是

没有看见过它们的巢穴。

这是一个妖精、恶鬼和山洞的故事。

穷苦的人们落得衣衫褴褛，
落进了不幸的矿坑之后，
就到处在路上碰到女巫。
我看见恶鬼高坐在法庭之上；
在议会里，我看见它穿着衣服，
梳着头发，向着衣服的口袋
扭转辩论和思想。
　　　　　　　　恶事和恶鬼，
新近出来洗澡：它们
心满意足地被装订成册；
那些虚伪的装饰，
显得优雅而完美。
　　　　　　　　我看见了恶事，
为了挖掉这个脓包，
我跟别的人过日子，增加生活；
我进行秘密的策划，没有名字的金属，
人民和尘土的不可征服的团结。

骄傲的人凶猛地
在象牙的柜子里斗争；
恶鬼在瞬息风云中经过，

说："他那高背的椅子

真是了不起，

让他去吧。"

激烈的人拿出他的字母表，

佩着他的宝剑，在空荡荡的大街上

停下来发表演说；

恶鬼在那里经过，对他说："真勇敢！"

就进了俱乐部去谈论这功绩。

然而一旦我是石头和胶泥，

是高塔和钢铁，是联结的音节；

一旦我拉紧我人民的手，

与整个大海去战斗；

一旦我抛弃孤独，把我的骄傲

放进博物馆，我的虚荣

放上摇晃的大车的顶上；

一旦我跟其他的人结成党；

一旦我组织起了纯洁的金属；

于是，恶鬼就走过来说：

"狠狠地对付他们，进监狱，统统死！"

但是已经太迟，人的运动，

我的党，是不可征服的春天

那么坚强，在地底下；

它是希望，也是
大家的将来的果实。

XVIII

酒

春天的酒……秋天的酒，我的伙伴，
给我一张桌子，让平分昼夜的叶子
在上面落下；世界的大河
变得有点儿苍白，移动着它的声音
远离了我们的歌。
                    我是一个好伙伴。

不要走进这所房屋，让它
夺去你的一片生命。也许等到你走的时候，
你带走了一点我所有的栗子，玫瑰，
或者根子的一个保证，或者船只；
那是我愿意跟你分享的，伙伴。

跟我一起歌唱吧，直至杯子
满溢，让紫色的酒
流遍桌子。
            这种蜜汁是从大地
是从它深色的葡萄串，来到你的嘴边。

我缺少的是，歌唱的影子；

                        我爱的

伙伴们，把脸对着我，从我的生命里

夺去了我所从事的无可比拟的男子的科学，

那友谊，那粗砺的温存的丛林。

把手给我，跟我相见，

那么单纯，你在我的话里找不到别的，

只有一株赤裸裸的植物的散落物。

为什么你要求我的比对一个工人更多？

你已经知道我的地下的铁铺是锤炼而成，

我不愿意说话除非都说我一样的话。

要是你不喜欢风，就出去找医生。

我们跟大地上喧闹的酒一起唱歌；

我们碰撞秋天的杯子，

吉他或者沉默划出了一道道

爱情的线；那是不存在的河流的语言，

没有感觉的镀金的诗节。

XIX

土地的果实

土地是怎样从玉米爬上来，

寻找番瓜的光，玉米穗，坚硬的象牙，
成熟的麦穗的精美的网，
以及将要播散的所有的黄金王国的？

我要吃葱头，给我从市场上带一个来，
一个充满水晶般白雪的圆球，
它把土地变成了蜜蜡，而且保持平衡
仿佛一个女舞蹈家在飞舞中停住。
给我几只猎获的鹌鹑，
闻一闻丛林里的苔藓；一个渔夫
穿得像一个国王，在额头
滴上深深的潮湿，

　　　　　　　睁开苍白的金眼，
在柠檬变成的无数乳头之下。

我们去吧，栗树下面，
火焰在炭火上留下了洁白的财富，
一只小羊羔以它的全部贡献
把世系镀上金，直至成为你嘴里的琥珀。

给我以大地上的一切事物：
刚刚落地的野鸽，野葡萄的醉意；
甜蜜的鳗鱼，在水流里死去时，
铺展开它的细微的珍珠，
还有一盘发酸的海胆

把海底下的橙黄颜色
染上莴苣的新鲜的苍穹。

腌兔肉以其香味
充满早餐的空气，
仿佛乡间四散的美味
来到新近打开的
牡蛎那咸味的精美无比的壳里
在这之前，让我的湿润的吻
先来到大地的精华之上；
这是我所爱，也是我
以我的血的所有道路走遍的地方。

XX

极大的欢乐

我所调查的阴暗已经管不住我。
我有着船樯的经久的欢乐，
那是森林的后裔，道路的风，
还有着大地光明之下的一个勇敢的日子。

我写作，不是为了让别的书把我禁锢，
也不是为了百合花的凶恶的徒弟；
我写作，只是为了朴实的居民，

他们要求水和月亮，不变的秩序的要素，
学校，面包和酒，吉他和工具。

我写作，是为了人民，虽然
他们村野的眼睛不能念我的诗。
一个时刻将会到来，那时候，
一句诗，搅动了我生命的空气，
会得达到他们的耳边，
于是农夫抬起他的眼睛，
矿工微笑着凿破岩石，
牧民擦干净额头，
渔夫更清楚地看见一条鱼的光泽，
它搏动着烧灼了他的手；
那个工程师，干干净净，刚刚洗过，
发着肥皂的香气，读着我的诗；
他们也许都会说："这才是一个同志。"

这就够了，这就是我所要的桂冠。

我愿我的诗歌贴在大地上，
在工厂和矿山的出口，
在空气中，在被迫害的人们的胜利中。
我愿一个青年，在缓慢地用金属的建设中
遇到困难时，把它打开，犹如一只盒子，
面对面地向着生活，把灵魂深入，

接触到那些在狂风暴雨里
使我欢乐的阵阵闪光。

XXI

死 亡

我重新诞生过许多次，
从破碎的星星的深处，
重新建设起充满我的手的永恒的线。
现在我要去死了，没有别的，
只有身体上的泥土，命定要成为泥土。

我不买教士们出售的
一小包天堂，也不接受
形而上学家为了
蔑视权势而制造的愚昧。

我愿意跟穷人一起去死；
他们没有时间研究死亡，
而那些分配安排天堂的人
同时还在扑打他们。
我已经准备好我的死亡，
仿佛一件等着我穿的衣服，
它有我喜欢的颜色，我徒然探索的

广阔，我十分需要的深沉。

爱情耗尽了鲜明的材料的时候，
斗争散发了铁锤
到积聚的力量的其他手里的时候，
死亡就来抹掉
建立起你的边境的那些记号。

XXII

生　活

让别人来关心那些骨殖……
　　　　　　　　　世界
有着苹果的赤裸的颜色，
河流拖着丰沛的田野的奖章，
到处生活着甜蜜的罗萨利亚
还有同志胡安……
　　　　　　粗糙的石块
建造城堡，比葡萄还柔软的泥土
以及小麦的余粒建造我的房屋。
辽阔的大地，爱情，徐缓的钟声，
保存着曙光的战斗，
等待着我的爱情的头发，
绿松石的沉睡的宝藏：

建造起一座被梦所清扫的

塑像的道路，房屋，波浪，

拂晓中的面包房，

在沙滩上受教育的钟表，

传播麦子的罂粟，

以及这些乌黑的手，

揉捏着我自己生活的材料，

柑橘向着生活

在无数命运之上燃烧！

让掘墓人刨着倒霉的物质，

让灰烬的没有光的碎片

挖起来，

用蛆虫的语言说话。

我的面前只有种子，

只有光辉而甜蜜的发展。

XXIII

遗嘱（一）

我把我坐落在海边的

黑岛的房屋，遗赠给

铜业，煤炭和硝石的工会。

我要让我祖国的被迫害的儿子

在那里休息，他们被斧子和卖国贼掠夺，
损毁在他们神圣的血里，
消竭在火山的褴褛里。

我要让纯洁的爱情流遍我的领地，
让疲劳的人消除疲劳，
晒黑的人坐到我的桌旁，
受伤的人躺到我的床上。

兄弟，这是我的家，请进来，
来到一个海上的花朵和星星的石头的世界，
在贫穷中我举起它们战斗。
这里，声音在我的窗户诞生
仿佛一只生长着的蜗牛，
后来它把它的纬线
建立在我的没有秩序的地质学上。

你来自闷热的坑道，
来自被仇恨被风的硫黄质的冲撞
侵蚀的地下洞窟；在这里，
你得到了我给你安排的和平，
我的海洋的海水和空间。

XXIV

遗嘱（二）

我把我的旧书，
从世界上的角落里收集来的
庄严的印刷令人起敬的旧书
遗赠给亚美利加的新的诗人，

      他们有一天
会在暂停的嘶哑的织机上
纺织明天的意义。

他们会得诞生，那时候，
死去的伐木者和水手的拳头
要献出一个无法计数的生命，
以清扫倾圮的大教堂，
脱落的谷粒，以及
缠绕着我们贪吝的平原的纤维。
他们接触地狱，那个
镇压钻石的过去日子；他们
保卫他们的歌中的谷物世界，
那是在牺牲的树上所诞生。

在酋长们的遗骨上，
远离我们被出卖的祖产，

在他们孤独行走的村落的全部空气里，

他们要移植一个

长期的胜利而苦难的章程。

他们要爱，就像我爱我的孟里克，我的贡戈拉，

我的加西拉索，我的克维多。①

他们要做

巨人般的卫士，白金的甲胄，

透明的白雪；他们要向我

显示力量，他们要在我的劳特雷亚蒙②那里

寻找瘟疫痛苦之中的古老的悲叹。

他们要在马雅可夫斯基那里看到

星星怎么升起，放出的光芒怎么诞生了麦穗。

XXV

后　事

伙伴们，把我埋葬在黑岛上，

面对着我熟悉的大海，面对着

岩石和波浪的每一个粗砺的气氛，

我的眼睛已经失去它们，不再看得见。

---

① 孟里克、贡戈拉、加西拉索、克维多，均西班牙古典诗人。
② 劳特雷亚蒙伯爵（1846—1870），法国诗人。

每一天，从海洋给我带来

朦胧的或者纯净的绿松石碎片，

或者单纯的面积，平直的没有变化的水；

我所要求的，吞没了我额头的空间。

鸬鹚的每一个悲伤的脚步，

喜爱冬季的灰色大鸟的飞翔，

以及马尾海藻的每一个乌黑的圆圈，

以及振荡着寒冷的每一阵沉重的波浪，

还有那大地，一个隐藏的秘密的百草园，

浓雾和盐的儿子，被酸性的风侵蚀，

还有海岸边贴在无限的沙滩上的细微珊瑚，

海边土地上所有的湿润的钥匙，

都了解我的欢乐的每一个阶段，

都知道我愿意在这里，

在大海和陆地的眼皮之间长眠……

                       我愿意

被拖着向下，直至被狂野的

海风所冲击所粉碎的雨中，

然后从地底下的通道，

升向新生的深沉的春天。

在我的旁边给我所爱的人挖个墓穴，

等有一天把她埋下，再一次在大地上与我为伴。

XXVI

我要生活（1949）

我不要去死。现在我出来
在这个到处火山喷发的日子，
走向群众，走向生活。
在这里，我要让这些事情得到安排。
今天，那些枪手们到处横行，
胳膊里抱着"西方文明"，
双手在西班牙屠杀，
绞架在雅典摇晃，
无耻之徒在智利统治；
我说到这里为止。
                    在这里，
我跟语言，村落，道路在一起，
它们重新等待着我，
用星星的手在敲我的门。

XXVII

给我的党

你给了我友谊，去爱我不认识的人。
你增加了我的力量，来自所有活着的人。

你重新给了我祖国，仿佛一个新生婴儿。

你使我得到自由，它并没有孤独。

你教会我燃烧起仁爱，好似一把火。

你告诉我，树木需要正直。

你教给我，看见了人们的团结和区别。

你向我显示，一个人在大家的胜利中死去多么
　　痛苦。

你教会我，在我弟兄们的硬板床上睡觉。

你让我在现实上建设，好像在岩石上一样。

你叫我反对邪恶，反对狂暴的墙。

你使我看见了世界的明净，欢乐的可能性。

你使我成为不可摧毁的，因为跟你在一起，我不
　　会完结。

XXVIII

在这里结束（1949）

这一本书在这里结束。它是在

愤怒中诞生，仿佛一块火炭，仿佛

森林着了火的地区。我愿

它继续这样，像一株火红的树，

宣传它的明亮的火光。

在它的枝条上你发现的

不仅仅是愤怒；它的根子

寻找的不仅仅是痛苦，而是力量，
而我就是思想的石头的力量，
集合在一起的手的欢乐。

终于，我在人们之中得到了自由。

在人们之中，仿佛在活泼的空气里面；
从封闭着的孤寂里，我走出来
进了战斗的人群；我自由，
因为你的手在我的手上走，
征服着不能驯服的欢乐。

我的这些歌的地理，
是一个人的普通的书，是敞开的面包，
是一群劳动者的团体；
有时候，它收集起它的火，
又一次在大地的船上
播撒它的火焰和篇页。

这些话要重新诞生，
也许在另一个没有痛苦的时光，
没有那污秽的纤维
粘染黑色的植物在我的歌中；
我的炽烈的星星那样的心，
将又一次在高空燃烧。

这本书就在这里结束；在这里
我留下我的《诗歌总集》；它是在
迫害中写成，在我祖国
地下的羽翼保护下唱出。
今天是一九四九年二月五日，
在智利，在戈杜马·德·契纳，
在我年龄将满四十五岁的
前几个月。

附 录

授奖词

瑞典学院常务秘书　卡尔·拉格纳·吉罗

没有一个伟大的作家从诺贝尔奖中博取荣誉,恰恰相反,只有诺贝尔奖能从这些得奖人中获取荣光——只要得奖人没有选错。那么谁是合适的得奖人呢?我们刚听到,根据诺贝尔的遗嘱,奖金将授予"有理想倾向"的作品。这种表达不是纯然瑞典式的。某些人的工作条件就可能不理想。按照奥斯卡·王尔德(Oscar Wilde)的说法,人人都可能做一个理想丈夫。"理想"这个词仅仅意味着某个东西合乎人们恰如其分的期望。但对于诺贝尔奖来说,那是不够的。而且,在诺贝尔生活的时代,"理想"这个词还有一种哲学意味。"理想"的东西只在人们的想象中存在,而绝不会存在于感官世界之中。对于理想的丈夫而言,情况确实如此;但对诺贝尔奖的获奖者来说,则并非这样。

诺贝尔遗嘱中的内在含义告诉我们他心里想的到底是什么。获奖者的贡献必须有利于人类。可是,称得上是艺术的作品都是如此,任何严肃的文学作品也不例外,而有些所谓严肃的东西也只不过是为了赢得健康的一笑。遗嘱中的这一条含义太多,以致我们实在弄不懂诺贝尔到底是什么意思。符合他标准的获奖者为数不多,这得包括今年的诺贝尔文学奖获得者巴勃罗·聂鲁达，他的作品于人类有利，恰恰是因为他作品所指的方向。要让我用几句话就说明这点实在不可能。要概括聂鲁达就像用捉蝴蝶的网来捕捉苍鹰。总而言之，要把聂鲁达限制在一个坚果壳里是不合理的，其内核总是要撑破外壳。

不过，我们至少可以从某一点来描述一下这个内核。聂鲁达的创作成就与存在是融为一体的。这看来很简单，但可能是最让我们感到棘手的问题。聂鲁达在他的《新要素之歌》中是这样定义他的宗旨的：让人和大地和谐相处。他作品中的方向，这个真正理想的方向，是由他走向和谐的道路所指引的，而其起始点则是孤独和失调。

他青年时代的爱情诗也是如此。《二十首爱情诗和一支绝望的歌》所描述的是在毁灭阴影下两人孤寂的相遇，在接下来的一部重要著作《大地上的居所》中，他依然"在世事沧桑中踽踽独行"。

转变是在西班牙发生的。朋友的被囚，同事的被杀，使他似乎走出了死亡的阴影。团结友谊的道路开始向他敞开，他在被压迫者与受害者中，找到了友谊和团结。从内战的西班牙回到故土时，他再次找到了它。这片土地几个世纪以来一直是征服者的战场。在与这片恐怖之地的交往中，他逐渐领悟了它的富饶雄丽，它自豪的过去和充满希望的前景。因为他看到的一切就像闪烁的幻象一直延伸到远处的东方。因此，在重建家园及希望幻景的旗帜下，他的诗这时成了政治性及社会改革的篇章，尤其是《诗歌总集》，这部诗集有一部分写于国内流放时期，流放的罪名只是因为言论。他的言论是：他的国家属于他与他的同胞们；人的尊严不可侵犯。

这部厚厚的作品在聂鲁达丰饶的著作中只是沧海一粟。在他的创作中，一个大陆觉醒了。要节制这种灵感，就像向森林索取条理和秩序，向火山索求克制一样，不可能。

要把聂鲁达的作品作为一个整体看很困难，这也使我们很难认识聂鲁达已经走过了多远的道路。他最近有一部诗集题名《古怪流浪》（Estravagario），这好似是一个自造的新字，由"ex-travagancia"（古怪）与"vagabundo"（流浪）两个字组成。从《诗歌总集》以来，他的道路依然复杂而漫长，时苦时甜。在这世界上，恐怖之地似乎也不止一处。对此，聂鲁达投之以一个受骗者激愤的目光。那个"留着胡子，套着靴子，抹上灰泥的上帝塑像"曾到处可见，而现在，这个形象变得更青面獠牙。这先后两个形象在行为和衣饰上的相似，恰如他称之为"胡子"和"小胡子"的两个领袖形象的相似。不过，在此同时，聂鲁达对"爱"和"女人"，即对生命的起源和延续也有了全新的理解。新近出版的佳作《船歌》可以说优雅绝伦地表达了这一点。谁也说不准今后聂鲁达是否仍会沿着这条路走下去，但"人与大地的和谐"这个创作方向业已确立。一个觉醒中的大陆会有无限的生命力，有如它那汩汩流泻的江河，在流进河口和大海时，会变得越来越宏伟有力。同样，我们也期待着他非凡的诗歌创作会有更伟大的前程。

亲爱的先生：

您的古怪流浪使您超越了国界和时代。有一次您曾走到一座矿城，那里的矿工们在真正属于他们的土地上向您表示过敬意。他们说：欢迎聂鲁达。这是受压迫的人类尊严向它的代言人说的话。您在横越世界的旅行后，今天来到这里，来到这个您曾经歌颂过的有古铜斑斑的钟楼城市。我愿重复表达同样的敬意：欢迎聂鲁达。我用这句话转达瑞典文学院对您的祝贺。现在请您从国王陛下手中接受今年的诺贝尔义学奖。

（王智华　周流溪　译）

获奖演说

巴勃罗·聂鲁达

吟唱诗歌不会劳而无功

　　我的演说将是一次长途跋涉，将是我在地球另一端遥远地区的一次旅行，那里的景物和荒凉情状，并不因其遥远而与北方有多大差别。我说的是我国的最南端。我们智利人相距真是远而又远，边界简直与南极紧紧相连；在地理上我们同瑞典十分相似，只不过瑞典的头部贴近本星球白雪皑皑的北极。

　　早已被人遗忘的一些事件促使我穿过那里——我的祖国的那个辽阔地区，因为只有穿越（我当时是迫不得已）安第斯山脉，才能找到我国与阿根廷接壤的边界。大森林把那些难以通行的地区覆盖得像一条隧道，而我们是犯禁僭行，只能循着极难辨认的方向行走。那里没有足迹，没有路径，我同四个骑马的旅伴在马背上颠簸着逶迤前进——一面清除大树的障碍，越过难以涉渡的河流，穿过宽阔的多石地带，走过荒无人烟的雪野；一面寻找（或者更确切地说是摸索）我个人获得自由的途径。我的旅伴们认得方向，知道从繁茂的枝叶之间可能通往何方，不过，为了万无一失，他们骑在马上还不时用砍刀在左右的大树树皮上留下刀痕，以便让我独自去听凭命运支配之后，在归途中可以辨认方向。

在那无边无涯、人迹罕至的地方，在那葱葱茏茏和白雪皑皑的静穆中，树林、粗壮的藤蔓、沉积了千百年的腐殖土、突然倒下的变成我们前进的又一道障碍的树干，使我们每个人在行程中目不暇接。满目是令人眼花缭乱的神秘的大自然，又是严寒、冰天雪地以及追捕的有增无已的威胁。孤独、危险、沉寂以及我的使命的紧迫感，这一切都交织在一起了。

有时，我们踏着也许是走私贩子的、也许是逃亡的刑事犯的十分模糊的足迹行走，但不知道他们中的许多人是否已经死于非命，因为安第斯山上寒冬的雪崩和可怖的暴风雪一旦骤然袭来，往往困住过往旅人，把他们埋到深达数丈的积雪下面。

在那荒野上的足迹两旁，我看到像是人类建造的某种东西。那是历经无数寒冬堆起的一段段树枝，是千百个过往旅人的草木供品，是为倒毙者堆起的高高的木坟头，它使人想到那些未能继续前进而永留在那皑皑白雪下面的人。我的旅伴们也用他们的砍刀砍下一些树枝，这些树枝有的从参天的针叶树上低垂到我们头上，有的从橡树上垂下来——严冬的暴风雪还没有来临，它梢头的枝叶已经在颤动了。我也在每一堆坟头留下一件纪念品、一张木质的名片、一束从树林里砍来的树枝，用以装点一个个素昧平生的人的坟墓。

我们还渡过了一条河。这种源出安第斯山脉之巅的小溪，奔腾而下，流势湍急恣肆，一泻而成为瀑布，挟着冲下险峻高山时产生的力量和速度，掀开上地和岩石；不过，这次我们遇到的却是一条缓流，水面开阔，平静如镜，是一处容易涉渡的浅滩。马匹下到河里，腿没在水里都够不着底了，便向对岸游去。突然我的马快要完全给水淹没了，我失去支持，开始摇晃起来；当我的马挣扎着把自己的头露出水面时，我的双脚就使劲夹住马肚子。我们就这样过了河。我们刚刚到达对岸，我的向导，也就是那几位伴送我的农民，微笑着问我：

"您害怕了吧？"

"是的，我刚才还以为我的大限到了呢。"我说。

"我们可都手拿套索跟着您呢。"他们对我说。

他们中的一个又说："我父亲就在这里落水，给急流卷走了。您倒不至于发生这种事。"

我们后来又进入一处天然隧道，这也许是一条流向不定、水量丰沛的河流在巨大的岩石上冲凿出来的，也许是一次地震把我们钻进去的这条花岗岩隧道——受侵蚀的石块形成的岩石水道——设置在高山上的。马匹没走几步就打滑，它们竭力要在高低不平的石头上稳住脚，可还是失蹄跪下了，铁蹄上迸出火花；我不止一次从马背上摔下，仰面朝天倒在岩石上。我的坐骑的鼻子和腿都出血了，但是我们依然坚定地在这条广阔、光辉而又艰巨的道路上迈进。

在那莽莽丛林中，总有令人惊异的事在等待我们。蓦地有如奇妙的幻觉，我们来到了依偎于丛山怀抱中的一小块苍翠的草地。那里泉水清澈，绿草如茵，野花遍地，流水潺潺，上面的天空一碧如洗，没有任何枝叶挡住普照的阳光。

在那里，我们有如驻足于奇幻的仙境中，成为一块神圣场地的宾客；而更为神圣的是我在那里参加的一种仪式。向导们各自下了马，如同举行祭祀一样，在那块场地中央摆着一具牛的颅骨。我的旅伴们一个个悄然无声地走上前去，把几枚钱币和一些食品投入颅骨的孔中。我同他们一道，给迷路的粗鲁的尤利西斯[1]们和形形色色的逃亡

---

[1] 尤利西斯，即希腊神话中的英雄奥德修斯。他勇敢机智，在特洛伊战争中献木马计，使希腊联军获胜。回国途中，历经艰险，经过十年时间才得以回到故乡与家人团聚。这里诗人借指迷路的旅人。

者们献上供品，这些人也许会从死牛的眼窝里找到面包和援助。

但是，那种令人难忘的仪式并没有到此为止。我的农民朋友们脱下帽子，跳起一种古怪的舞蹈；他们沿着他人以前经过该处转圈跳舞时留下的脚印，单脚绕着摆在那里的颅骨蹦跳。

在这些难以理解的旅伴身旁，我当时隐隐约约意识到陌生人之间也是相通的，甚至在世界上最遥远的、人迹罕至的荒山僻野，也存在着关切、请求和答复。

再往前走，已经到了越过边界的地点——从那里，我将远离祖国许多年；我们是在夜间到达群山间最后的峡谷的。这时忽然看见了火光，这是有人居住的确切迹象，我们走近时看到的是几所东倒西斜的房屋，几个似乎空无一人的杂乱棚舍。我们走进其中一个棚舍，借着火光看见棚舍中央燃烧着粗大的树干，那些巨大的树身夜以继日地在那里燃烧，烟从屋顶的缝隙逸出，就像一片厚厚的蓝色轻纱在夜幕中飘荡。我们看见了成堆的干酪，都是人们在那一带高山上制成后堆起来的。火堆近旁，有几个人像一堆布袋似的躺着。寂静中我们听到吉他的弦声和歌声，这些声音来自炭火，也来自黑暗的地方，是我们在路途中偶然听到的头一个吸引我们的人声。那是一首关于爱情和疏远的歌，也是一种怨叹，它倾诉着对遥远的春天、对我们离别的城市、对无边广阔的生活的深情的爱和怀念。他们并不知道我们是谁，他们对逃亡者一无所知，他们既不知道我的诗也不知道我的名字。就算他们知道我的诗和名字，他们知道我们是谁吗？实际情况是，我们在火堆旁一起唱歌，一同吃饭，然后又在黑暗中一起走向一些天然的房舍。温泉流过那些房舍，我们泡在温泉水里，从山里冒出的热气就把我们拥入怀中了。

我们畅快地在水中扑腾，使劲揉搓，把身上因长途骑马跋涉而引起的疲乏一扫而光。我们像受过洗礼一样，感到浑身清爽，充满活力。天一破晓，我们就踏上了将要与我的暗无天日的祖国分手的最后几公里行程。我们精神焕发，勇气十足，唱着歌骑马离去，迈向通往等待我的世界的那条大道。我们要给山民们一些钱（这件事我至今记忆犹新），以报答他们的歌声、他们的食物、他们的温泉水、他们给予的住宿款待，也就是说，要报答他们主动给予我们的意外庇护；这时候，他们毫不动心地拒绝了我们。他们仅仅是帮了我们一点儿忙，而在那个"仅仅"里，在那个无声的"仅仅"里，有很多不言而喻的含义：也许是感激之情，也许就是梦想本身。

　　女士们，先生们，我没有从书本里学到过任何写诗的诀窍，任何会让后起的诗人们从中得到点滴所谓智慧的关于写作指导、方式和风格的书，我也绝不会去写。我之所以在这篇演说中讲到了某些往事，我之所以在这个场合，在这个与事件发生的地点大不相同的所在，重提永远难以忘怀的旧事，是因为在我一生中，我总可以在某个地方找到我要寻求的明确无误的语言和方式；这不是为了固执己见，而是为了表达好自己的思想。

　　就在那次漫长的行程里，我获得了创作诗歌的必要成分。在那里，大地和心灵充实了我的诗的内容。我认为诗是一时的然而又是庄严的产物，是孤独与相互关切、感情与行动、一个人的内心活动与大自然的神秘启示，成对地构成的。我还同样坚信，通过我们把现实与梦想永远结合在一起的活动，一切——人及其形影、人及其态度、人及其诗歌——都将日益广泛地一致起来；因为只有这样，才能把现实与梦想结合起来，融为一体。我现在以同样的心情说，经过这么多年之后，我仍然不知道，在渡过湍急河流的时候，在绕着牛的颅骨跳舞的时候，在高山地区清澈的水里洗澡的时候所得到的那些感受，是日后要与许多人交流的发自我内心的愿望，还是别人传递给我的兼含要求与召唤的信息。我不清楚，我当时体验到的诗意，我后来讴歌的感受，是我的亲身经历，还是我写的东西；我不知道那是真实的记述还是创作的诗，是转瞬即逝的东西还是永恒的东西。

朋友们，由上述一切可以得到一个教训：诗人必须向别人学习。绝没有不能克服的孤独。条条道路都通到同一点：用我们自己的内心感受去感染人。我恰恰是穿过那孤寂的、崎岖不平的、与世隔绝和沉静的地方，才到达那块神奇的场地的，在那里我们能够笨拙地跳舞，忧伤地歌唱；然而正是这种舞蹈和歌曲，完美地体现了人类有意识以来最古老的仪式，表达了人类的良知和对共同命运的信念。

确实有人，甚至有不少人，认为我是宗派主义者，认为我不可能与人一道坐到友谊和责任的桌子上去。我不想为自己辩解，我认为指责或辩解都不是诗人的天职。总之，任何诗人都不是诗的主宰。如果有那么一个诗人一味指责自己的同行，如果有人认为可以浪费生命去针对合乎情理的或胡说八道的指责进行辩解，我倒认为，只有虚荣心才能够把我们引到如此极端的歧途上去。我认为，诗的敌人不存在于写诗或爱诗的人之间，而存在于诗人自己不能求同。因此，任何诗人的大敌，莫过于他自己没有与同时代的最被忽视、最受剥削的人们找到共同语言的能力。这一点，适用于一切时代和一切国度。

诗人不是"小上帝"；不，绝不是"小上帝"。他并没有超越从事其他职业的人之上的神秘命运。我过去常说，最杰出的诗人乃是每日供应我们面包的人，也就是我们身边的、不自诩为上帝的面包师。他们为了尽社会义务，从事揉面、上炉、烘烤和每日送面包这样一些既崇高又卑微的工作。如果诗人有这种淳朴的觉悟，也就有可能把这种淳朴的觉悟变成一个其结构既简单又复杂的伟大艺术品的组成部分；

这就是建设社会，改造人类生存的环境，为人们提供面包、真理、美酒、梦想这些物品。在为了人人都使他人感受其承诺、对每日共同劳动的专注和热爱这一永无止息的斗争中，只要诗人投身进去，就是和全人类一道奉献了自己的血汗、面包、美酒和梦想。唯有沿着这条人类共同的必由之路前进，我们才能使诗歌回到每个时代赋予它的广阔天地中去，我们也才能在每个时代为诗歌创造出一个广阔天地。

种种谬误使我获得了相对真理，真理也一再把我引向了谬误；谬误和真理都没有允许我（我从来也不谋求）去给所谓创作过程——文学中崎岖难行的领域——定方向，去对它指手画脚。不过，我倒是注意到这样一个情况，即我们自己正在制造我们自己的神话世界的幽灵。从我们正在（或者正在想）砌成的东西中，日后会出现我们自己未来发展的障碍。我们必然要走向现实和现实主义，就是说，必然要去直接弄清我们周围的事物和我们的改造之路，然后我们才会明白——似乎为时已晚——我们已经设置了过度的限制，这种限制不但不能使生活发展和繁荣，反而会把活生生的事物扼杀掉。现实主义日后必将比我们用以建设的砖瓦有更重的分量，我们把它作为自己坚持的原则，但是我们并不因此就已经建造起我们看作自己义务的组成部分的高楼大厦。反之，如果我们造出不可理解的（也许是少数人能理解的）偶像来，造出最了不起和最神秘的偶像来，如果抹杀了现实及由此衍生的现实主义，我们就会突然发现，围绕我们的是一片无法涉足的土地，是一片满是枯叶、烂泥和云雾迷漫的泥沼，在这里我们会双足下陷，令人难以忍受的隔绝状态会使我们窒息。

至于我们这些人，我们这些美洲广阔土地上的作家，不断地听到这样的召唤：要用有血有肉的人物去充实那一大片空间。我们深知自己作为开拓者的责任——同时，在那荒无人烟的世界里进行批评性交往也是我们必不可少的责任，何况那里并不因为荒无人烟，不公正、磨难和痛苦就会少些；我们也感到有义务恢复古老的梦想，这些梦想至今还是石像、毁坏了的古碑、笼罩着一片沉寂的莽莽草原、茂密的原始森林、雷鸣般吼叫的河流所憧憬的。我们必须使无法表达意志的大陆的每个角落都说出自己的话语；做出这种设想并把它表达出来的任务，使我们心醉神驰。也许这只是支配我这个微不足道的人物的情理，在这种情况下，我的夸张言词、我的大量作品、我刻意推敲的诗句，都不过是美洲人日常生活中最普通的小事而已。我想把我的每一句诗都写得扎扎实实，就像看得清摸得着的物体那样；我力图使我写的每首诗都成为劳动的有效工具；我希望我的每首诗歌都成为十字路口的路标，像一块石头、一段木头那样，让他人，让后来的人们，能在上边留下新的标志。

不管我谈到的诗人的这些责任是否正确，我将恪守不渝，我还决定，我在社会上和对待生活所采取的态度，也应该老老实实地具有自己的倾向性。我所以做出这样的决定，是因为看到了光辉的失败、受人冷落的胜利、令人迷惑的挫折。我登上美洲这个斗争舞台才懂得，我作为人的使命只能是加入到组织起来的人民的宏大力量中去，以满腔热血和赤子之心，连同自己的全部热情和希望，一起参加进去。因为只有斗争的滚滚洪流，才能产生作家和人民所需要的变化。不管我的态度会引起（也可能正在引起）痛苦的还是亲切的非议，我确实无法为我们辽阔而严酷的国家里的作家们找到其他出路。如果我们愿意变愚昧为智慧，如果我们力图使数以百万计的既不识字也不会阅读我们作品的、既不会书写也不会给我们写信的人，在世上确立起自己的尊严，就必须像我说的那样去做，因为没有尊严要成为完美的人是不可能的。

我们继承的是受了许多世纪磨难的人民的不幸生活，他们本是最欢乐、最纯真、用石头与金属建造过神奇的塔楼、制造过光彩夺目的珍宝的人民，可是在可怖的殖民主义时代迅速遭到摧残，变得无声无息，而殖民主义至今依然存在。

我们灿烂的前途主要就是斗争和希望；但是，绝没有互不相关的斗争和希望。每个人身上都有遥远时代、惰性、谬误、热情、当务之急、历史急遽变化的烙印。可是，比如说，如果我曾经为美洲这个伟大大陆的封建的过去效过犬马之劳，我会成为什么样的人呢？如果我不是因为参加了我国当前改造中微不足道的一份工作而感到自豪，我怎能在瑞典给予我的荣誉面前昂起头来呢？必须看着美洲的地图，面对着千差万别的情况和我们周围广阔的宇宙空间，我们才能理解，为什么许多作家拒绝接受莫名其妙的神祇给予美洲人民的耻辱与受掠夺的过去。

我选择了分担责任的艰难道路，我没有再把个人当作太阳系中心的太阳那样去膜拜，而宁愿一心一意谦卑地去为一支不容忽视的大军服务，尽管它不时会有失误，但它每天总是不顾那些不合潮流的顽固分子和妄自尊大、操之过急的人，不停顿地向前迈进。我认为我作为诗人的责任，不仅要爱玫瑰花与谐音、炽烈的爱情与无边的乡愁，也要爱我写在诗里的人类的那些艰巨的使命。

迄今恰好一百年，一位才华出众的不幸诗人——一个极度绝望的人——写下了这样一句预言：只要我们按捺住焦急的心情，到黎明时我们定能进入那些壮丽的城池。

我相信兰波这句有远见的预言。我来自一个默默无闻的省份，来自一个地处偏远因而与一切其他地方隔绝的国家。我是诗人中最不走运的一个，我的诗又具有令人痛苦和多雨地区的局限性。但是，我历来对人满怀信心，也从来没有失去希望。也许正是因为这个缘故，我今天才能带着我的诗，也带着我的旗帜来到这里。

最后，我必须对善意的人们，对劳动者们，对诗人们说，兰波说过的那句话表达了整个未来，那就是：只要按捺住焦急的心情，我们定能攻克那座将给予所有的人以光明、正义和尊严的壮丽城池。

因此，吟唱诗歌不会劳而无功。

（林光　译）

聂鲁达生平年表

1904 年——7 月 12 日，内夫塔利·里卡多·雷耶斯·巴索亚尔托（巴勃罗·聂鲁达原名）诞生于智利帕拉尔。父名何塞·德尔·卡尔门·雷耶斯·莫拉莱斯；母名罗莎·巴索亚尔托·德·雷耶斯。8 月，罗莎·巴索亚尔托·德·雷耶斯去世。

1906 年——何塞·德尔·卡尔门·雷耶斯·莫拉莱斯携子迁居特摩科，与特里尼达德·康迪亚·马维尔德结婚。

1910 年——聂鲁达进特摩科的男生学校上学，直至1920 年毕业。

1917 年——7 月 18 日，特摩科的《晨报》刊载了一篇内夫塔利·雷耶斯的文章，题目为《热心与恒心》。

1918 年——圣地亚哥的期刊《奔跑——飞翔》（第 566 期）刊载了一首内夫塔利·雷耶斯署名的诗，题目为《我的眼睛》。同年，该刊又刊载了他的其他三首诗；同时，还有几首发表在特摩科的学生刊物上。

1919 年——《奔跑——飞翔》刊载了他的十三首诗，同时，为特摩科的期刊《南方丛林》写稿；用不同的笔名为奇廉和瓦尔的维亚的报刊写稿。以诗歌《理想的夜曲》参加马乌莱花节诗歌比赛，获得第三名。

1920 年——10 月，开始以巴勃罗·聂鲁达为笔名。11 月 28 日，获得特摩科春节诗歌比赛第一名。同年，担任特摩科母校的文学学会的主席，考廷的学生会的执行秘书。写作两本诗集《奇异的岛屿》和《徒劳的疲乏》，均未出版；其中有一部分后来编入诗集《黄昏》。

1921 年——到圣地亚哥，进入师范学院。10 月 14 日，诗歌《节日之歌》获得智利学生会诗歌比赛第一名，刊载在学生会刊物《青年》上。

1922 年——为学生会的机关刊物《光明》写稿。8 月 24 日，夫雷米亚文学小组发起举行诗人霍亚金·西富恩特斯，莫内斯蒂埃，阿尔维托·罗哈斯·希梅内斯，巴勃罗·聂鲁达的诗歌朗诵会。10 月，蒙得维的亚的期刊《时代》出版青年诗人诗歌专号，其中有聂鲁达的作品。

1923 年——8 月，诗集《黄昏》出版（光明出版社版）。阿利罗·奥耶尔松主编的《狄奥尼修斯》杂志发表聂鲁达的四首诗。其中三首为诗集《热心的投石手》的组成部分。这本诗集虽然在这个时期写成，但是直到 1933 年才出版。这一年，为《光明》写稿四十二篇，其中的评论文章以另一笔名"萨契卡"署名；其中有一部分诗，后来收入诗集《二十首爱情的诗和一支绝望的歌》。

1924 年——6 月，《二十首爱情的诗和一支绝望的歌》出版（纳西门托出版社版）。同时出版了聂鲁达选译并作序的《阿纳托尔·法朗士选集》。8 月 20 日，聂鲁达在《民族报》发表公开信，阐明《二十首爱情的诗和一支绝望的歌》的构思和写作经过。

1925 年——担任期刊《驮马》的编辑。作品在各种文学刊物如《脚手架》《阿利·巴巴》《发电机》《复兴》，以及报纸《民族报》上发表。期刊《光明》（第 132 期）发表《死亡的奔驰》；这首诗后来成为诗集《大地上的居所》的主要部分。《无限之人的努力》出版（纳西门托出版社版）。

1926 年——诗集《指环》和《居住者及其希望》出版（均纳西门托出版社版）。《黄昏》修订版出版（纳西门托出版社版）。《光明》（第135 期）发表聂鲁达从法文转译的里尔克的《马尔特·劳里兹·布里格札记》片断。期刊《雅典娜》（第 5、第 10 期）刊载《病痛》和《折磨》；后来与《冬天写的情歌》和《幻影》一起收入诗集《大地上的居所》。

1927 年——被任命为驻缅甸仰光的领事。6 月 14 日，离圣地亚哥去布宜诺斯艾利斯，乘"巴登"轮赴里斯本。7 月 16 日，抵达马德里。7 月 20 日，到巴黎，转马赛，去仰光。8 月 14 日，圣地亚哥《民族报》发表他的第一篇"札记"，其后在该报定期连续发表。马德里的期刊《太阳》和《西方杂志》刊载了聂鲁达的诗。

1928 年——任驻锡兰科伦坡的领事。

1929 年——参加在加尔各答举行的印度国大党的会议。

1930 年——任驻爪哇巴塔维亚的领事。12 月 6 日，与马里亚·安托尼埃塔·哈格纳尔·伏格尔桑兹结婚。3 月，马德里的《西方杂志》（第 81 期）刊载了聂鲁达的诗：《死亡的奔驰》，《小夜曲》，《梦中的马》。

1931 年——任驻新加坡的领事。

1932 年——经过两个月的海上旅行后回到智利。7 月，《二十首爱情的诗和一支绝望的歌》修订版出版。

1933 年——1 月 24 日，诗集《热心的投石手》出版（圣地亚哥文学事业出版社版）。《二十首爱情的诗和一支绝望的歌》在布宜诺斯艾利斯出版（雷神出版社版）。4 月，《大地上的居所》（1925—1931）豪华版出版（纳西门托出版社版）。8 月 28 日，到布宜诺斯艾利斯，任领事。10月13日，与费德里科·加西亚·洛尔迦相识。

1934年——5月5日，到巴塞罗那，任领事。10月4日，女儿马尔瓦·马里娜在马德里诞生。12月6日，在马德里大学举行讲演和朗诵会；由加西亚·洛尔迦作介绍。马德里的期刊《十字与线条》发表聂鲁达翻译的威廉·布莱克的诗《阿尔比翁的女儿们的幻景》和《思想的旅行者》。与德利亚·德尔·卡里尔女士相识。

1935年——2月3日，到马德里，任领事。马德里普卢塔克出版社出版《西班牙诗人向巴勃罗·聂鲁达致敬》，十字与线条出版社出版聂鲁达校订的克维多的诗集《死亡的十四行诗》和《比利亚梅迪亚纳的诗》。诗集《大地上的居所》（1925—1935）在西班牙出版（十字与线条出版社版）。10月，聂鲁达主编的《诗歌的绿马》杂志创刊。

1936年——马德里出版《最初的爱情的诗》（诗九首，选自《二十首爱情的诗和一支绝望的歌》）（英雄出版社版）。7月17日，西班牙内战爆发。一个月之后，加西亚·洛尔迦被杀害。聂鲁达开始创作诗集《西班牙在心中》。被革去领事职务；去巴伦西亚，到巴黎。11月7日，与南西·库纳合写的评论《保卫西班牙人民的世界诗人》出版。与马里亚·安托尼埃塔·哈格纳尔离异。

1937年——2月，在巴黎演讲加西亚·洛尔迦的生平与创作。4月，与塞萨·巴耶霍一起组成西班牙美洲援助西班牙小组。7月2日，美洲国家会议在巴黎开会，聂鲁达在会上的发言译成法文发表。10月10日，回到智利。11月7日，组成智利知识分子保卫文化联盟。11月13日，诗集《西班牙在心中》在智利出版（埃尔西利亚出版社版）。

1938年——《西班牙在心中》连续出版了三版。聂鲁达的几乎所有的作品，都在智利（埃尔西利亚出版社）和阿根廷（雷神出版社）出版了新版。5月7日，何塞·德尔·卡尔门·雷耶斯·莫拉莱斯在特摩科去世。7月,《西班牙在心中》法文译本出版,阿拉贡作序。8月,聂鲁达主编的期刊《智利的曙光》创刊。8月18日,特里尼达德·康迪亚·马维尔德在特摩科去世。10月,人民阵线总统候选人佩德罗·阿吉雷·塞尔达竞选获胜。聂鲁达在国内各地巡回演讲。《西班牙在心中》在西班牙巴塞罗那前线出版。

1939年——被任命为负责接纳西班牙难民的领事,设馆巴黎。3月,首途法国,经过蒙得维的亚时,以智利知识分子保卫文化联盟代表身份,出席在该地召开的美洲民主国际会议。4月至7月,积极为接纳西班牙难民而工作,其中有一部分难民,被安排上了"维尼柏格"轮,于年底到达智利。5月,诗集《愤怒和痛苦》出版(纳西门托出版社版)。

1940年——1月2日,返回智利。《二十首爱情的诗和一支绝望的歌》世界语译本出版。阿马多·阿隆索的研究著作《巴勃罗·聂鲁达的诗歌和风格》出版(洛萨达出版社版)。聂鲁达继续写作《智利的诗歌总集》,后来扩充成为《诗歌总集》。8月16日,抵达墨西哥城,任总领事。

1941年——写成《献给博利瓦尔的一支歌》,由墨西哥国立自治大学出版。访问危地马拉。10月,墨西哥米却肯大学授予名誉博士学位。12月,在奎尔纳瓦卡遭到纳粹分子的袭击,引起美洲知识界的声援和抗议。

1942年——4月,访问古巴。9月30日,聂鲁达举行他创作的《斯大林格勒的爱的歌》首次朗诵会。印着这首长诗的海报贴遍了墨西哥城。墨西哥的几种刊物同时刊载《亚美利加,我不是徒然地呼唤你的名字》;该诗后来成为《诗歌总集》的一部分。聂鲁达的女儿马尔瓦·马里娜在欧洲去世。

1943 年——《斯大林格勒的爱的歌》由墨西哥苏联之友协会出版。秘鲁出版《智利的诗歌总集》；波哥大出版《聂鲁达诗选》（二十世纪出版社版）；智利出版《诗选》（纳西门托出版社版）。2 月，赴纽约参加"美洲之夜"节。回墨西哥后，8 月 27 日，墨西哥人民举行二千余人集会，欢送离任。9 月 1 日，离墨西哥，经太平洋沿岸返智利。9 月 3 日，抵巴拿马；9 月 9 日，抵哥伦比亚；10 月 22 日，抵利马和库斯科，游览了著名的马克丘·毕克丘。11 月 3 日，回到圣地亚哥。12 月 8 日，举行两次演讲，题目是：《关于我的诗》，《关于克维多的心》。

1944 年——获得圣地亚哥市诗歌奖。多次举行讲演。纽约出版英文译本《诗选》。《二十首爱情的诗和一支绝望的歌》以及《大地上的居所》在布宜诺斯艾利斯出版（洛萨达出版社版）。

1945 年——3 月 4 日，被塔拉帕卡省和安托法加斯塔省选举为议员。小册子《向北方，向斯大林格勒致敬》出版。获得智利国家文学奖。5 月 30 日，首次在议会发表演说，后来收集在文集《讲演四篇》中。7 月 8 日，加入智利共产党。7 月 15 日，出席巴西圣保罗举行的欢迎普列斯特斯的群众大会。7 月 30 日，访问巴西文学院。7 月 31 日，圣保罗举行欢迎聂鲁达的群众大会。8 月 1 日至 8 日，在布宜诺斯艾利斯和蒙得维的亚举行诗歌朗诵会和讲演。9 月，创作长诗《马克丘·毕克丘之巅》。

1946 年——墨西哥政府授予阿兹特克之鹰勋章。3 月 20 日，讲演《智利以北之行》。被任命为总统候选人贡萨莱斯·魏地拉的全国竞选负责人。捷克文译本《西班牙在心中》在捷克出版。英文译本和丹麦文译本《大地上的居所》分别在美国和哥本哈根出版。葡萄牙文译本《二十首爱情的诗和一支绝望的歌》在巴西圣保罗出版。12 月

28 日，正式更名为巴勃罗·聂鲁达。

1947 年——《愤怒和痛苦》，《西班牙在心中》，以及其他诗，合编成为诗集《第三个居所》出版（洛萨达出版社版）。南方十字出版社又将全部已经发表的诗编成合集，以《大地上的居所》为书名出版。到麦哲伦海峡旅行。智利作家协会出版聂鲁达的演讲集。11 月 27 日，《给成百万人的亲密的信》在加拉加斯的《民族报》发表，抨击贡萨莱斯·魏地拉政府。由于该政府已于 10 月 4 日宣布实行新闻检查制度，未能在智利发表。贡萨莱斯·魏地拉对聂鲁达采取法律措施。

1948 年——1 月 6 日，在议院发表演说，后来以《我控诉》为题出版。2 月 3 日，智利最高法院下令取消聂鲁达的议员资格；2 月 5 日，下逮捕令。聂鲁达转入地下，写作《诗歌总集》。

1949 年——2 月 24 日，在南方横越安第斯山，秘密离开智利。4 月 25 日，出席在巴黎举行的第一届世界保卫和平大会。担任世界和平理事会理事。6 月，到苏联，参加普希金诞辰一百五十周年纪念活动。6 月 27 日，苏联作家协会在莫斯科举行集会，欢迎聂鲁达。7 月，访问波兰和匈牙利。8 月，到墨西哥，出席拉丁美洲保卫和平大会。留在墨西哥养病，直至年底。

1950 年——诗集《诗歌总集》在墨西哥出版（海洋出版社版）。同时，在智利出版了地下版。访问危地马拉；《巴勃罗·聂鲁达在危地马拉》出版。6 月，到布拉格，到巴黎。10 月，法文译本《诗歌总集》出版。到罗马，然后到印度新德里，与尼赫鲁总理会见。聂鲁达的诗被译成印地文、乌尔都文、孟加拉文发表。11 月 16 日至 22 日，出席在华沙举行的第二届世界保卫和平大会。11 月 22 日，由于《伐木者醒来吧》获得国际和平奖金。《诗歌总集》在墨西哥出版第二版。同时，在智利出版第二地下版。在美国、中国、捷克、波兰、苏联、瑞典、罗马尼亚、印度、以色列、叙利亚出版了各国语文的各种选译或节译版本。

1951年——游历意大利，在佛罗伦萨、都灵、热那亚、罗马、米兰举行朗诵会。意大利文译本《伐木者醒来吧》出版。1月14日，智利作家协会和作家联合会集会庆祝《诗歌总集》的出版。3月，到巴黎；5月，到莫斯科，布拉格，柏林。8月5日至19日，参加在柏林举行的第三届世界青年联欢节。其后，取道西伯利亚经蒙古人民共和国到达中国北京，代表世界和平理事会授予宋庆龄国际和平奖金。诗集在保加利亚、捷克斯洛伐克、匈牙利、冰岛出版，又出版了意第绪文、希伯来文、朝鲜文、越南文、日文、阿拉伯文、土耳其文、乌克兰文、乌兹别克文、葡萄牙文、斯洛伐克文、乔治亚文、亚美尼亚文等各种译本。

1952年——在意大利居住数月，于卡普里开始写作诗集《葡萄与风》。诗集《船长的诗》出版。7月至8月，到柏林和丹麦。智利政府撤销逮捕令。8月12日，回到智利圣地亚哥。到故乡特摩科和智利各地旅行。12月，到苏联。开始写作《元素的颂歌》。

1953年——1月22日，从苏联回国。筹备美洲大陆文化会议，4月，在圣地亚哥召开，出席者有迪埃戈·里维拉，尼古拉斯·纪廉，若热·亚马多等人。诗集《都是爱》（纳西门托出版社版）和《政治诗》（南方出版社版）在智利出版。12月20日，获斯大林和平奖金。

1954年——1月，在智利大学作关于诗歌创作的讲演。7月，诗集《元素的颂歌》出版（洛萨达出版社版）；诗集《葡萄与风》出版（纳西门托出版社版）。7月12日，举行五十寿辰庆祝会，世界各国著名作家来参加的有：中国的艾青、萧三，苏联的爱伦堡，捷克的德尔达、库特瓦勒克，巴拉圭的埃尔维奥·罗梅罗，危地马拉的阿斯图里亚斯，阿根廷的奥利维里奥·希隆多、诺拉·朗赫、劳尔·拉腊、德·莱伊斯等。以全部藏书及其他收藏品等捐赠智利大学，该校为此建立旨在鼓励诗歌创作的聂鲁达基金，法国出版《诗歌总集》的新的法文译本，马尔塞纳克选译的《聂鲁达诗选》，以及《都是爱》的法文译本。苏联出版《诗歌总集》的俄文译本。

1955 年——与德利亚·德尔·卡里尔离异。同年，住宅"拉·却斯科纳"落成，与马蒂尔德·乌鲁蒂亚女士迁入新居。创办期刊《智利通讯》。德文译本《伐木者醒来吧》在莱比锡出版，《葡萄与风》在柏林出版。意大利文译本和罗马尼亚文译本《诗歌总集》分别在意大利和罗马尼亚出版。散文作品《游记》出版（纳西门托出版社版）。访问苏联、中国和其他社会主义国家，以及意大利和法国。回到美洲，在巴西和乌拉圭举行诗歌朗诵会。

1956 年——诗集《新的元素的颂歌》出版（洛萨达出版社版）。5 月，返回智利。诗集《印刷术的颂歌》出版（纳西门托出版社版）。瑞典文译本《大洋》在斯德哥尔摩出版。

1957 年——《全集》出版（洛萨达出版社版）。开始写作《爱情的十四行诗百首》。3 月，离开智利赴锡兰参加世界保卫和平大会。4 月 1 日，途经布宜诺斯艾利斯时被阿根廷当局逮捕。被囚一日后获释。取消原定的诗歌朗诵会，离开阿根廷。从锡兰，经印度、缅甸，到中国进行第二次访问。与艾青、丁玲会见。7 月 12 日，在长江轮船上度过五十三岁生日。访问苏联、罗马尼亚、芬兰。马里奥·豪尔赫·德·莱伊斯所著《巴勃罗·聂鲁达》，以及罗培托·萨拉马所著《巴勃罗·聂鲁达评论》在阿根廷出版。在蒙得维的亚举行诗歌朗诵会。担任智利作家协会主席。12 月 18 日，诗集《颂歌第三集》出版（洛萨达出版社版）。

1958 年——参加智利总统竞选，旅行全国各地，在群众集会上发表演说。8 月 18 日，诗集《埃斯特拉瓦加里奥》出版（洛萨达出版社版）。

1959 年——到委内瑞拉旅行五个月。11 月 5 日，诗集《航行和返回》出版（洛萨达出版社版）。

1960 年——旅途中，4 月 12 日，在"路易·鲁米埃尔"轮上写成《英雄事业的赞歌》。访问苏联、波兰、保加利亚、罗马尼亚、捷克，到达巴黎。经意大利，赴古巴访问。诗集《英雄事业的赞歌》在古巴出版。12 月 14 日，诗集《爱情的十四行诗百首》出版（洛萨达出版社版）。

1961 年——2 月，回到智利。《英雄事业的赞歌》在智利出版（南方出版社版）。7 月 26 日，诗集《智利的石头》出版（洛萨达出版社版）。10 月 31 日，诗集《礼仪之歌》出版（洛萨达出版社版）。《二十首爱情的诗和一支绝望的歌》印数达一百万册。法国出版《都是爱》的新的法文译本。美国出版英文译本《巴勃罗·聂鲁达诗选》。

1962 年——1 月，巴西期刊《克鲁赛罗》国际版连续刊载《巴勃罗·聂鲁达回忆录：诗人的生活》。被接纳为智利大学哲学教育学院校友。4 月，访问苏联、保加利亚、意大利、法国。9 月 6 日，诗集《全部的力量》出版（洛萨达出版社版）。回国，迁入瓦尔帕莱索的新居。

1963 年——《全集》第二版出版（洛萨达出版社版）。《摘要》在意大利出版，后来收入《黑岛回忆》。

1964 年——劳尔·西尔瓦·卡斯特罗的《聂鲁达传》出版。智利国立图书馆举行集会庆祝聂鲁达六十寿辰。聂鲁达在会上发言，题目为：《我怎样看待我自己的作品》。智利各报刊出版专号。7 月 12 日，诗集《黑岛回忆》出版（洛萨达出版社版）。9 月 9 日，聂鲁达翻译的莎士比亚的《罗密欧和朱丽叶》出版（洛萨达出版社版）。再次参加智利总统竞选，旅行全国各地。10 月 10 日，智利大学戏剧研究所上演《罗密欧和朱丽叶》的聂鲁达译本。

1965 年——2 月，去欧洲。6 月，英国牛津大学授予名誉博士学位。7 月，到巴黎，然后去匈牙利，到南斯拉夫出席笔会，转赫尔辛基参加世界保卫和平大会。到苏联。12 月，经布宜诺斯艾利斯回智利。

1966 年——6 月，赴纽约出席笔会。到墨西哥、秘鲁举行诗歌朗诵会。秘鲁政府授予太阳勋章。诗集《鸟的艺术》出版（当代艺术之友协会版）。开始写作剧本《光芒和霍亚金·摩里埃塔之死》。诗集《沙滩上的一所房子》在巴塞罗那出版（卢门出版社版）。

1967 年——4 月，出国旅行。5 月 22 日，出席在莫斯科举行的苏联作家代表大会。访问意大利、法国、英国。7 月 20 日，获得意大利维亚雷希奥－凡尔西利亚奖金。8 月，返回智利。10 月 14 日，智利大学戏剧研究所演出《光芒和霍亚金·摩里埃塔之死》，剧本同时出版（西格－萨格出版社版）。埃尔南·洛育拉所著评传《巴勃罗·聂鲁达的生与死》出版（圣地亚哥出版社版）。

1968 年——7 月，《全集》第三版出版（洛萨达出版社版）。诗集《日子的手》出版（洛萨达出版社版）。

1969 年——诗集《世界的终结》和《仍然》出版（洛萨达出版社版）。8 月，智利国立图书馆举办聂鲁达著作展览。9 月 30 日，被智利共产党提名为总统候选人。到全国各地进行竞选活动。智利人民团结阵线组成后，退出竞选；萨尔瓦多尔·阿连德成为该阵线提名的总统候选人。

1970 年——积极协助阿连德竞选。诗集《燃烧的剑》和《天空的石头》出版（洛萨达出版社版）。阿连德就任智利总统。聂鲁达被任命为驻法国大使。

1971年——10月21日，获得诺贝尔文学奖金。

1972年——出席在纽约举行的笔会，在会上发言谴责美国对智利的经济封锁。诗集《无用的地理》出版（洛萨达出版社版）。修订回忆录。11月，辞去驻法国大使职务，回到智利。

1973年——政治诗集《号召杀死尼克松和赞扬智利革命》出版（基曼图出版社版）。洛萨达出版社出版《全集》第四版四卷。9月11日，阿连德政府被军事政变推翻，阿连德殉职。9月23日，巴勃罗·聂鲁达在圣地亚哥逝世。

1974年——《我承认我生活过：回忆录》由马蒂尔德·乌鲁蒂亚·德·聂鲁达和米格尔·奥特罗·西尔瓦整理后出版（巴勃罗·聂鲁达遗产版）。

聂鲁达主要著作表

《黄昏》

Crepusculario

《二十首爱情的诗和一支绝望的歌》

Veinte poemas de amor y una canción desesperada

《无限之人的努力》

Tentativa del hombre infinito

《居住者及其希望》

El habitante y su esperanza

《指环》

Anillos

《热心的投石手》

El hondero entusiasta

《大地上的居所（一）》

Residencia en la tierra（1）

《大地上的居所（二）》

Residencia en la tierra（2）

《第三个居所》

Tercera residencia

《诗歌总集》

Canto general

《葡萄与风》

Las uvas y el viento

《船长的诗》

Los versos del capitán

《元素的颂歌》

Odas elementales

《新的元素的颂歌》

Nuevas odas elementales

《颂歌第三集》

Tercer libro de las odas

《游记》

Viajes

《埃斯特拉瓦加里奥》

Estravagario

《航行和返回》

Navegaciones y regresos

《爱情的十四行诗百首》

Cien sonetos de amor

《英雄事业的赞歌》

Canción de gesta

《智利的石头》

Las piedras de Chile

《礼仪之歌》

Cantos ceremoniales

《全部的力量》

Plenos poderes

《黑岛回忆》

Memorial de Isla Negra

《鸟的艺术》

Arte de pájaros

《沙滩上的一所房子》

Una casa en la arena

《船歌》

La barcarola

《光芒和霍亚金·摩里埃塔之死》

Fulgor y muerte de Joaquín Murieta

《在匈牙利吃饭》

Comiendo en Hungría

《日子的手》

Las manos del día

《仍然》

Aún

《世界的终结》

Fin de mundo

《燃烧的剑》

La espada encendida

《天空的石头》

Las piedras del cielo

《无用的地理》

Geografía infructuosa

《号召杀死尼克松和赞扬智利革命》

Incitación al Nixonicidio y alabanza de la revolución chilena

《海和钟》

El mar y las campanas

《分离的玫瑰》

La rosa separada

《2000》

2000

《冬天的花园》

Jardín de invierno

《黄色的心》

El corazón amarillo

《疑问之书》

Libro de las preguntas

《挽歌》

Elegía

《缺点选》

Defectos escogidos

《我承认我生活过：回忆录》

Confieso que he vivido : Memorias

寓言
[美] 威廉・福克纳 / 著
王国平 / 译
定价：50.00元

水泽女神之歌
——福克纳早期散文、诗歌与插图
[美] 威廉・福克纳 / 著
王冠　远洋 / 译
定价：30.00元

士兵的报酬
[美] 威廉・福克纳 / 著
一熙 / 译
定价：45.00元

即将上市

押沙龙，押沙龙！
[美] 威廉・福克纳 / 著
李文俊 / 译

喧哗与骚动
[美] 威廉・福克纳 / 著
李文俊 / 译
定价：46.00元

我弥留之际
[美] 威廉・福克纳 / 著
李文俊 / 译
定价：38.00元

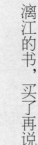

漓江的书，买了再说！

大街
[美] 辛克莱・路易斯 / 著
顾奎 / 译
定价：55.00元

巴比特
[美] 辛克莱・路易斯 / 著
潘庆舲　姚祖培 / 译
定价：50.00元

阿罗史密斯
[美] 辛克莱・路易斯 / 著
顾奎 / 译
定价：78.00元

诺贝尔文学奖作家文集　⊙　福克纳卷・路易斯卷

诺贝尔文学奖作家文集 ⊙ 加缪卷·泰戈尔卷

漓江的书，买了再说！

鼠疫

[法] 阿尔贝·加缪 / 著

李玉民 / 译

定价：48.00元

局外人

[法] 阿尔贝·加缪 / 著

李玉民 / 译

定价：45.00元

第一人

[法] 阿尔贝·加缪 / 著

李玉民 / 译

定价：48.00元

卡利古拉

[法] 阿尔贝·加缪 / 著

李玉民 / 译

定价：50.00元

西绪福斯神话——论荒诞

[法] 阿尔贝·加缪 / 著

李玉民 / 译

定价：35.00元

戈拉

[印] 泰戈尔 / 著

唐仁虎 / 译

定价：65.00元

纠缠

[印] 泰戈尔 / 著

倪培耕 / 译

定价：48.00元

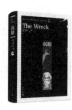

沉船

[印] 泰戈尔 / 著

杉仁 / 译

定价：53.00元

泡影

——泰戈尔短篇小说选

[印] 泰戈尔 / 著

倪培耕 / 译

定价：58.00元

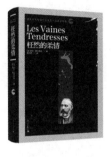

枉然的柔情
［法］苏利·普吕多姆 / 著
胡小跃 / 译
定价：50.00元

邪恶之路
［意］格拉齐娅·黛莱达 / 著
黄文捷 / 译
定价：50.00元

常青藤
［意］格拉齐娅·黛莱达 / 著
沈萼梅 / 译
定价：56.00元

风中芦苇
［意］格拉齐娅·黛莱达 / 著
蔡蓉 / 译
定价：52.00元

诺贝尔文学奖作家文集 ⊙ 普吕多姆卷·黛莱达卷·米斯特拉尔卷

漓江的书，买了再说！

柔情
［智］加布列拉·米斯特拉尔 / 著
赵振江 / 译
定价：50.00元

爱情书简
［智］加布列拉·米斯特拉尔 / 著
段若川 / 译
定价：30.00元

诺贝尔文学奖作家文集 ⊙ 纪德卷·丘吉尔卷

漓江的书，买了再说！

背德者·窄门
［法］纪德 / 著
李玉民 / 译
定价：46.00元

伊恩·汉密尔顿行军记
［英］温斯顿·丘吉尔 / 著
刘勇军 / 译
定价：48.00元

河战
［英］温斯顿·丘吉尔 / 著
王冬冬 / 译
定价：60.00元

从伦敦，经比勒陀利亚，到莱迪史密斯
［英］温斯顿·丘吉尔 / 著
张明林 / 译
定价：50.00元

我的非洲之旅
［英］温斯顿·丘吉尔 / 著
张明林 / 译
定价：42.00元

特雷庇姑娘

[德] 保尔·海泽 / 著
杨武能 / 译
定价：55.00元

紫罗兰

[捷克] 雅罗斯拉夫·塞弗尔特 / 著
星灿 劳白 / 译
定价：59.80元

磨坊

[丹麦] 吉勒鲁普 / 著
吴裕康 / 译
定价：69.80元

明娜

[丹麦] 吉勒鲁普 / 著
吴裕康 / 译
定价：50.00元

漓江的书，买了再说！

诺贝尔文学奖作家文集 ⊙ 保尔·海泽卷·塞弗尔特卷·吉勒鲁普卷

诺贝尔文学奖作家文集 ⊙ 叶芝卷·显克维奇卷·梅特林克卷

漓江的书，买了再说！

第二次来临
——叶芝诗选编

[爱尔兰] W.B.叶芝 / 著
裘小龙 / 译
定价：68.00元

第三个女人

[波兰] 亨利克·显克维奇 / 著
林洪亮 / 译
定价：88.00元

你往何处去

[波兰] 亨利克·显克维奇 / 著
林洪亮 / 译
定价：88.00元

花的智慧

[比] 莫里斯·梅特林克 / 著
周国强 谭立德 / 译
定价：46.00元

大教堂凶杀案

[英] T.S.艾略特 / 著

李文俊　袁伟 / 译

定价：52.00元

儿子们

[美] 赛珍珠 / 著

韩邦凯　姚中　顾丽萍 / 译

定价：68.00元

分家

[美] 赛珍珠 / 著

沈培锡　唐凤楼　王和月 / 译

定价：68.00元

漓江的书，买了再说！

诺贝尔文学奖作家文集 ⊙ 艾略特卷 · 赛珍珠卷

诺贝尔文学奖作家文集 ⊙ 海明威卷 ⊙ 吉卜林卷

漓江的书，买了再说！

老人与海

〔美〕欧内斯特·海明威／著

李文俊 董衡巽／译

定价：47.00元

老虎！老虎！

〔英〕吉卜林／著

文美惠／译

定价：69.80元

图书在版编目（CIP）数据

诗歌总集 /（智）巴勃罗·聂鲁达著；王央乐译.
桂林：漓江出版社，2025. 6. -- ISBN 978-7-5801
-0057-3

Ⅰ. Ⅰ784.25

中国国家版本馆 CIP 数据核字第 2025UD0493 号

SHIGE ZONGJI

诗歌总集

[智利] 巴勃罗·聂鲁达　著

王央乐　译

主　　编：张　谦

出 版 人：梁　志
策划编辑：辛丽芳
特约组稿：西　渡
责任编辑：胡子博
书籍设计：石绍康
责任监印：张　璐

出版发行：漓江出版社有限公司
社址：广西桂林市南环路 22 号　邮编：541002
发行电话：010-85891290　0773-2582200
邮购热线：0773-2582200
网址：www.lijiangbooks.com
微信公众号：lijiangpress
印制：北京博海升彩色印刷有限公司
[北京市通州区中关村科技园区通州园金桥科技产业基地环宇路 6 号　邮编：100076]
开本：880mm×1230mm　1/32
印张：24.25　字数：535 千字
版次：2025 年 6 月第 1 版　印次：2025 年 6 月第 1 次印刷
书号：ISBN 978-7-5801-0057-3
定价：148.00 元

漓江版图书：版权所有，侵权必究

漓江版图书：如有印装问题，请与当地图书销售部门联系调换